Karen M. McManus

NOTHING MORE TO TELL

Karen M. McManus

NOTHING MORE TO TELL

Aus dem amerikanischen Englisch
von Anja Galić

cbt

MIX
Papier | Fördert gute Waldnutzung
FSC® C014496

Penguin Random House Verlagsgruppe FSC® N001967

2. Auflage 2024
Erstmals als cbt Taschenbuch April 2024

cbj Kinder- und Jugendbuch Verlag in der
Penguin Random House Verlagsgruppe GmbH,
Neumarkter Str. 28, 81673 München
produktsicherheit@penguinrandomhouse.de
(Vorstehende Angaben sind zugleich
Pflichtinformationen nach GPSR)

Die Originalausgabe erschien unter dem Titel
»Nothing More to Tell« bei Delacorte Press,
einem Imprint von Random House Children's Books,
Teil der Verlagsgruppe Penguin Random House LLC, New York.
Aus dem amerikanischen Englisch von Anja Galić
Lektorat: Katarina Ganslandt
Umschlaggestaltung: Suse Kopp, Hamburg,
unter Verwendung mehrerer Motive von Getty Images
(Oliver Rossi/Corbis), Stocksy (Raymond Forbes LLC,
Vikto Solomin, Cindy Prins)
kk · Herstellung: ang
Satz: KCFG – Medienagentur, Neuss
Druck: GGP Media GmbH, Pößneck
ISBN 978-3-570-31620-7
Printed in Germany

www.cbj-verlag.de

Für Ro und Allison

1

BRYNN

»Welches ist dein Lieblingsverbrechen?«

Das Mädchen, das in dem großen Empfangsbereich neben mir sitzt, stellt die Frage mit einem so unbekümmerten Lächeln, dass ich mir sicher bin, sie falsch verstanden zu haben. »Mein Lieblings…*was*?«, sage ich.

»Verbrechen«, antwortet sie immer noch lächelnd.

Okay. Doch nicht falsch verstanden. »Ganz allgemein od…«

»Aus der Serie«, unterbricht sie mich leicht ungeduldig. Was nachvollziehbar ist. Ich hätte gleich wissen müssen, was sie meint, immerhin befinden wir uns hier in den provisorischen Redaktionsräumen von *Motive.*

Ich versuche, die Scharte wieder auszuwetzen. »Ach so, klar, natürlich. Hm. Schwer zu sagen. Sie sind alle extrem …« Was ist hier das richtige Wort? »Fesselnd.«

»Ich bin total besessen vom Story-Fall«, sagt sie und ist – *bäm* – ab da nicht mehr zu halten. Ich bin beeindruckt, an wie viele winzige Details sie sich noch erinnert, obwohl die Folge schon vor über einem Jahr ausgestrahlt wurde. Sie ist eindeutig eine *Motive*-Expertin, ganz im Gegensatz zu mir, die ich mich erst seit sehr Kurzem für True-Crime-Journalismus interessiere. Um ehrlich zu sein, hatte ich gar nicht damit gerechnet, ein

Vorstellungsgespräch für dieses Praktikum zu ergattern. Meine Bewerbung war eher … unkonventionell, um es mal vorsichtig auszudrücken.

Na ja, außergewöhnliche Umstände und so.

Im Oktober meines Abschlussjahrs an der Highschool ist mein Leben noch voll auf Kurs gewesen. Das ist erst zwei Monate her, unvorstellbar. Damals habe ich noch in Chicago gewohnt, war Chefredakteurin unserer Schülerzeitung und hatte mich für das Frühzulassungsverfahren an meiner Traum-Uni – der Northwestern – beworben. Zwei meiner besten Freundinnen hatten ebenfalls vor, in der Gegend zu bleiben, wir träumten von einer gemeinsamen WG … das ganze Programm. Und dann: eine Katastrophe nach der anderen. Ich wurde aus dem Team der Schülerzeitung geworfen, an der Northwestern auf die Warteliste gesetzt und meine Eltern informierten mich, dass mein Vater von seinem Arbeitgeber in die Unternehmenszentrale zurückberufen wurde, was bedeutete, dass wir in unsere Heimatstadt Sturgis in der Nähe von Boston zurückkehrten und wieder in das Haus zogen, das meine Eltern während unserer Abwesenheit an meinen Onkel Nick vermietet hatten. »Sieh es als Chance für einen Neustart«, hatte Mom gesagt und bequemerweise vergessen, warum ich vor vier Jahren unbedingt von dort weggewollt hatte.

Ich habe sofort angefangen, fieberhaft nach einem Praktikumsplatz im journalistischen Bereich zu suchen, mit dem sich die Zulassungsstelle der Northwestern vielleicht davon überzeugen lassen wird, meine Bewerbung noch mal genauer anzuschauen. Die ersten sechs Absagen, die ich bekommen habe, waren kurze, unpersönliche Standardbriefe. Keiner von denen hatte den Mut, zu schreiben, was sie wirklich dachten: *Sehr geehrte Ms Gallagher, da Ihr am häufigsten aufgerufener Artikel als*

Chefredakteurin der Schülerzeitung eine Sammlung von Dickpics war, müssen wir Ihnen leider mitteilen, dass Sie für ein Praktikum bei uns nicht geeignet sind.

Nur um das klarzustellen – ich habe diese Dickpics weder aufgenommen noch gepostet. Ich bin bloß die Loserin, die die Tür zum Redaktionsraum nicht abgeschlossen und vergessen hatte, sich aus dem Hauptrechner auszuloggen. Aber das spielt letztlich keine Rolle, weil mein Name als Verfasserin unter dem Artikel stand, unzählige Screenshots davon gemacht wurden und die Geschichte zu guter Letzt mit der Headline SKANDAL AN HIGHSCHOOL IN DER »WINDY CITY«: PENNÄLERSTREICH ODER PORNOGRAFIE? auch noch auf BuzzFeed landete.

Es war eindeutig beides. Nach der siebten höflichen Absage wurde mir klar, dass man gar nicht erst versuchen sollte, so eine Story zu verbergen, wenn sie bei einer Google-Suche nach dem eigenen Namen als allererstes Ergebnis angezeigt wird. Deshalb habe ich mich für die Bewerbung bei *Motive* für eine andere Strategie entschieden.

Das Mädchen neben mir redet immer weiter und liefert eine beeindruckend tiefgründige Analyse der Familiensaga der Storys. »Wo studierst du?«, fragt sie dann. Sie hat eine coole Biker-Jacke an, darunter trägt sie ein bedrucktes T-Shirt und dazu schwarze Jeans. Wir haben einen relativ ähnlichen Style, was mir irgendwie Mut macht. »Ich bin jetzt im zweiten Jahr an der Emerson. Im Hauptfach hab ich Mediengestaltung belegt, im Nebenfach Journalismus, aber ich überlege, die beiden zu tauschen.«

»Ich bin noch auf der Highschool«, sage ich.

»Echt?« Sie reißt die Augen auf. »Wow, ich wusste gar nicht, dass sich auf dieses Praktikum auch Schüler bewerben können.«

»Hat mich auch überrascht«, sage ich.

Das Praktikum bei *Motive* stand nicht auf der Liste der Plätze, die ich mit meinem früheren Vertrauenslehrer zusammengestellt hatte; ich bin zufällig darauf gestoßen, als ich mit meiner vierzehnjährigen Schwester Ellie ein bisschen auf *boston.com* gestöbert habe. *Motive* ist ein relativ neues True-Crime-TV-Format, das zwar noch nicht sehr bekannt ist, aber Potenzial für hohe Einschaltquoten hat. Im Moment werden die Folgen noch von einem kleinen Privatsender ausgestrahlt, aber Gerüchten zufolge soll die Show bald von einem der großen Streaming-Dienste übernommen werden.

Als wir daraufhin weiter im Netz recherchiert haben, lasen wir, dass Carly Diaz, die Moderatorin der Sendung, letzten Sommer vorübergehend von New York nach Boston gezogen ist, um ihre kranken Eltern pflegen zu können. Der Artikel auf *boston.com* hatte die Headline CARLY DIAZ SPIELT NACH IHREN GANZ EIGENEN REGELN und das dazugehörige Foto zeigte sie in einem leuchtend pinken Trenchcoat, die Hände in die Seiten gestemmt, mitten auf der Newbury Street. Sie machte darauf nicht den Eindruck, als würde sie andere Leute dafür verurteilen, öffentlich auf die Schnauze gefallen zu sein, sondern wirkte eher so, als würde sie erwarten, dass man sich von so was nicht unterkriegen lässt.

»Dann arbeitest du für die Schülerzeitung deiner Highschool?«, fragt das Mädchen.

Nur zu, Studentin des Emerson College, streu ruhig weiter Salz in meine Wunde. »Momentan nicht, nein.«

»Nicht?« Sie zieht die Brauen zusammen. »Wie bist du dann …?«

»Brynn Gallagher?«, ruft die Frau am Empfang. »Carly hat jetzt Zeit für Sie.«

»*Carly*?«, sagt die Emerson-Studentin mit großen Augen, als ich aufstehe. »Krass. Mir war nicht klar, dass sie die Vorstellungsgespräche selbst führt.«

»Wird schon schiefgehen«, sage ich. Die Emerson-Studentin und ihre pausenlosen Fragen kommen mir plötzlich wie ein sicherer Hafen vor, in dem ich gern noch ein bisschen länger geblieben wäre. Als ich mir meine Kuriertasche über die Schulter hänge, lächle ich sie an, als wären wir alte Freundinnen. »Wünsch mir Glück.«

Sie hält beide Daumen hoch. »Du schaffst das.«

Ich folge der Rezeptionistin einen kurzen, schmalen Gang entlang in einen großen Konferenzraum mit bodentiefen Fenstern, die den Stadtteil Back Bay überblicken. Aber ich kann mich nicht auf die Aussicht konzentrieren, weil Carly Diaz sich mit einem Megawatt-Lächeln von ihrem Drehstuhl am Ende des Tischs erhebt und mir die Hand hinstreckt. »Brynn! Schön, dass Sie da sind«, sagt sie.

Ich bin so nervös, dass mir fast ein *Kein Problem* rausrutscht. »Danke, dass Sie mich eingeladen haben«, sage ich stattdessen und schüttle ihr die Hand. »Ich freue mich total, Sie kennenzulernen.« Mir schießt das Wort *überlebensgroß* durch den Kopf, obwohl Carly ohne ihre Zehn-Zentimeter-Absätze winzig wäre. Aber sie hat eine Ausstrahlung, als würde sie wortwörtlich von innen heraus leuchten. Ihre dunklen Haare sind unglaublich dicht und glänzend, ihr Make-up ist perfekt und das Kleid, das sie trägt, so schlicht und gleichzeitig so elegant, dass ich das spontane Bedürfnis habe, meinen kompletten Kleiderschrank zu entsorgen und klamottentechnisch noch mal ganz von vorn anzufangen.

»Bitte setzen Sie sich«, sagt Carly, als die Rezeptionistin den Raum verlässt. Sie nimmt wieder auf ihrem Stuhl Platz und zeigt auf einen bis zum Rand mit Wasser und Eiswürfeln gefüllten Krug, der vor uns auf dem Tisch steht und von schweren Bleikristallgläsern umringt ist. »Möchten Sie etwas trinken?«

Ich wäge kurz ab und entscheide mich dann dagegen. Die Wahrscheinlichkeit, dass ich den Inhalt des Glases über mich oder, schlimmer noch, über Carlys Laptop schütte, ist definitiv größer als mein Durst. »Danke, im Moment nicht.«

Als Carly die Hände vor sich verschränkt, kann ich gar nicht anders, als zu bemerken, dass sie an fast jedem Finger einen Ring trägt. Sie sind alle aus matt poliertem Gold und sehen aus, als wären sie eigens für sie angefertigt worden. Ihre perfekt manikürten, aber kurzen Nägel glänzen in dunklem Rot. »Dann legen wir mal los«, sagt sie mit einem kleinen Schmunzeln. »Sie können sich ja sicher denken, warum wir Sie eingeladen haben, oder?«

»Für ein Vorstellungsgespräch?«, erwidere ich hoffnungsvoll.

»Natürlich.« Ihr Schmunzeln vertieft sich. »Bei uns sind knapp fünfhundert Bewerbungen für dieses Praktikum eingegangen. Größtenteils von Studenten aus der Gegend hier, von denen nicht wenige schon den Bachelor in der Tasche haben, viele wären sogar bereit, für die Chance auf ein Praktikum bei uns einen Umzug in Kauf zu nehmen.« Meine Hoffnung sinkt etwas, als sie hinzufügt: »Es ist gar nicht so einfach, mit einer Bewerbung aufzufallen, wenn die Konkurrenz so groß ist, aber ich muss gestehen, dass mir noch nie eine wie Ihre begegnet ist. Lindzi, eine meiner Redakteurinnen, hat sie entdeckt und sofort an mich weitergeleitet.«

Sie tippt auf eine Taste ihres Laptops, schiebt ihn so hin, dass ich auf den Bildschirm schauen kann, und … da ist sie. Meine Bewerbungs-Mail, die einen Link zu dem BuzzFeed-Artikel mit den Dickpics enthält und ganze zwei Sätze umfasst: *Nicht meine beste Arbeit. Sollten Sie mich trotzdem persönlich kennenlernen wollen, würde mich das sehr freuen.*

Meine Wangen fangen an zu brennen, als Carly sagt: »Erstaunlich, was Sie mit dieser Mail erreicht haben. Zum einen haben Sie mich zum Lachen gebracht, als ich den Link angeklickt habe – und zwar richtig laut. Zum anderen habe ich mir tatsächlich die Mühe gemacht, nach anderen Artikeln von Ihnen zu recherchieren, da Sie darauf verzichtet hatten, Arbeitsproben anzuhängen. Ich habe mir ganze fünfzehn Minuten Zeit genommen, mehr über Sie herauszufinden, und das an einem Tag, an dem ich extrem viel zu tun hatte.« Sie lehnt sich in ihren Stuhl zurück, legt die Fingerspitzen unter dem Kinn aneinander und sieht mich mit ihren dunklen Augen durchdringend an. »Das ist noch nie vorgekommen.«

Ich würde gern lächeln, bin mir aber nicht sicher, ob sie mir damit ein Kompliment machen wollte. »Ich hatte gehofft, dass Sie meine Ehrlichkeit schätzen würden«, erwidere ich ausweichend. »Und die Tatsache, dass ich mich, ähm, auf das Wesentliche konzentriert habe.«

»Riskanter Schachzug«, sagt Carly. »Aber mutig. Und das hat mich beeindruckt. Dass Sie wegen der Geschichte gefeuert wurden, hatten Sie nicht verdient. Irgendeine Ahnung, wer die Fotos gepostet hat?«

»Ich weiß sogar ganz genau, wer das war«, sage ich und verschränke die Arme vor der Brust. Ich hatte zu der Zeit an einem Artikel gearbeitet, in dem es um Gerüchte ging, dass die Noten einiger Spieler aus unserem Basketball-Team, das gerade die State Championships gewonnen hatte, geschönt worden sein sollen. Eines Nachmittags hat mich der Mannschaftskapitän, ein Volltrottel namens Jason Pruitt, nach dem Englischunterricht an meinem Schließfach abgefangen und die einzigen vier Wörter an mich gerichtet, die er jemals zur mir gesagt hat: *Halt dich da raus.* Das habe ich nicht getan, und eine Woche später ging der Artikel mit den Dickpics online – zufälligerweise mehr oder weniger zeitgleich mit dem Ende des Basketballtrainings. »Aber der Typ hat alles abgestritten und ich konnte ihm nichts nachweisen.«

»Das tut mir leid«, sagt Carly. »Eine Schande, dass Sie so wenig Unterstützung bekommen haben. Zumal Ihre Arbeit ausgezeichnet ist.« Ich entspanne mich etwas und lächle beinahe, weil das Gespräch sehr viel besser läuft, als ich erwartet hatte, doch dann schiebt sie hinterher: »Allerdings hatte ich nicht vor, eine Schülerin einzustellen.«

»In der Praktikumsbeschreibung stand nicht, dass Sie nur Studenten nehmen«, entgegne ich.

»Ja, das war ein Versehen«, sagt Carly.

Kurz macht sich Ernüchterung in mir breit, dann gewinnt mein Kampfgeist. Sie hätte mich nicht zu diesem Gespräch eingeladen, wenn sie nicht zumindest in Erwägung ziehen würde, eine Ausnahme zu machen. »Ich werde doppelt so hart arbeiten wie jede Studentin«, beteuere ich. »Ich kann jede freie Minute, die ich nicht in der Schule bin, in die Redaktion kommen, auch an den Abenden und Wochenenden.« *Weil ich hier nämlich kein Leben habe,* hätte ich fast hinzugefügt, aber so genau muss Carly es nicht wissen. »Mir ist klar, dass ich lange nicht so viel Erfahrung habe wie die meisten anderen, mit denen Sie vielleicht noch sprechen werden, aber ich arbeite schon seit der Middleschool darauf hin, Journalistin zu werden. Das ist das Einzige, was ich je sein wollte.«

»Warum?«, fragt sie.

Weil es das einzige Gebiet ist, auf dem ich wirklich gut bin.

Die Wahrheit ist: Ich komme aus einer dieser Familien, in denen es praktisch normal ist, ein Naturtalent zu sein. Dad ist ein brillanter Wissenschaftler, Mom eine preisgekrönte Kinderbuch-Illustratorin und Elli ein Wunderkind an der Querflöte. Sie wussten quasi von Geburt an, was sie machen wollten. Ich dagegen habe den Großteil meiner Kindheit darum gerungen, mein *Ding* zu finden – das Talent, das mich ausmacht –, immer von der heimlichen Angst begleitet, wie Onkel Nick zu enden. »Er weiß einfach nicht, was er vom Leben will«, hat mein Dad jedes Mal geseufzt, wenn sein jüngerer Halbruder mal wieder das Studienfach wechselte. »Wusste er noch nie.«

Nicht zu wissen, was man will, erschien mir deshalb immer als die schlimmstmögliche Charaktereigenschaft, die man als Gallagher haben konnte. Und sosehr ich Onkel Nick auch liebe, wollte ich auf keinen Fall der Familienloser Nummer zwei werden. Umso größer war meine Erleichterung, als mir mein Englischlehrer in der achten Klasse eine besondere Begabung fürs Schreiben bescheinigte. »Du solltest für die Schülerzeitung arbeiten«, schlug er mir vor. Das tat ich und hatte damit endlich etwas gefunden, das mir im Blut lag. Seitdem lebe ich fürs journalistische Schreiben. »Brynn wird eines Tages auf CNN moderieren«, sagen meine Eltern gern. Deswegen war es auch so schrecklich für mich, als mir diese Identität im letzten Herbst so brutal genommen wurde – dass das, wofür ich jahrelang so hart gearbeitet hatte und worauf ich so stolz war, zu einer Lachnummer geworden war und ich nichts dagegen tun konnte.

Nur habe ich leider keine Ahnung, wie ich das in Sätze verpacken soll, die man in einem Vorstellungsgespräch sagen kann. »Weil man mit jeder Story etwas bewirken und Menschen eine Stimme geben kann, die keine haben«, antworte ich stattdessen.

»Schön ausgedrückt.« Carly nickt, wirkt aber zum ersten Mal, seit wir Platz genommen haben, etwas gelangweilt, und ich spüre, wie ich rot werde. Ich bin mit dieser Antwort auf Nummer sicher gegangen, aber damit kann man bei jemandem wie Carly wahrscheinlich nicht punkten. In meiner Bewerbung habe ich genau das nicht gemacht, und nur das war der Grund, warum sie mich zu diesem Vorstellungsgespräch eingeladen hat. »Ihnen ist klar, dass wir nicht die *New York Times* sind, oder? True-Crime ist eine sehr spezifische Nische, und wenn Sie nicht wirklich dafür brennen, dann …«

»Aber das tue ich.« Es ist riskant, sie zu unterbrechen, das weiß ich, aber ich habe nur diese eine Chance, sie von mir zu überzeugen. Je mehr *Motive*-Folgen ich mir angeschaut habe, desto klarer wurde mir, dass dieses Praktikum genau das ist, was ich machen möchte – dass es mir vielleicht sogar weit mehr bringen wird als die Möglichkeit, in meiner College-Bewerbung ein Häkchen in ein Auswahlkästchen setzen zu können. »Genau darüber wollte ich mit Ihnen sprechen. Ich habe Erfahrung auf all den Gebieten, die Sie in der Stellenausschreibung aufzählen – Social Media, Lektorat, Faktencheck und so weiter. Ich kann Ihnen meinen Lebenslauf plus Referenzen schicken. Aber ich habe zusätzlich auch noch eine Idee für eine Story, falls Sie interessiert sind.«

»Ach ja?«, sagt Carly.

Ich greife in meine Kuriertasche und ziehe die Mappe heraus, die ich sorgfältig für dieses Vorstellungsgespräch zusammengestellt habe. »Es geht um einen ungelösten Mordfall in meiner Heimatstadt.«

Carly zieht die Brauen hoch. »Versuchen Sie etwa gerade, mir mitten in einem Vorstellungsgespräch eine Story zu verkaufen?«

Ich erstarre, die Mappe schon halb aufgeschlagen, unfähig, anhand ihres Tonfalls einzuschätzen, ob sie beeindruckt, amüsiert oder genervt ist. »Ja«, sage ich. »Ist das okay?«

»Absolut.« Ihre Lippen deuten ein Lächeln an. »Erzählen Sie weiter.«

Amüsiert also. Könnte schlimmer sein.

Der Zeitungsausschnitt, den ich ihr zeigen will, liegt ganz zuoberst in der Mappe. Das Foto aus der *Sturgis Times* zeigt mich mit dreizehn Jahren, wie ich strahlend eine um meinen Hals hängende olympisch anmutende Medaille in die Kamera halte; die Überschrift lautet: *Brynn Gallagher und Noah Talbot, Schüler der Saint Ambrose Middleschool, haben den diesjährigen landesweiten Schreibwettbewerb der Achtklässler gewonnen.*

»Was für ein süßes Bild von Ihnen«, sagt Carly. »Herzlichen Glückwunsch zur Auszeichnung.«

»Danke, aber ich habe den Ausschnitt nicht meinetwegen aufgehoben, sondern seinetwegen.« Ich tippe auf den Mann, der zwischen mir und meinem Mitschüler steht – jung, gut aussehend, lächelnd. Selbst die zweidimensionale Abbildung lässt erkennen, dass er förmlich vor Energie vibrierte. »William Larkin. Er war mein Englischlehrer. Das Foto entstand in seinem ersten Jahr als Lehrer auf der Saint Ambrose School. Ich hätte nie an dem Wettbewerb teilgenommen, wenn er mich nicht so beharrlich dazu ermutigt hätte. So wie er mich auch dazu gebracht hat, für die Schülerzeitung zu schreiben.«

Meine Kehle wird eng, als ich – so klar und deutlich wie vor vier Jahren – Mr Larkins Stimme in meinem Kopf höre. *Du hast eine besondere Begabung,* hat er gesagt, und ich glaube nicht, dass ihm damals bewusst war, wie viel seine Worte mir bedeutet haben. Ich habe es ihm nie gesagt, und das werde ich immer bereuen. »Er hat alle seine Schüler immer dazu motiviert, ihr

Potenzial auszuschöpfen«, sage ich. »Und wenn sie glaubten, keins zu haben, hat er ihnen dabei geholfen, es zu erkennen.«

Ich hebe den Blick, um mich zu vergewissern, dass ich Carlys ganze Aufmerksamkeit habe, dann sage ich: »Zwei Monate, nachdem dieses Foto aufgenommen wurde, war Mr Larkin tot. Er ist im Wald hinter der Saint Ambrose mit einem Stein erschlagen worden. Drei von meinen Mitschülern haben seine Leiche gefunden.« Diesmal tippe ich auf den Jungen auf dem Foto, der dieselbe Medaille umhängen hat wie ich. »Er war einer von ihnen.«

2

BRYNN

Ich lege eine Kunstpause ein, um meine Worte wirken zu lassen, den Blick weiter auf das Foto von Mr Larkin gerichtet. Er trägt eine mit Zitronen gemusterte Krawatte – sein Markenzeichen –, deren leuchtende Farben auf dem Schwarz-Weiß-Foto untergehen. Als ich ihn einmal gefragt habe, warum er sie ständig trägt, hat er geantwortet, sie würde ihn an sein Lebensmotto erinnern: *Wenn das Leben dir Zitronen schenkt, mach Zitronenkuchen draus.* »So geht das Sprichwort aber nicht«, habe ich gesagt, ein bisschen stolz darauf, besser über etwas Bescheid zu wissen als ein Lehrer. »Es heißt: ›mach Limonade draus‹.«

»Stimmt, aber ich trinke sehr ungern Limonade«, sagte er achselzuckend. »Dafür liebe ich Kuchen.«

Carly schlägt die Beine übereinander und tippt mit der Spitze ihres Schuhs gegen das Tischbein, bevor sie nach ihrem Laptop greift. »Habe ich Sie richtig verstanden – der Fall wurde nie aufgeklärt?«, fragt sie.

Dass sie Interesse zeigt, lässt mein Herz schneller schlagen. »Zumindest nicht abschließend.«

Sie zieht die Brauen hoch. »Die Antwort auf diese Frage lautet normalerweise entweder Ja oder Nein.«

»Es wurde angenommen, dass er von jemandem von außerhalb getötet wurde«, erkläre ich. »Es gab da so einen Typen, der ein paar Wochen vor Mr Larkins Tod öfter in der Innenstadt unterwegs gewesen ist, wo er laut vor sich hin fluchte und grundlos Leute beschimpfte. Niemand wusste, wer er war oder was mit ihm los war. Einmal ist er in der Mittagspause vor der Saint Ambrose School aufgetaucht und ist Schüler verbal angegangen. Mr Larkin hat daraufhin die Polizei verständigt, die ihn festgenommen hat. Nach ein paar Tagen haben sie ihn wieder auf freien Fuß gesetzt und kurz darauf war Mr Larkin tot.« Ich streiche einen Knick am Rand des Zeitungsausschnitts glatt. »Danach war der Typ urplötzlich verschwunden, weshalb man davon ausgegangen ist, dass er Mr Larkin aus Rache getötet hat und dann abgehauen ist.«

»Klingt nach einer logischen Schlussfolgerung«, sagt Carly. »Sie zweifeln daran?«

»Anfangs nicht«, räume ich ein. Als Achtklässlerin wollte ich an diese einfache Erklärung glauben. Die Vorstellung, dass der Täter ein Fremder gewesen war, hatte fast etwas Tröstliches – dass er weg war, bedeutete, dass die Gefahr gebannt war. Dass sie nicht von *uns* ausging – nicht von meiner Stadt, meinen Nachbarn, den Leuten, die ich praktisch alle schon mein ganzes Leben lang kannte. Im Laufe der Jahre habe ich zwar immer wieder über Mr Larkins Tod nachgedacht, dabei aber nie einen journalistischen Blickwinkel eingenommen, bis zu dem Tag, an dem ich hintereinander eine ganze Staffel von *Motive* gebingt habe, um mich auf das Vorstellungsgespräch vorzubereiten. Während ich Carly dabei zusah, wie sie methodisch fadenscheinige Alibis und unausgereifte Theorien zerpflückte, hatte ich irgendwann nur noch einen Gedanken im Kopf: Für Mr Larkin hat das nie jemand getan.

Und in dem Moment ist mir klar geworden, dass ich genau das für ihn tun könnte.

»Aber seit ich mit meinen Eltern wieder nach Sturgis zurückgezogen bin, geht mir die Geschichte nicht mehr aus dem Kopf«, sage ich nach einer kleinen Pause. »Irgendwie kommt mir diese Erklärung ein bisschen … *zu* logisch vor.«

»Kann ich nachvollziehen.« Carly schweigt einen Augenblick und gibt dann etwas in ihren Laptop ein. »Wie ich sehe, ist in den Medien kaum darüber berichtet worden. Lediglich die Lokalzeitung und der *Boston Globe* haben den Fall kurz aufgegriffen. Der letzte Artikel dazu ist ein paar Wochen nach seinem Tod im Mai erschienen.« Sie kneift leicht die Augen zusammen und liest vor: »›Eng verbundene Schulgemeinschaft erschüttert vom Tod eines ihrer Lehrer.‹ Sie haben es noch nicht mal als Mord bezeichnet.«

Meine Freunde und ich haben damals über die Wortwahl *eng verbundene Schulgemeinschaft* die Augen verdreht, wobei der Wahlspruch der Saint Ambrose Highschool tatsächlich *Gemeinsam stärker* lautet. Die Saint Ambrose vereint Kindergarten, Grundschule, Middleschool und Highschool unter einem Dach, theoretisch können die Schüler also bis zum College *gemeinsam stärker* sein.

Die Saint Ambrose ist eine Privatschule, die sich komischerweise, obwohl ein Platz jährlich Zehntausende von Dollar Gebühren kostet, ausgerechnet im alles andere als glamourösen Sturgis angesiedelt hat. Natürlich versuchen alle begabten Schüler der Gegend ein Stipendium dort zu ergattern, um nicht auf eine der im Ranking ganz weit unten stehenden staatlichen Schulen der Stadt gehen zu müssen. Den wohlhabenden Eltern, die ehrgeizige Kinder haben, ist die Saint Ambrose wiederum nicht renommiert genug, was bedeutet, dass der Großteil der zahlenden Schüler aus ziemlich unambitionierten Rich Kids besteht. Das erzeugt einen Graben zwischen denen, die Geld haben, und denen, die keines haben. Während meiner Zeit gab es nur wenige Schüler, die diese Kluft überwunden haben.

Ellie und ich waren als Stipendiatinnen dort, bevor Dad befördert und beruflich nach Chicago geschickt wurde. Mittlerweile können meine Eltern sich die Schulgebühren leisten. Als meine Schwester und ich gesagt haben, dass wir eigentlich lieber auf die Sturgis High gehen würden, wollten sie davon nichts wissen. Also werden wir in ein paar Wochen wieder auf die Saint Ambrose zurückkehren. *Gemeinsam stärker.*

»Stimmt, es ist nirgendwo anders jemals über den Fall berichtet worden«, sage ich. »Ich verstehe nicht, warum.«

Carlys Blick ist immer noch auf den Bildschirm gerichtet. »Ich auch nicht. Das ist der perfekte True-Crime-Stoff. Attraktiver junger Lehrer an einer exklusiven Privatschule wird ermordet und drei reiche Kids finden seine Leiche.« Sie tippt auf das Foto aus der *Sturgis Times*. »Und einer davon war ein Freund von Ihnen – wie hieß er gleich? – Noah Talbot?«

»Tripp«, sage ich. »Er nennt sich ›Tripp‹. Und er gehört nicht zu den reichen Kids.« *Genauso wenig, wie er ein Freund von mir ist.*

Carly blinzelt. »Ein Junge, der Tripp Talbot heißt, soll kein klassisches Rich Kid sein?«

»Er ist der dritte Noah in seiner Familie«, erkläre ich. »Sein Dad wird Noah Junior genannt und er Tripp. Die Abkürzung von ›triple‹ – dreifach. Verstehen Sie? Er gehört zu den Stipendiaten, genau wie ich früher.«

»Was ist mit den anderen beiden?« Carlys Blick kehrt zum Bildschirm zurück, während sie weiterscrollt. »Hier stehen keine Namen, was angesichts ihres damaligen Alters aber auch nicht weiter verwunderlich ist.«

»Shane Delgado und Charlotte Holbrook«, sage ich.

»Waren die beiden auch Stipendiaten?«

»Im Gegenteil. Shane war wahrscheinlich der reichste Schüler an der Saint Ambrose.« Als wir in der vierten Klasse Familienstammbäume durchgenommen haben, erzählte uns Shane, dass er als kleines Kind von seinen Eltern adoptiert worden ist und davor in einer Pflegefamilie untergebracht war. Ich habe oft versucht, mir vorzustellen, wie das für ihn gewesen sein muss, sich nach einem Leben voller Unsicherheiten plötzlich in einer totalen Luxus-Welt wiederzufinden. Aber Shane war damals noch so klein, dass er sich vermutlich gar nicht mehr daran erinnert. »Und Charlotte …«

Ich weiß nicht, wie ich Charlotte am besten beschreiben soll. Wohlhabend, ja, und für ein dreizehnjähriges Mädchen schon damals fast irritierend schön, aber vor allem ist mir in Erinnerung geblieben, dass sie unfassbar in Shane verknallt war, der davon nie etwas mitzukriegen schien. Wobei ich das Gefühl habe, dass dieses Detail hier fehl am Platz wäre, weshalb ich bloß sage: »Ebenfalls sehr reich.«

»Und die Geschichte dahinter?«, fragt Carly. »Warum sind die drei an dem Tag im Wald gewesen?«

»Sie haben Blätter für ein Biologieprojekt gesammelt«, sage ich. »Tripp war Shanes Projektpartner und Charlotte … Charlotte war praktisch immer da, wo Shane war.«

»Und wer war Charlottes Projektpartner?«, fragt Carly.

»Ich«, antworte ich.

»Sie?« Ihre Augen weiten sich. »Aber Sie waren nicht mit den dreien unterwegs?« Als ich den Kopf schüttle, hakt sie nach: »Warum nicht?«

»Ich hatte an dem Tag Wichtigeres zu tun.« Ich senke den Blick zu dem Foto und betrachte einen Moment die dreizehnjährige Ausgabe von Tripp: schlaksig, Zahnspange, zu kurze blonde Haare. Als meine Eltern verkündet haben, dass wir nach Sturgis zurückkehren, bin ich meiner Neugier erlegen und habe das Netz nach ihm abgegrast. Es hat mich ganz schön umgehauen, wie sehr er sich verändert hat, seit ich ihn das letzte Mal gesehen habe. Der Tripp von heute ist groß und breitschultrig und hat den Igelschnitt gegen längere, süß zerzauste Haare getauscht, unter denen strahlend blaue Augen hervorschauen, die schon immer das Schönste an ihm waren. Die Zahnspange ist Geschichte und sein Lächeln breit und selbstbewusst – nein … *arrogant*. So schätze ich es jedenfalls ein. Aus Tripp Talbot ist ein unverschämt gut aussehender Typ geworden, und das Nervigste an seiner Verwandlung ist, dass er sich darüber vollkommen im Klaren ist. Was ich mit auf meine persönliche Liste der Gründe gesetzt habe, warum ich ihn nicht mag.

»Sie hatten Wichtigeres zu tun, als an einem Schulprojekt zu arbeiten?«, sagt Carly.

»Ich musste eine Story für die Schülerzeitung fertig schreiben«, sage ich.

Das stimmt auch; ich musste damals *ständig* irgendeine Story fertig schreiben. Der *Saint Ambrose Sentinel*, unsere Middleschool-Zeitung, war zu meinem Lebensinhalt geworden, und ich verbrachte die meisten Nachmittage in der Redaktion. Trotzdem hätte ich mir natürlich ein bisschen Zeit für das Biologieprojekt freischaufeln können. Ich hab es nicht getan, weil ich wusste, dass Tripp dabei sein würde.

Früher sind wir befreundet gewesen; so gut befreundet, dass wir praktisch jede freie Minute entweder bei ihm oder bei mir verbracht haben. Sein Dad hat oft im Scherz gesagt, dass er mich eigentlich adoptieren könnte, und meine Eltern hatten sich angewöhnt, immer Tripps Lieblingssnacks im Haus zu haben. Wir belegten in der Schule dieselben Kurse und konkurrierten freundschaftlich um gute Noten. Bis Tripp dann einen Tag vor Mr Larkins Tod im Sportunterricht vor versammelter Mannschaft zu mir sagte, ich solle endlich aufhören, ihm hinterherzulaufen und ihn anzuflehen, mein Freund zu werden. Als ich zu lachen anfing, weil ich dachte, dass er das bloß als Witz gemeint haben konnte, hat er mich als Stalkerin bezeichnet.

Bei dem Gedanken daran, wie unendlich gedemütigt ich mich gefühlt habe, als meine Mitschüler anfingen zu kichern, während Coach Ramirez versuchte, die Situation zu beruhigen, zieht sich mir selbst jetzt noch der Magen zusammen. Das Schlimmste war, dass ich keine Ahnung hatte, warum Tripp das überhaupt gesagt hatte. Am Tag davor war ich noch bei ihm zu Hause gewesen, wir hatten für die Schule gelernt und alles war wie immer gewesen. Ich habe mir seitdem immer wieder den Kopf darüber zerbrochen, was der Grund gewesen sein könnte, bin mir aber sicher, dass ich nichts gesagt oder getan habe, das er in den falschen Hals gekriegt haben könnte. Geschweige denn, dass ich auch nur ansatzweise versucht hätte, ihn anzumachen; auf die Idee wäre ich niemals gekommen.

Nachdem Charlotte, Shane und Tripp Mr Larkins Leiche gefunden hatten, veränderte sich etwas. Die drei strahlten auf einmal einen seltsamen Glamour aus – so als wären sie an diesem Tag im Wald um zehn Jahre gereift und wüssten Dinge, die wir anderen unmöglich verstehen könnten. Tripp, der vorher so gar nichts mit Shane und Charlotte zu tun gehabt hatte, war von da an fest in ihren Freundeskreis integriert, als wäre das nie anders gewesen. Ich habe nie wieder auch nur ein Wort mit ihm gewechselt; die Leute haben schon die Augen verdreht, wenn ich bloß in seine ungefähre Richtung geschaut habe, so als wäre meine angebliche Verliebtheit noch erbärmlicher, seit er zu so einer Art Star geworden war. Entsprechend erleichtert war ich, als mein Dad drei Monate später nach Chicago versetzt wurde und wir aus Sturgis wegzogen.

Aber so tief werde ich Carly gegenüber auf keinen Fall ins Detail gehen. Nichts schreit lauter *Ich gehe noch auf die Highschool*, als auf einen Jungen sauer zu sein, von dem man im Sportunterricht mal gedemütigt wurde.

»Spannender Gedanke, dass Sie beinahe Zeugin in einem Mordfall geworden wären, oder?«, sagt Carly und blickt dann wieder auf den Bildschirm. »Hier steht, dass außer den Fingerabdrücken von dem Jungen, der die Tatwaffe aufgehoben hat, keine verwertbaren Spuren am Tatort gefunden wurden. Ist das Tripp gewesen?«

»Nein, Shane.«

Sie zieht eine Braue hoch. »Hat man zumindest die Möglichkeit in Betracht gezogen, dass er die Tat begangen haben könnte?«

»Nein«, sage ich. Auch ich selbst habe das damals definitiv ausgeschlossen, und obwohl ich seit der achten Klasse keinerlei Kontakt mehr zu Shane hatte, kann ich es mir immer noch nicht vorstellen. Nicht weil Shane reich und beliebt war, sondern weil er immer so entspannt und, keine Ahnung, *unkompliziert* gewirkt hat. »Er war ja praktisch noch ein Kind und hat sich total gut mit Mr Larkin verstanden. Shane hatte keinen Grund, ihm irgendwas anzutun.«

Carly nickt bloß, als wollte sie sich dazu noch keine abschließende Meinung bilden. »Hätte denn jemand anderes einen Grund gehabt?«

»Nicht dass ich wüsste.«

Carly deutet auf den Laptop. »In dem Artikel steht, dass Mr Larkin kurz vor seinem Tod einen Diebstahl an Ihrer Schule untersucht hat?«

»Ja, stimmt. Dabei ging es um über tausend Dollar, die für einen Klassenausflug der achten Klasse nach New York gesammelt worden waren.« Das Geld ist Ende März gestohlen worden, und ich fand es total cool, endlich mal über einen echten Fall berichten zu können. Mr Larkin wurde beauftragt, die Sache intern zu untersuchen, weshalb ich ihn fast täglich dazu interviewt habe. »Nach Mr Larkins Tod haben sie unsere Schließfächer durchsucht. Der Umschlag mit dem Geld ist in dem von Charlotte gefunden worden.«

Carly sieht mich mit großen Augen an. »Sprechen Sie von der Charlotte, die im Wald mit dabei war?«, hakt sie nach. »Habe ich das richtig verstanden – von den drei Zeugen hinterlässt einer seine Fingerabdrücke auf der Mordwaffe und die andere klaut das Geld, nach dem das Mordopfer gesucht hat, und für keinen der beiden hatte das irgendwelche Konsequenzen?« Als ich nicke, verschränkt sie die Arme. »Wow. Ganz ehrlich? Das wäre alles komplett anders gelaufen, wenn Schüler mit einer anderen Hautfarbe in die Angelegenheit verwickelt gewesen wären.«

»Ich weiß.« Darüber habe ich damals allerdings nie nachgedacht, der Gedanke kam mir erst während meiner Binge-Session von *Motive*. Tripp, Charlotte und Shane wurden in der Berichterstattung immer als *Kinder* bezeichnet und man hat ihre Aussagen nie in Zweifel gezogen, obwohl es niemanden gab, der ihre Geschichte bestätigen konnte. »Aber Charlotte hat damals geschworen, sie hätte keine Ahnung, wie der Umschlag dorthin gekommen ist.«

Ich hatte gehofft, sie dazu interviewen zu können, aber nie Gelegenheit dazu bekommen. Nach Mr Larkins Tod sind alle außerschulischen Aktivitäten für ein paar Wochen auf Eis gelegt worden, und als die Redaktion der Schülerzeitung ihre Arbeit wieder aufnehmen konnte, rief mich unser Schulleiter Mr Griswell zu sich und forderte mich auf, die Angelegenheit ruhen zu lassen. »Es hat keinen Sinn, die Wunde jetzt wieder aufzureißen, wir müssen dafür sorgen, dass sie verheilen kann«, hat er gesagt, und ich war zu erschüttert über den Mord an Mr Larkin, um zu widersprechen.

»Okay.« Carly lehnt sich in ihren Bürosessel zurück und dreht sich darin langsam hin und her. »Gratuliere, Brynn Gallagher. Sie haben es tatsächlich geschafft, meine Neugier zu wecken.«

Ich kann mich nur mit Mühe davon abhalten, von meinem Platz aufzuspringen. »Heißt das, Sie werden in Ihrer Sendung über Mr Larkins Fall berichten?«

Carly hebt eine Hand. »Nicht so schnell. Um das zu entscheiden, braucht es noch einiges mehr als … das hier.« Sie deutet auf meine Mappe. Ich spüre, wie mir das Blut ins Gesicht schießt, und komme mir plötzlich total naiv und unerfahren vor. Was Carly anscheinend bemerkt. »Aber Sie haben einen guten Instinkt, das gefällt mir«, sagt sie. »Der Fall würde definitiv in unser Profil passen. Außerdem haben Sie ein handfestes Portfolio zusammengestellt und lassen sich von ein paar Dickpics nicht aus der Bahn werfen. Wissen Sie was … Warum eigentlich nicht?«

Sie wartet auf meine Reaktion, aber ich muss ganz genau wissen, was sie meint. »Warum eigentlich nicht was?«, sage ich.

Carly hört auf, sich in ihrem Sessel zu drehen. »Ich habe Ihnen gerade den Praktikumsplatz angeboten.«

»Im Ernst?«, krächze ich.

»Im Ernst.« Sie lächelt und ich werde von einer Welle der Euphorie durchflutet, in die sich Erleichterung mischt. Das ist seit sehr langer Zeit das erste Gute, was mir passiert, und könnte ein Zeichen dafür sein, dass ich meine Zukunft vielleicht doch nicht gegen die Wand gefahren habe. Carly schaut auf einen Kalender am Whiteboard; der Dezember ist mit so vielen Terminen vollgepackt, dass ich von meinem Platz aus nichts davon entziffern kann. »Gehen Sie im Moment zur Schule oder sind noch Ferien?«

»Nein. Also … ich meine, ja, es sind noch Ferien.«

»Großartig. Dann schlage ich vor, dass Sie morgen gegen zehn in die Redaktion kommen und wir mit Ihrer Einarbeitung beginnen. Einverstanden?« Ich nicke nur, weil ich wahrscheinlich wieder bloß ein Krächzen rauskriegen würde, und sie schiebt hinterher: »Fassen Sie bitte unbedingt alles zusammen, was wir hier über Ihren Lehrer besprochen haben. Ich werde eine unserer Redakteurinnen einen Blick auf das Material werfen lassen. Kann schließlich nichts schaden, oder? Und wer weiß.« Carly klappt ihren Laptop zu, steht auf und signalisiert mir damit, dass meine Zeit für heute um ist. »Vielleicht können wir tatsächlich eine Story für *Motive* daraus machen.«

3

TRIPP

Nachdem ich die Ladentheke sauber gewischt habe, breite ich die Bewerbungsunterlagen darauf aus und lese den ersten Satz auf dem Infoblatt. *Das Kendrick-Stipendium wird an die/den vielseitigste/n Schüler:in des Abschlussjahrgangs der Saint Ambrose School vergeben. Der/die Kandidat:in wird von der Schulverwaltung ausgewählt.* Ich überfliege den Rest, kann aber keine genauere Definition für das schwammige Wort »vielseitig« finden. Es gibt auch keine Informationen darüber, ob schulische Leistungen, die finanzielle Situation oder irgendwelche bestimmten Arbeitserfahrungen der Bewerber eine Rolle spielen.

»Das ist doch sinnlos«, sage ich in den leeren Raum hinein. Okay, in den *fast* leeren Raum. Al, der Hund der Besitzerin der Brightside Bakery, ein geradezu absurd flauschiger Samojede, der neben der Ladentür liegt, klopft bei meinen Worten mit dem Schwanz auf den Boden. »Das ist kein Grund zur Freude. Wir haben keinen Grund zur Freude«, sage ich, aber er fängt bloß an zu sabbern. *Freudig* zu sabbern.

Ich seufze frustriert. Genau in dem Moment kommt Regina Young, der das Café gehört, mit einem Tablett frischer Pop-Tarts aus der Küche. Das Einzige, was die Gebäckstücke mit ihren industriell hergestellten Namensgebern gemeinsam haben, sind ihre rechteckige Form, die Größe und die Regenbogenstreusel. Regina stellt sie aus Biskuitteig, einem Cream Cheese Frosting und einer Marmeladenfüllung her, deren Rezept sie unter Verschluss hält und die ich schüsselweise löffeln könnte, wenn sie mich lassen würde.

»Warum haben wir keinen Grund zur Freude?« Sie stellt das Tablett neben die Kasse auf die Arbeitsplatte. Kaum hört Al ihre Stimme, springt er auf, jagt zur Theke und setzt sich bebend vor Erwartung davor, dabei hat er noch nie in seinem ganzen Leben etwas Süßes von ihr bekommen. Ich wünschte, ich hätte auch nur einen Bruchteil von seinem unerschütterlichen Optimismus.

Ich gleite von meinem Hocker, um Regina zu helfen, die Tarts in der Auslage zu platzieren. Sie ist früh mit der heutigen Fuhre fertig geworden, sodass uns noch ein bisschen Zeit bleibt, bevor uns die Kunden um halb fünf die Bude einrennen. Ich bin nicht der Einzige in Sturgis, der nach Reginas Pop-Tarts süchtig ist. »Das Kendrick-Stipendium ist ein Witz«, antworte ich.

Sie rollt zur Entspannung kurz die Schultern und rückt das Kopftuch zurecht, unter dem sie ihre kurzen Twists beim Backen versteckt, bevor sie einen Schritt zur Seite tritt, damit ich an die kleine Schiebetür der Auslage komme. »Ein Witz? Warum das denn?«

Der fruchtig-süße Duft der Tarts trifft mich mit voller Wucht und mir läuft sofort das Wasser im Mund zusammen. »Es wird an den ›vielseitigsten‹ Schüler des Abschlussjahrgangs vergeben.« Ich male Anführungszeichen in die Luft und ziehe dann ein Paar Einmalhandschuhe aus der Schachtel unter der Theke. »Aber es wird nirgends erklärt, was damit gemeint ist. Also gibt Grizz das Stipendium garantiert einem seiner Lieblinge und das heißt, dass ich es vergessen kann, weil er mich hasst. Es ist völlig sinnlos, mich zu bewerben.« Ich mache mich daran, die Pop-Tarts in der Auslage zu arrangieren, und achte darauf, immer exakt einen halben Zentimeter Abstand zwischen ihnen zu lassen.

Regina lehnt sich an die Theke. »Weißt du, was ich an dir am meisten mag, Tripp?«

»Meine Leidenschaft für Präzision?« Ich betrachte mein Werk mit zusammengekniffenen Augen.

»Deine angeborene Zuversicht«, sagt sie trocken.

Ich muss trotz meiner miesen Stimmung grinsen. »Ich sage bloß, wie es ist.«

»Kotz dich ruhig weiter aus, nur zu«, sagt Regina. »Reinige dein System von dieser ganzen negativen Energie. Und dann füllst du die Bewerbungsunterlagen aus, gibst sie ab und hoffst auf das Beste.«

Ich ziehe eine Grimasse, um zu verbergen, dass ich es irgendwie mag, wenn sie wie eine Mutter mit mir redet. Also nicht wie *meine* Mutter. Das letzte Lebenszeichen von Lisa Marie Talbot habe ich vor sieben Monaten bekommen. Es war eine Postkarte aus dem Casino in Las Vegas, in dem sie arbeitet. Darauf stand nur *Rien ne vas plus!*

»Zu Befehl«, brumme ich. »Später irgendwann.« Dann presse ich die Lippen zusammen, um nicht noch mehr Gift und Galle zu spucken. Ist nämlich nicht so, als würde Regina das alles zum ersten Mal hören.

Aber sie kann offensichtlich Gedanken lesen. Als sie sich daran macht, die Kassenrolle zu wechseln, sagt sie: »Du weißt, dass das Angebot steht.«

Jedes Mal, wenn ich darüber stöhne, dass es im Grunde komplett egal ist, ob ich es schaffe, die Collegegebühren über irgendwelche finanziellen Hilfspakete zusammenzukratzen, weil ich dann trotzdem nicht genug Geld für Unterkunft und Verpflegung haben werde, erinnert Regina mich daran, dass sie und ihr Mann ein Zimmer übrig haben, seit nur noch zwei ihrer Söhne zu Hause wohnen. »Ich weiß, dass du lieber ganz aus Sturgis weggehen würdest«, sagt sie immer. »Aber wenn du hierbleibst und einen Tapetenwechsel brauchst, kannst du jederzeit zu uns kommen.«

Mein Freund Shane hat mir schon mal ein ähnliches Angebot gemacht. »Hey, lass uns nach dem Abschluss doch einfach im Apartment meiner Eltern in South End eine WG gründen.« Als ich ihn beim Wort genommen und gefragt hab, wann wir einziehen könnten, ist ihm wieder eingefallen, dass das Apartment zurzeit vermietet ist. »Aber die Wohnung in Madrid ist frei«, sagte er. Als wären Spanien und Massachusetts quasi dasselbe für jemanden, der noch nicht mal einen Reisepass besitzt, weil er noch nie einen gebraucht hat.

Was soll's. Es ist nicht so, als wäre ich scharf drauf, mit Shane zusammenzuwohnen. Aber bei Reginas Familie … vielleicht ja echt. Nachdem ich die ganzen Jahre allein mit meinem Dad gelebt habe, könnte ich tatsächlich gut mal einen Tapetenwechsel gebrauchen. Allerdings hatte ich ehrlich gesagt die Hoffnung, dass ich den in einer anderen Stadt bekommen würde.

Als ich das erste Mal von dem Kendrick-Stipendium erfahren habe, dachte ich, meine Hoffnung wäre vielleicht begründet. Es wird dieses Jahr zum allerersten Mal vergeben, von einem reichen ehemaligen Schüler der Saint Ambrose finanziert und beläuft sich auf fünfundzwanzigtausend Dollar. *Im Jahr.* Für einen Zeitraum von insgesamt vier Jahren. Das Geld würde reichen, um mir ein Studium an diversen staatlichen Hochschulen zu finanzieren. Es würde sogar ein Studium an der UMass

Amherst in greifbare Nähe rücken, wo ich eigentlich am liebsten hingehen würde. Dort gibt es nämlich das Exploratory-Track-Programm, das Studierenden die Möglichkeit bietet, sich nicht sofort auf ein Hauptfach festzulegen, sondern sich Zeit zu nehmen, herauszufinden, welches Gebiet den persönlichen Interessen und Zielen am meisten entspricht. Das ist jedenfalls der Grund, den ich bei meinem Vertrauenslehrer angegeben habe. Die Wahrheit eignet sich für einen Bewerbungsessay nämlich nicht so gut: *Ich würde gern an der UMass Amherst studieren, weil die Uni so groß ist und so weit weg, dass ich dort vielleicht anfangen könnte, mich wie ein neuer Mensch zu fühlen.*

»Wie kommst du darauf, dass Mr Griswell dich hasst?« Regina geht um Al herum, um einen Fettfleck von der Scheibe der Auslage zu wischen. Ihre Kinder waren alle an der Saint Ambrose, deswegen kennt sie den Spitznamen unseres Schulleiters. Außerdem ist sie immer noch supereng mit den Mitgliedern des Elternbeirats vernetzt. Sie weiß oft genug besser darüber Bescheid, was an der Schule los ist, als ich.

»Wegen der Regale.«

»Ach, ich bitte dich.« Sie stemmt die Hände in die Seiten. »Das ist doch Jahre her. Und das war eine Sache zwischen ihm und deinem Vater. Deswegen kann er unmöglich einen Groll gegen dich hegen.«

»Und ob er kann«, seufze ich.

Als ich jünger war, hat mein Dad gelegentlich Schreinerarbeiten für die Saint Ambrose übernommen. In der Achten hat Grizz ihn mit der Anfertigung eines Einbauregals für sein Büro beauftragt. Aber nachdem Dad den Auftrag ausgeführt und Grizz die Rechnung gegeben hat, hat unser Schulleiter steif und fest behauptet, er hätte diesem Preis niemals zugestimmt und würde nur drei Viertel der Summe bezahlen. So ging es ein paar

Tage hin und her, und als klar war, dass Grizz nicht nachgeben würde, hat Dad kurzen Prozess gemacht. Am darauffolgenden Wochenende hat er das komplette Regalsystem wieder abgebaut und die Wand neu gestrichen, sodass alles wieder aussah wie vorher. Bis auf die Nachricht, die auf Grizz' Schreibtisch lag: *Habe es mir anders überlegt und lehne den Auftrag ab.*

So tickt mein Vater nun mal. Er ist der entspannteste Mensch auf der Welt, aber wenn er der Meinung ist, dass jemand zu weit geht, legt sich bei ihm von jetzt auf gleich ein Schalter um. Grizz kann von Glück sagen, dass er mit einem wieder abgebauten Regalsystem davongekommen ist, aber er hat das natürlich anders gesehen. Er war stinksauer und wird garantiert nicht im Traum daran denken, Noah Junior Talbots Sohn hunderttausend Dollar fürs College zu bewilligen.

»Na gut, dann ist Mr Griswell vielleicht nicht dein größter Fan«, sagt Regina. »Aber er ist ja sicher nicht der Einzige, der über die Vergabe des Stipendiums entscheidet, oder? Ms Kelso hat da auch noch ein ziemlich großes Wörtchen mitzureden. Vielleicht sogar das größte. Außerdem ... hmmm, wie war das noch gleich ...« Sie tippt sich ans Kinn und tut so, als würde sie angestrengt nachdenken. »War sie nicht neulich hier und hat dich bei einer bestimmten Sache um Hilfe gebeten? Nur dass du das blöderweise abgelehnt hast?«

»Vergiss es«, sage ich.

»Komm schon, Tripp.«

»Nein.«

»Du sagst *Nein* zu einem College-Stipendium?«

»Ich sage *Nein* zu dieser Arbeitsgruppe. Das ist einfach zu ... *weird*«, sage ich kopfschüttelnd. Regina verschränkt die Arme vor der Brust und sieht mich streng an. »Im Ernst jetzt. Wir reden hier davon, dass ich beim Anlegen eines Gedenkgartens für einen Menschen mithelfen soll, den ich …« Ich schlucke schwer. »Den ich tot im Wald gefunden habe.«

Ich habe jahrelang versucht, diesen Tag zu vergessen – wenn auch aus anderen Gründen, als Regina annimmt. Ich kann es ihr deswegen nicht verübeln, dass sie meine Mitarbeit bei der Larkin-Gedenkgarten-AG für eine Chance hält und nicht für einen total beschissenen Albtraum.

»Das ist kein bisschen *weird*. Sondern eine schöne Idee, um an ihn zu erinnern«, sagt Regina. »Und vielleicht ist es sogar heilsam.« Ihre Stimme nimmt einen für ihre Verhältnisse geradezu sanften Ton an. »Du hast Heilung genauso verdient wie jeder andere, Tripp.«

Ich erwidere darauf nichts. Meine Kehle könnte genauso gut mit Zement gefüllt sein. Ich komme mit einigem klar, aber nicht mit einer Regina Young, die mir sagt, was ich verdient habe, ohne die leiseste Ahnung davon zu haben, was ich getan habe. »Außerdem weißt du ganz genau, dass Ms Kelso ein paar Jungs mit Muckis braucht«, schiebt sie hinterher. »So einen Garten anzulegen ist ein hartes Stück Arbeit, und ihr Jungs von der Saint Ambrose seid nicht gerade dafür bekannt, laut *hier* zu schreien, wenn es darum geht, irgendwo freiwillig mit anzupacken.« Sie kehrt hinter die Ladentheke zurück und sticht den Zeigefinger in meine Richtung. »Also hör auf rumzujammern und füll gefälligst das Antragsformular aus, wenn du nicht willst, dass ich deinen weißen Hintern vor die Tür setze.«

»Du bluffst«, sage ich, obwohl ich mir da gar nicht sicher bin. Ich würde diesen Job extrem ungern verlieren. Regina zahlt besser als irgendjemand sonst in Sturgis, und die Brightside Bakery ist so eine Art zweites Zuhause für mich. Eins, das viel sauberer ist und leckerer duftet als mein eigentliches Zuhause.

Die Türglocke bimmelt und ein halbes Dutzend Typen in

gelb-blau gestreiften Trikots unter ihren Parkas stürmt lachend und sich gegenseitig schubsend herein. Die Lacrosse-Saison ist zwar eigentlich vorbei, aber die Indoor-Liga läuft noch auf vollen Touren. »Was geht, T.?«, ruft Shane mir mit dröhnender Stimme zu und lässt seine Tasche neben einen der großen Tische am Fenster fallen, bevor er sich meiner Chefin zuwendet und ihr sein charmantestes Lächeln schenkt. »Hey, Regina. Wir bekommen bitte alle Pop-Tarts, die Sie in der Auslage liegen haben.«

Regina schüttelt den Kopf. »Ihr kriegt zwei Stücke pro Nase und basta«, sagt sie, während die anderen Jungs schon angefangen haben, sich mit Servietten einzudecken und Getränke aus dem Selbstbedienungs-Kühlschrank zu holen. »Meine Stammgäste wollen auch noch was davon abhaben.«

Shane presst erschüttert eine Hand auf seine Brust und schüttelt sich eine dunkle Strähne aus den Augen. Mein Vater nennt ihn immer nur »Ronaldo«, nach irgendeinem europäischen Fußballstar, dem er angeblich ähnlich sieht. »Wie kann es sein, dass wir nach all dieser Zeit nicht zu Ihren Stammgästen zählen?«, sagt er.

»Zwei pro Nase«, wiederholt Regina streng, während ihre Mundwinkel gleichzeitig leicht nach oben zucken. Obwohl sich Shane in ihrer Gegenwart immer von seiner besten Seite zeigt, weiß sie nie, ob sie sich über ihn amüsieren oder von ihm genervt sein soll.

»Eines Tages …«, seufzt Shane und lässt sich in einen Stuhl fallen. »Eines glorreichen Tages, werden Sie mir so viele Pop-Tarts geben, wie ich will – dann endlich wird mein Leben vollkommen sein.«

»Dein Leben ist schon jetzt viel zu vollkommen«, sage ich, worauf er mir grinsend den Mittelfinger zeigt.

Regina zupft mich am Ärmel. »Ich muss die nächste Ladung

Muffins in den Ofen schieben«, sagt sie. »Sei so lieb und bring Al nach hinten, ja?« Obwohl es in Sturgis niemanden juckt, ob Al im Essbereich rumliegt oder nicht – noch nicht mal die Leute vom Ordnungsamt unter Reginas Gästen –, hält sie sich an die Vorschriften und sorgt dafür, dass er ins Hinterzimmer kommt, sobald es voller wird.

»Wird erledigt, Ma'am.« Ich salutiere, aber sie verschwindet kommentarlos in der Küche. Al fällt wie immer darauf rein, als ich ihn mit einem Cookie ins Büro locke und ihm dann stattdessen bloß eine Schüssel Wasser als Trostpreis hinstelle. Anschließend gehe ich wieder hinter die Theke und bonge die Riesenbestellung der Jungs in die Kasse. Bezahlt wird wie immer mit einem Stapel von Kreditkarten.

Als ich gerade fertig bin und alle sich zum Essen hingesetzt haben, geht erneut die Türglocke und ein Mädchen kommt herein. »Schluss mit lustig, Shaney«, höre ich einen der Typen murmeln. »Deine Frau ist hier.«

Shanes Grinsen verrutscht nur für eine Millisekunde, bevor er ihr strahlend ein »Hey, Babe« zuruft und den Kuss erwidert, den Charlotte ihm zur Begrüßung gibt. »Willst du auch ein Pop-Tart?«

»Nein, nur einen Kaffee«, sagt Charlotte. Sie trägt einen schwarzen Mantel mit absurd vielen Schnallen und Knöpfen und lässt sich alle Zeit der Welt, um sie zu öffnen, bevor sie ihn über die Rückenlehne eines freien Stuhls legt.

»Schwarz mit Honig?«, frage ich, als sie zur Theke kommt.

Sie lehnt sich mit der Hüfte dagegen. »Du kennst mich so gut.«

»Dir ist klar, was für eine schräge Kombi das ist, oder? Ich arbeite jetzt schon seit fast zwei Jahren hier und kenne niemanden außer dir, der seinen Kaffee mit Honig trinkt.«

Charlotte lächelt. »Ich hebe mich eben gern von der Masse ab.«

Was ihr noch nie schwergefallen sein dürfte. Charlotte gehört zu den Mädchen, denen die Leute schon ihr ganzes Leben lang sagen: *Du solltest unbedingt als Model arbeiten.* Diese peinlichen Phasen, die andere Teenager durchmachen, sind Charlotte Holbrook gänzlich fremd. Dabei ist es nicht so, als wäre irgendetwas an ihr wirklich außergewöhnlich. Als Regina mich einmal gebeten hat, ihr Shanes Freundin zu beschreiben, habe ich gesagt: »Sie ist hübsch. Braune Haare, blaue Augen, ein bisschen größer als du.« Dann ist Charlotte das erste Mal in den Laden gekommen und Regina hat kopfschüttelnd vor sich hin gemurmelt: »*Hübsch* … Dieses Mädchen ist so hübsch, wie der Mount Everest hoch ist.«

»Warst du heute schon im Intranet?«, fragt Charlotte, während ich ihren Kaffee mache.

»Nein. Es sind Winterferien«, erinnere ich sie.

»Ich weiß, aber heute sind die Klassenlisten veröffentlich worden, und ich wollte wissen, mit wem ich mein letztes Schulhalbjahr verbringen werde.« Als ich bloß die Augen verdrehe und ein leises Schnauben ausstoße, gibt sie mir einen Klaps auf den Arm. »Hallo? Es gibt Leute, die interessiert so was. Jedenfalls – rate mal, welchen Namen ich auf der Liste entdeckt habe.«

»Welchen?« Ich öffne die Kappe der Honigflasche und drücke einen Strahl in Charlottes Tasse.

»Brynn Gallagher.« Charlottes Blick wandert zu Shane, der genau in dem Moment laut auflacht, sodass sie nicht mitbekommt, wie mir fast die Honigflasche aus der Hand fällt. Ich glaube nicht, dass Charlotte weiß, wie gut Brynn und ich früher befreundet waren; in all den Jahren, die wir beide schon zusammen abhängen, haben wir exakt *keinmal* über Brynn Gallagher gesprochen.

»Wie bitte?«

»Brynn Gallagher«, wiederholt sie und richtet ihre Aufmerksamkeit wieder auf mich. Dann runzelt sie die Stirn. »Tripp, das ist viel zu viel.«

Shit, sie hat recht. Das ist eindeutig eine Überdosis Honig. »Sorry«, sage ich, stelle die Tasse in die Spüle und gieße ihr in eine andere noch mal neuen Kaffee ein. Ich brauche gar nicht erst zu versuchen, sie davon zu überzeugen, ihn trotzdem zu trinken. Charlotte versteht keinen Spaß, was das Verhältnis von Kaffee und Honig angeht. »Hast du gerade ›Brynn Gallagher‹ gesagt?«

»Sogar zweimal, ja.« Charlotte überwacht mit strengem Blick meinen zweiten Versuch.

»Seltsam«, sage ich so locker wie möglich, weil ich auf gar keinen Fall will, dass Charlotte sich fragt, warum ich plötzlich unfähig bin, die einfachste Aufgabe auszuführen. »Die wohnt doch gar nicht mehr hier.«

Charlotte zuckt mit einer Schulter. »Vielleicht sind ihre Eltern wieder hergezogen.«

»Pech für sie«, sage ich und stelle einen perfekt zubereiteten Honigkaffee vor sie hin. »Bitte schön.«

»Danke, Tripp.« Charlotte dreht sich um, ohne zu bezahlen. Sie weiß, dass ich den Kaffee auf Shanes Karte setze. Ich schaue ihr hinterher, als sie an seinen Tisch zurückkehrt, aber statt ihren Mantel vom Stuhl zu nehmen, bleibt sie mit erwartungsvollem Lächeln stehen, bis einer der Jungs neben Shane eins weiter rutscht und seinen Platz für sie frei macht.

Charlotte lässt Shane keinerlei Freiraum. Das ist schon so, seit die beiden Ende der achten Klasse zusammengekommen sind. Aber in letzter Zeit habe ich immer öfter das Gefühl, dass ihn diese Zweisamkeit nach dem Klettverschlussprinzip allmählich fertigmacht.

Ich bilde mir ein, einen leicht verkniffenen Zug um seinen Mund zu sehen, als Charlotte sich neben ihn setzt, aber im nächsten Moment fällt die Anspannung von ihm ab, er zwinkert ihr zu und lächelt. Vielleicht sehe ich ja nur Gespenster.

Es ist auch nicht so, als hätte ich ihn jemals darauf angesprochen. Shane, Charlotte und ich sind zwar seit fast vier Jahren immer gemeinsam unterwegs, aber unsere Beziehung ist komplett oberflächlich. Wir reden über die Schule, über irgendwelche Trends auf TikTok, Sport oder Charlottes Lieblingsthema: Shane und Charlotte. Die Liste der Dinge, über die wir *nicht* reden, ist sehr viel länger und besonders ein Thema ist absolut tabu. Es gibt da nämlich eine ungeschriebene Regel, an die wir uns seit der achten Klasse halten.

Wir sprechen niemals über das, was an jenem Tag im Wald passiert ist.

TRIPP

VIER JAHRE ZUVOR

Es ist Mittwochnachmittag und ich stehe in dem kleinen Birkenhain im Wald hinter der Saint Ambrose. Durch meine Earbuds dröhnt Musik, und ich beobachte, wie mein Atem in der Luft zu kleinen Dampfwölkchen kondensiert, während ich auf Shane Delgado warte. Für fast Mitte April ist es ungewöhnlich kalt, als hätte der Winter beschlossen, in die Verlängerung zu gehen. Entsprechend spärlich ist das Grün an den Bäumen. Vielleicht nicht unbedingt der perfekte Zeitpunkt, um Blätter »zur Abbildung der Artenvielfalt in dieser Gegend« zu sammeln, wie unsere Biologielehrerin Ms Singh uns aufgetragen hat, aber mich fragt ja keiner.

Die Klarsichthüllen in meinem Ordner sind trotzdem schon gut gefüllt – alles Blätter, die ich heute Morgen bei uns im Garten gesammelt habe. Ich dachte mir, ein kleiner Vorsprung könnte nichts schaden, schließlich bin ich schon seit Januar Shanes Laborpartner und weiß genau, dass am Ende sowieso die ganze Arbeit an mir hängen bleiben wird.

Shane gehört zu den Schülern der Saint Ambrose, die sich auf die faule Haut legen können, weil sie nicht von einem Stipendium abhängig sind. Er muss sich um überhaupt nichts Sorgen machen. Tut er auch nicht. Seine Tiefenentspanntheit geht sogar so weit, dass er gelegentlich in der Garderobe unseres Klassenzimmers ein kleines Nickerchen hält. Selbst die Lehrer reißen Witze darüber, aber wehe, wenn ich mich mal kurz aufs Ohr hauen würde.

Ich weiß, dass es nichts bringt, auf jemanden wie Shane neidisch zu sein, aber heute kann ich nichts dagegen tun. Heute würde ich sonst was dafür geben, er zu sein oder sonst jemand, egal wer – Hauptsache nicht ich selbst.

4

TRIPP

Bei meiner Vernehmung nach dem Mord an Mr Larkin habe ich zum ersten Mal in meinem Leben eine Polizeistation von innen gesehen. Wir hatten völlig aufgelöst unsere Eltern angerufen – oder, na ja, eigentlich nur Shanes Eltern, obwohl die beiden, im Gegensatz zu meinem Vater, in Boston arbeiten und noch gar nicht wieder zu Hause waren. Aber uns allen war klar, dass mein Dad definitiv nicht der Richtige war, um mit so einer Situation umzugehen. Die Delgados haben dann die Polizei in Sturgis kontaktiert, kurz darauf hielt ein Streifenwagen auf dem Parkplatz der Saint Ambrose und wir haben die Beamten zu Mr Larkins Leiche geführt. Die ganze Situation war so surreal, dass ich mich kaum noch daran erinnern kann. Erst als wir zur Polizeistation gebracht wurden, um unsere Aussagen zu machen, konnte ich wieder halbwegs klar denken.

Die Polizei hatte in der Zwischenzeit meinen Vater informiert. Sobald er auf die Wache kam, wurde ich von Shane und Charlotte getrennt und in einen kleinen Raum gebracht. Obwohl ich mit so was natürlich keinerlei Erfahrung hatte, wusste ich sofort, dass sie überprüfen wollten, ob unsere jeweiligen Aussagen sich deckten. Ich verdrängte den Anblick von Mr Larkin aus meinem Kopf und beantwortete die Fragen, die

Officer Patz mir stellte, so gut ich konnte. Damals habe ich ihn noch auf ungefähr Anfang vierzig geschätzt, also ungefähr auf das Alter meines Dads, weil die meisten Erwachsenen für mich alt aussahen. Erst recht, wenn sie Geheimratsecken hatten. Später erfuhr ich, dass er damals erst fünfundzwanzig gewesen ist, genau wie Mr Larkin.

»Aus welchem Grund seid ihr denn eigentlich im Wald gewesen, Tripp?«

»Wir sollten Blätter für ein Biologieprojekt sammeln.« Ich zeigte ihm meinen Ordner, den mir einer der Beamten vorübergehend abgenommen und nach eingehender Untersuchung wieder zurückgegeben hatte.

»Bist du mit Shane und Charlotte befreundet oder warum wart ihr zusammen dort?«

»Shane ist mein Projektpartner und er und Charlotte kennen sich gut.«

»Und warum haben die beiden keinen Ordner dabeigehabt?«

Weil sie wussten, dass ich die ganze Arbeit für sie mit erledigen würde. Das war zwar die Wahrheit, aber ich habe sie für mich behalten, weil von den Stipendiaten der Saint Ambrose Dankbarkeit erwartet wird, keine Verbitterung. »Sie hatten ihre vergessen«, antwortete ich stattdessen.

»Und wer war Charlottes Projektpartner?«

Vor Brynn Gallagher gab es kein Entkommen; sie war selbst dann präsent, wenn sie nicht da war. »Das weiß ich nicht«, sagte ich bloß und Officer Patz hakte nicht nach.

»Seid ihr drei die ganze Zeit zusammen gewesen oder habt ihr euch auch mal getrennt?«

Als Lisa Marie noch bei uns gewohnt hat, hat sie es zwar meinem Vater überlassen, mir die grundlegenden Fertigkeiten des Lebens beizubringen – wie man sich die Zähne putzt oder sich Cornflakes zum Frühstück macht –, aber ich habe trotzdem ein paar Dinge von ihr aufgeschnappt. Sie redete selten direkt mit mir, sondern eher in meine ungefähre Richtung, aber ich habe jedes ihrer Worte aufgesaugt. »Die Welt wäre ein glücklicherer Ort, wenn mehr Leute wüssten, wann es besser ist, den Mund zu halten«, hat sie öfter gesagt. »Andauernd wird geredet. Man stellt jemandem eine einfache Frage und kriegt gleich seine ganze Lebensgeschichte erzählt. Wen interessiert's? Sag einfach Ja oder Nein! Es spielt noch nicht mal eine Rolle, ob es die Wahrheit ist.«

Ich rieb Daumen und Zeigefinger aneinander und sagte: »Wir sind die ganze Zeit zusammen gewesen.«

»Ihr habt euch noch nicht mal für ein oder zwei Minuten getrennt?

»Nein.«

»Und wie seid ihr auf Mr Larkins Leiche gestoßen?«

Ich wusste, dass das der entscheidende Teil war, deswegen habe ich mir ein paar Sekunden Zeit gelassen, um meine Gedanken zu sortieren. »Wir waren in der Nähe vom Shelton Park – Sie wissen schon, wo manchmal Leute sitzen und Vögel beobachten? Da lag ein riesiger Ast am Boden, der vielleicht bei einem Unwetter runtergekracht war, und Charlotte meinte, dass wir von dem ein paar Blätter abreißen könnten, an die wir anders nicht drangekommen wären. Als wir darauf zugingen, haben wir etwas Weißes dahinter gesehen. Das war ein Sneaker.«

»Habt ihr sofort erkannt, dass es ein Sneaker war?«

»Nein, ich hab es erst für Müll gehalten, eine Plastiktüte oder so was. Aber als wir näher ran sind …«

»Wie viel näher ran?«

»Kann ich nicht genau sagen. Nah genug, um zu erkennen, dass es ein Sneaker war.«

»Okay. Und wie ging es dann weiter?«

»Dann haben wir Mr Larkin gesehen.«

Dieser Teil der Vernehmung hat am längsten gedauert. Ich saß gefühlt Stunden da, während Officer Patz mir eine Frage nach der anderen stellte. Wie hat Mr Larkin ausgesehen? Ist euch in der näheren Umgebung sonst noch etwas aufgefallen? Habt ihr sofort gewusst, dass er tot ist? Habt ihr ihn berührt? Habt ihr in der Nähe irgendjemanden gesehen oder gehört?

»Neben ihm lag ein Stein. Der war ziemlich groß und scharfkantig und … da war Blut dran.«

»Woher habt ihr gewusst, dass das Blut war?«

»Er hat rot geglänzt und sah … feucht aus.«

»Habt ihr ihn angefasst?«

»Shane hat ihn aufgehoben und umgedreht, danach waren seine Hände voller Blut. Seine Hose hat auch was abbekommen.«

»Hast du es für eine gute Idee gehalten, dass er den Stein aufhebt?«

Es entstand eine lange Pause, in der ich auf vier tiefe, gleichmäßige Kratzer auf der Tischplatte starrte und mir vorstellte, sie seien von der Klaue eines Dämons hinterlassen worden. Irgendeine mystische Kreatur, die die Polizei von Sturgis gefangen hatte, die dann aber wieder entflohen war.

»Ich weiß nicht. Darüber hab ich in dem Moment gar nicht nachgedacht, glaube ich.«

»Gibt es sonst noch etwas, das du mir gern sagen würdest, Tripp?«

»Nein. Mehr gibt es nicht zu sagen.«

Als wir endlich fertig waren, bedankte Officer Patz sich bei mir und schickte mich und meinen Vater nach Hause. Dad hat kurze Zeit später von irgendwem gehört, dass wir drei exakt dasselbe ausgesagt hatten. In den Wochen danach haben alle besondere Rücksicht auf uns genommen, weil sie wussten, wie traumatisch es für uns gewesen sein musste, die Leiche unseres Lehrers zu finden. Unsere Nachbarn haben Dad und mir sogar eine Zeit lang Aufläufe und Gebäck vorbeigebracht. Als meine Mutter vor vier Jahren abgehauen ist, hat sich niemand um uns gekümmert. Anscheinend wird es nicht als besonders tragisch angesehen, wenn jemand beschließt, seine Familie zu verlassen.

Eine Woche später wurde ich dann noch mal auf die Polizeiwache einbestellt.

»Hast du gewusst, dass vor Kurzem an eurer Schule Geld entwendet wurde, Tripp?«

Natürlich hatte ich das mitbekommen. Das Geld war Ende März verschwunden und die Geschichte hatte an der Saint Ambrose für einen Riesenaufruhr gesorgt. Brynn hatte im *Sentinel* wochenlang praktisch über nichts anderes mehr berichtet.

»Ja. Das Geld war für den Ausflug der achten Klasse nach New York gedacht.«

»Und weißt du auch, wie viel es genau war?«

»Nein. Aber wahrscheinlich eine ganze Menge. Die Stipendiaten können deswegen nicht mitfahren, also hat die Schulleitung beschlossen, dass der Ausflug für alle ausfällt.« Das hatte in unserem Jahrgang für eine tiefe Spaltung zwischen den zahlenden Kids und denen mit Stipendium gesorgt. An der Saint Ambrose taten sie gern so, als wären wir alle gleich, aber natürlich wussten alle, wer zu welcher Schülerkategorie gehörte.

»Wusstest du, dass Mr Larkin den Diebstahl untersucht hat?«

»Ja, klar.«

»Okay, Tripp. Ich werde jetzt eine Information mit dir teilen, von der wir erst seit Kurzem wissen. Das Geld wurde letzten Freitag während einer routinemäßigen Untersuchung in Charlotte Holbrooks Schließfach gefunden. Was sagst du dazu?«

Ich hätte ihm sagen können, dass nichts an der Untersuchung *routinemäßig* gewesen ist. Die Schüler der Saint Ambrose waren noch nie überprüft worden, erst recht nicht von der Polizei. Aber das Geld war zu dem Zeitpunkt schon seit zwei Wochen verschwunden gewesen, und Grizz war mit den Nerven am Anschlag und hatte dringend jemanden gebraucht, dem er die Schuld geben konnte.

Allerdings ging ich schwer davon aus, dass er nicht wollte, dass dieser jemand Charlotte Holbrook ist. Gleichzeitig war ich mir sicher, dass sie deswegen nicht in Schwierigkeiten kommen würde, aber das konnte Officer Patz sich wahrscheinlich auch denken.

»Das überrascht mich«, sagte ich.

»Was überrascht dich?«

»Dass es in Charlottes Schließfach war. Hat sie es geklaut?«

Ich hatte schon mitgekriegt, dass es Officer Patz nicht gefiel, wenn ich Fragen stellte; er antwortete dann meistens mit einer Gegenfrage. »Bist du mit Charlotte befreundet, Tripp?«

»Nein.« Damals war das die Wahrheit.

»Bist du mit Shane Delgado befreundet?«

»Nein.« Auch das war die Wahrheit.

Ich kann mich nicht mehr an alle darauffolgenden Fragen erinnern, aber irgendwann lenkte Officer Patz das Gespräch auf mich. »Wir haben uns mit ein paar deiner Mitschüler unterhalten, Tripp. Du scheinst ziemlich beliebt zu sein. Einige haben allerdings angegeben, dass du auch härtere Töne anschlagen kannst.«

»Ach ja? Wer denn?«

Ich ließ es so klingen, als hätte ich keine Ahnung, wovon er spricht, obwohl ich mir sicher war, dass er die Sache mit Brynn meinte. Mein Dad, der während des Gesprächs neben mir halb eingeschlafen war, erwachte plötzlich zum Leben, beugte sich vor und stützte die Ellbogen auf den Tisch. »Was spielt das für eine Rolle?«, fragte er. »Es gibt immer Schüler, die sich untereinander nicht verstehen. Versuchen Sie etwa, ihm irgendwas anzuhängen?«

»Natürlich nicht, Mr Talbot. Ich versuche nur, mir ein Bild von Tripp zu machen.«

»Er ist ein guter Junge. Ein guter, ehrlicher Junge, der alles tut, um Ihnen bei Ihren Ermittlungen zu helfen.«

Ich hätte ihm dankbar sein sollen, war ich aber nicht. Ich wollte einfach nur, dass mein Vater den Mund hält, damit wir endlich gehen konnten.

Es ist schon nach sechs, als meine Schicht in der Brightside Bakery zu Ende ist. Nachdem ich mich von Regina verabschiedet und die Tür des Cafés hinter mir zugezogen habe, schicke ich Dad eine Nachricht. *Wie sieht es abendessenstechnisch aus?*

Mies, antwortet er. *Hab's heute nicht mehr geschafft einzukaufen. Soll ich was vom Chinesen mitbringen?*

Das wäre super. Geld kriegst du wieder.

Klar. Irgendwann.

Ich rufe im Golden Palace an und gebe die Bestellung auf. Wir nehmen immer den gebratenen Reis mit Garnelen und das Rindfleisch mit Brokkoli – die mit Abstand besten Gerichte auf der Karte. Das meiste andere, was dort aus der Küche kommt, wird vorher in Teig ertränkt und zu Tode frittiert. Vor ein paar Jahren haben Shanes Eltern ein paar von uns in ein Restaurant in Chinatown eingeladen, wo ich zum ersten Mal Bekanntschaft mit authentischer chinesischer Küche gemacht habe. Allein von den gebratenen und gedämpften Dim Sums habe ich wahrscheinlich genauso viele Kilo gegessen, wie ich damals gewogen habe; ich konnte gar nicht fassen, dass irgendwas so gut schmecken kann. Seitdem habe ich ein gestörtes Verhältnis zum Golden Palace, aber das Essen kommt schnell, ist billig und das Restaurant liegt gleich die Straße runter.

Ich laufe an Ricci's Hardware Store vorbei und bleibe stehen, als ich sehe, wie jemand ohne Erfolg versucht, von innen die Tür von Mo's Barber Shop daneben aufzudrücken. »Hey, Mr S.«, sage ich, nachdem ich sie von außen aufgezogen habe.

Ein kleiner, weißhaariger Mann mit wässrigen blauen Augen schaut zu mir auf. »Wie bitte?«, erwidert er blinzelnd, bevor seine Züge sich aufhellen. »Oh, hallo, Noah.« Mr Solomon, der vor seiner Pensionierung Hausmeister an unserer Schule war, ist nie ein Freund von Spitznamen gewesen. »Ich hab dich erst gar nicht erkannt. Wie groß ihr jungen Leute mittlerweile geworden seid, du liebe Güte. Praktisch schon Erwachsene.«

»Tja, die Zeit rast«, sage ich in einem seltsam herzlichen Tonfall, der nichts damit zu tun hat, wie ich sonst spreche. Keine Ahnung, warum ich mit alten Leuten immer so rede, besonders mit Mr Solomon, der in letzter Zeit irgendwie leicht verwirrt wirkt. Er trägt eine rote Angelkiste in der linken Hand, aber ich hüte mich, ihn zu fragen, ob er angeln gehen will. Seit einiger Zeit beobachte ich, dass er diese Kiste als eine Art mobilen Geldautomaten benutzt. Jedes Mal, wenn ich ihm im Supermarkt oder in der Apotheke begegne, zieht er zerknitterte Geldscheine daraus hervor. Das macht mich auf eine Weise traurig, die ich nicht erklären kann, aber ich gebe mir keine Zeit, darüber nachzudenken, sondern frage stattdessen: »Was macht Ihr Garten?«

Eine überflüssige Frage, weil gerade Januar ist, aber er strahlt mich trotzdem an. »Hat schon bessere Tage gesehen, Noah, aber ich habe hier und da etwas frischen Wind reingebracht.« Das

Grundstück von Mr Solomon liegt genau zwischen Sturgis und Stafford – einem sehr viel wohlhabenderen und hübscheren Ort, in dem Shane mit seinen Eltern wohnt. Als Kind habe ich mir immer vorgestellt, Mr Solomons Garten wäre ein Portal in eine andere Dimension. Irgendwie hat er etwas üppig Exotisches an sich, das so gar nicht hierher ins kühle Klima New Englands passt. Überall klettern Weinranken empor, es gibt alle Arten von Obstbäumen und Beete voller Blumen mit handtellergroßen Blüten. »Komm doch bald mal wieder bei mir vorbei. Dann mache ich uns einen Tee und wir plaudern ein bisschen.«

»Klingt toll«, sage ich, obwohl ich hoffe, dass er genauso gut wie ich weiß, dass das nicht passieren wird. »Ich muss los, Mr S., das Abendessen abholen. Ähm, wollten Sie nicht rausgehen?«

Ich halte ihm immer noch die Tür auf, weil er sich nicht von der Stelle gerührt hat. Er verzieht seine wettergegerbten Züge und brummt: »Würde ich ja gern, aber du stehst mir im Weg.« Okay, anscheinend haben wir für seinen Geschmack lang genug in Erinnerungen an alte Zeiten geschwelgt.

»Oh, tut mir leid.« Ich trete zur Seite, damit er mit einem schiefen Seitenblick an mir vorbeischlurfen kann. Ich weiß, dass er bloß ein verwirrter alter Mann ist, aber genau das ist der Grund, warum ich von hier weg will. Ich kann in dieser Stadt keine zwei Schritte tun, ohne dass irgendwer an mir vorbeikommt, der mich schräg anschaut.

Als ich im Golden Palace ankomme, ist unser Essen doch noch nicht fertig, weshalb ich mich, nachdem ich bezahlt habe, im Vorraum auf eine Bank setze und mein Handy rausziehe. Den Mann, der am anderen Ende sitzt, bemerke ich erst, als er mich anspricht.

»Also wenn das nicht Tripp Talbot ist.«

Ich habe meinen Vorrat an Nettigkeit gerade bei Mr Solomon aufgebraucht, und meine Laune sinkt, noch bevor ich den Mann erkenne. »Oh, hey, Officer Patz.«

Er trägt einen dicken Parka, hat sich einen Schal umgewickelt und eine Wollmütze mit dem Logo der Patriots in die Stirn gezogen. Allerdings habe ich Officer Patz oft genug in der Stadt gesehen, um zu wissen, dass er seinen beginnenden Haarausfall mittlerweile akzeptiert und sich den Schädel unter der Mütze komplett kahl rasiert hat. »Holst du euer Abendessen ab?«, fragt er.

Nein, ich sitze bloß gern auf dieser Bank, denke ich, spreche es aber natürlich nicht laut aus, weil ich kein Idiot bin. »Yup. Sie auch?«

»Meine Frau liebt das Essen hier«, antwortet er.

»Cool«, sage ich und frage mich kurz, ob ich wusste, dass Officer Patz verheiratet ist. Dann beschließe ich, dass es mich eigentlich auch nicht interessiert, und schaue wieder auf mein Handy. Aber bevor ich irgendein Spiel aufrufen kann, redet Officer Patz weiter.

»Ich hab gehört, die Saint Ambrose will einen Gedenkgarten für euren Lehrer anlegen. Für Mr Larkin«, sagt er. Als ich nur unverbindlich nicke, herrscht einen Moment Schweigen, bevor er hinterherschiebt: »Ich muss immer mal wieder an diesen Fall denken. Du warst der erste Zeuge, den ich jemals in einer Mordermittlung befragt habe.«

Der erste und wahrscheinlich der letzte. Kleinere Delikte sind in Sturgis an der Tagesordnung, aber einen Mord hat es seit Mr Larkin nicht mehr gegeben. Weil ich aber das Gefühl habe, dass das keine passende Erwiderung wäre, sage ich bloß so höflich, wie ich kann: »Ach ja?«

»Ist eine heikle Sache, Kids in dem Alter zu befragen«, sagt er. Was will er von mir? Soll ich mich jetzt vielleicht dafür entschuldigen, dass ich damals erst dreizehn war? »Als ich das letzte Mal einen Jungen befragt habe – er hatte einen Überfall beobachtet –, hat er immer wieder widersprüchliche Aussagen gemacht und ständig irgendwas vergessen oder Informationen weggelassen, weil er sie nicht für wichtig hielt.«

Ein kleiner Radiator, der in der Ecke leise vor sich hin röchelt, verwandelt den Vorraum des Golden Palace in eine Sauna. Ich schiebe mir die Haare aus der Stirn. »Verstehe. Klingt, als hätte er als Zeuge nicht viel getaugt.«

Officer Patz, dem es anscheinend ebenfalls zu warm wird, nimmt seine Mütze ab und faltet sie zwischen den Händen. »Na ja, das ist bei Kids nichts Ungewöhnliches, wie ich mittlerweile aus Erfahrung weiß. Das Erinnerungsvermögen von Kindern ist noch nicht so entwickelt wie das von Erwachsenen. Außerdem sind sie beeinflussbar und dadurch als Zeugen weniger zuverlässig. Aber bei euch war das damals ganz anders. Eure Aussagen waren durchweg stimmig und lückenlos.«

»Ja, ich hab eine gutes Gedächtnis.« Ich werfe dem Mädchen hinter der Theke einen ungeduldigen Blick zu. Wo zur Hölle bleibt unsere Bestellung?

»Shane und Charlotte können von Glück sagen, dass du damals auch dabei warst«, spricht Officer Patz weiter. »Wären die beiden allein gewesen, als sie die Leiche gefunden haben, hätte die Sache komplett anders ausgehen können. Sie waren zwar Minderjährige, aber wenn einer der beiden seine Fingerabdrücke auf der Mordwaffe hinterlässt und bei der anderen gestohlenes Geld im Schließfach sichergestellt wird ... na ja ... dann hätte man der Sache genauer auf den Grund gehen müssen.«

»Bestellung für Patz«, ruft das Mädchen hinter der Theke.

Als der Officer keine Anstalten macht, aufzustehen, sage ich: »Ihr Essen ist fertig.«

Officer Patz tut so, als hätte er weder das Mädchen noch mich gehört. Er hat den Blick auf die Wand gegenüber gerichtet und die Brauen zusammengezogen, als wäre er tief in Gedanken versunken. Ich würde ihm das ja sogar abkaufen, wenn ich nicht mitbekommen würde, wie seine Augen in Richtung der Fensterscheibe wandern, in der ich mich spiegle. »Dass es nicht so weit gekommen ist, haben sie allein dir zu verdanken. Du bist weder mit Shane noch mit Charlotte befreundet gewesen. Ich habe jeden Schüler aus eurer Klasse befragt – alle haben mir das bestätigt. Selbst die, die dich nicht mochten.« *Verfluchte Brynn.* »Du und Shane, ihr wart nicht gerade das ideale Team als Projektpartner, und mit Charlotte hattest du kaum was zu tun, bevor sie sich euch an diesem Tag zum Blättersammeln angeschlossen hat. Es gab keinen Grund, warum du für die beiden hättest lügen sollen.«

»Genau«, sage ich und reibe mir über den Daumen. Ich habe gleich gewusst, dass mir die Sache mit dem Gedenkgarten nur Ärger bringen wird, und jetzt hab ich den Salat; ich kann noch nicht mal mehr in Ruhe meine Bestellung beim Nullachtfünfzehn-Chinesen abholen. »Warum hätte ich für sie lügen sollen?«

»Bestellung für Patz«, wiederholt das Mädchen hinter der Theke.

»Hier drüben. Danke«, ruft Officer Patz und steht endlich auf.

Im Glauben, dass das Gespräch endlich zu Ende ist, entspanne ich die Schultern, aber bevor er geht, wirft er mir einen letzten, prüfenden Blick zu. »Genau das ist die Frage, die mich nachts manchmal immer noch wachhält. Warum hättest du für sie lügen sollen?«

Er setzt sich seine Mütze wieder auf, geht zur Theke und greift nach der Tüte mit seiner Bestellung. »Ich wünsch dir noch einen schönen Abend, Tripp. Lass dir dein Essen schmecken.«

5

BRYNN

»Na, hast du die herrliche Hektik vermisst, die ausbricht, wenn wir morgens alle gleichzeitig in den Tag starten?«, frage ich meinen Onkel Nick am Dienstag nach Neujahr und steige auf dem Weg zur Kaffeemaschine über seine ausgestreckten Beine.

Er reibt sich gähnend die rostfarbenen Bartstoppeln an seinem Kinn, das er noch nicht rasieren konnte, weil Ellie immer noch das Badezimmer blockiert. Wir sind jetzt seit über drei Wochen wieder in Sturgis, aber dadurch, dass heute die Schule wieder anfängt, ist es das erste Mal, dass alle im Haus denselben Zeitplan haben. »Nein. Sag mal, kann es sein, dass ihr euch über Nacht vermehrt habt? Ich schwöre, als ich schlafen gegangen bin, waren es nur zwei Mädchen, aber heute Morgen haben sich mindestens vier um mein Badezimmer gezankt.«

»*Unser* Badezimmer«, erinnere ich ihn und schenke mir den Rest vom Kaffee ein. Als ich mich zum Kühlschrank drehen will, blockiert mir Onkel Nick mit ausgestreckter Hand den Weg.

»Du hattest doch wohl nicht etwa vor, dir die letzte Tasse Kaffee zu nehmen, ohne neuen aufzusetzen?« Er versucht streng zu klingen, hat aber nur wenig Erfolg damit. »In diesem

Haus gibt es Regeln«, fügt er hinzu und schiebt seine Buddy-Holly-Hornbrille höher auf die Nase.

Ich ducke mich an ihm vorbei, mache den Kühlschrank auf und greife nach der Milch. »Deine Regeln sind nicht meine Regeln, geliebter Onkel.«

»Dann ist mein Kaffee nicht dein Kaffee, teure Nichte. Gib ihn her.«

»Zu spät.« Ich gieße einen ordentlichen Schwupp Milch in meinen Kaffee und halte die Tasse hoch. »Ups, sorry. Dieser Kaffee ist leider nicht mehr laktosefrei.«

»Du bist die Schlimmste von allen«, seufzt er leidgeprüft, und ich strecke ihm schnell die Zunge raus, bevor ich aus der Küche laufe und die Treppe hochstürme, um mich weiter fertig zu machen.

Onkel Nick ist nur sieben Jahre älter als ich und war schon immer eher älterer Bruder als Onkel für mich. Als mein Großvater sich mit seiner zweiten Frau – Nicks Mom – in Costa Rica zur Ruhe gesetzt hat, hat Nick noch studiert und ist deswegen bei uns eingezogen. Ein Jahr später sind wir nach Chicago umgesiedelt, und meine Eltern, die das Haus in Sturgis behalten wollten, haben Onkel Nick gefragt, ob er weiter hier wohnen bleiben möchte.

Das wollte er und im Großen und Ganzen hat das auch gut funktioniert. Das Einzige, das für Nick wahrscheinlich stressig war, waren Dads ständige Kontrollanrufe, ob er sich auch ordentlich um das Haus kümmert und sich endlich für ein Hauptfach entschieden hat. Nick hat es mit IT-Technik, Film- und Politikwissenschaft versucht, bevor er schließlich einen Abschluss in BWL gemacht hat, mit dem er sich aber nie irgendwo beworben hat, weil sich herausstellte, dass er alles hasst, was mit Betriebswirtschaft zu tun hat. Zurzeit studiert er auf Lehramt, was meiner Meinung nach perfekt zu ihm passt – als er noch auf dem College war, ist er öfter mal als Aushilfslehrer an der Saint Ambrose eingesprungen –, aber Dad lässt ihn einfach nicht in Ruhe.

»Wann hast du eigentlich vor, dein erstes richtiges Geld zu verdienen?«, hat er ihn letzte Woche gefragt. Ich liebe meinen Vater sehr, aber manchmal geht sein innerer Naturwissenschaftler mit ihm durch, der von Empathie noch nie etwas gehört hat. Er begreift nicht, wie das für Ellie und mich ist, regelmäßig miterleben zu müssen, wie er seinen Halbbruder fertigmacht, nur weil der mit vierundzwanzig noch nicht sein gesamtes Leben durchgeplant hat.

Onkel Nick gibt sich alle Mühe, mit uns mitzuhalten, wird aber wahrscheinlich bald ausziehen, was ein weiterer Punkt auf der Liste der Nachteile dieses Hauses ist. Ich hatte total vergessen, wie zugig und kalt es hier im Winter ist, wie klein die Wandschränke sind und dass die Elektrik den Anforderungen des einundzwanzigsten Jahrhunderts einfach nicht gewachsen ist. Jedes Mal, wenn ich in mein Zimmer komme, in dem es nur eine einzige Steckdose gibt, habe ich Angst, dass die Mehrfachsteckerleiste, an der meine sämtlichen elektronischen Geräte hängen, mal wieder die Sicherung rausgehauen hat.

Aber heute habe ich Glück. Auf dem Bildschirm meines Laptops wird immer noch die Webseite der Saint Ambrose angezeigt. Als ich mich gestern Abend eingeloggt habe, um noch mal meinen Stundenplan zu checken, bin ich bei alten Fotos aus der siebten und achten Klasse hängen geblieben, den Jahren, in denen Mr Larkin an der Schule unterrichtet hat. Nach seinem Tod hat die Polizei sämtliche Mitarbeiter der Verwaltung und alle Lehrer befragt, schließlich war er zuletzt lebend in seinem Klassenzimmer gesehen worden, bevor er kurz darauf im Wald hinter der Saint Ambrose von irgendjemandem erschlagen worden ist. Onkel Nick musste damals auch aussagen, obwohl er bloß als Aushilfslehrer gearbeitet hat. Aber so wenig wie Shane, Charlotte und Tripp verdächtigt wurden, schien sich jemand dafür zu interessieren, ob einer von Mr Larkins Kollegen vielleicht ein Problem mit ihm gehabt hat.

»Gemeinsam stärker«, murmle ich, den Blick auf ein Foto gerichtet, auf dem unser Schulleiter Mr Griswell auf ein Banner deutet, auf dem der Wahlspruch der Schule steht. »Sind wir das jemals gewesen?«

»Sind wir was gewesen?«

Ich schaue auf, als Ellie in mein Zimmer kommt, die ein Handtuch um den Kopf gewickelt hat und sich nicht ernsthaft für die Antwort zu interessieren scheint, weil sie sofort eine andere Frage hinterherschiebt: »Hey, hast du vielleicht ein weißes Shirt für mich? Ich hab vergessen, wie durchsichtig die Blusen der Schuluniform sind. Mein einziger sauberer BH ist schwarz, und diese Schule hat es nicht verdient, ihn zu sehen.«

Ich stehe auf und wühle in einer Schublade meiner Kommode. »Klingt, als wärst du genauso begeistert wie ich«, sage ich, als ich ein Shirt herausziehe und ihr zuwerfe.

»Du musst aber nur noch fünf Monate auf die Saint A. Ich noch *Jahre.*«

»Vielleicht wird Dad vorher wieder versetzt«, sage ich.

Sie seufzt. »Hoffentlich.«

Auf meinem Handy geht eine Nachricht ein und ich fische es aus meiner zerwühlten Bettdecke. Mason: *Startklar für den ersten Schultag? So cool, dass du wieder da bist!*

Kurz durchströmt mich Erleichterung und ich schicke lächelnd ein Herz zurück. Von meinen früheren Freunden an der Saint Ambrose sind nur noch Mason Rafferty und Nadia

Amin dort, aber als ich mich letzte Woche mit den beiden auf einen Kaffee getroffen habe, war alles genau wie früher zwischen uns – total entspannt und schön und lustig. Genau das brauche ich, um es durch dieses letzte Halbjahr zu schaffen.

Ellie hat recht, ich habe nur fünf Monate vor mir, aber selbst fünf Monate können einem wie eine Ewigkeit vorkommen, wenn man als einzige Vertrauensperson nur seine vierzehnjährige Schwester hat. Was noch schmerzhafter ist, seit meine Freunde zu Hause in Chicago die sozialen Netzwerke mit nostalgischen Posts fluten: *Die letzten Winterferien! Bald fängt die letzte Softball-Saison an! Freut ihr euch auch schon so auf das letzte Martin-Luther-King-Wochenende in Four Lakes? Die Listen für den Ausflug des Abschlussjahrgangs liegen aus!* Izzy, Jackson, Olivia, Sanjay und Quentin leben ihr Leben weiter, als wäre ich nie aus unserem angeblich unzertrennlichen Sextett herausgerissen worden und alles wäre wie immer.

Ich weiß, dass ich ihnen das nicht übel nehmen darf. Es ist ja nicht ihre Schuld, dass ich wegziehen musste, und ich habe auch nicht erwartet, dass sie nach meinem Umzug nur noch Schwarz tragen und sämtliche Veranstaltungen boykottieren. Aber sie würden sich auch keinen Zacken aus der Krone brechen, wenn sie mich ab und zu mit einem *Wir vermissen dich!* taggen würden. Vor allem Quentin, mit dem fast etwas gelaufen wäre, der aber sofort einen Rückzieher gemacht hat, als er erfahren hat, dass ich wegziehen würde. »Fernbeziehung ist doch scheiße, oder?«, hat er gesagt.

Er hat ja recht, aber der Kommentar war trotzdem nicht gerade ein Ego-Booster.

Als ich meine Saint-Ambrose-Schuluniform anziehe, verhakt sich mein goldenes Lieblingsarmband im Polyesterstoff des karierten Faltenrocks und ich stoße einen unterdrückten

Fluch aus. Mom hat es während ihrer eigenen Highschoolzeit getragen, und ich finde es total süß, weil so viele verschiedene Anhänger dranhängen – ein Kolibri, ein Totenkopf, ein Kleeblatt, ein Stern und ein Schneemann. »Die Dinger sind und bleiben die billigsten Uniformen aller Zeiten«, brumme ich und reiße den abtrünnigen Faden mit einem Ruck ab.

»Und die hässlichsten.« Ellie zieht ihren Handtuchturban vom Kopf und greift nach meinem Föhn. »Gut, dass du nicht direkt nach der Schule zu deinem Vorstellungsgespräch bei *Motive* musstest. Ein Blick auf diesen Privatschul-Albtraum-Look und die hätten dich sofort wieder nach Hause geschickt.«

»Garantiert.« Ich ziehe meinen Saint-Ambrose-Blazer vom Bettpfosten.

Ellie steckt den Föhn ein und schaltet ihn an. »Sagst du den Leuten in deiner Klasse, dass du sie für dein Praktikum ausspionieren willst?«, ruft sie über das Röhren heißer Luft.

»Ich spioniere nicht«, rufe ich zurück, während ich mich prüfend im Spiegel mustere. Ellie und ich sind beide magerer und kleiner, als uns lieb ist, haben Sommersprossen auf Nase und Wangen und dichte kastanienbraune Haare, die wir mit dem Glätteisen bändigen müssen. Man könnte uns fast für Zwillinge halten, wenn unsere Augen nicht wären; ihre sind braun, wie die von Mom, meine grün. Und ein bisschen zu stark getuscht. Ich beuge mich vor, um die Mascaraklümpchen wegzuwischen. »Ich beobachte nur.«

Dasselbe habe ich zu meinen Eltern gesagt, die im ersten Moment hellauf begeistert waren, als ich ihnen von dem Praktikum bei *Motive* erzählt habe, bis sie dann erfuhren, dass ich Carly die Story vom Mord an Mr Larkin angeboten habe. »Wir wünschen uns für dich nichts mehr, als dass du eine Chance auf einen Neuanfang bekommst, Brynn«, sagte Mom. »Besonders nach der Sache mit diesen … na, du weißt schon.« Die Dickpics bleiben für sie ein heikles Thema. »Aber du musst dir über die möglichen Folgen von dem, was du tust, im Klaren sein. Falls in der Sendung tatsächlich über den Fall berichtet werden sollte, könnte sich das negativ auf die Schulgemeinschaft auswirken. Und auf dich.«

»Mit negativen Auswirkungen kenne ich mich aus«, habe ich ihr in Erinnerung gerufen. Unseren Eltern ist es nicht schwergefallen, hierher zurückzukehren; Dad arbeitet schon seit ich denken kann für dasselbe Biotech-Unternehmen, braucht sich also nicht auf neue Kollegen einzustellen, und Mom hat als Illustratorin schon immer von zu Hause aus gearbeitet. Der größte Teil unserer Verwandtschaft lebt hier und dazu natürlich viele ihrer alten Freunde. Die beiden wurden nicht gefeuert, auf eine Warteliste gesetzt und auf BuzzFeed durch den Dreck gezogen. »Außerdem hat Carly noch gar nicht gesagt, dass sie es machen will. Sie hat nur gemeint, dass sie darüber nachdenkt, und wirkte auch eher zögerlich.«

Am Ende haben sie mir ihren Segen gegeben und mir erlaubt, das Praktikum bei *Motive* anzutreten, zur »Orientierung« – aber erst, nachdem Dad mir das Versprechen abgenommen hat, mich »in Bezug auf alle Informationen, die du weitergibst, an strenge moralische Standards zu halten«. Ich bin mir ziemlich sicher, dass er damit die Informationen meinte, die ich über die Schüler der Saint Ambrose weitergebe, und nicht *an* sie. Womit ich kein Problem habe, weil ich sowieso kein Bedürfnis habe, irgendetwas mit Leuten zu teilen, die ich kaum kenne und in fünf Monaten nie wieder sehen werde.

»Also sagst du es ihnen nicht?« Ellie schaltet den Föhn aus, nimmt einen Haargummi von meiner Kommode und zieht ihn durch ihre immer noch leicht feuchten Haare, um sich einen unordentlichen Knoten zu binden. Fürs Glätten ist keine Zeit mehr. »Du lässt einfach alle im Dunkeln?«

»So ist es«, gebe ich zu und Ellie grinst.

»Undercover«, sagt sie. »Gefällt mir.«

6

BRYNN

Die Saint Ambrose hat sich kein bisschen verändert. Die roten Backsteingebäude mit den weißen Säulen, die von einer gepflegten Außenanlage und einem schmiedeeisernen Zaun umgeben sind, der den Campus von den kleinen, heruntergekommenen Häusern der Nachbarschaft trennt, sehen genauso aus, wie ich sie in Erinnerung hatte. Mein VW, den ich auf einem der letzten freien Stellplätze hinter dem Hauptgebäude parke, liegt im Schülerfahrzeug-Ranking, das vom fabrikneuen BMW bis zur gemeingefährlich alten Schrottkiste reicht, exakt im Mittelfeld.

Neben der Treppe am Hintereingang stehen ein paar rauchende Jungs zusammen. »Vielleicht kannst du dir ja einen heißen Saint-Ambrose-Lover angeln, solange du noch hier bist«, murmelt Ellie, als wir auf die Gruppe zusteuern. »Dann pflasterst du mit seinen Fotos deine ganzen Profile zu und zeigst Quentin, was er verpasst.«

»Super. Kann es kaum erwarten, mich in den Dating-Pool der Saint Ambrose zu werfen«, entgegne ich trocken. »Was ist mit dir? Willst du dir nicht auch eine neue Freundin angeln?«

»Ich hab Schluss gemacht, nicht sie«, erinnert Ellie mich. »Ich muss niemandem was beweisen.«

Die Jungen beachten uns nicht, als wir uns der Treppe nähern, nur einer hebt den Kopf und schaut zu uns rüber. Er ist groß und kräftig gebaut, hat einen Bürstenhaarschnitt und ein spärliches Kinnbärtchen und rammt einem seiner Freunde den Ellbogen in die Seite. »Frischfleisch im Anmarsch«, sagt er und nickt dann in meine Richtung. »Was geht, Schönheit? Gehörst du zur Upperclass oder zum Fußvolk?«

Ich halte verdutzt auf der untersten Stufe inne. »Sorry?«

»Gehörst du zur Upperclass oder zum Fußvolk?«, wiederholt er und checkt mich so ungeniert von oben bis unten ab, dass ich froh bin, einen Mantel anzuhaben.

»Ich habe keine Ahnung, wovon du redest«, sage ich und gehe weiter die Treppe hoch.

»Upperclass«, sagt einer der anderen Jungs, worauf die ganze Gruppe in Lachen ausbricht.

»Fängt ja super an«, raune ich Ellie beim Reingehen zu.

Sie schnalzt gespielt missbilligend mit der Zunge. »Wieso? Der Typ war doch ganz nett. Wenn du so streng bist, habe ich keine Hoffnung für dein Liebesleben hier.«

Ellie und ich melden uns im Sekretariat, bekommen Schließfächer zugeteilt, unsere Stundenpläne ausgehändigt und überflüssigerweise auch noch den Weg in die Aula beschrieben. »Viel Spaß an eurem ersten Tag an der Saint Ambrose«, sagt eine mir völlig unbekannte Sekretärin, die in unseren Unterlagen eindeutig den Eintrag »Wiedereinschulung« übersehen hat.

»Sollen wir erst mal zu unseren Schließfächern gehen oder unsere Mäntel einfach in die Morgenversammlung mitnehmen?«, frage ich Ellie, als wir uns dem Strom der Schüler auf dem Flur anschließen. Auf der linken Brusttasche der dunkelblauen Blazer mit den Goldknöpfen prangt wie ein Brandzeichen das Wappen der Saint Ambrose. *Gemeinsam stärker.*

»Wir nehmen sie mit«, sagt Ellie und hakt sich – völlig untypisch für sie – schutzsuchend bei mir unter.

Auf dem Weg zur Aula entdecke ich immer wieder vage vertraute Gesichter, aber es ist, als würde ich sie durch einen Zerrspiegel sehen, der ihre Züge so verändert, dass mir ihre Namen erst einfallen, wenn wir schon an ihnen vorbei sind. Ich fühle mich seltsam orientierungslos, bis wir um eine Ecke biegen und fast mit einem Mädchen zusammenstoßen, das ich auf den ersten Blick erkenne.

»Oh.« Charlotte Holbrook bleibt abrupt stehen. »Da bist du ja.«

»Da bin ich. Ja«, gebe ich verwirrt zurück. Mit ihren hellblauen Augen, ihrem schimmernden Porzellanteint und ihrer Wahnsinnsfigur sieht Charlotte so umwerfend aus wie eh und je. Statt der vorgeschriebenen schlichten weißen Oxford-Bluse trägt sie eine, deren zarter Spitzenbesatz am Kragen perfekt zu dem mit Perlen und Kristallen besetzten Haarreif passt, der ihre glänzende rotbraune Mähne zurückhält. Alles an Charlotte Holbrook ruft in Normalsterblichen das Gefühl hervor, fade, formlos und massiv underdressed zu sein.

»Brynn Gallagher«, sagt Charlotte, als müsste ich mir selbst vorgestellt werden. »Ich habe deinen Namen auf der Klassenliste gesehen und mich gefragt, ob das wirklich du bist oder jemand mit demselben Namen. Aber du bist es wirklich.« Bevor ich etwas sagen kann, verzieht sie die Lippen zu einem kleinen Lächeln. »Willkommen zurück.«

Dann setzt sie ihren Weg fort und ich will sie gerade reflexartig darauf aufmerksam machen, dass sie in die falsche Richtung geht, als ich sehe, wie sie die Arme um einen dunkelhaarigen Jungen schlingt. Ich kann ihn nicht richtig sehen, weshalb ich mir nicht sicher bin, ob es sich wirklich um Shane Delgado handelt, aber falls er es ist, hat Charlotte sich endlich ihren Traummann gekrallt.

»Ich frage mich, wie das ist, wenn man den ganzen Tag mit so einem Gesicht rumläuft«, flüstert Ellie mir zu, während wir weitergehen und in einem Meer aus Dunkelblau und Karomuster in die Aula strömen. »Wie kriegt man da noch irgendwas anderes auf die Reihe?«

»Hey, Brynn!« Als ich meinen Namen höre, drehe ich mich um und sehe Mason Rafferty, der winkend in der zweiten Sitzreihe steht. Mason ist so groß, dass er die meisten anderen Schüler überragt – *unverschämt groß*, hat er früher immer gesagt –, hat halblange dunkle Locken und ein breites Lächeln, das die Lücke zwischen seine Schneidezähnen sehen lässt. »Wir haben dir einen Platz freigehalten«, ruft er über das Stimmengewirr hinweg.

Ich entdecke Nadia neben ihm und schiebe mich zu den beiden durch, froh, mich zugehörig zu fühlen. »Ist auch noch einer für Ellie frei?«, frage ich, als wir bei ihnen sind.

»Klar.« Mason nimmt eine Jacke von zwei Stühlen. »Hallo, Eleanor. Schön, dich wiederzusehen. Immer noch so eine Kanone auf der Querflöte?«

»Hey, Mason. Ich weiß nicht, ob *Kanone* in dem Zusammenhang das passende Wort ist, aber ja«, sagt Ellie und die beiden grinsen sich an. Mason und Ellie haben sich schon früher super verstanden – *Queer-Bonding*, hat Ellie es immer genannt, wenn wir in Chicago manchmal über ihn gesprochen haben. Sie war erst zehn, als wir aus Sturgis weggezogen sind, und war sich damals noch nicht ganz sicher, ob sie auf Jungs oder eher auf Mädchen steht, hat sich in Masons Gesellschaft aber immer viel wohler gefühlt als mit jedem anderen meiner Freunde.

Während Mason und Ellie sofort anfangen, sich angeregt zu

unterhalten, setze ich mich neben Nadia. »Wie fühlt es sich an, wieder hier zu sein?«, fragt sie mit ihrem leichten britischen Akzent. Sie ist in England geboren und erst mit zehn Jahren hierhergekommen, nachdem ihre Eltern bei einem Autounfall ums Leben gekommen sind und sie in die USA ziehen musste, um bei ihrer Tante und ihrem Onkel zu leben. Die beiden haben ein wunderschön restauriertes Kolonialhaus in Stafford, aber ich bin nicht sicher, ob es sich für Nadia jemals wie ein Zuhause angefühlt hat. »Ist alles noch so wie in deiner Erinnerung?«

»Nicht ganz«, sage ich. Mason setzt sich neben mich, legt sich seine Jacke über den Schoß und streckt seine langen Beine unter den Stuhl vor sich aus. »Unten an der Treppe hat uns ein Typ gefragt, ob wir« – ich ziehe irritiert die Brauen zusammen, als ich daran zurückdenke – »zur Upperclass gehören oder zum Fußvolk. Was sollte das?«

Nadia verdreht die Augen. »Da hast du schon mal einen kleinen Vorgeschmack auf die immer größer werdende Kluft zwischen den Fraktionen hier bekommen.«

Ellie, die neben Mason sitzt, beugt sich vor. »Verpassen sich die Leute hier echt gegenseitig solche Bezeichnungen?«

»Die meisten nicht, nein.« Nadia streicht sich eine Strähne ihrer stumpf geschnittenen dunklen Haare hinters Ohr. »Aber seit ihr damals weggezogen seid, hat sich an der Saint Ambrose einiges verändert … drastisch verändert. Die Standards für die Vergabe der Stipendien sind gelockert worden, was bedeutet, dass mittlerweile sehr viel mehr Schüler aus Nicht-Akademikerfamilien in der Oberstufe sind. Zwischen denen und den Schülern mit Geld kommt es immer wieder zu Anfeindungen.«

»Fußvolk gegen Upperclass und umgekehrt?«, frage ich mit hochgezogenen Brauen und sehe zwischen Mason und Nadia hin und her. »Und zu welcher Gruppe gehört ihr?« Nadias Eltern geht es finanziell nicht schlecht, aber sie sind definitiv nicht reich, und Mason, der nur ein paar Straßen von uns entfernt wohnt, gehört zu den Stipendiaten.

»Wir sind die Schweiz.« Nadia lacht. »Und wir finden dieses ganze Theater einfach nur lächerlich. Aber mit unserer Einstellung machen wir uns bei den Colin Jeffries dieser Welt nicht beliebt.« Ihr Blick wandert über meine Schulter. Als ich mich umdrehe, erkenne ich den Jungen, der uns auf der Treppe angesprochen hat und sich gerade einen Weg in den hinteren Teil der Aula bahnt. »Das würde das Bild zerstören, das er von sich selbst hat, nämlich dass *die da oben* Leute wie ihn unterdrücken.«

»Und wer sind *die da oben*?«, frage ich.

Nadia nickt Richtung Eingang. »Da kommen die drei Besten der Besten.«

Aus irgendeinem Grund weiß ich schon, wen sie meint, bevor ich sie sehe. Es ist natürlich Charlotte, die wie eine Königin neben einem gut aussehenden Jungen, den ich diesmal eindeutig als Shane Delgado identifizieren kann, herschlendert und sich fest bei ihm untergehakt hat. Den Typen links von ihr – groß, breitschultrig, blonde Haare – würde ich für einen genauso verwöhnten Privatschul-Prinzen halten, wenn ich nicht unzählige Stunden mit ihm im Haus seiner Eltern verbracht hätte, das einrichtungstechnisch in den 1970er-Jahren stehen geblieben war. »Tripp Talbot gehört mittlerweile zur Upperclass? Hat sein Vater im Lotto gewonnen?«, frage ich, bevor mir klar wird, dass ich damit zugebe, ihn sofort erkannt zu haben, was den anderen wiederum verrät, dass ich ihn in den sozialen Netzwerken gestalkt habe.

Mason grinst wissend. »Tripp ist von ihnen in den Adelsstand erhoben worden«, sagt er. »Die dafür notwendigen Qualifikationen sind für uns einfache Leute natürlich nicht nachvollziehbar.«

»Gott, was habe ich diese Schule vermisst«, stöhne ich und lasse mich genau in dem Moment in meinen Stuhl zurücksinken, in dem der Schulleiter der Saint Ambrose, Mr Griswell, auf die Bühne kommt, auf der eine mit einem Tuch verhängte Staffelei steht. Er tritt hinter das Rednerpult und trinkt erst mal einen großen Schluck Wasser.

»Wird er eigentlich immer noch ›Grizz‹ genannt?«, erkundigt sich Ellie.

»Wieso, hat er noch einen anderen Namen?« Mason grinst.

Grizz' Haare sind mittlerweile vollständig ergraut, aber davon abgesehen hat er sich kein bisschen verändert: ein mit Pullunder unter der Anzugjacke tadellos gekleideter Mann von kleiner Statur, aber dafür umso beeindruckenderer Präsenz und dauergebräuntem Teint. »Herzlich willkommen zurück an der Saint Ambrose.« Er beugt sich etwas vor, damit das Mikro seine Worte bis in den letzten Winkel der Aula tragen kann, in der inzwischen Ruhe eingekehrt ist. »Ich hoffe, ihr hattet erholsame Winterferien, in denen ihr neue Kraft für das vor euch liegende Halbjahr schöpfen konntet. Wir freuen uns sehr, dass ihr alle wieder hier seid, denn wie immer gilt: Gemeinsam sind wir stärker.«

Ich blende seine Stimme aus, während ich mich umschaue und eine Bestandsaufnahme mache. Einiges ist mir vertraut, anderes sehe ich zum ersten Mal; zu den blau-gelben Meisterschaftsbannern an den hohen Deckensparren sind ein paar weitere hinzugekommen, die schlichten grauen Vorhänge, die früher die Bühne eingerahmt haben, wurden durch neue aus dunkelblauem Samt ersetzt, und die Stühle sehen aus, als wären sie frisch gepolstert worden. Vage bekannte Gesichter beginnen schärfere Konturen anzunehmen – ein paar Reihen vor mir sitzt Katie Christo, mit der ich mich eigentlich ganz gut verstanden habe, bis sie anfing, mich nach dem Vorfall mit Tripp im Sportunterricht »Trippstalkerin« zu nennen; Martina Zielinski, eine Einser-Schülerin, die wahrscheinlich als Jahrgangsbeste abschließen wird; Pavan Deshpande, von dem ich in der Siebten hinter dem Trakt für Naturwissenschaften meinen ersten Kuss bekommen habe.

»Eine letzte Sache noch.« Ich zwinge meine Aufmerksamkeit zu Grizz zurück, der seine Stimme erhoben hat, um das wieder lauter gewordene Stimmengewirr zu übertönen. »Wir haben dieses Jahr in der Geschichte unserer Schule wieder einen traurigen Gedenktag zu begehen. Es sind fast vier Jahre vergangen, seit William Larkin, der damals im achten Jahrgang unterrichtet hat, von uns gegangen ist. Mit den Erfolgen, die er für seine Schüler errungen hat, und seinem Engagement hat er ein reiches Erbe hinterlassen. Meine Stellvertreterin Ms Kelso hat eine Arbeitsgemeinschaft ins Leben gerufen, um einen Gedenkgarten für ihn anzulegen, der im Frühjahr eingeweiht werden soll. Aus diesem Anlass möchte ich all denjenigen unter euch, deren Stundenplan es zulässt, eindringlich ans Herz legen, ihr eure Hilfe anzubieten.«

Ich richte mich in meinem Stuhl auf. *Eine Gedenkgarten-AG?* Das wäre *die* Gelegenheit, unauffällig an Informationen über Mr Larkin zu kommen.

Ellie beugt sich an Mason vorbei zu mir. »*Dein* Zeitplan würde das doch bestimmt zulassen, oder?«, flüstert sie.

»Schsch«, zische ich, als Mason neugierig den Kopf schräg legt.

»In der Zwischenzeit«, fährt Grizz fort und deutet auf die Staffelei neben sich, »haben wir, getreu unserer Tradition, hervorragende Lehrkräfte zu ehren, ein Porträt von Mr Larkin anfertigen lassen, das im Verwaltungstrakt aufgehängt werden wird. Es ist mir eine große Freude, dieses Porträt heute zu enthüllen.« Er zieht schwungvoll den Stoff von der Staffelei und zuckt zurück, während zeitgleich ein Mix aus Keuchen, Johlen und verwirrtem Raunen in der Aula zu hören ist.

»Shit.« Nada beugt sich mit zusammengekniffenen Augen vor. »Was steht da?«

»*Arschloch*«, sage ich, ohne den Blick von den leuchtend roten Buchstaben lösen zu können, die über das Porträt von Mr Larkin geschmiert sind und einen Teil seiner Zitronenkrawatte verdecken.

»Oh nein«, sagt Nadia, während Grizz versucht, für Ruhe zu sorgen, und mit dröhnender Stimme verkündet, dass die Person, die für diese schändliche Tat verantwortlich ist, gefunden und bestraft werden wird. Mason ist kreideweiß und sieht aus, als müsste er sich gleich übergeben. Mir fällt wieder ein, wie toll er Mr Larkin immer fand – er war sein absoluter Lieblingslehrer. »Wer macht so was?«

Ellie zupft an einer Strähne, die sich aus ihrem Knoten gelöst hat, und schaut zur Bühne, wo Grizz, der seiner Empörung immer noch lautstark Luft macht, die Staffelei wieder mit dem Stoff verhüllt. »Willkommen zurück an der Saint Ambrose«, sagt sie. »Der dysfunktionalsten Privatschule ever.«

7

TRIPP

Als ich am Mittwoch um sechs Uhr morgens aufwache, dröhnt mir der Kopf. Am liebsten würde ich weiterschlafen, zwinge mich aber, die Decke zur Seite zu werfen und aufzustehen. Das Einzige, was ich noch mehr hasse als laufen, ist das Gefühl, wenn ich meinem inneren Schweinehund nachgegeben habe und *nicht* laufen war.

Ich ziehe mich schnell an, nehme mein Handy vom Ladekabel und will mir meine Ohrhörer von der Kommode greifen, aber da sind sie nicht. Ich suche den Schreibtisch und zuletzt den Boden nach ihnen ab. Kein Glück. Seufzend schnappe ich mir meine Laufschuhe und gehe ins Wohnzimmer, wo der schäbige grüne Teppich meine Schritte dämpft. Unser Bungalow, den mein Dad von seinen Eltern geerbt hat, ist seit den Siebzigern praktisch nicht mehr renoviert worden. Bevor meine Mutter sich aus dem Staub gemacht hat, hat sie wenigstens noch die knalligen Blumentapeten von den Wänden gekratzt und jeden Raum in einer anderen Farbe gestrichen. Ich erinnere mich noch gut daran, wie sie danach mit der Rolle in der Hand in unserem Esszimmer gestanden und sich vorwurfsvoll umgesehen hat, als hätte das Haus sie verraten. »Hat auch nichts besser gemacht«, sagte sie.

Ich habe schon damals gewusst, dass sie nicht nur die Farbe meinte.

Sie ist nicht mehr dazu gekommen, den Teppich rauszureißen. Was nicht so schlimm ist. Er ist superhässlich, aber wärmedämmend, was nicht ganz unwichtig ist, wenn man die Heizung nicht höher als achtzehn Grad stellen darf. Ich schlurfe zur Küche und gähne so herzhaft, dass mein Kiefer knackt. Als mir der bittere Geruch von verbranntem Kaffee entgegenweht, stutze ich, weil ich um diese Zeit normalerweise der Einzige bin, der wach ist.

»Morgen!« Ich fahre so zusammen, dass mir das Handy runterfällt und meinen Zeh trifft, durch den ein stechender Schmerz pulsiert, als ich es wieder aufhebe.

»Oh Mann, Dad!« Ich humple in die Küche und werfe ihm einen finsteren Blick zu. »Du hast mich zu Tode erschreckt. Was machst du denn hier?«

Er hat ein T-Shirt an, das ihm einer seiner Kumpels aus Jux geschenkt hat. Quer über die Brust steht in fetten Buchstaben: *Nach der Highschool ging's mit mir bergab.* Es spricht für seine Fähigkeit, über sich selbst zu lachen, dass er es tatsächlich trägt. Als Dad in meinem Alter war, ist er so eine Art Football-Star gewesen; er war so gut, dass sein Name auf ein paar Plaketten der Sturgis High zu lesen ist, aber leider nicht gut genug, um die Aufmerksamkeit eines Scouts auf sich zu ziehen.

Mein Vater reibt sich durch seine dichten, grau werdenden Haare, bevor er einen Schluck von seinem schwarzen Kaffee nimmt. »Ich wohne auch hier, schon vergessen?«

Ich entdecke die Kabel meiner Ohrhörer unter Dads Schlüsselbund, der auf dem Tisch liegt und viel zu viel Platz beansprucht, weil lauter Anhänger dran befestigt sind, die er seine »Glücksbringer« nennt. Als Kind fand ich das toll, weil ihr

Klirren etwas Tröstliches hatte und ich damals noch an Glück geglaubt habe. Als ich jetzt meine Ohrhörer daraus befreie, vermeide ich es, sie auch nur anzuschauen.

»Hab ich nicht, aber warum bist du schon auf?«, frage ich. Dad arbeitet als Nachtwächter im Sturgis Hospital und hat sich meistens gerade erst ins Bett gelegt, wenn ich morgens aufstehe. Er schläft den Großteil des Tages, sodass wir uns normalerweise erst kurz vor dem Abendessen sehen.

»Hab nachher noch eine Schicht bei Home Depot«, sagt Dad gähnend. »Macht keinen Sinn, mich für zwei Stunden hinzulegen.«

»So dicht hintereinander? Warum?« Um genau dieses Szenario zu vermeiden, legt Dad seine Schichten bei Home Depot in der Regel auf die Wochenenden.

»Der Wagen braucht ein neues Getriebe«, seufzt er.

Die alte Leier. Mein Vater hat immer hart gearbeitet, aber leider auch immer in Jobs, die weder viel einbringen noch sicher sind. Ich kann gar nicht mehr zählen, wie oft er schon arbeitslos war. Wobei man ihm zugutehalten muss, dass er nie die Flinte ins Korn wirft und im letzten Moment immer irgendeine neue Stelle findet. Trotzdem wäre es schön, wenn er nicht jeden Monat aufs Neue entscheiden müsste, welche Rechnungen am dringendsten bezahlt werden müssen.

Aber darüber reden wir nicht. Es gibt eine ganze Menge von Dingen, über die wir nicht reden.

»Alles klar. Ich gehe laufen«, sage ich und stecke mir die Hörer in die Ohren. »Bis später.« Dads Antwort wird vom ersten Stück auf meiner Playlist übertönt, und ich ziehe mir die Kapuze meines Hoodies über den Kopf, als Rage Against the Machine mich aus der Tür katapultieren.

Meine Füße tragen mich wie von selbst die übliche Route

entlang: eine halbe Meile die Straße runter an der Sturgis Highschool vorbei, dann biege ich links auf die Main Street ab. Der obere Abschnitt der Hauptstraße ist der schönste Teil von Sturgis. Ein viktorianisches Haus reiht sich ans nächste, und die Gebäude sehen immer noch prächtig aus, obwohl mittlerweile bei vielen der Putz von den Fassaden blättert. Während der nächsten Meile steigere ich kontinuierlich mein Tempo, bis ich das Ende der Straße erreicht habe. Ich laufe jetzt meine Maximalgeschwindigkeit, die ich beliebig lange durchhalten kann. Meine Beine bewegen sich geschmeidig und unbeirrbar auf und ab wie die Kolben einer Maschine und mein Gehirn schüttet Endorphine aus, die meinen ganzen Körper mit Wohlbehagen fluten.

Das ist der Grund, warum ich laufe. Weil es die einzige halbe Stunde des Tages ist, in der ich mich gut fühle.

Um diese Uhrzeit haben fast alle Läden auf der Main Street noch zu, auch die Brightside Bakery. Auf der Straße ist praktisch nichts los; bloß ein einzelnes Auto, das ich aus dem Augenwinkel wahrnehme, als ich mich dem Zebrastreifen nähere. Ich bleibe nicht stehen, weil … hallo? Zebrastreifen. Aber wer auch immer hinter dem Steuer sitzt, beschließt, ein Arschloch zu sein und beschleunigt, bevor ich die Straße überqueren kann.

Ich zeige den Mittelfinger, dann bleibt mir der Mund offen stehen, als der Wagen an mir vorbeirauscht und ich einen flüchtigen Blick auf die Person hinter dem Steuer erhasche. Verwirrt schaue ich ihr hinterher. *Das kann nicht sein, oder?* Es ist eine unauffällige graue Limousine mit einem Kennzeichen aus New Jersey, die ich noch nie gesehen habe.

Das kann nicht sein.

Ich laufe weiter und biege auf die Prospect Hill. Mein Herz

schlägt schneller, als ich versuche, auf der Steigung mein Tempo zu halten, und bald beginnt meine Lunge zu brennen. Der dröhnende Rhythmus in meinen Ohren treibt mich vorwärts, obwohl alles in mir langsamer werden will, bis der Song vom *Pling* einer eingehenden Nachricht unterbrochen wird.

Normalerweise wäre ich nicht versucht, mitten im anstrengendsten Part meiner Runde einen Blick auf mein Handy zu werfen. Aber der graue Wagen und das Gefühl, die Person am Steuer erkannt zu haben, sitzen mir zu tief in den Knochen. Es gibt eigentlich nur einen Menschen, der mir so früh schreiben würde. Keuchend bleibe ich stehen und hole mein Handy raus. Aber mich erwartet nicht das, wovor mir gegraut hat, sondern etwas noch viel Schlimmeres.

Die Nachricht kommt von einer unterdrückten Nummer und besteht nur aus einem einzigen Wort.

Mörder.

8

TRIPP

»Wer macht denn so was?«, sagt Charlotte in der Mittagspause und hält anklagend ihr Handy hoch. »Echt, was soll das? Das ist das Allerletzte.«

»Da hält sich bloß irgendwer für besonders witzig.« Shane lehnt sich in seinem Stuhl zurück und legt ihr einen Arm um die Schulter, aber Charlotte scheint ausnahmsweise zu aufgebracht, um sich an ihn zu schmiegen und mit ihm zu verschmelzen. »Seit dieser Sache mit dem Porträt sind alle ein bisschen durch den Wind.«

»Okay, aber dann soll dieser Witzbold sich vielleicht mal entscheiden«, presst Charlotte hervor. »Ist Mr Larkin das Arschloch oder wir? Irgendwie ist das doch unlogisch, wenn er uns als *Mörder* bezeichnet, oder?«

»Über so einen Bullshit sollte man sich am besten erst gar nicht den Kopf zerbrechen«, sage ich und hoffe, ich klinge so locker wie Shane. Wenn Charlotte wüsste, wie sehr mich diese Nachricht aufgewühlt hat, würde sie nur noch mehr durchdrehen. Abgesehen davon ging es mir aber auch sofort etwas besser – zumindest habe ich mich nicht mehr so als alleinige Zielscheibe gefühlt –, als klar war, dass Shane und Charlotte dieselbe Nachricht bekommen haben.

»Das triggert mich total, wenn jemand mich fälschlicherweise beschuldigt.« Charlotte schleudert ihr Handy auf den Tisch und verschränkt die Arme vor der Brust. Als Shane und ich sie verwirrt anschauen, schiebt sie gereizt hinterher: »Na, das Geld für den Klassenausflug, schon vergessen? Damals hieß es, ich wäre eine Diebin.«

»Das hat doch niemand wirklich geglaubt«, versichert Shane ihr.

Charlotte scheint widersprechen zu wollen, weshalb ich schnell das Thema wechsle. »Ich frage mich, woher derjenige, der uns das geschickt hat, unsere Nummern hat«, sage ich.

Shane zuckt mit den Achseln. »Aus dem Adressverzeichnis im Sekretariatscomputer? Wäre nicht weiter schwer, da dranzukommen.«

»Dann muss es jemand aus der Schule sein.« Charlotte lässt mit zusammengekniffenen Augen den Blick durch die Cafeteria wandern. »Wahrscheinlich jemand vom Fußvolk.«

»Komm schon, Charlotte. Mach du nicht auch noch bei dem Scheiß mit«, sage ich. Das Wort *Fußvolk* löst ein ungutes Gefühl in mir aus, was nicht bloß daran liegt, dass Colin Jeffries, der Typ, der diese bescheuerten Begriffe eingeführt hat, nur zwei Straßen von mir entfernt wohnt. Wenn es an der Saint Ambrose so was wie ein *Fußvolk* gibt, gehöre ich definitiv dazu. Shane und Charlotte vergessen das gern, was vielleicht auch etwas damit zu tun hat, dass sie noch nie bei mir zu Hause waren. Selbst wenn wir zusammen irgendwo hinfahren, treffe ich mich immer an der Schule mit ihnen. Als wir in der Achten anfingen, öfter Sachen zu dritt zu unternehmen, habe ich das so gemacht, weil ich mich dafür geschämt habe, in so einer abgerockten Gegend zu wohnen … Tja, anscheinend bin ich heute immer noch derselbe rückratslose Scheißkerl.

Ja, das ist schräg. Aber noch schräger ist wahrscheinlich, dass die beiden meinen Status nie hinterfragt haben.

»Lass es gut sein, okay?«, raunt Shane Charlotte zu, als Abby Liu auf unseren Tisch zusteuert. Sie stellt ihr Tablett neben meins und will sich gerade setzen, als sie frustriert aufstöhnt. »Mist, ich hab vergessen, mir was zu trinken zu holen«, sagt sie. »Braucht sonst noch jemand was?«

»Kannst du mir einen anderen Apfel mitbringen?« Charlotte deutet stirnrunzelnd auf den auf ihrem Tablett. »Der hier hat eine braune Stelle.« Für mich sieht er vollkommen okay aus, aber Charlotte ist wie die Prinzessin auf der Erbse aus dem Märchen – sie entdeckt ständig an allem irgendwelche Makel, die sonst niemand wahrnimmt.

»Klar.« Abby zieht sich ihren glänzenden dunklen Pferdeschwanz über eine Schulter nach vorn und sieht mich an. »Tripp?«

»Für mich nichts, danke«, sage ich.

Charlotte schaut Abby hinterher, als sie davongeht, und wendet sich dann mit wissendem Lächeln zu mir. »Sie steht auf dich«, sagt sie.

Ich schnaube. »Das behauptest du von allen.«

»Was kann ich dafür, wenn alle auf dich stehen?« Charlotte schleudert ihre Haare nach hinten. Den Zusatz *außer mir* kann sie sich sparen, das versteht sich von selbst. Immerhin scheint die *Mörder*-Nachricht einen Moment lang vergessen zu sein. »Und du brauchst eine Freundin. Du bist schon viel zu lange Single.«

»Niemand *braucht* eine Freundin«, wendet Shane ein, wofür er sich einen missbilligenden Blick von Charlotte einfängt. »Ich will damit nur sagen, dass du den armen Kerl in Ruhe lassen solltest, Babe. Tripp kann jede Menge Action kriegen, wenn er will.«

»Hör auf, wie ein Neandertaler zu reden«, schnaubt Charlotte und scannt die Tische ums uns herum ab. »Hmm …« Der Ausdruck auf ihrem Gesicht wird nachdenklich. »Brynn Gallagher ist ziemlich hübsch geworden, findet ihr nicht?«

Ich spare es mir, ihrem Blick zu folgen. Charlotte gilt zwar als das heißeste Mädchen der Schule, aber es ist gar nicht so einfach zu erklären, warum das so ist, weil sie zwar alles besitzt, was man braucht, um als schön zu gelten, aber eigentlich nichts wirklich Besonderes an sich hat. Jedenfalls nichts, was ich sehen würde. An Brynn dagegen ist alles besonders: die grünen Augen, die feinen Sommersprossen, die ihre Nase sprenkeln, die kastanienbraunen Haare. Aber das lenkt meine Gedanken in eine ganz ungute Richtung, weshalb ich so tue, als hätte ich Charlotte nicht gehört, und bloß sage: »Da kommt Abby mit deinem Apfel.«

Charlotte setzt ein strahlendes Lächeln auf, als sie den glänzenden roten Apfel aus Abbys ausgestreckter Hand nimmt. Aber kaum hat sie ihn neben den anderen gelegt, weicht das Lächeln einem enttäuschten Ausdruck. »Der hier hat auch eine Macke, aber trotzdem danke.«

Was Shane vor sich hin murmelt, ist zu leise, als dass ich es verstehen würde, aber es klingt verdammt nach *Nichts kann man ihr recht machen*.

* * *

Ein paar Stunden später warte ich mit einer Gruppe anderer Schüler im Gewächshaus der Saint Ambrose auf Ms Kelso. Reginas Drohung, mich zu feuern, wenn ich nicht bei dieser verfluchten Gedenkgarten-AG mitmache, hat gewirkt.

Da niemand da ist, den ich näher kenne und mit dem ich mich unterhalten könnte, lenke ich mich mit meinem Handy ab. Die *Mörder*-Nachricht habe ich noch nicht gelöscht. Irgendwie hatte ich wohl die Hoffnung, sie könnte mir irgendeinen Hinweis auf die Person geben, die sie geschickt hat, was bei einer unbekannten Nummer natürlich absurdes Wunschdenken ist. Aber bevor ich sie endgültig loswerden kann, geht eine Nachricht von einer mir bekannten – aber nicht erwünschten – Nummer ein.

Lisa Marie: *Drehst wohl immer noch gern frühmorgens deine Runden, was, Trey?*

Ich schließe kurz die Augen. »Trey«. Sie kann es einfach nicht lassen. Als gäbe ihr die Tatsache, meine Mutter zu sein, das Recht, mir einen eigenen Spitznamen zu verpassen. Einen, der den Bonus hat, dass ich ihn komplett scheiße finde. Die Person, die heute Morgen in der grauen Limousine an mir vorbeigerast ist, war also doch keine Spukerscheinung. Super. Der Tag wird immer besser.

Eine zweite Nachricht von ihr lenkt meine Aufmerksamkeit auf mein Handy zurück. *Lust auf einen Kaffee nach der Schule? Ich habe auf der Main ein süßes Café gesehen.*

Meinst du das, in dem ich arbeite?, bin ich fast versucht zu antworten, überlege es mir dann aber anders. Würde mich wundern, wenn meine Mutter sich gemerkt hätte, dass ich mittlerweile einen Job habe. Außerdem sehe ich nicht ein, warum ich ihr sofort antworten sollte, nur weil sie beschlossen hat, hier aufzukreuzen und durch Sturgis zu cruisen, ohne mir vorher Bescheid zu sagen, wie jeder normale Mensch es tun würde. Lisa Marie findet so was witzig und bildet sich ein, ihre Spontaneität würde ein bisschen Farbe in das trostlose Leben bringen, das sie hinter sich gelassen hat.

Aber ich finde so was kacke und bin es leid, ihre Spielchen mitzuspielen.

»Hallo, hallo! Tut mir leid, dass ich zu spät bin!« Ms Kelso eilt mit Aktenordnern beladen und ein paar Leuten im Schlepptau auf uns zu. »Wie schön, dass so viele von euch gekommen sind, vielen Dank! Ich freue mich unglaublich, gemeinsam mit euch an diesem wichtigen Projekt zu arbeiten.«

Sie schlägt einen Ordner auf und zieht einen Stapel zusammengeheftete Blätter heraus, den sie einem der neben ihr stehenden Schüler reicht. »Nimm dir bitte ein Exemplar davon und gib den Rest dann weiter. Ich habe hier schon mal ein Konzept entworfen, wie ich mir den Ablauf des Projekts vorstelle, bin aber jederzeit für Änderungsvorschläge offen.« Dann fällt ihr Blick auf mich und sie strahlt übers ganze Gesicht. Ich bin einer ihrer Lieblingsschüler, obwohl ich nichts getan habe, um mir dieses Privileg zu verdienen. »Du hast es ja doch einrichten können, Tripp! Ich freue mich riesig, dass du dich dafür entschieden hast, an unserem Projekt teilzunehmen.«

»Schön«, murmle ich und ziehe den Kopf ein, als ich mir eines der Handouts nehme und den Reststapel ohne aufzuschauen weiterreiche. Mein Bedarf an neugierigen Blicken ist gedeckt; von denen hatte ich schon genug, als ich hier aufgetaucht bin. Klar, immerhin bin ich der Typ, der die Leiche von Mr Larkin gefunden hat.

»Ich schlage vor, wir realisieren unser Projekt in verschiedenen Stufen«, fährt Ms Kelso fort. »Zunächst die Planung: Was für Pflanzen sollen in den Garten? Wie sieht es mit einer Sitzbank oder einer Gedenktafel aus? Diese Möglichkeiten gilt es auszuloten. Danach …«

Es ist ziemlich heiß im Gewächshaus. Während Ms Kelso weiterspricht, ziehe ich den Reißverschluss meiner Jacke auf, schaue mich um und komme zu dem Schluss, dass mir hier zu viele Pflanzen sind. Seit dem Tag im Wald damals kriege ich Beklemmungen, wenn ich von zu viel Grün umgeben bin.

Stopp. Nicht daran denken.

Normalerweise funktioniert das; sobald die Erinnerung an die Oberfläche zu drängen droht, schiebe ich sie zurück. Aber diesmal schaffe ich es nicht, was möglicherweise daran liegt, dass ich hier mitten in einem überheizten künstlichen Wald stehe. Einen Moment lang nehme ich nichts anderes mehr wahr als Bäume, knorrige Stämme und verdrehte Äste, die das Sonnenlicht blockieren und mich zu ersticken drohen. Ich höre jemanden schreien und schaffe es nicht, auch nur einen klaren Gedanken zu fassen, dabei *muss* ich einen klaren Kopf haben.

»Tripp?«

Ich blinzle, bis meine Sicht sich geklärt hat und ich in Ms Kelsos weit aufgerissene Augen sehe, was ziemlich sicher bedeutet, dass alle anderen um uns herum mich genauso anstarren.

»Hast du gehört, was ich gesagt habe?«, fragt sie. »Bist du damit einverstanden, die Orga-Gruppe zu leiten?«

Fuck. Welche Orga-Gruppe? Was habe ich mir da bloß eingebrockt? Ich sollte einfach akzeptieren, dass nicht ich, sondern Martina Zielinski das Kendrick-Stipendium bekommen wird, dann könnte ich aus dieser Laubhölle fliehen, müsste nie mehr zurückkehren und alles wäre gut. Okay, außer dass Regina mich dann entweder feuern oder umbringen würde. Vielleicht sogar beides. »Ja klar, schätze schon«, murmle ich und senke den Blick auf das Handout. Die Buchstaben verschwimmen vor meinen Augen.

»Wunderbar«, sagt Ms Kelso. »Ihr beide werdet ein tolles Team abgeben.«

Wir *beide*? Ms Kelso lächelt jemanden an, der links von mir steht – die Person, der ich vor ein paar Minuten den Stapel Handouts weitergereicht habe, ohne sie anzusehen. Als ich das jetzt nachhole, schaue ich direkt in Brynn Gallaghers leuchtend grüne Augen.

»Hey, Partner«, sagt sie.

9

BRYNN

»Brynn? Eine Frage. Wie viele Morde waren das noch mal, die Patty LaRusso begangen hat?«

Ich schaue von meiner Excel-Tabelle auf und sehe Lindzi Bell, eine der Redakteurinnen von *Motive,* in der Tür stehen. »Ähm, Moment … sie war in drei Todesfälle verwickelt, aber einer davon wurde als Unfall eingestuft. Genau genommen also zwei.«

Das ist jetzt schon meine dritte Woche bei *Motive.* Als ich Lindzi – die meine direkte Vorgesetzte ist – nach den Arbeitszeiten gefragt habe, hat sie gesagt: »Komm, wann immer du kannst.« Ich sitze meistens hier im »Bunker«, wie der fensterlose Raum mit dem langen Tisch genannt wird, an dem ein Dutzend Rechercheassistenten an Laptops arbeiten. Meine Aufgabe hat bis jetzt hauptsächlich darin bestanden, die Daten diverser Serienmörderinnen ins System einzugeben.

Lindzi schiebt die Ärmel ihres perfekt sitzenden Wickeltops hoch und schüttelt so heftig den Kopf, dass ihre sandfarbenen Locken wippen. Sie ist um die dreißig, hat ein sommersprossiges Gesicht und sieht immer aus, als würde sie gerade an einem sehr teuren Yoga-Kurs teilnehmen. »Dann streich sie aus der Liste. Zwei sind für unsere Anforderungen zu wenig.«

»Sorry, Patty, als Mörderin hast du einfach nicht genug auf dem Kasten«, murmelt der schlaksige Hipster namens Gideon, der neben mir sitzt. Pflichtbewusst lösche ich Patty LaRusso aus der Tabelle.

Lindzi ignoriert seinen Kommentar. »Und dann wollte ich auch noch über den Runden Tisch im Scarlett mit dir sprechen, an dem du nachher teilnehmen sollst«, sagt sie zu mir.

In den ersten Tagen habe ich nur ungefähr die Hälfte von dem verstanden, was Lindzi gesagt hat, weil sie einem oft nur Stichworte hinwirft. Aber mittlerweile beherrsche ich die Sprache bei *Motive* schon etwas besser. Ich weiß, dass mit Rundem Tisch Meetings gemeint sind, in denen sich die Redakteure gegenseitig über laufende Projekte updaten. Scarlett ist der Name des große Konferenzraums gleich neben dem Empfang. Alle Konferenzräume bei *Motive* sind nach Charakteren aus *Cluedo* benannt. »Wenn es irgendwie geht, drück dich vor Meetings im Mustard«, hat Gideon mir am ersten Tag geraten. »Der Tisch klebt immer ganz eklig. Niemand weiß, warum.«

»Ja? Wieso, was gibt's?«, frage ich gespannt und wirble auf meinem Bürostuhl herum.

Der Runde Tisch heute ist eine große Sache für mich. Gleich an meinem ersten Tag habe ich Lindzi meine Zusammenfassung zum Larkin-Fall in die Hand gedrückt und sie ein paar Tage später mit ein paar Anmerkungen zurückbekommen. »Gefällt mir. Steckt eine Menge Potenzial drin«, hat sie gesagt, was mich unglaublich gefreut und stolz gemacht hat. Letzte Woche hat sie dann vorgeschlagen, dass ich die Story beim nächsten Runden Tisch vorstellen soll.

»Im Ernst?«, habe ich gesagt und geschluckt. »Das heißt, es wird eine *Motive*-Folge über Mr Larkin geben?«

»Na ja, mach dir nicht zu viele Hoffnung«, hat sie freundlich, aber bestimmt geantwortet. »Das Meeting bietet dir lediglich eine erste Möglichkeit, dem Team mehr Input zu einem Konzept zu liefern. Das ist die absolute Anfangsphase, also freu dich nicht zu früh.«

»Willst du wirklich, dass ich die Vorstellung übernehme?«, habe ich sie gefragt und mir sofort auf die Zunge gebissen. Schließlich möchte ich selbstbewusst rüberkommen, nicht so schüchtern und zaghaft.

»Warum denn nicht? Es ist schließlich deine Idee«, hat sie gesagt und mir zugezwinkert. »Offen gestanden wird es ein ziemlich spärlich besetzter Runder Tisch mit überschaubarer Tagesordnung. Aktuell sind eine Menge Leute in Sachen Recherche unterwegs oder noch im Urlaub. Betrachte es also einfach als Trainingseinheit unter Freunden.«

Lindzi verschränkt die Arme vor der Brust und lehnt sich an den Türrahmen. »Der heutige Runde Tisch wird jetzt doch nicht so informell, wie ich ihn dir angekündigt hatte. Ich hab gerade gehört, dass Ramon d'Arturo extra dafür angereist ist.«

Um mich herum wird vielsagend geraunt, während ich Lindzi ratlos anschaue.

»Wer ist Ramon d'Arturo?«, frage ich.

»Der neue Senior Executive. Er ist vor ein paar Monaten von ABC zu uns gewechselt und soll uns eine größere Reichweite verschaffen.« Lindzi senkt die Stimme. »Ramon und Carly geraten oft aneinander. Ihm geht es vor allem um *Wachstum und Stärkung der Marke* und seine Ideen sind teilweise ziemlich konservativ. Er hat die Angewohnheit, Konzepte, die er für unausgegoren hält, in der Luft zu zerpflücken, deswegen ist heute vielleicht nicht der beste Tag, um den Fall William Larkin zu präsentieren.«

»Was?« Die Vorstellung, dass meine ganze sorgfältige Vorbereitung umsonst gewesen sein könnte, versetzt mir einen Stich der Enttäuschung. »Nein, nein, das ist okay für mich. Ich kann mit Kritik umgehen. Das gehört schließlich zu unserem Job dazu.«

Lindzi wirkt nicht überzeugt. »Schon, aber … Eigentlich solltest du nur deswegen an diesem Runden Tisch teilnehmen, weil …« Sie verstummt, als sie den Ausdruck auf meinem Gesicht sieht, der sich wahrscheinlich am besten mit *total geknickt* beschreiben lässt.

»… weil du davon ausgegangen bist, dass sowieso kaum jemand da sein wird, der mir zuhört?«, beende ich den Satz für sie.

»Es ist zu deinem eigenen Besten, glaub mir«, sagt Lindzi. »Selbst ich habe jedes Mal Bauchschmerzen, wenn ich ein Projekt pitchen muss und Ramon dabei ist. Dabei arbeite ich schon seit fünf Jahren als Redakteurin.«

»Ich würde es trotzdem gern versuchen«, sage ich stur, obwohl ich mir gar nicht sicher bin, ob ich das wirklich will.

»Na schön. Ich spreche mal mit Carly und schaue, was sie davon hält«, sagt Lindzi. Sie dreht sich um, und ich höre ihre Armreifen klimpern, als sie auf dem Flur jemandem zuwinkt.

Gideon seufzt schwermütig. »War schön, dich kennengelernt zu haben, Brynn.«

»Ach komm«, sage ich. »So schlimm kann es nicht werden, oder? Ich stelle bloß eine Idee vor.«

»Du stellst bloß eine Idee vor?« Gideon schüttelt den Kopf. »Ach, du süßes Unschuldskind. Wenn der Fall William Larkin auf der Tagesordnung eines Runden Tischs steht, weiß Ramon jetzt schon mehr über diesen Fall, als du jemals wissen wirst, das garantiere ich dir.«

»Ausgeschlossen«, widerspreche ich. »Mr Larkin war mein Lehrer.«

»Wie gesagt«, seufzt Gideon, »war schön, dich zu kennengelernt zu haben.«

Ich schnaube und versuche, mich wieder auf meine Serienmörderinnen-Tabelle zu konzentrieren, als hätte seine Prophezeiung mir keine Angst eingejagt.

Um kurz vor halb fünf schließe ich das Programm und mache mich auf den Weg zum großen Konferenzraum. Fast alle der zehn um den Tisch stehenden Ledersessel sind mit Redakteurinnen wie Lindzi besetzt. Von der »Trainingseinheit« unter Freunden, wie sie das Meeting ursprünglich beschrieben hat, kann schon jetzt keine Rede mehr sein. Sie winkt mich zu sich und klopft auf den freien Platz neben sich. Die Schmetterlinge in meinem Bauch heben alle gleichzeitig ab.

»Carly hat uns ihr Go gegeben«, raunt sie mir zu, als ich bei ihr angekommen bin.

»Super.« Ich schlucke. Jetzt gibt es kein Zurück mehr.

Genau in dem Moment, in dem ich mich setze, kommt Carly in Begleitung eines großen Mannes mit grau melierten Haaren und silbern gerahmter Brille in den Raum – das ist dann wohl dieser Ramon. Die beiden sind so ins Gespräch vertieft, dass ich sie unbemerkt mustern kann. Mein erster Eindruck ist, dass sie einander ebenbürtig sind. Selbst aus der Entfernung ist zu erkennen, dass er eine beeindruckende Präsenz hat. Carly fängt meinen Blick auf und lächelt mir kurz zu, bevor sie am oberen Tischende Platz nimmt. Ramon setzt sich neben sie und streicht seine Krawatte glatt.

»Okay«, ruft Carly und sämtliche Unterhaltungen verstummen. »Ramon ist extra aus New York angereist, um an unserem heutigen Runden Tisch teilzunehmen.« Sie lächelt. »Schön, dass du da bist.« Der Mann neigt den Kopf, als ein Chor aus Begrüßungen und vereinzeltes Klatschen laut wird. »Ich bin wie immer sehr auf eure Beiträge gespannt. Wir haben ja heute ein paar, wie ich finde, sehr interessante Konzepte.« Carly schaut in die Runde und lässt den Blick dann auf mir ruhen. »Die meisten von euch haben unsere Praktikantin Brynn bereits kennengelernt. Sie wird uns heute die Idee für eine Story vorstellen, zu der sie eine persönliche Verbindung hat. Das Opfer ist ein ehemaliger Lehrer von ihr. Brynn? Möchtest du uns kurz mit dem Fall William Larkin vertraut machen?«

Oh Gott. Es gibt doch nichts Schöneres, als direkt ins kalte Wasser geworfen zu werden. »Sehr gerne«, sage ich und klappe meinen Laptop auf.

Ramon mustert mich über den Rand seiner Brille. »Lassen wir jetzt schon Praktikantinnen Storys pitchen?«, fragt er mit tiefer, volltönender Stimme.

Ich schlucke nervös, als Carly antwortet: »Wir glauben hier an das Prinzip der flachen Hierarchie, Ramon. Jeder ist eingeladen, seine Ideen einzubringen, und ich persönlich finde es großartig, wenn junge Menschen die Initiative ergreifen. Also leg los, Brynn.«

»Alles klar«, sage ich, aber meine Stimme zittert viel mehr als noch vor zehn Sekunden. *Entspann dich,* ermahne ich mich. *Mach einfach alles genau so, wie du es gestern Abend geübt hast.* »Ich dachte, um Ihnen allen einen ersten Eindruck von Mr … von William Larkin zu geben, wäre es vielleicht das Beste, ihn selbst sprechen zu lassen.«

Als ich auf die Tastatur meines Laptops tippe, wird auf dem Whiteboard im vorderen Bereich des Raums ein Video abgespielt. Mr Larkin sitzt in meinem ehemaligen Klassenzimmer und schaut lächelnd in eine Kamera. Er trägt ein weißes Hemd und – natürlich – seine Zitronenkrawatte. »Ich habe sehr gern an der Eliot School unterrichtet«, sagt er und streicht sich eine Strähne seiner dunklen, leicht gelockten Haare aus den Augen. »Aber die Saint Ambrose ist etwas ganz Besonderes. Ich finde es großartig, dass diese Privatschule Jugendliche aus sämtlichen Gesellschaftsschichten aufnimmt und sie nötigenfalls mit Stipendien unterstützt, um allen die Chance zu geben, einen außergewöhnlich hohen Bildungsgrad zu erwerben.«

Ich stoppe das Video. »Die Aufnahme ist im März 2018 im Rahmen eines Interviews für unseren lokalen Fernsehsender Sturgis Cable Access entstanden. Einen Monat später, am zwölften April, wurde William Larkin erschlagen im Wald hinter der Saint Ambrose aufgefunden.« Ich drücke auf eine andere Taste und auf dem Whiteboard erscheint eine Collage: das Foto von Mr Larkin, das auf der Vorstellungsseite des Lehrerkollegiums zu sehen gewesen ist, unser Klassenfoto aus der Achten und verschiedene Schnappschüsse von ihm – wie er Mr Solomon in der Mittagspause hilft, einen Sack Dünger zu tragen, bei einer Schulveranstaltung Chili auf Teller schöpft und einen Stand auf der jährlichen Buchmesse betreut. »Er war ein extrem beliebter Lehrer, alle seine Schüler mochten ihn und außerdem war er …«

»Ein unbeschriebenes Blatt«, unterbricht Ramon d'Arturo mich.

Ein paar Leute holen scharf Luft und mir schießt sofort die Hitze in die Wangen. »Entschuldigung?« Ich zupfe nervös an den tröstlichen Anhängern meines Armbands herum.

»Ramon«, sagt Carly kühl. »Brynn hatte den Satz noch nicht beendet.«

»Tut mir leid«, sagt Ramon. »Aber es gibt hier einen zentralen Punkt, über den wir vorab sprechen müssen.« Er steht auf, nimmt einen Marker von der Ablage unter dem Whiteboard und schreibt *WEN INTERESSIERT DAS?* über Mr Larkins Kopf.

Mir bleibt der Mund offen stehen. »Brynn war gerade dabei, den Fall näher auszuführen«, sagt Carly.

»Bis jetzt habe ich von ihr nur gehört, dass er ein toller Lehrer war«, sagt Ramon. »Was wunderbar ist. Aber normalerweise gibt es bei Storys dieser Art eine trauernde Familie im Hintergrund, die nach Antworten sucht. Eltern, die Kindheitserinnerungen teilen. Eine Verlobte oder eine Lebensgefährtin, die die Liebe ihres Lebens verloren hat. Geschwister, die Leute beschuldigen, die sie noch nie leiden konnten. Aber William Larkin?« Er zuckt mit den Achseln. »Seine Leiche wurde von seinem Mitbewohner identifiziert. Die Lokalzeitung hat lediglich seine Kollegen interviewt, nicht seine Familie. Und warum? Weil es anscheinend keine gibt.«

»Moment mal … wie bitte?«, sage ich fassungslos.

Ramon zieht die Brauen zusammen. »Ach? Das wussten Sie nicht?«

»Ich …«

»Hat Ihr Lehrer den Schülern gegenüber jemals seine Familie erwähnt?«, fragt Ramon. »Oder einen engen Freund? Eine Freundin vielleicht?«

»Ähm.« Sämtliche Blicke sind wieder auf mich gerichtet, während ich verzweifelt in meiner Erinnerung krame. Bestimmt hat er mal jemanden erwähnt und trotzdem … fällt mir absolut nichts dazu ein. Wenn Mr Larkin mit uns gesprochen hat, ging es immer um uns. Mir ist nie in den Sinn gekommen, ihn nach seinem eigenen Leben zu fragen. Ich bin einfach davon ausgegangen, dass es sein Job war, sich Gedanken um uns Schüler zu machen und nicht, über sich selbst zu reden.

Während der Arbeit an meiner Präsentation habe ich überhaupt nicht darüber nachgedacht, ob es irgendwo eine Familie oder Freunde gab – leider wirkt das jetzt wie ein totaler Anfängerfehler.

Lindzi hatte recht; ich hätte einen Rückzieher machen sollen, als ich noch die Chance dazu hatte.

»Nein«, räume ich zerknirscht ein. »Nie.«

Ramon nickt. »Das überrascht mich nicht. Die Sturgis Police konnte keine Angehörigen finden und es hat sich auch niemand von sich aus gemeldet. Die Beerdigung ist von der Saint Ambrose School organisiert worden. Wie gesagt: Der Mann war ein komplett unbeschriebenes Blatt.«

Ich weiß nicht, was schlimmer ist – dass Ramon weniger als fünf Minuten gebraucht hat, um mich als absolute True-Crime-Amateurin zu entlarven, die eine der grundlegendsten Rechercheregeln missachtet hat, oder dass er Mr Larkin ständig als *unbeschriebenes Blatt* bezeichnet. In mir steigt das brennende Verlangen auf, Mr Larkin und vielleicht auch mich selbst zu verteidigen, aber bevor ich etwas sagen kann, meldet sich Carly zu Wort.

»Und genau das allein ist schon eine Story wert, oder?«, sagt sie lächelnd. »Warum hatte dieser gut aussehende, intelligente junge Mann, der bei Schülern und Kollegen so beliebt war, keinerlei nachweisbaren sozialen Kontakte in seinem Privatleben?«

»Das ist keine Story für uns«, winkt Ramon ab. »Um das Interesse unserer Zuschauer zu wecken, braucht *Motive* die persönliche Komponente. Der Aufwand, der hier nötig wäre, um auch nur an der Oberfläche zu kratzen, wäre viel zu groß. Ich empfehle, die Idee auf den Müll zu werfen.« Ich zucke innerlich zusammen. Es hat etwas unheimlich Brutales, ihn so reden zu hören und gleichzeitig Mr Larkins lächelndes Gesicht vor mir zu sehen. Fast fühlt es sich so an, als würde er noch mal ermordet werden.

»Du bist mit deinem Urteil zu vorschnell, Ramon«, sagt Carly. »Dieser Fall birgt eine Menge Potenzial. Nimm nur die drei darin verwickelten Schüler. Ihre Aussagen wurden praktisch nie infrage gestellt, und ich glaube nicht, dass es ein Zufall ist, dass zwei von ihnen sehr wohlhabende und prominente Eltern haben …«

»Da ist noch eine Sache«, unterbricht Ramon sie. Als er seine Krawatte wieder glatt streicht, blitzen seine goldenen Manschettenknöpfe auf, und obwohl ich nie Poker gespielt habe, erinnert er mich plötzlich an jemanden, der kurz davor ist, eine Gewinnerhand aufzudecken. »Eine meiner Quellen in Las Vegas hat mir berichtet, dass Gunnar Fox an derselben Story dran ist.«

Die Leute im Raum reagieren, als hätte Ramon gerade einen Berg stinkenden Abfall auf den Tisch geschüttet. Gesichter werden verzogen, Nasenflügel gebläht, abfällige Laute ausgestoßen. Ein halbes Dutzend Nebengespräche brechen aus, während ich mein Handy entsperre und hastig den Namen google. Ich muss nicht lange auf Ergebnisse warten: ein ehemaliger Sportreporter aus Las Vegas, der wegen sexueller Belästigung gefeuert wurde und vor Kurzem eine True-Crime-Sendung namens *Don't Do the Crime* ins Leben gerufen hat, die er auf seinem YouTube-Kanal und seiner Facebook-Seite sendet. Im Grunde eine Kopie von *Motive* mit einem Kotzbrocken als Moderator und null Glaubwürdigkeit.

»Warum um alles in der Welt sollte Gunnar Fox hinter dieser Story her sein?«

»Laut meiner Quelle behauptet er, Insider-Informationen zu haben«, sagt Ramon. »Aber das Warum spielt eigentlich keine

Rolle, oder? Der Punkt ist, wenn ihr die Sache weiterverfolgen wollt, werdet ihr euch mit diesem Schwein um Interviews prügeln müssen. Ihr werdet euch die Hände dreckig machen und ihm damit auch noch in die Karten spielen. Da draußen gibt es zu viele andere Storys, die eure Zeit und euer Können wert sind, als dass ihr eure Energie an die hier verschwenden solltet.« Sein Blick zuckt in meine Richtung. Falls er mir das Gefühl geben will, klein und unbedeutend zu sein, hat er sein Ziel erreicht.

Carly mustert Ramon mit durchdringendem Blick. »Ist notiert«, sagt sie knapp. »Dann lasst uns erst mal weitermachen. Tucker? Möchtest du uns etwas zum Echo-Ridge-Fall erzählen?«

Während ich in mich zusammensinke, kritzelt Lindzi hektisch etwas auf ihren Block und schiebt ihn mir anschließend zu. *LASS DEN KOPF NICHT HÄNGEN. SO GEHT ER MIT JEDEM UM.* Ich schenke ihr ein mattes Lächeln, schiebe den Block zu ihr zurück und versuche, mich wieder auf das Meeting zu konzentrieren. Es dauert nicht lang, bis ich erkenne, dass sie recht hat; alle anderen Pitches werden ebenfalls zerrupft, wenn auch nicht ganz so schonungslos wie meiner. Als das Treffen beendet ist, packe ich schnell meine Sachen zusammen und kann es kaum erwarten, in meinen vergleichsweise sicheren »Bunker« zurückzukehren, auch wenn dort Gideon sitzt, der mich mit einem triumphierenden »Ich hab's dir ja gesagt« empfangen wird.

»Moment noch, Brynn!« Carlys Stimme hält mich zurück. Als ich aufschaue, ist ihr Blick auf ihr Handy gerichtet: »Ich muss schnell diesen Anruf annehmen, würde dann aber gern im Mustard-Raum kurz mit dir und Lindzi sprechen. Wartet bitte dort auf mich.«

»Uah, Mustard«, murmelt Lindzi, und mir wird das Herz schwer, als ich ihr aus der Tür und den Gang hinunter folge. Carly hat eben extrem unterkühlt geklungen. Kein Wunder. Statt sie mit meinem Pitch zu beeindrucken, habe ich sie in Verlegenheit gebracht und wahrscheinlich meine Chance auf journalistische Wiedergutmachung endgültig ruiniert.

»Ich bin gefeuert, oder?«, stoße ich aus, als Lindzi die Tür hinter uns schließt.

»Was?«, sagt sie zerstreut. Sie stellt ihren Laptop auf den Stuhl neben sich und hebt schnell die Hand, als ich meinen auf den Tisch stellen will. »Nicht. Der klebt ganz widerlich.«

»Könnte ihn nicht einfach mal jemand … gründlich abwischen?«, frage ich und lege – für einen kurzen, gnädigen Moment von meinem eigenen Schicksal abgelenkt – Laptop und Block auf meinen Knien ab.

Lindzi seufzt. »Wir haben schon alles versucht, glaub mir.«

Dann fliegt die Tür auf und beim Anblick von Carlys Gesicht fängt mein Puls an zu rasen. Sie sieht superwütend aus, und als sie den Mund öffnet, mache ich mich darauf gefasst, ein *Du bist gefeuert* entgegengeschleudert zu bekommen. Stattdessen zieht sie die Tür zu, lehnt sich mit verschränkten Armen dagegen und stößt mit finsterer Miene hervor: »Dieses Arschloch muss dringend lernen, wer hier das Sagen hat.«

10

BRYNN

»Äh … was?«, frage ich, während Lindzi erfolglos versucht, ein Grinsen zu unterdrücken.

»Für wen hält der Typ sich, mitten in einer Präsentation einer meiner Mitarbeiterinnen ins Wort zu fallen?« Carly beginnt auf ihren turmhohen Absätzen im Raum auf und ab zu gehen. »*Mir* ins Wort zu fallen? Mein Urteilsvermögen infrage zu stellen, als wäre ich eine blutige Anfängerin, der man sagen muss, wo's langgeht, und nicht die Frau, die diese Serie im Alleingang aufgebaut hat und ihr Handwerk im Übrigen von der Pike auf gelernt hat?«

»Halleluja!«, raunt Lindzi.

Erleichterung durchflutet mich, als Carlys Worte sacken und ich kapiere, dass sich ihre Wut gar nicht gegen mich richtet. »Dann bist du also mit dem, was Ramon über Mr Larkin gesagt hat, nicht einverstanden?«, frage ich.

»Ich hätte es nicht geschafft, da hinzukommen, wo ich heute bin, wenn ich irgend so einem kleinen Mansplainer erlaubt hätte, mir zu sagen, was ich zu tun habe.« Carly wirft sich in einen Stuhl, atmet geräuschvoll aus und sammelt sich einen Moment. »Okay. Lasst uns das Projekt angehen. Lindzi, ich möchte, dass du dich mit der Polizei von Sturgis in Verbindung setzt und rausfindest, ob sie bereit sind, Beweismaterial mit uns zu teilen.«

Ich schaffe es nur mit Mühe, nicht vor Begeisterung aus meinem Stuhl aufzuspringen, als Lindzi sich ihren Laptop schnappt und mit einem »Aye, aye, Captain« zu tippen anfängt.

»Und stell einen Aufruf auf unsere Webseite«, fährt Carly fort, »mit allem, was wir über William Larkin haben. Name, Foto, Alter und Zeitpunkt seiner Ermordung. Wir müssen so viele Leute wie möglich erreichen, die uns mit Informationen über ihn versorgen können. Dazu die Nummer der Hotline und die E-Mail-Adresse der Redaktion.«

Lindzi hält im Tippen inne und zieht die Brauen hoch. »Wenn wir den Namen William Larkin auf der Webseite nennen, wird Ramon wissen …« Sie verstummt, als der Ausdruck auf Carlys Gesicht erneut hart wird.

»Dass wir an einer Story dran sind?«, sagt sie kühl. »Dass wir tun, was unser Beruf ist – und im Übrigen die Grundlage dafür, dass wir alle, einschließlich er selbst, einen Job haben? Ja. Und das ist auch gut so.«

»Allerdings.« Lindzi heftet den Blick wieder auf den Bildschirm.

Ich schaue zwischen ihr und Carly hin und her und kann mein Glück kaum fassen. Zwei brillante, erfolgreiche Journalistinnen widmen ihre ganze Aufmerksamkeit dem Fall um Mr Larkin – und das alles nur, weil ich ihnen die Story vorgeschlagen habe. Okay … und weil ein Typ, den Carly nicht ausstehen kann, mich gerade in der Luft zerfetzt hat, aber ich konzentriere mich lieber auf das Positive.

»Was kann ich machen?«, frage ich.

Carly zieht die Brauen zusammen. »Vielleicht könntest du den drei Schülern, die seine Leiche im Wald gefunden haben, etwas auf den Zahn fühlen«, sagt sie. »Wie leben sie heute? Wie läuft es in ihrem familiären Umfeld? Klopf alles ab, was du über sie herausfinden kannst.«

Ich nicke und denke an das Treffen der Arbeitsgruppe für den Gedenkgarten heute Vormittag. Ich hatte nicht damit gerechnet, meinen ehemaligen besten Freund Tripp Talbot dort wiederzusehen, und habe mich während der ersten zehn Minuten des Meetings darüber geärgert, dass er mich ignoriert hat, bevor ich die Chance hatte, ihn zu ignorieren. Aber dann hat Ms Kelso uns beiden die Leitung des Orga-Teams übertragen und allein schon der Ausdruck auf seinem Gesicht war es wert, die Zusatzaufgabe zu übernehmen. Tja, scheint so, als wäre das nicht der einzige Vorteil.

»Bin schon dran«, sage ich.

Später rauscht immer noch so viel Adrenalin durch meine Adern, dass ich nicht einschlafen kann. Ich habe alles versucht, aber gegen elf gebe ich es auf und greife nach meinem Handy. Das Netz ist eine wahre Fundgrube an Google-Treffern bezüglich den Familien Delgado und Holbrook. Die zutreffendste Antwort auf die Frage, wie es *in Shanes und Charlottes familiären Umfeld läuft*, lautet, dass ihre Eltern damit beschäftigt sind, noch mehr Geld anzuhäufen.

Die Risikokapitalgesellschaft von Mr Holbrook ist bekannt dafür, beliebte Dating Apps zu finanzieren. Die Delgados sind Miteigentümer eines Immobilienentwicklungsunternehmens, das jede Woche eine Pressemitteilung veröffentlicht. Alles Wissenswerte der letzten beiden Jahre habe ich bereits geprüft und bin mittlerweile in dem Jahr angekommen, in dem Mr Larkin ermordet wurde. DELGADO PROPERTIES VERÄUSSERT NEW-HAMPSHIRE-PORTFOLIO FÜR ZWEISTELLIGEN

MILLIONENBETRAG, DELGADO PROPERTIES STARTET BAHNBRECHENDES MISCHNUTZUNGS-PROJEKT, DELGADO PROPERTIES VERÖFFENTLICHT DIESJÄHRIGE REKORDSUMME AN GELDERN, DIE FÜR GEMEINNÜTZIGE ORGANISATIONEN GESPENDET WURDEN …

Ich kopiere ein paar der Links in eine Arbeitsdatei, die ich *Recherche/Fall Larkin* genannt habe, meine Standardvorgehensweise für alle Storys, an denen ich bislang gearbeitet habe. Der erste Schritt besteht immer darin, sämtliche Details, die ich ausfindig machen kann, in ein Dokument zu packen und nach irgendwelchen Mustern zu suchen. Welche Aspekte wiederholen sich? Was sticht heraus? Aber meine Larkin-Datei sieht jetzt schon ziemlich chaotisch aus, und ich muss daran denken, was Carly bei unserer ersten Begegnung zu mir gesagt hat: *Ihnen ist schon klar, dass wir nicht die New York Times sind, oder? Die True-Crime-Berichterstattung ist eine sehr spezifische Nische, und wenn Sie nicht dafür brennen …*

Ich habe sie damals nicht ausreden lassen, aber ich glaube, ich verstehe, was sie gemeint hat. Man muss dafür brennen, weil Verbrechen – vor allem Mord – die dunkelsten Abgründe des menschlichen Seins offenbaren. Beschäftigt man sich zu lange damit, läuft man Gefahr, daran zu zerbrechen, falls nicht das Verlangen danach, Antworten und womöglich sogar die ultimative Wahrheit zu finden, stärker ist.

Mein Kopf fängt an zu pochen. *Ich sollte jetzt echt schlafen,* denke ich, wechsle aber stattdessen zu den sozialen Netzwerken, um zu schauen, was meine Freunde in Chicago so treiben. Izzy hat ein TikTok von ihrem Hund gepostet, das ich mit einem Herzaugen-Emoji like. Olivias letzter Insta-Post zeigt einen hübschen Soloshot, der Unmengen von Kommentaren bekommen hat. Als ich selbst etwas schreiben will, entdecke ich eine

Reihe von Feuer-Emojis, die ausgerechnet von Jason Pruitt stammen, dem verachtenswerten Arschloch und Mannschaftskapitän des Basketballteams. Ich klicke auf die einzige Antwort unter seinem Kommentar; sie ist von Olivia: *Verzieh dich.*

»Wir Frauen halten zusammen«, murmle ich und eine Welle tiefster Dankbarkeit für meine Freundin erfüllt mich. Ich klicke auf Jasons Account und die alte Wut kocht in mir hoch, als ich ein Foto sehe, das ihn zeigt, wie er einen Basketball auf dem Finger kreiseln lässt. Wenn *Motive* tatsächlich mit Mr Larkins Fall an die Öffentlichkeit geht, werden Izzy und Olivia dafür sorgen, dass jeder an meiner alten Schule erfährt, dass ich die treibende Kraft dahinter war, und dann wird ihnen allen klar werden, wie sehr sie sich in mir geirrt haben.

Es klopft leise an meine Zimmertür, und ich werfe einen Blick auf die Uhr neben meinem Bett. Es ist fast zwei Uhr morgens, und außer mir gibt es nur noch eine andere Person im Haus, die um diese Zeit noch wach sein kann. »Komm rein«, sage ich, worauf die Tür einen Spaltbreit aufgeht und den Blick auf Onkel Nick freigibt.

»Hab ich doch richtig gehört«, sagt er leise. Er hat seine Brille nicht auf, was sein Gesicht seltsam nackt aussehen lässt. »Kannst du auch nicht schlafen?«

»Ich recherchiere«, sage ich und schließe Instagram, bevor mein Onkel sehen kann, dass ich auf Jasons Account war. »Hey, als du damals an der Saint Ambrose gearbeitet hast, hat Mr Larkin da jemals seine Familie erwähnt? Oder eine Freundin oder so was?«

Onkel Nick legt überrascht den Kopf schräg. »Nicht dass ich wüsste. Wieso fragst du? Ich dachte, die bei *Motive* hätten Wills Fall zurückgestellt?«

»Na ja, nicht ganz. Es gibt da ein paar neue Entwicklungen«, sage ich und hoffe, dass er nicht nachhakt, weil ich keine Lust habe, von dem furchtbaren Meeting mit Ramon d'Arturo zu erzählen. Ich will diese Erfahrung nur noch vergessen.

»Ach?« Onkel Nick zieht die Brauen hoch. »Hast du das deinen Eltern schon gesagt?«

»Noch nicht. Vielleicht wird ja doch nichts draus. Na ja …« Jason Pruitts selbstgefälliges Gesicht taucht ungebeten vor meinem geistigen Auge auf. »Ich versuche einfach, einen guten Job zu machen, du weißt schon. Bisschen Eindruck zu schinden.«

»Du solltest deiner Chefin auch erzählen, was in Carlton passiert ist. Das war ja praktisch in unserer direkten Nachbarschaft. Okay, ein paar Orte weiter.« Als ich verständnislos die Stirn runzle, schiebt er hinterher: »Ach so, stimmt. Da wart ihr ja noch in Chicago. Das Ganze hat hier damals totale Wellen geschlagen – drei Kids haben die Schule geschwänzt und die Leiche eines Mitschülers gefunden. Wie bei *Ferris macht blau*, nur mit Mord.« Er seufzt, als ich wieder ein ratloses Gesicht mache. »Du musst dir diesen Film wirklich irgendwann mal anschauen, der ist echt gut. Und zu der Geschichte findest du alles im Netz.«

»Ich sehe mir das mal an«, sage ich. »Aber noch mal zurück zu Mr Larkin – es gibt also nichts, was du mir erzählen könntest? Was ist mit Tripp? Hast du mit ihm darüber gesprochen, wie es für ihn war, Mr Larkins Leiche im Wald zu finden?« Ich habe ihn nie darauf angesprochen, weil wir damals schon nicht mehr miteinander geredet haben.

»Nein, aber ich bin mir sicher, dass es total schlimm für ihn war. Traumatisierend.« Onkel Nick verschränkt die Arme und lehnt sich an den Türrahmen. »Hör zu, ich weiß, das ist alles total spannend für dich, aber … verlier trotzdem nicht aus den Augen, was dein Vater neulich gesagt hat, okay?«

»Soll heißen?«

»Überleg dir gut, mit wem du welche Informationen teilst«, sagt er.

»Seit wann hörst du auf Dad?«, kontere ich.

Mein Onkel lächelt schief. »Praktisch nie, und schau, wohin es mich gebracht hat. Ich bin vierundzwanzig und hab immer noch keine eigene Wohnung. Also versuch aus meinen Fehlern zu lernen, okay?« Er gähnt und kratzt sich am Kinn. »Und jetzt solltest du trotzdem noch ein bisschen schlafen. Ich leg mich auch wieder hin.«

»Okay. Gute Nacht.« Ich winke ihm zu, als er die Tür schließt. Danach entsperre ich mein Handy und gehe wieder auf die Seite von Delgado Properties. Ich scrolle zu dem Pressebericht über die Spendengelder und überfliege ihn, bis ich an einer Stelle hängen bleibe, in der Shanes Dad zitiert wird. *»Delgado Properties ist stolz darauf, unsere lokale Wirtschaft und Institutionen mit einer Spende von über zehn Millionen Dollar zu unterstützen«, so der Firmengründer und Co-Präsident Marco Delgado. Eine vollständige Liste der Spenden liegt dem jährlichen Geschäftsbericht des Unternehmens bei.*

Die Liste ist verlinkt, und als ich sie anklicke, geht ein PDF auf. Ich will es gerade wieder schließen, weil man auf dem kleinen Handydisplay kaum etwas entziffern kann, als ich stutze, weil ich in der Aufzählung der Spendenempfänger den Namen *Saint Ambrose School* lese. Das Unternehmen von Shanes Vater hat der Schule im selben Jahr, in dem Mr Larkin ermordet wurde, 100.000 Dollar gespendet. Ich nehme mir vor, morgen zu überprüfen, ob er der Schule jedes Jahr eine Spende zukommen lässt. Dann wandert mein Blick etwas tiefer und ich ziehe scharf die Luft ein.

Sturgis Police Foundation: 250.000 $.

TRIPP

VIER JAHRE ZUVOR

Shane ist ein mieser Projektpartner. Obwohl er seinen Ordner vergessen und keine Ahnung hat, was unsere Biolehrerin Ms Singh genau von uns will, ist er anscheinend der Meinung, dass er unsere Blattsammel-Expedition anführen sollte. »Nein, nicht nach da«, sagt er, als ich an einer Weggabelung nach rechts abbiegen will. »Wir müssen hier lang.«

»Warum?«, frage ich.

»Weil wir in die Richtung vom Lagerfeuerplatz müssen.« Etwas tiefer im Wald gibt es in der Nähe des Shelton Parks eine Stelle, wo die Schüler der Oberstufe manchmal Lagerfeuer machen.

»Warum das denn?«, wiederhole ich. »Da stehen bloß Kiefern rum.«

Shane weicht meinem Blick aus. »Weil ich da mit jemandem verabredet bin.«

»Mit wem?«

»Charlotte«, sagt Shane und ich stöhne. Auf die Idee, ein Biologieprojekt in ein Date zu verwandeln, kann auch nur Shane Delgado kommen.

»Tja dann, viel Spaß. Ich gehe hier lang.«

»Nein, warte!«, sagt Shane schnell. Als ich mich zu ihm

umdrehe, tritt er nervös von einem Bein aufs andere. »Ich will da nicht allein hin.«

»Warum nicht?« Ich bin mir sicher, dass sich so ziemlich jeder andere Typ aus unserer Klasse darum reißen würde, Charlotte Holbrook allein im Wald zu treffen.

»Weil Charlotte ganz schön … krass ist.« In Shanes Kiefer zuckt ein Muskel. »Kennst du diese Mädchen, die … keine Ahnung … die wollen, dass du ihnen ganz allein gehörst? Sie ist so eine.«

Damit kenne ich mich nicht aus. Es gibt kein Mädchen, das mich ganz allein für sich will; Mädchen schauen durch mich hindurch. Bis auf Brynn, aber die schaut mich an, als wäre ich ihr Bruder, und das ist noch schlimmer. Jedenfalls hat sie mich immer so angeschaut, bis ich sie gestern im Sportunterricht vor allen zur Lachnummer gemacht habe. Heute hat sie mich gar nicht angeschaut, was genau das ist, was ich bezweckt hatte, weshalb ich kein Recht habe, mich darüber zu beschweren.

»Ich bin nicht hergekommen, um das fünfte Rad an eurem Wagen zu sein«, sage ich, stecke mir meine Ohrhörer rein, drehe die Musik im Handy auf, um Shane nicht zu hören, falls er versucht, mich aufzuhalten, und gehe entschlossen rechts lang. So weit vom Lagerfeuerplatz entfernt wie nur möglich.

11

TRIPP

Du kannst mich nicht ewig links liegen lassen, Trey.

Wetten doch?, denke ich, lege mein Handy neben die Kasse und greife wieder nach dem Besen, um den Boden der Brightside Bakery zu fegen.

Mittlerweile ist es über vierundzwanzig Stunden her, seit Lisa Marie frühmorgens an mir vorbeigerauscht ist, und ich weiß immer noch nicht, warum sie in der Stadt ist. Wahrscheinlich ist sie bei ihrer alten Schulfreundin Valerie untergekommen, wie immer, wenn sie uns einen ihrer Blitzbesuche abstattet, aber das ist bloß eine Vermutung. Ich habe auf keine einzige ihrer Nachrichten reagiert. Ich wüsste nicht, warum.

Höchstens, um nicht weiter so mit Nachrichten von ihr bombardiert zu werden, wie sie es gerade tut. Mein Handy brummt in einer Tour vor sich hin, bis Regina, die hinter der Theke sitzt und das morgige Tagesangebot auf kleine Tafeln schreibt, sich lautstark räuspert. »Dachte, deine Freunde hätten genügend Anstand, dich nicht bei der Arbeit zu stören«, sagt sie gespielt streng.

»Das sind nicht meine Freunde.« Ich lehne den Besen neben den friedlich vor sich hin dösenden Al an die Wand, greife nach meinem Handy, stelle es auf lautlos – was ich schon längst hätte tun sollen – und scrolle durch die Nachrichten meiner Mutter.

Was hältst du davon, wenn wir uns am Freitagabend zum Essen im Shooters treffen?

Ich liebe den Laden.

Du bist mein Gast.

Ich bin ab sechs da.

»Ja, das kann ich mir vorstellen«, sage ich laut. Das Shooters ist eher eine Kneipe als ein Restaurant, und um sechs beginnt dort die Happy Hour.

Regina legt ihren Marker zur Seite. »Diesen Tonfall kenne ich«, sagt sie. »Was will deine Mom?«

»*Lisa Marie* meinst du?«, sage ich düster. »Sie ist in der Stadt und will mit mir zu Abend essen.«

»Klingt doch eigentlich ganz nett.«

»Daran ist nichts *nett.*«

»Was sagt Junior dazu?«

»Nicht viel.« Als ich Dad erzählt habe, dass Lisa Marie mal wieder hier ist, hat er bloß die Lippen zusammengepresst, als wäre ihr Auftauchen es nicht wert, irgendwie kommentiert zu werden.

»Ich weiß, dass du ein gebranntes Kind bist, Tripp«, sagt Regina in einem supersanften Tonfall, der mir nicht gefällt, weil klar ist, dass ich ihr leidtue. »Aber vielleicht läuft es diesmal ja anders.«

Meine Mutter hat sich nicht von jetzt auf gleich aus dem Staub gemacht, sondern in Etappen. Zuerst hat sie immer öfter Wochenenden bei Valerie verbracht, dann ist sie in ein Motel an der Route 6 gezogen. Nach einer Woche beschloss ich, mit dem Fahrrad dorthin zu fahren und sie davon zu überzeugen, nach Hause zurückzukommen. Es war ein klarer, sonniger

Oktobernachmittag, und ich weiß noch, dass ich ein gutes Gefühl hatte, als ich den schmalen Straßenabschnitt entlangfuhr, der als Fahrradweg durchging. Alles würde wieder in Ordnung kommen, ich musste ihr nur versprechen, ein lieberes Kind zu sein.

Aber kaum hatte meine Mutter mir die Tür aufgemacht, verlor ich jede Hoffnung. Sie sah völlig verändert aus. Ihre Silhouette hob sich vom gedämpften Licht in ihrem Zimmer ab, sie hatte die Haare hochgesteckt und war stärker geschminkt als sonst, aber das allein war es nicht. Die Falten um ihren Mund waren verschwunden, ihre Augen wirkten strahlender und ihre Haltung aufrechter.

Sie sah *glücklich* aus. Als wäre es die beste Entscheidung ihre Lebens gewesen, uns zu verlassen.

Ich wollte mich trotzdem nicht von meiner Mission abbringen lassen und die Sache durchziehen. Lisa Marie hörte schweigend zu, während ich ihr aufzählte, was ich alles anders machen würde, wenn sie nur wieder nach Hause kommen würde. Als ich fertig war, ging sie mit mir nach draußen, wo ein Snackautomat stand, und ich durfte mir etwas aussuchen – eine Coke und eine Tüte Chips. Dann kehrten wir in ihr Zimmer zurück und setzten uns jeder auf eines der Einzelbetten. »Es gibt da ein Problem, Trey«, sagte sie. »Ich hab genug von diesem ganzen Mutterdasein.«

Ich wusste noch nicht mal, was ich darauf sagen sollte. War das überhaupt etwas, von dem man einfach *genug* haben konnte? Ich traute mich nicht, zu fragen, also sagte ich bloß: »Aber du bist eine gute Mutter.« Als ich die Chipstüte aufreißen wollte, drückte ich sie in meiner Nervosität so fest zusammen, dass der Inhalt zerkrümelt wurde.

»Wir wissen beide, dass das nicht stimmt«, sagte sie, während ich hastig die Chipstüte hinter meinem Rücken versteckte. Es kam mir wie ein schlechtes Omen vor, ihr Geschenk kaputt gemacht zu haben, noch bevor ich überhaupt davon gegessen hatte.

»Ich will, dass du wieder nach Hause kommst, Mom.« Damals habe ich sie noch so genannt; die »Lisa Marie«-Ära begann erst, nachdem sie schon ein paar Jahre fort war.

»Ich werde nicht wieder nach Hause kommen«, sagte sie und ihre Stimme klang so fest und entschlossen, dass mir ganz kalt wurde. »Hör zu, Trey.« Sie stieß einen tiefen Seufzer aus. »Ich wollte nie Mutter werden. Ich hatte immer das Gefühl, dass ich nicht dafür gemacht bin, aber Junior hat sich so sehr ein Kind gewünscht, dass ich mich irgendwann bereit erklärt hab, es zu probieren.« Zu *probieren.* Als ob ich eine ausgefallene Eissorte wäre. »Ich hab es wirklich versucht, aber diese festgefahrene Alltagsroutine ist einfach nicht mein Ding.« Sie zuckte mit den Achseln. »Mir reicht's.«

Acht Jahre später kann ich immer noch nicht fassen, dass sie so was zu einem neunjährigen Kind gesagt hat. Von all den Dingen, die meine Mutter mir über die Jahre zugemutet hat, ist dieser Moment der Ehrlichkeit vielleicht am schlimmsten gewesen.

Die Türglocke geht und Al hebt den Kopf. Ein Mädchen in einem grauen Mantel und einer schwarzen Mütze auf dem Kopf kommt rein. Als sie die Mütze abzieht, stehen ihre kastanienbraunen Haare statisch aufgeladen nach allen Richtungen ab. Ich stöhne innerlich auf. Brynn hat mir nach dem Meeting mit Ms Kelso vorgeschlagen, dass wir uns mal treffen könnten, um an einem Entwurf für Mr Larkins Garten zu arbeiten – allerdings wäre ich nicht auf die Idee gekommen, dass sie damit *heute* meinen könnte.

»Was bist du denn für ein flauschiger Prachtkerl?«, fragt sie und hält Al ihre Hand hin. Er späht zu Regina – dieser Hund ist so gut erzogen, dass er sich ohne ihre Erlaubnis noch nicht mal freundlichen Gästen nähert –, und springt auf, als sie nickt. Schwanzwedelnd trabt er auf Brynn zu und lehnt sich mit seinem ganzen Gewicht gegen sie. Es grenzt an ein Wunder, dass er sie nicht umwirft; Brynn ist noch genauso klein und schmal wie in der Achten. »Ein Hauch von einem Mädchen«, hat Dad früher immer gesagt. »Aber mit einer umso größeren Klappe.« Was jetzt vielleicht so klingt, als hätte er sie nicht gemocht, dabei war das Gegenteil der Fall. »Hey, du Hübscher.« Brynn reibt Al kräftig den Hals, als wüsste sie, dass das seine Lieblingsstelle ist. »Ja, das bist du. Ein Superhübscher.«

»Das ist Al. Er gehört meiner Chefin«, sage ich zurückhaltend. »Du bist bestimmt hier, um über den Gedenkgarten zu reden, aber ich arbeite gerade, deswegen …«

Brynn schaut auf und entdeckt Regina, die uns von der Theke aus beobachtet. »Hallo«, ruft sie. »Sind Sie die Chefin? Ich habe mich gerade in Ihren Hund verliebt.«

»Bin ich. Und er sich in dich«, sagt Regina. »Aber bilde dir nichts darauf ein. Er ist nicht wählerisch.« Brynn lacht und Regina lässt den Blick zwischen uns hin und her wandern, als würde sie darauf warten, dass ich sie vorstelle. Als von mir nichts kommt, fragt sie: »Du gehst mit Tripp zur Schule?«

»Genau«, sagt Brynn. »Das heißt, erst seit Kurzem wieder. Wir waren zusammen in der Middleschool, bis meine Familie vor ein paar Jahren aus Sturgis weggezogen ist, aber jetzt sind wir wieder hier.« Sie schaut sich um, lässt den Blick über die weißen Fliesen wandern, die hellen Holztische, die geschmackvollen Lampen und gerahmten Illustrationen von Torten und Gebäckstücken, die an den Wänden hängen. »Der Laden hier ist neu, oder? Also zumindest noch nicht älter als vier Jahre. Total schön hier.«

»Wir haben vor zwei Jahren aufgemacht«, sagt Regina und schaut demonstrativ in meine Richtung. »Scheint, als hätte Mr Charming seine guten Manieren vergessen. Muss ich es eben selbst machen. Wie heißt du, Liebes?«

Al heftet sich an Brynns Fersen, als sie zur Theke geht, um Regina die Hand zu schütteln. »Ich bin Brynn Gallagher.«

»Regina. Freut mich, dich kennenzulernen. Was führt dich hierher? Kaffee?«

»Nein. Also, das heißt, wahnsinnig gern, ja, aber eigentlich hatte ich gehofft, mit Tripp über das Projekt der Gedenkgarten-AG zu sprechen, bei der wir beide mitmachen …«

»Passt nur leider gerade nicht, weil ich wie gesagt am Arbeiten bin.« Ich greife wieder nach dem Besen und fege den blitzsauberen Boden weiter. »Müssen wir auf wann anders verschieben.«

Zu spät. »Hast du gerade *Gedenkgarten-AG* gesagt?« Regina wirft mir einen vorsichtig anerkennenden Blick zu. »Geht es um den Garten für Mr Larkin?«

»Genau«, sagt Brynn. »Sie haben schon davon gehört?«

»Und ob.« Regina kommt hinter der Theke hervor und nimmt mir den Besen aus der Hand. »Der Boden ist sauber genug. Ich schlage vor, du machst eine Pause und setzt dich mit der jungen Lady hier an einen Tisch und ihr sprecht über euer Projekt. Was für einen Kaffee kann ich dir bringen, Brynn? Der geht natürlich aufs Haus.«

»Wirklich? Danke! Ein Latte wäre toll«, sagt Brynn.

Regina kehrt hinter die Theke zurück und macht sich an der Espressomaschine zu schaffen, während Brynn auf einen der hohen Tische am Fenster zusteuert und sich auf einen

Hocker setzt. Nachdem sie ihren Mantel ausgezogen und einen Block und einen Stift aus ihrer Tasche geholt hat, dreht sie sich zu mir. Ich stehe immer noch an der Stelle, wo Regina mir den Besen abgenommen hat. »Großer Gott«, seufzt Brynn und verdreht die Augen. »Kannst du vielleicht mal kurz über deinen Schatten springen und dich für zehn Minuten zu mir setzen? Du benimmst dich, als hätte ich dich gefragt, ob du mein *Freund* sein willst.«

Fantastisch. Ich hab mir nichts dringender gewünscht, als dass dieses Thema zur Sprache kommt. Aber als ich mich auf den Hocker ihr gegenüber setze, kramt Brynn wieder in ihrer Tasche und redet ungerührt weiter. »Ich dachte, eine Mischung aus ein- und mehrjährigen Pflanzen wäre vielleicht nicht schlecht.« Sie zieht ihr Handy raus. »Und Blumen, die zu verschiedenen Jahreszeiten blühen. Aber dazu unbedingt ein paar immergrüne Pflanzen, damit der Garten auch im Winter schön aussieht.« Sie sieht lächelnd auf, als Regina ihr den Latte bringt. »Danke.«

»Von mir aus«, sage ich, wofür ich einen strengen Blick von Regina kassiere. »Ich meine: Ja klar. Klingt super.«

»Wir könnten Pflanzen aussuchen, die eine bestimmte Bedeutung haben«, sagt Brynn über ihren Block gebeugt. »Zum Beispiel Vergissmeinnicht. Gelbe Tulpen – die stehen für Freundschaft. Oder Rosmarin, der symbolisiert das Gedenken an Verstorbene. Was noch?« Sie schaut mich erwartungsvoll an.

»Ich hab keine Ahnung von Pflanzen.«

»Ich verbringe meine freie Zeit auch nicht mit Gartenarbeit«, gibt Brynn zurück. »Genau für solche Fälle gibt es Google.« Sie nimmt einen Schluck von ihrem Latte. »Und Fachleute. Ist Mr Solomon noch Hausmeister an der Saint Ambrose?«

»Nein, er ist mittlerweile in Rente. Der neue arbeitet nur in

Teilzeit und ist ein Arschloch. Aber du könntest Mr Solomon trotzdem fragen, ob er ein paar Tipps hat«, sage ich und denke an meine zufällige Begegnung mit ihm vor ein paar Tagen zurück. »Für den gibt es kein schöneres Thema als Gärten.«

»*Ich* könnte ihn fragen?« Brynn zieht die Brauen hoch. »Weil ich ein Ein-Personen-Orga-Team bin?«

Ich unterdrücke ein Seufzen. »*Wir* könnten ihn fragen. Er hat mir sogar vor Kurzem vorgeschlagen, ihn mal in seinem Garten zu besuchen, also …«

»Perfekt. Hast du seine Nummer?«

»Nein. Es ist nicht so, als würden wir regelmäßig zusammen abhängen. Ich treffe ihn nur ab und zu in der Stadt.«

»Dann frage ich Ms Kelso nach seiner Nummer.« Brynn macht sich eine Notiz. Anschließend trommelt sie mit ihrem Stift auf den Tisch und heftet ihre irritierend grünen Augen auf mich. »Und wie ist es dir in den letzten Jahren so ergangen, Tripp? Was gibt's Neues?«

»Nicht viel«, sage ich.

Sie wartet kurz und trommelt weiter mit dem Stift, bevor sie sagt: »Diese kleine Gesprächspause würde sich ideal eignen, um mich zu fragen, wie es *mir* so ergangen ist.«

Meine Mundwinkel wollen sich nach oben biegen, aber ich verbiete es ihnen. Nicht dass mir das fälschlicherweise noch als Freundlichkeit ausgelegt wird. »Wie ist es dir ergangen, Brynn?«

»Wirklich gut.« Wenn sie nicht langsam mal aufhört mit dem Getrommel, reiße ich ihr den Stift aus den Fingern und schleudere ihn hinter die Theke. »Jedenfalls bis zu dem Moment, in dem ich erfahren habe, dass ich die Highschool, auf der ich die letzten dreieinhalb Jahre war, wieder verlassen und meinen Abschluss hier mit einer Horde fremder Leute machen muss.«

»Wir sind keine Fremden«, sage ich. »Du kennst die meisten von uns.«

»Das war mal.« Sie legt den Stift hin. Endlich. »Ich hätte dich nicht wiedererkannt, wenn nicht jemand auf dich gezeigt hätte. Du hast dich ziemlich verändert.«

»Soll bei Leuten zwischen dreizehn und siebzehn öfter vorkommen.«

»Fast achtzehn«, sagt sie. »Nächsten Monat, oder?«

Ich nicke. Es ist nicht schwer, sich meinen Geburtstag zu merken; er ist am 29. Februar, das heißt, dass ich den eigentlichen Tag nur alle vier Jahre feiere. Im letzten Schaltjahr, in dem Brynn noch hier war, hat sie mir einen Thermobecher geschenkt, auf dem *Being My Friend Is the Only Gift You Need* stand. Ich habe den Deckel vor ein paar Jahren verloren, benutze den Becher aber immer noch als Stifthalter.

Sie nippt an ihrem Kaffee, dann stellt sie das Glas nachdenklich ab und fragt: »Fühlt es sich für dich komisch an, bei dem Gedenkgarten-Projekt mitzumachen?«

»Nein«, sage ich kurz angebunden. Das Einzige, worüber ich im Zusammenhang mit diesem Projekt sprechen werde, sind Pflanzen. Aber Brynn lässt nicht locker.

»Es muss schrecklich für euch gewesen sein, als ihr Mr Larkin gefunden habt. Wir haben nie darüber geredet.«

Natürlich nicht. Schließlich habe ich vor vier Jahren dafür gesorgt, dass Brynn und ich nie wieder miteinander reden würden. Allerdings scheint sie mittlerweile überwunden zu haben, dass ich sie in der Sportstunde bloßgestellt habe. Im Gegenteil macht sie eher den Eindruck, als würde sie die Sache inzwischen lustig finden.

»Ich rede mit niemandem darüber«, sage ich.

»Nicht mal mit Shane und Charlotte?«

Ganz besonders nicht mit Shane und Charlotte.

Aber ich zucke bloß mit den Achseln und Brynn schiebt hinterher: »Ich muss zugeben, dass ich überrascht war, als ich mitbekommen habe, wie gut ihr mittlerweile befreundet seid. Hält Shane immer noch seine Nickerchen in der Garderobe?«

»Hallo? Natürlich nicht. Wir sind jetzt praktisch erwachsen«, sage ich, füge dann aber wahrheitsgemäß hinzu: »Ab der Neunten wurden die Bänke zu schmal für ihn oder er zu breit, sodass er immer runtergerutscht ist.«

Brynn muss so heftig lachen, dass sie fast ihren letzten Schluck Kaffee ausspuckt, und ich reiche ihr grinsend eine Serviette. Eine Sekunde lang fühlt es sich fast so an, als wären wir wieder Freunde und würden uns beim Hausaufgabenmachen an ihrem Küchentisch über irgendwas kaputtlachen. Sie wischt sich über den Mund. »Du gehörst jetzt also zur Upperclass, was?«

Mein Lächeln verblasst. »Gott. Fang du nicht auch noch damit an.«

»Ich wiederhole bloß, was ich gehört habe.« Sie streicht sich eine Haarsträhne hinters Ohr. »Die Saint Ambrose hat sich seit unseren Tagen in der Middleschool ziemlich verändert.«

»Sie lassen jetzt jeden rein.« Wow … Bin das gerade wirklich ich gewesen, der diesen Arschlochsatz von sich gegeben hat?

Brynn verzieht den Mund. »Gesprochen wie ein wahres Mitglied der Upperclass.«

»Zur Upperclass zu gehören, bedeutet *gar nichts*«, brumme ich. Natürlich nicht. Sonst würde ich mich nicht für ein Stipendium bewerben, für das ich mit Brynn Gallagher freundlich tun und über Tulpen reden muss.

Unsere Handys geben gleichzeitig einen Ton von sich, und ich schaue auf meins, das auf dem Tisch liegt. *Samstag mache ich eine Party*, schreibt Charlotte. *Deine Anwesenheit wird sowohl erwünscht als auch erwartet.* Ich schicke ein Daumen-hoch-Emoji, worauf sie schreibt: *Ich lade Brynn ein.*

Oh Mann. *Bloß nicht,* antworte ich. Charlotte antwortet mit einer Reihe Fragezeichen und ich tippe: *Sie ist eine totale Nervensäge.*

Charlotte schickt ein achselzuckendes Emoji. *Zu spät.*

Ich sehe Brynn an, die ihr Handy hochhält. »Party bei Charlotte, was?«, sagt sie.

»Ja, aber ich kann nicht«, sage ich und reibe Daumen und Zeigefinger aneinander.

»Ich auch nicht«, sagt Brynn. »Trotzdem nett von ihr, mich einzuladen.« Sie trinkt ihren Kaffee aus und schaut Richtung Theke, aber Regina ist mit Al im hinteren Bereich verschwunden. »Kannst du Regina bitte noch mal Danke für den Kaffee sagen und dass ich bald wiederkomme? Ich muss weiter, sonst komme ich zu spät, um Ellie vom Flötenunterricht abzuholen.«

»Klar«, sage ich erleichtert.

»Ich gebe dir wegen Mr Solomon Bescheid.« Brynn steht auf, zieht ihren Mantel an, steckt ihr Handy und ihren Block in ihre Tasche und hängt sie sich über die Schulter. Dann stülpt sie ihre Mütze über ihre dichten kastanienbraunen Haare. »Nur eine Sache noch.« Bevor ich etwas sagen kann, beugt sie sich so weit zu mir vor, dass ihre Lippen nur noch wenige Zentimeter von meinem Ohr entfernt sind und ihr Atem über meinen Hals kitzelt, als sie flüstert: »Du bist ein miserabler Lügner, Tripp Talbot. Schon immer gewesen.«

12

BRYNN

»Mein Kurs ist der einzige, in dem ihr eure Handys nicht nur benutzen dürft, sondern sogar benutzen *sollt*«, hat uns Mr Forrest am Freitagnachmittag in seiner Einführung in Medientechnik – mein Wahlfach – gesagt. Entsprechend beugen jetzt alle den Kopf über ihre Smartphones, während er über Medienplattformen der Zukunft spricht. Aber wenn die anderen auch nur halbwegs so ticken wie ich, lassen sie sich gerade massiv von bereits existierenden Medienplattformen ablenken.

Ich bin auf Charlottes Instagram-Seite, zu der ich jetzt Zugang habe, weil sie meine Follower-Anfrage angenommen hat, und scrolle durch ihre Posts, um mir ein Bild davon zu machen, wie eine Party bei Charlotte Holbrook so aussehen könnte. Auch wenn ich Tripp gesagt habe, ich könnte nicht hingehen, werde ich morgen Abend natürlich dort aufkreuzen. *Fühl ihnen auf den Zahn,* hat Carly zu mir gesagt.

Mittlerweile habe ich die Schenkungen der Delgado Properties während der letzten zehn Jahre überprüft. Das Unternehmen hat der Sturgis Police Foundation nur ein einziges Mal Geld gespendet – und zwar in dem Jahr, in dem Mr Larkin umgebracht wurde. Als ich die Info an Lindzi weitergeleitet habe, hat sie geantwortet: *Interessant! Ich recherchiere auch mal ein bisschen. Vielleicht kann ich noch das genaue Datum dieser Spende herausfinden.* Seitdem habe ich allerdings nichts mehr von ihr gehört.

Medientechnik ist der einzige Kurs, den ich zusammen mit Shane und Charlotte habe. Ich spähe unauffällig zu den beiden rüber. Sie sitzen zusammen mit Tripp, Abby Liu und ein paar Schülern, die ich nicht kenne, auf der anderen Seite des Klassenraums. Mein unmittelbarer Sitznachbar ist leider Colin Jeffries. Die überwältigende Menge an Aftershave, mit der er sich eingesprüht hat, schafft es nicht, den kalten Zigarettenrauch zu übertünchen, nach dem seine Klamotten stinken, und dazu wippt er die ganze Zeit unruhig mit dem linken Bein, das für meinen Geschmack viel zu nah an meinem ist. Das habe ich davon, dass ich auf den letzten Drücker gekommen bin, als alle anderen Plätze im Raum schon belegt waren.

»Ich habe heute folgende Aufgabe für euch«, sagt Mr Forrest, worauf ich meine Aufmerksamkeit zu ihm zurückzwinge. Er dreht sich zum Whiteboard und schreibt auf eine Seite *Nike, Apple* und *Purina* und auf die andere *TikTok, YouTube* und *Instagram.* »Schließt euch bitte zu Teams zusammen und entscheidet euch für ein Unternehmen und eine Plattform. Danach sucht ihr auf der jeweiligen Plattform nach einem Werbevideo des jeweiligen Unternehmens, schreibt alle Punkte auf, die euch daran gefallen und nicht gefallen, und stellt die Ergebnisse anschließend der Klasse vor.«

Mein Blick zuckt zur Upperclass-Ecke – die Bezeichnung ist leider so eingängig, dass ich gar nicht anders kann, als sie auch zu benutzen –, wo Charlotte sich an Shane schmiegt und Abby ein hoffnungsvolles Lächeln in Tripps Richtung schickt.

Tripp, der gestern wie gedruckt gelogen hat, als er behauptet hat, er könne nicht auf Charlottes Party kommen. Das weiß ich, weil er immer Daumen und Zeigefinger aneinanderreibt, wenn er lügt. Das hat er schon als Kind so gemacht. Hätte er damals vor vier Jahren im Sportunterricht nicht einen Basketball in den Händen gehalten, hätte ich erkennen können, ob er das, was er da von sich gegeben hat, wirklich ernst meinte.

Es ist nützlich, dieses Wissen über ihn in der Hinterhand zu haben. Damals in der Achten habe ich nichts von dem, was Tripp, Shane und Charlotte über den Tod von Mr Larkin erzählt haben, infrage gestellt. Ich war zwar wütend auf Tripp, konnte mir aber nicht vorstellen, dass er bei einer so ernsten Sache lügen würde. Allerdings beginnt Carlys und Lindzis berufsbedingte Skepsis allmählich auf mich abzufärben, sodass ich plötzlich anfange, alles zu hinterfragen.

Was weißt du, Tripp?, denke ich, als er Abby ansieht und den Daumen hochhält, worauf sie ihn noch breiter anstrahlt. *Und was hast du getan?*

»Okay, dann schließt euch jetzt bitte zu Zweier-Teams zusammen«, sagt Mr Forrest.

Mason ist auch im Kurs, sitzt aber zwei Reihen von mir entfernt. Als ich seinen Blick auffange, hebt er entschuldigend die Schultern und rückt mit seinem Stuhl näher an Pavan Deshpande heran, den ich auch gern als Partner gehabt hätte, weil er nach wie vor ziemlich süß aussieht und echt gut küssen kann – zumindest hab ich das damals in der siebten Klasse so empfunden. Sein Kuss war ganz kurz und federleicht, ohne dass er auch nur einmal versucht hätte, seine Zunge zu benutzen.

»Sollen wir uns zusammentun?«, schreit mir von rechts jemand ins Ohr.

Oh Gott. Die Stimme gehört Colin Jeffries, dem Fußvolk-Angehörigen der ersten Stunde. Ich hätte Schuldgefühle, ihn so zu nennen, wenn er nicht derjenige wäre, der damit angefangen hat. Hektisch schaue ich mich auf der Suche nach Rettung im Raum um, aber alle anderen haben bereits einen Partner gefunden. »Klar.« Ich unterdrücke ein Seufzen. »Weißt du schon, welches Unternehmen …«

»Ist mir furzegal«, sagt Colin.

Fängt ja gut an. »Tja, also dann schlage ich vor, wir nehmen Purina, weil ich Hunde mag. Und als Plattform …«

»YouTube«, sagt Colin. Wenn er mich noch einmal unterbricht, scheiße ich auf die Regeln und flehe Mason und Pavan an, mich in ihre Mitte zu nehmen.

»Okay«, sage ich mühsam beherrscht.

Wir starren schweigend auf unsere Handys, und ich nutze die Auszeit, um meine Nerven mit einem süßen Welpen-Video zu beruhigen, was mir sogar halbwegs gelingt, bis Colin sagt: »Du solltest deinen Rock kürzer tragen.«

Noch bevor ich den Mund aufmache, weiß ich, dass ich es extrem bedauern werde, darauf zu reagieren, aber … »Wie bitte?«

»Na ja.« Er starrt mit gierigem Blick auf meine Knie und ich kriege sofort eine Gänsehaut. »Gibt ein paar Mädchen hier, die ihren Rock am Bund umschlagen, damit er kürzer wird. Das solltest du auch machen.«

»Ich kann mich nicht erinnern, dich um Rat in Fashion-Fragen gebeten zu haben«, gebe ich eisig zurück. »Also kümmere dich gefälligst um deinen eigenen Dreck.«

Colin schnaubt. »Klar. Typisch Upperclass-Zicke.«

»Dafür, dass du so tust, als wärst du hier das Opfer, stempelst du andere ganz schön schnell ab«, kontere ich. »Vielleicht haben die Leute, die du *Upperclass* schimpfst, einfach keinen Bock, mit jemandem zu reden, der so grenzwertiges Zeug von sich gibt.«

»Von mir aus«, grunzt Colin und starrt wieder auf sein Handy.

Zur Hölle mit diesem sexistischen Arschloch. Ich will gerade nach meiner Tasche greifen, um mich tatsächlich zu Mason und Pavan zu setzen, als Mr Forrest ruft: »Ist eines der Teams schon so weit, Ergebnisse mit uns zu teilen?« Er geht zwischen den Reihen hindurch nach vorn und deutet auf den Laptop, der auf seinem Pult steht. »Ihr dürft eure Handys gern mit dem Whiteboard verbinden, um uns die Liste der Dinge zu zeigen, die euch aufgefallen sind, auch wenn ihr noch keine komplette Analyse des Contents erstellt habt.«

Aus allen Ecken des Raums werden empörte »Was? Jetzt schon?«-Rufe laut, weil wir kaum Zeit hatten, richtig loszulegen, bis Colin grölt: »Ja, hier. Mir ist was *aufgefallen.*«

»Was soll das?«, zische ich, als Colin aufsteht. »Wir haben uns doch noch gar nicht ausgetauscht.«

»Keine Sorge.« Er zwinkert mir mit anzüglichem Grinsen zu – ein Anblick, den ich mir am liebsten sofort von der Netzhaut ätzen würde. »Ich hab alles im Griff.« Angewidert drehe ich mich weg und bemerke, dass Tripp uns von der anderen Seite des Raums aus stirnrunzelnd beobachtet. Als unsere Blicke sich treffen, schaut er sofort wieder weg. Er beugt sich zu Abby und raunt ihr etwas zu, worauf sie in meine Richtung späht.

Ich erdolche Tripp mit Blicken, auch wenn er das nicht mitbekommt, weil er nicht mehr zu mir rüberschaut. Idiot. Ist schließlich nicht so, als hätte ich mir Colin als Partner *ausgesucht.*

Colin ist mittlerweile vorne und verbindet sein Handy mit dem Kabel, das von Mr Forrests Laptop baumelt. Auf dem Whiteboard erscheint ein YouTube-Video.

»Okay, Colin«, sagt Mr Forrest zweifelnd. »Aber das sieht mir nicht nach …«

Colin tippt auf das Display seines Handys und wir zucken alle zusammen, als dröhnend laute Musik einsetzt. Im nächsten Moment ist im Video das Gesicht eines älteren Mannes in Nahaufnahme zu sehen: Kinngrübchen, breite Nase, eng zusammenstehende stahlgraue Augen und ein, für jemanden, der so viele Falten hat, verdächtig dichter Haarschopf ohne ein einziges graues Haar. Genau in der Sekunde, in der mir durch den Kopf schießt *Moment mal, diesen Typen habe ich doch vor Kurzem schon mal irgendwo gesehen,* sagt er: »Hallo. Mein Name ist Gunnar Fox und Sie sehen *Don't Do the Crime*, die einzige True-Crime-Show, die ungeschönt zeigt, wie man in diesem Land ungestraft mit Mord davonkommen kann.«

Mr Forrest legt den Kopf schräg und zieht die Brauen zusammen. »Das hat aber nichts mit unserer Aufgabe zu tun.«

»Abwarten«, sagt Colin gelassen.

Die Kamera fährt ein Stück zurück und Gunnar Fox setzt sich zielstrebig in Bewegung. Es sieht aus, als würde er einen leicht abschüssigen Hügel hinabgehen. »Dieses Frühjahr starte ich eine neue Serie namens *Killer Kids.* Darin werde ich mich mit Jugendlichen beschäftigen, die bei Mordfällen eher Randfiguren waren, möglicherweise aber nicht so unschuldig sind, wie sie scheinen. Nächste Woche werden wir uns den Fall eines toten Privatschullehrers in Massachusetts näher ansehen, dessen Leiche von drei seiner Schüler gefunden wurde, von denen einer – ein damals dreizehnjähriger Junge aus wohlhabendem Elternhaus – seine Fingerabdrücke auf der Mordwaffe hinterlassen hat und …«, Gunnar legt eine Kunstpause ein und blickt bedeutungsschwer in die Kamera, »dennoch ungeschoren davongekommen ist.«

Im nächsten Augenblick wird ein Foto von Shane eingeblendet und ich halte entsetzt die Luft an. Das Bild sieht aus, als wäre es aus dem Jahrbuch der Saint Ambrose; er trägt den dunkelblauen Schuluniformblazer mit gestreifter Krawatte und lächelt so selbstbewusst, wie er es im echten Leben immer tut.

Im echten Leben. Dem Leben, das – wie ich mir in Erinnerung rufen muss – jetzt und hier stattfindet. Shane sitzt keine zehn Schritte von mir entfernt und starrt verblüfft auf das Whiteboard, während Colin verächtlich sagt: »Nur so aus Interesse. Kann mir irgendjemand erklären, warum wir an dieser Schule einen Mörder frei rumlaufen lassen?«

Auf dem Whiteboard erscheinen in schneller Folge eine Reihe von Aufnahmen: ein im Wald flatterndes Polizeiabsperrband, die Kreideumrisse einer Leiche und ein begrüntes Schulgelände mit roten Backsteingebäuden, das aber nicht der Campus der Saint Ambrose ist. Derjenige, der diese Aufnahmen zusammengeschnitten hat, hat schlampig gearbeitet. Die Qualität ist mies. Einen Augenblick lang herrscht Totenstille im Raum, dann reden alle gleichzeitig.

»Sag mal, hast du sie noch alle?«, übertönt Charlottes aufgebrachte Stimme den Lärm. »Mach das sofort aus!«

»Um Gottes willen, Colin …« Mr Forrest läuft zu seinem Laptop, aber Tripp ist schneller. Ich habe gar nicht mitbekommen, dass er aufgestanden ist, als er auch schon neben Colin steht, ihm das Handy abnimmt und das Kabel rausreißt.

»Debiles Arschloch«, zischt Tripp, als die Anzeige auf dem Whiteboard erlischt.

»Gib das her!«, knurrt Colin und will nach seinem Handy greifen, als Tripp geschickt nach hinten ausweicht, sodass Colin aus dem Gleichgewicht gerät und mit dem Knie gegen ein Tischbein knallt. Mit wutverzerrtem Gesicht holt er zu einem Faustschlag aus, verfehlt Tripp aber meilenweit.

»Um Gottes willen! Hört auf damit, Jungs!« Mr Forrest macht einen Schritt auf die beiden zu, verheddert sich mit den Füßen aber in einem Wirrwarr aus Kabeln, dreht sich hektisch nach links und rechts, macht damit alles nur noch schlimmer und verliert beinahe das Gleichgewicht. »In meinem Unterricht wird sich nicht geprügelt!«, ruft er auf einem Bein hüpfend, während er weiter versucht, sich aus dem Kabelsalat zu befreien.

»Fast«, sagt Tripp spöttisch und hält Colins Handy in die Höhe. Mittlerweile sind fast alle Schüler aufgesprungen und haben einen Halbkreis um die beiden gebildet – Shane sitzt immer noch wie erstarrt an seinem Platz. Genau wie ich. »Willst du's noch mal versuchen?«

»Das würdest du nicht überleben.« Colin hechtet erneut erfolglos nach seinem Handy. »Du bist an dem Tag auch im Wald gewesen. Du und …« Er dreht sich zu Charlotte.

»Hey, Colin, behalt mich lieber im Auge.« Tripp löst das Case vom Handy, lässt es zu Boden fallen, wirft das Handy in die Luft und fängt es mit einer Hand wieder auf. »Sonst könnte es passieren, dass mir das Ding hier aus Versehen aus der Hand rutscht.«

»Wehe, du verdammter Mörder«, zischt Colin. »Ihr seid doch krank im Kopf. Alle drei. Haltet euch für was Besseres und bildet euch ein, ihr könntet einen Lehrer umbringen und damit davonkommen.«

»Fick dich.« Tripp verengt die Augen zu schmalen, funkelnden Schlitzen, bevor er Colins Handy wieder in die Luft wirft, mit der Linken fängt und die Rechte zur Faust ballt. Plötzlich gefrieren seine Züge zu einer harten, kalten Maske, die ihn wie einen völlig anderen Menschen aussehen lässt. Für den Bruchteil einer Sekunde kann ich mir vorstellen, wie es wäre, wenn er die Beherrschung verlieren und etwas Schreckliches tun würde.

Doch statt zurückzuzucken, springe ich von meinem Platz auf. Während ich mich zwischen den anderen hindurchschiebe, habe ich nur einen Gedanken im Kopf: *Halte ihn auf, bevor er etwas tut, das er sein Leben lang bereut.*

»Tripp! Nicht!«, ruft Abby. Sie hat die Arme fest um Charlotte geschlungen, die Colin hasserfüllt anfunkelt, als könnte sie ihn allein mit ihrem Blick zu Asche verbrennen. »Der Arsch ist es nicht wert, dass du seinetwegen von der Schule fliegst!«

»Doch! Mach ihn platt!«, schreit ein Typ und andere stimmen johlend mit ein: »Mach ihn platt, mach ihn platt, mach ihn platt!«

Ich sehe, wie Mason aus dem Raum schlüpft. Wahrscheinlich will er Hilfe holen, weil Mr Forrest völlig überfordert ist. »Alle auf ihre Plätze zurück! Sofort!«, brüllt er, während er immer noch an den Kabeln zerrt, um sich zu befreien. Ein lautes Rückkopplungsgeräusch schrillt durch den Raum, ein Mädchen fängt hysterisch an zu kreischen und Colin und Tripp kreisen weiter umeinander, als ich mich endlich zu ihnen durchgekämpft habe.

Genau in dem Moment, in dem ich bei ihnen bin, holt Tripp aus. Ich strecke die Hand aus, um ihn am Ärmel festzuhalten, und dann passiert alles gleichzeitig: Ich greife ins Leere, weil wie aus dem Nichts Shane hinter Tripp aufgetaucht ist, um ihn wegzuziehen; Colin stößt ein wildes Heulen aus und hechtet mit erhobenen Fäusten vor, und als ich zu ihm herumwirble, verliert er das Gleichgewicht und stürzt auf mich zu.

Im nächsten Augenblick explodiert ein heftiger Schmerz in meinem Kopf und ich gehe zu Boden.

»Erklär mir das noch mal. Aber bitte so, wie du es einem Fünfjährigen erklären würdest«, sagt Onkel Nick eine Stunde später, als er mich aus dem Krankenzimmer abholt. Er musste mit dem Taxi zur Schule kommen, um mich in meinem VW nach Hause fahren zu können. Die Krankenschwester hat darauf bestanden, dass ich von einem erwachsenen Familienangehörigen abgeholt werde, und da war Onkel Nick die mit Abstand beste Option. Im Sekretariat kennen sie ihn noch aus der Zeit, als er hier Aushilfslehrer gewesen ist, und da er gerade wieder studiert, ist er zeitlich flexibel. »Also. Ich soll deinen Eltern nicht erzählen, dass jemand versucht hat, dir den Schädel einzuschlagen, weil …«

»Weil sie komplett ausflippen würden«, beendet Ellie, die auf der Rückbank sitzt, seinen Satz.

»Der Grund ist mir nicht gut genug«, sagt Onkel Nick. »Was ist, wenn du eine Gehirnerschütterung hast, Brynn?«

»Die Krankenschwester hat gesagt, ich hab keine«, behaupte ich, obwohl sie es etwas anders ausgedrückt hat. *Im Moment zeigst du keine Symptome, die können allerdings auch zeitverzögert auftreten, lass das also auf jeden Fall von eurem Hausarzt abklären.* Aber jetzt ist nicht der richtige Zeitpunkt für solche Spitzfindigkeiten. »Ich bin noch nicht mal ohnmächtig geworden.«

Ich bin auf den Boden geknallt und wollte sofort wieder aufstehen, aber Mr Forrest, der sich bis dahin endlich aus dem Kabelwirrwarr befreit hatte, bestand darauf, dass ich noch einen Moment sitzen bleibe. Er hat die Klasse durch einen anderen Lehrer übernehmen lassen und mich mit Masons Hilfe ins Krankenzimmer gebracht, obwohl ich ihm mehrmals versichert habe, dass ich das auch allein schaffe. Jetzt habe ich leichte Kopfschmerzen und einen blauen Fleck an der Schläfe, der aber durch meine Haare verdeckt wird. Mehr ist nicht.

»Großer Gott«, murmelt Onkel Nick und tritt an einer roten Ampel vor Fassungslosigkeit zu hart auf die Bremse. »Was ist an dieser Schule bloß los? So was hätte es zu meiner Zeit nicht gegeben.«

»Gunnar Fox ist los«, sage ich. »Der Typ ist ein schmarotzerhafter Schmierfink ohne jede journalistische Glaubwürdigkeit.« Originalzitat Lindzi.

»Okay, aber vielleicht sollte dir das zu denken geben. Es wühlt die Leute offensichtlich auf, wenn alte Wunden aufgerissen und die Geschichte um Will jetzt wieder ans Licht gezerrt wird«, gibt Onkel Nick zu bedenken. »Vielleicht solltest du den Verantwortlichen bei *Motive* sagen, dass es besser wäre, einen Gang runterzuschalten.«

»Bei *Motive* wird ganz anders gearbeitet, die haben nichts damit zu tun. Hier geht es um das Format von diesem Gunnar Fox – *Don't Do the Crime*!«, protestiere ich.

»Ich schlage vor, dass du das mit deinen Eltern besprichst«, sagt er.

Ellie schnalzt enttäuscht mit der Zunge. »Du klingst schon genau wie Dad, Onkel Nick.«

»Meine Nichte. Wurde. Zu Boden *geschlagen*«, gibt er zurück.

Ellie beugt sich zwischen den Vordersitzen nach vorn. »Muss ich dich an den Vorfall mit der Vase erinnern, Onkel Nick?«

»Ellie«, stöhnt er. »Komm schon. Damals war ich sechzehn.«

»Und ich *sechs*«, sagt Ellie. »Trotzdem hab ich es auf meine Kappe genommen, als du dir an Dads Geburtstag bei der Grillparty die Kante gegeben und Moms Lieblingsvase zertrümmert hast.«

»Es war absolut unverantwortlich von mir, so was von dir zu verlangen«, sagt Onkel Nick. »Und schau, wohin mich das gebracht hat. Jetzt werde ich erpresst und muss euch zwei decken.«

»Erpressung lasse ich mir nicht vorwerfen.« Ellie lehnt sich hoheitsvoll wieder in die Rückbank zurück. »Ich habe mit diesem Drama nichts zu tun, sondern bin bloß eine neutrale Beobachterin, die hier und da ein paar Bemerkungen zum Thema einwirft.«

»Heißt das, du hältst dicht, Onkel Nick?«, hake ich nach.

Einen Moment lang herrscht Stille im Wagen. Vermutlich streitet sich der Engel, der auf der einen Schulter meines Onkels sitzt und ihn drängt, seinem Bruder alles zu sagen, mit dem Teufel, der auf der anderen sitzt und ihn daran erinnert, wie unnachgiebig und voreingenommen Dad sein kann. »Nur wenn du dich von mir in die Notaufnahme fahren und deinen Kopf gründlich untersuchen lässt. Bis dahin – Finger weg vom Steuer.«

»Danke!« Ich würde ihn umarmen, wenn ich dann nicht riskieren würde, dass er das Lenkrad verreißt und auf die gegenüberliegende Fahrbahn schlingert. »Du bist der Beste. Ich hab dich lieb.«

»Ein leichtes Opfer bin ich, mehr nicht«, brummt Onkel Nick. »Versprich mir nur, dass du dich von den Leuten fernhältst, die in diese Scheiße verwickelt sind.«

»Versprochen«, lüge ich und ziehe mein Handy aus der Tasche, um auf Charlottes besorgte Nachricht zu antworten.

Nichts passiert. Mir geht's gut. Freue mich schon auf morgen Abend! Aber sag Tripp nicht, dass ich komme. Ich will ihn überraschen.

13

TRIPP

»Dein Vater meinte, wir sollen ruhig ohne ihn anfangen. Er muss noch etwas erledigen«, sagt Ms Delgado zu Shane und nimmt am Kopfende des massiven Esszimmertischs Platz. Shane und ich sitzen rechts und links von ihr; ich habe eine Einladung zum Abendessen bei den Delgados angenommen, statt mich mit meiner Mutter im Shooters zu treffen. Mein Handy habe ich auf lautlos gestellt, damit ich erst gar nichts von den wütenden Nachrichten mitbekomme, die sie mir ganz sicher schicken wird. »Er telefoniert noch mit Edward. Dieses Video wird nicht mehr lange online sein.«

Ich weiß zwar nicht, wer dieser Edward ist, gehe aber schwer davon aus, dass es sich um einen Anwalt handelt. Die Delgados beschäftigen mindestens ein Dutzend davon. Das gehört wohl einfach dazu, wenn man eine der größten Immobiliengesellschaften von Boston sein Eigen nennt.

»Klar«, murmelt Shane und breitet mit finsterem Gesicht seine Serviette auf dem Schoß aus. Auf unseren Tellern warten knusprig gebratene Hähnchenteile, grüne Bohnen und irgendwelche fluffig aussehenden Getreidekörner, alles vom Privatkoch der Delgados zubereitet. Von all den Dingen, die man sich mit Geld kaufen kann, finde ich das, glaube ich, am genialsten.

Ich meine, jeden Tag ein solches Festmahl serviert zu bekommen, ohne dafür auch nur einen Finger rühren zu müssen? Wahnsinn. »Weil das Internet ja immer sofort alles vergisst.«

Ms Delgado legt ihre Hand auf seine. Sie ist eine elegante Frau mit dunklen Haaren. Shane und sie sehen sich so ähnlich, dass man kaum glauben kann, dass er adoptiert ist. »Wenigstens hat er deinen Namen nicht genannt«, sagt sie. Shane schnaubt nur und Ms Delgado sieht mich an. »Danke, dass du Shane so zur Seite gestanden hast, Tripp. Er kann wirklich froh sein, dich zum Freund zu haben.«

Ich senke den Kopf und vergrabe meine Gabel in der fluffigen Beilage, was auch immer es ist. Couscous vielleicht? »Nicht weiter der Rede wert. Ich müsste mich eher bei ihm bedanken. Wenn er mich nicht zurückgehalten hätte, wäre ich wahrscheinlich von der Schule geflogen.«

Mir ist erst ungefähr eine Stunde nach dieser Horrorshow in Medientechnik so richtig klar geworden, dass ich kurz davor war, wegen Colin Jeffries, diesem Scheißtypen, meine komplette Zukunft gegen die Wand zu fahren. Ich hätte alles verloren. Nicht nur das Kendrick-Stipendium, sondern auch das für die Saint Ambrose. Dann wären die zwölf Jahre, die ich in diese verdammte Schule investiert habe, für die Katz gewesen und ich hätte mich mit einem Abschluss von der Sturgis Highschool begnügen müssen. Wenn die mich da überhaupt genommen hätten. Nach der Nummer, die Colin abgezogen hat, kann ich mir jetzt immerhin denken, von wem die *Mörder*-Nachrichten an Shane, Charlotte und mich stammen.

Ms Delgado bekommt einen leicht angespannten Zug um die Mundwinkel. Eine weitere Ähnlichkeit zwischen ihr und Shane und bei beiden meistens der einzige Anhaltspunkt dafür, dass sie wütend sind. »Das hätten mein Mann und ich natürlich auf jeden Fall verhindert«, sagt sie mit dem Selbstbewusstsein, das Menschen ausstrahlen, die daran gewöhnt sind, sich durchzusetzen und zu bekommen, was sie wollen. »Allerdings werden wir der Schulleitung definitiv nahelegen, diesen Colin Jeffries zu suspendieren. Er hätte erst gar nicht an der Saint Ambrose angenommen werden dürfen.« Sie nippt an ihrem Wein. »Wie geht es dem armen Mädchen? Wie hieß sie noch mal … Brianne?« Ms Delgado interessiert sich nicht sonderlich für Schüler, die nicht mit Shane befreundet sind. Was wiederum ein Punkt ist, in dem sie und Charlotte sich sehr ähnlich sind.

Shane macht sich nicht die Mühe, sie zu korrigieren. »Charlotte hat ihr geschrieben. Anscheinend ist nichts Schlimmes passiert.«

»Ich finde, du solltest dich persönlich nach ihr erkundigen«, sagt Ms Delgado mit sanft drängender Stimme, und obwohl sie ihre Worte an Shane richtet, steigt heiße Scham in mir hoch. *Ich* sollte mich persönlich bei Brynn danach erkundigen, wie es ihr geht. Immerhin hat der Schlag, den sie eingesteckt hat, mir gegolten. Aber ich habe mich bis jetzt davor gedrückt, weil ich mit einer Nachricht an sie eine Tür öffnen würde, die zubleiben muss. Sie löst etwas in mir aus, das mir nicht gefällt.

»Geht klar«, sagt Shane.

»Ich meinte, jetzt gleich.« Ms Delgado zerschneidet eine grüne Bohne. »Ich denke, wir können die Regel, dass Handys bei Tisch nicht erlaubt sind, ausnahmsweise aussetzen, damit du dich wie ein wahrer Gentleman verhalten kannst.«

»Okay.« Shane zieht seufzend sein Handy aus der Tasche. »Aber ich hab ihre Nummer nicht und muss sie mir erst von Charlotte besorgen.«

Okay, es reicht. Ich will nicht der miese Arsch sein, der sich nicht nach Brynn erkundigt. Also hole ich mein Handy ebenfalls raus, ignoriere die Nachrichtenflut von Lisa Marie, öffne meine Kontakte und scrolle zu *Brynn Gallagher*. Ich habe sie zwar immer noch in meinem Adressverzeichnis, aber es ist gut möglich, dass sie mich vor Jahren gelöscht oder mittlerweile eine andere Nummer hat. Für den Fall der Fälle tippe ich: *Hey, ich bin's, Tripp. Tut mir echt leid, was heute passiert ist. Hoffe, du bist okay.*

So. Erledigt. Und dabei ein Mindestmaß an Höflichkeit gewahrt.

Jetzt kommt auch Mr Delgado ins Esszimmer. Das Licht des Kronleuchters lässt seine silbrig-grauen Haare glitzern. Er ist mindestens zwanzig Jahre älter als seine Frau, aber für einen Mann in den Sechzigern unglaublich fit. Ich spiele manchmal im Country Club – der den Delgados gehört – Squash gegen ihn, und hab noch nie erlebt, dass er außer Atem geraten wäre. »Entschuldige bitte, Laura.« Er beugt sich zu seiner Frau und küsst sie auf die Wange. »Es hat doch etwas länger gedauert, als gedacht.«

»Alles in Ordnung?«, fragt sie.

»Edward wird diesen Schmierfink aus Las Vegas wegen Verleumdung verklagen«, sagt Mr Delgado und nimmt neben Shane Platz. Ich find es sympathisch, dass die Delgados trotz ihres für eine dreiköpfige Familie absurd langen Esstischs nicht meterweit voneinander entfernt sitzen. »Das sollte reichen, um ihn uns vom Hals zu halten.«

Ms Delgado sieht zwar aus, als hätte sie noch ein paar Fragen, sagt dann aber nur: »Ist das Video schon aus dem Netz genommen worden?«

»Noch nicht, aber bald«, antwortet Mr Delgado mit geblähten Nasenflügeln. Ihm ist anzusehen, dass es ihn extrem frustriert, dass er nicht einfach einen Scheck ausstellen und die Angelegenheit damit aus der Welt schaffen kann.

In meiner Hosentasche vibriert mein Handy, und aus irgendeinem Grund bin ich mir sehr sicher, dass das Brynn ist. Weil es in Anbetracht der Umstände ziemlich unhöflich wäre, sie zu ignorieren, verstoße ich ein zweites Mal gegen die No-Phone-Policy der Delgados, um einen Blick darauf zu werfen. Sie hat tatsächlich geantwortet – mit einem Selfie, auf dem sie eine Grimasse schneidet und sich die Haare aus dem Gesicht hält, sodass man den beeindruckenden Bluterguss an ihrer Schläfe erkennen kann. Darunter steht: *Der wäre eigentlich für dich bestimmt gewesen.*

Ich weiß nicht, ob ich mich innerlich winden oder lachen soll. Die Verletzung ist natürlich nicht witzig, aber ihr Gesichtsausdruck schon, und offensichtlich geht es ihr gut genug, um mich ein bisschen fertigzumachen. *Tut mir echt leid*, schreibe ich zurück.

Du kannst es wiedergutmachen. Willst du?

Das ist eine lupenreine Fangfrage. *Wie?*

Ich habe mit Mr Solomon gesprochen und ausgemacht, dass ich ihn morgen um 14h besuche. Kommst du mit?

Die Anspannung in meinen Schultern löst sich. Ist zwar nicht unbedingt das, was ich mir unter einem gemütlichen Samstagnachmittag vorstelle, aber es hätte mich auch um einiges schlimmer treffen können. *Klar,* antworte ich.

14

TRIPP

»Kann sein, dass ich gestern ein bisschen übertrieben habe«, sagt Brynn, als ich am nächsten Tag in ihren VW steige. Er strahlt außen und innen so sauber, dass ich ihn für funkelnagelneu halten würde, wenn nicht der für Neuwagen typische Geruch fehlen würde. Wer auch immer sonst bei Brynn mitfährt – Ellie wahrscheinlich –, ist viel kleiner als ich, weshalb ich den Sitz bis ganz nach hinten schieben muss.

»Womit?«, frage ich, als ich nach dem Sicherheitsgurt greife.

»Genau genommen habe ich gar nicht mit Mr Solomon gesprochen, sondern ihm nur eine Nachricht auf dem AB hinterlassen.«

Ich halte mitten in der Bewegung inne. »Du hast ihm eine … Moment mal. Heißt das, er weiß vielleicht gar nicht, dass wir kommen, und wir kreuzen völlig unangemeldet bei ihm auf?«

Am Armaturenbrett blinkt eine rote Warnleuchte und es piepst penetrant, als Brynn rückwärts aus der Einfahrt setzt. »Du musst dich anschnallen«, sagt sie ruhig. »Und ja, genau das heißt es.«

»Das können wir nicht machen«, stöhne ich.

»Warum denn nicht? Du hast gesagt, dass er dich in den Garten eingeladen hat. Und falls er zu den Leuten gehört, die ihren AB nie abhören, würde uns sowieso nichts anderes übrig bleiben, als spontan bei ihm vorbeizufahren, oder?«

»Bei ihm *reinzuplatzen* trifft es wohl eher.« Das Piepsen macht mich total kirre, und obwohl ich am liebsten wieder aussteigen würde, schnalle ich mich an. »Echt. Mich als Lügner bezeichnen, es aber selbst nicht so genau mit der Wahrheit nehmen.«

»Ich hab dich nicht als Lügner bezeichnet«, sagt Brynn. »Sondern als *miserablen* Lügner.«

Stimmt, und seit sie das gesagt hat, habe ich ein ungutes Gefühl. Ich meine, warum sagt sie so was? Vielleicht wollte sie mich bloß aus dem Konzept bringen, das macht ihr ja anscheinend ziemlich Spaß. Nicht, dass ich ihr das verdenken könnte, aber ich werde den Teufel tun und sie fragen, warum sie es gesagt hat. Stattdessen brumme ich nur: »Wenn ich das gewusst hätte, wäre ich nicht mitgekommen.«

»Du schuldest mir was, Tripp. Immerhin hab ich einen echt heftigen Schlag für dich eingesteckt.« Sie rückt ihre Strickmütze zurecht, die sie so tief in die Stirn gezogen hat, dass ich nicht sehen kann, ob der Bluterguss schlimmer geworden ist. Allerdings sieht sie ansonsten aus wie das blühende Leben, die Wangen von der Kälte rosig, die Augen klar und strahlend.

Dass ich sie mir so genau ansehe, dient aber nichts weiter als einer nüchternen Bestandsaufnahme, schließlich muss ich mich vergewissern, dass ich nicht von jemandem mit Gehirnerschütterung durch die Gegend gefahren werde.

»Du hättest gar nicht von deinem Platz aufstehen und nach vorn kommen sollen«, sage ich, bevor mir klar wird, dass so ein Kommentar nur von einem echten Scheißkerl kommen kann. Als wäre Brynn selbst daran schuld, dass sie den Schlag abbekommen hat. Ich erinnere mich noch daran, dass sie mich kurz am Arm berührt hat, bevor Shane mich zur Seite gezogen hat. Sie ist nach vorne gekommen, weil sie mich davon abhalten wollte, einen Riesenfehler zu machen. »Tut mir leid. Das war gerade voll daneben. Ich bin nur …«

Aufgewühlt. Du wühlst mich auf, Brynn. Und das war schon immer so.

»Kein Problem.« Brynn winkt ab. »Außerdem weiß ich ja selbst, dass es nicht die feine Art ist, Mr Solomon einfach so zu überfallen. Ich fände es nur schön, wenn wir Ms Kelso am Montag eine kleine Erfolgsmeldung präsentieren könnten. Sie hat eine echt harte Woche hinter sich.«

»Inwiefern?«, frage ich.

»Na ja, zuerst die Sache mit dem beschmierten Porträt von Mr Larkin. Das hat sie ganz schön mitgenommen. Sie fühlt sich verantwortlich, weil sie nicht dafür gesorgt hat, dass das Bild bis zu seiner Enthüllung an irgendeinem sicheren Ort aufbewahrt worden ist. Es stand einfach die ganze Zeit in der Aula hinter der Bühne, wo praktisch jeder Zugang dazu hatte«, sagt Brynn. »Und als ich sie gestern nach der Telefonnummer von Mr Solomon gefragt habe, hat sie mir gezeigt, dass irgendjemand sämtliche Plakate unbrauchbar gemacht hat, die sie für die Gedenkgarten-AG hat drucken lassen.«

»Was heißt *unbrauchbar*?«, frage ich.

»Auf jedem einzelnen Plakat ist das Gesicht von Mr Larkin mit rotem Marker überkritzelt worden. Wobei das noch viel zu harmlos klingt. Es waren eher … wütende rote Schlitze.«

»Shit.« Das muss ich kurz sacken lassen. »Da hat wohl jemand eine ziemliche Abneigung gegen Mr Larkin gehabt, was?«

»Ms Kelso glaubt, dass die Aktion gegen sie gerichtet war.«

»Wie jetzt? Im Ernst?« Das kann ich mir nicht vorstellen. Ms Kelso ist so was wie die universelle liebenswürdige Großmutter, die sich alle Schüler wünschen würden. Nicht mal das selbsternannte Fußvolk versucht, ihr das Leben schwer zu machen. »Wie kommt sie denn darauf?«

»Ich glaube, sie kann sich einfach nicht vorstellen, dass irgendjemand Mr Larkin so sehr gehasst haben könnte.« Brynn biegt in die Spruce Road ab, eine lange, gewundene Straße, die zu Mr Solomons Grundstück führt. Die meisten Kids aus Sturgis wissen, wo er wohnt, weil sein Haus an den Fußballplatz grenzt und wir früher immer daran vorbeigekommen sind, wenn wir uns nach dem Training noch ein Eis geholt haben. »Zumal er mittlerweile schon seit vier Jahren tot ist. Ich meine, fällt *dir* irgendein Grund ein, warum irgendwer ihn gehasst haben könnte?«

Mir gefällt der Ton nicht, in dem sie die Frage stellt; so als wäre die Antwort darauf ein finsteres Geheimnis, das nur ich kenne. »Nein«, sage ich knapp und schaue aus dem Fenster.

Wir fahren schweigend weiter, bis ein Briefkasten mit der Hausnummer neununddreißig in Sichtweite kommt und Brynn »Da wären wir« sagt. Sie setzt den Blinker und biegt vorsichtig in die unbefestigte Einfahrt. Ich klappe die Sonnenblende hoch und erwarte, den tadellos gepflegten kleinen Bungalow von Mr Solomon vor mir zu sehen, aber der Anblick, der sich uns bietet, ist ein völlig anderer. Im komplett überwucherten Vorgarten liegen Werkzeuge, Müll und eine riesige, halb von Eis bedeckte blaue Plane herum. Aus den Blumenkästen unter den Fenstern und den zwei große Pflanzenkübeln rechts und links der Treppe ragen nur noch vertrocknete Stängel. »Wow. Ähm … Sicher, dass er immer noch hier wohnt?« Brynn bringt den Wagen neben einem klapperigen schwarzen Pick-up zum Stehen.

»Woher soll *ich* das wissen?«, sage ich. »Du hast diesen kleinen

Schulausflug organisiert, nicht ich.« Sie beißt sich auf die Unterlippe und wirkt so besorgt, dass ich hastig zurückrudere. »Ja, ich bin mir sicher. Der Pick-up gehört jedenfalls ihm.«

»Okay«, sagt sie. »Wird schon schiefgehen.«

Wir steigen aus und gehen auf dem Weg zur Treppe um ein paar lose Backsteine herum, die aussehen, als würden sie schon seit einiger Zeit hier rumliegen. Brynn drückt auf die rostige Türklingel und ein lauter Glockenton schrillt durchs Haus. Wir warten einen Moment schweigend ab, dann versucht sie es noch mal. Diesmal klappert etwas im Haus, aber es kommt niemand zur Tür. »Mr Solomon?«, ruft Brynn. Sie schirmt die Augen mit den Händen ab, um durch die verdreckte Fensterscheibe neben der Tür zu schauen. »Hier ist Brynn Gallagher von der Saint Ambrose. Sind Sie da?«

»Falls er hier ist, will er eindeutig nicht mit dir reden«, sage ich. »Lass uns wieder fahren.«

»Noch nicht«, sagt Brynn. »Ich könnte schwören, dass ich Schritte gehört habe. Lass es uns an der Hintertür versuchen.« Ohne meine Antwort abzuwarten, marschiert sie die Stufen hinunter und biegt um die Ecke. Ich folge ihr zögernd.

Hinter dem Haus sieht es noch schlimmer aus als vorne. Mehrere verrostete Schubkarren stehen kreuz und quer auf dem gelb-bräunlichen Rasen und ein Turm aus ineinander gestapelten Pflanzenkübeln neigt sich bedenklich zur Seite. Überall sprießt Unkraut, die Beete sind verdorrt. Als wir noch Kinder waren, ist der Garten frei zugänglich gewesen, jetzt ist das Gelände von einem niedrigen Holzzaun umgeben. Brynn steht am Tor und fummelt stirnrunzelnd am Riegel.

»Was machst du denn da?«, rufe ich und gehe schneller. »Du kannst da nicht einfach so rein.«

»Gibt aber keinen anderen Weg, um zur Hintertür zu kommen«, sagt Brynn, die sich immer noch über den Riegel beugt. »Ich kapiere nur nicht, wie das Ding hier aufgeht.«

Ich hatte ganz vergessen, das Brynn noch nie besonders praktisch veranlagt gewesen ist. »Du musst ziehen und ihn gleichzeitig hochdrücken«, sage ich und greife selbst nach dem Riegel. »Aber ich glaub nicht …«

Ein lautes Klicken lässt uns erstarren. Brynn greift nach meiner Hand und drückt sie so fest, dass es wehtut. Jeder Muskel in ihrem Körper ist angespannt und ihr Blick starr nach vorn geheftet. Als ich aufschaue, sehe ich den Lauf einer auf uns gerichteten Schrotflinte.

»Oh Shit«, raune ich. Mein Herz macht einen panischen Satz und mein Mund wird trocken. Bis jetzt habe ich Waffen immer nur im Museum hinter dickem Glas gesehen. Diese hier wirkt auch aus der Entfernung so Furcht einflößend und todbringend auf mich wie eine Kanone. Ein halbes Dutzend Gedanken rasen gleichzeitig durch meinen Kopf. *Ich werde Regina und Al vermissen. Ich habe meine Mutter das letzte Mal vor zwei Jahren gesehen. Jetzt werde ich es nie mehr aus Sturgis rausschaffen. Ich habe nichts von den Dingen ins Reine gebracht, die ich verbockt habe, und mich nie bei …*

»Brynn«, sage ich heiser. »Es tut mir leid.«

»Was denn?«, zischt Brynn und drückt meine Hand noch fester. »Hast du etwa gewusst, dass hier jemand mit Schrotflinte rumläuft?«

»Nein, ich wollte nur …« Ich weiß nicht, wie ich den Satz beenden soll. Die Sekunden verstreichen in vollkommener Stille, nur unser Atem ist zu hören. Mein Tunnelblick weitet sich etwas und nimmt jetzt den Mann vor uns wahr, der vor die Hintertür getreten ist. Er ist klein, hat weiße Haare und trägt ein kariertes Flanellhemd, das um seinen dürren Leib schlottert. Obwohl sein Gesicht halb von der Schrotflinte verdeckt wird, verlangsamt sich mein Puls, als mir klar wird, wer er ist.

Ich hätte niemals gedacht, dass Mr Solomon eine Waffe auf jemanden richten könnte, und kann mir nicht vorstellen, dass er wirklich abdrücken würde.

»Mr S.!«,rufe ich. »Ich bin's, Tri… *Noah* Talbot. Sie haben mich kürzlich eingeladen, mal vorbeizukommen, erinnern Sie sich?«

»Diebe!«, bellt er. »Denkt ihr, ihr könnt hier einfach so rumschleichen und mich beklauen?«

»Nein. Wir sind keine Diebe. Wirklich nicht.« Mir wird erst jetzt bewusst, dass ich die Hand, die Brynn nicht umklammert, nach oben strecke, wie die Kassierer in alten Filmen es tun, wenn ein Bankräuber vor dem Schalter steht. »Wir wollten bloß mit Ihnen reden.«

»Verfluchte Diebe und Eindringlinge«, knurrt er, senkt dann aber kaum merklich das Gewehr und runzelt die Stirn, als würden meine Worte endlich zu ihm durchdringen. »Moment mal. Noah? Bist du das?«

»Ja, genau! Könnten Sie das Gewehr vielleicht ganz runternehmen?«

Er ignoriert meine Bitte und deutet mit einer Kopfbewegung auf Brynn. »Wer ist die da?«

»Ich bin Brynn Gallagher, Mr Solomon«, ruft sie. »Vielleicht erinnern Sie sich ja noch an mich. Ich war früher auch auf der Saint Ambrose?«

»Nein«, sagt der alte Mann schroff, senkt aber endlich die Waffe. Brynn und ich atmen geräuschvoll aus. »Warum versucht ihr, in meinen Garten einzudringen?«

»Gute Frage, Brynn. Warum tun wir das?«, zische ich und fange mir dafür einen finsteren Blick von ihr ein.

»Eigentlich wollten wir nur Ihren fachmännischen Rat, weil sie doch so ein leidenschaftlicher Gärtner sind.« Ihr Blick zuckt kurz über die kümmerlichen Überreste dessen, was einmal Mr Solomons ganzer Stolz gewesen ist. »Die Schule will einen Gedenkgarten für Mr Larkin anlegen, und Tripp und ich … ich meine *Noah* und ich … wir sind für die Pflanzen zuständig, aber wir haben gar keine Erfahrung mit so was und wollten Sie fragen, ob Sie uns helfen können.« Als Mr Solomon sie bloß regungslos anstarrt, wirft Brynn mir einen hilflosen Blick zu. Ich habe keine Ahnung, wie sie jemals glauben konnte, dass es okay wäre, hier unangemeldet aufzutauchen, bin mir aber sicher, dass sie nicht damit gerechnet hat, über einen Gartenzaun hinweg mit einem bewaffneten Mann verhandeln zu müssen. »Vielleicht können Sie uns ja ein paar Tipps geben?« Ihre Stimme geht am Ende hoffnungsvoll nach oben.

»Ich hab zu tun«, brummt Mr Solomon.

»Na klar, das verstehen wir«, sagt Brynn. »Wir hätten … ich hätte vorher anrufen sollen. Das heißt, ich habe angerufen, aber … egal. Können wir vielleicht ein andermal vorbeikommen, wenn es Ihnen besser passt?«

»Könnt ihr gerne«, sagt Mr Solomon, dessen Stimme endlich versöhnlicher klingt. »Ist immer nett, Schüler von der Saint Ambrose zu sehen. Aber ich werde ganz sicher nicht mit euch über irgendwelche verdammten Gärten reden.«

»Nicht?« Brynn schaut sich erneut in Mr Solomons verwüstetem Garten um. »Haben Sie denn kein Interesse mehr an, ähm, Gärten?«

»Ich liebe Gärten«, sagt Mr Solomon und Brynn wirft mir einen verwirrten Blick zu.

»Er scheint nicht mehr ganz bei sich zu sein«, raune ich ihr zu.

In diesem Moment bemerkt sie offenbar, dass sie immer noch meine Hand hält. Sie lässt sie abrupt los, als hätte sie sich verbrannt, und es wurmt mich ein bisschen, dass ich meine Hand nicht zuerst weggezogen habe. »Vielleicht habe ich mich gerade nicht so gut ausgedrückt«, sagt sie. »Wir brauchen Ihre Hilfe, weil wir einen Gedenkgarten für Mr Larkin anlegen wollen, um an sein …«

»Ich weiß, was ein Gedenkgarten ist«, unterbricht Mr Solomon sie wieder gereizt. »Und ich hab kein Interesse, euch bei dieser Sache zu helfen.« Er klemmt sich die Schrotflinte unter den Arm, dreht sich um und ruft über die Schulter: »Pass gut auf dich auf, Noah. Wir sehen uns in der Brightside Bakery.«

»Was soll das?«, murmelt Brynn, bevor sie die Stimme hebt und fragt: »Warum wollen Sie uns nicht helfen?«

Mr Solomon streckt seine freie Hand nach der Türklinke aus und ich bin mir ziemlich sicher, dass Brynn keine Antwort bekommen wird, da dreht er sich noch mal halb zu uns um.

»Warum nicht? Weil dieser Dreckskerl gekriegt hat, was er verdient hat«, sagt er, bevor er türeknallend im Haus verschwindet.

15

BRYNN

»Moment mal. *Was* hat er gesagt?«, fragt Nadia.

Es ist Samstagabend, acht Uhr, und wir spielen bei uns im Keller eine Runde Tischtennis – Nadia und ich gegen Mason und Ellie. Ellie hat sich netterweise dazu überreden lassen, eine Querflöten-Übungspause einzulegen, um uns zu helfen, die Zeit totzuschlagen. Ich weiß zwar nicht, wann Partys bei Charlotte Holbrook üblicherweise losgehen – sie hat sich nicht die Mühe gemacht, diese Info an mich weiterzugeben –, bin mir aber ziemlich sicher, dass acht zu früh ist, um bei ihr aufzutauchen.

»*Dieser Dreckskerl hat gekriegt, was er verdient hat*«, wiederhole ich den Satz, den Mr Solomon gesagt hat, bevor er im Haus verschwunden ist. Ich hechte nach dem Ball, den Ellie zu Nadia zurückgeschlagen hat, weil Nadia mich immer noch mit offenem Mund anstarrt, verpasse ihn aber. Er prallt von der Platte ab und fliegt zu Onkel Nick rüber, der ein paar Meter neben uns auf dem Boden kniet und in der alten Plattensammlung meiner Eltern stöbert. Er geht heute auch auf eine Party und sucht nach passender Musik. Der Abend steht unter dem Motto »Achtziger-Vinyl«. Nick bückt sich, fischt den Ball aus der Ecke und wirft ihn mir zu.

»Bist du sicher, dass er damit Will gemeint hat?«, fragt er.

»Ich wüsste nicht, wen er sonst gemeint haben soll«, sage ich und gebe den Ball an Mason weiter, der Aufschlag hat.

Mason nimmt den Ball zwar, macht aber keine Anstalten, weiterzuspielen. »Vielleicht ist er geistig verwirrt, dement oder so. Hast du nicht gesagt, dass er dich auch nicht erkannt hat?«

»Stimmt schon«, sage ich. »Tripp hat er auch nicht gleich erkannt, aber als er ihn dann zuordnen konnte, hat er sich völlig normal verhalten. Bis … er dann diesen Satz losgelassen hat.«

»Echt hart«, sagt Nadia. »Der arme Mr Larkin. Erst die Sache mit dem Porträt und dann so was. Die ganze Woche ist sein Andenken in den Dreck gezogen worden.«

Ellie klatscht nachdenklich den Schläger gegen ihre Handfläche. »Könnte es sein, dass ihr Mr Larkin nicht so gut gekannt habt, wie ihr dachtet? Vielleicht war er gar kein so durch und durch netter Kerl.«

Ich werfe ihr einen warnenden Blick zu. Abgesehen von Onkel Nick ist Ellie die Einzige im Raum, die von meinem Praktikum weiß, und außerdem die Einzige, der ich erzählt habe, dass Ramon d'Arturo ständig darauf herumgeritten ist, dass Mr Larkin angeblich ein »unbeschriebenes Blatt« gewesen ist. Sie spielt hier gerade auf Dinge an, über die ich noch nicht sprechen will. »Ich hab ihn ganz schön gut gekannt«, sage ich. »Und alle an der Saint Ambrose haben ihn wahnsinnig gemocht. Einschließlich Mr Solomon.«

Onkel Nick hockt sich, ein Blondie-Album in der Hand, auf die Fersen zurück. »Vielleicht solltest du Will nicht überglorifizieren, Brynn«, sagt er. »Er ist auch nur ein Mensch gewesen, genau wie wir alle. Ist nicht so, als wäre er nicht auch mal mit anderen aneinandergeraten.«

»Aneinandergeraten?«, wiederhole ich. »Was soll das heißen?«

»Du weißt schon.« Onkel Nick geht weiter den Plattenstapel durch und zieht ein Simple-Minds-Album heraus. »Yesss. Volltreffer«, sagt er glücklich und singt leise »Don't, don't, don't, don't, don't you forget about me« vor sich hin.

Ellie lacht. »Nerd.«

Ich räuspere mich. »Nein, *weiß* ich nicht.« Onkel Nick sieht mich irritiert an. Er hat eindeutig den Faden verloren. »Was hast du damit gemeint, dass Mr Larkin mit anderen aneinandergeraten ist?«

»Na, er ist schon auch mal wütend geworden und hatte Auseinandersetzungen«, antwortet Onkel Nick. »Nicht mit Schülern«, schiebt er schnell hinterher, als ich die Brauen hochziehe. »Aber mit Eltern. Da gab es ein paar, mit denen er Stress hatte. Ich habe das ab und zu mitbekommen, wenn ich nach dem Unterricht noch Hausaufgabenhilfe gegeben habe. Manchmal hat er am Telefon richtig gebrüllt, weil er so genervt war.«

»Gebrüllt?«, sagt Nadia. »Und wer waren die Leute, mit denen er da aneinandergeraten ist?«

»Das hab ich nicht so genau mitbekommen«, sagt Onkel Nick. »Ich hab versucht, mich um meinen eigenen Kram zu kümmern. Aber ich hab mehr als einmal gesehen, wie Laura Delgado aus seinem Büro gestürmt ist.«

»Wie jetzt … Shanes Mutter?«, hake ich nach. Ich kenne Ms Delgado nicht sonderlich gut, aber jedes Mal, wenn ich ihr begegnet bin, hat sie immer einen extrem gelassenen Eindruck auf mich gemacht. »Ich hätte nie gedacht, dass sie laut werden kann.«

»Sie war auch keine von denen, die laut geworden sind«, entgegnet Onkel Nick. »Ich will damit nur sagen, dass sie jedes Mal ziemlich aufgebracht wirkte. Will wusste, welche Knöpfe er drücken musste, um jemanden in Rage zu bringen. Vielleicht reißt dieser ganze Medienrummel bei irgendjemandem alte Wunden auf.« Plötzlich scheint ihm klar zu werden, was er da gerade gesagt hat – unter den *Medienrummel* fällt schließlich auch die potenzielle *Motive*-Story, von der außer ihm und Ellie niemand weiß –, und er fügt hastig hinzu: »Na ja. Vielleicht habt ihr Mr Solomon bloß auf dem falschen Fuß erwischt. Altwerden ist kein Zuckerschlecken, hab ich mir sagen lassen.« Er richtet sich auf und verzieht kurz das Gesicht, als seine Gelenke knacken. Ellie grinst.

»Soll ich dir deinen Rollator bringen, Grandpa Nick?«, fragt sie.

»Geh und spiel eine Runde Mozart auf der Blockflöte«, kontert er und sieht uns an. »Ich ziehe dann mal los. Was ist mit euch?«

Ich werfe einen Blick auf die Uhr an der Wand; es ist kurz vor halb neun. »Ich glaub, es ist immer noch zu früh.«

»Ihr habt hoffentlich schon geklärt, wer von euch nüchtern bleibt und fährt?«, fragt er mich in diesem pseudostrengen Tonfall, von dem er wahrscheinlich denkt, er würde ihn wie Dad klingen lassen.

Nadia pflückt Mason den Ball aus der Hand und lässt ihn geschickt auf ihrem Schläger auf und ab hüpfen. »Das übernehme ich«, sagt sie. »Wie immer.«

Mason sieht aus, als könnte er es nicht erwarten, aus unserem Keller wegzukommen. »Du klingst gerade so, als würden wir jedes Wochenende feiern gehen. Wir sind das *ganze Jahr* noch auf keiner einzigen Party gewesen.«

»Äh. Heute ist der achte Januar?«, erinnert sie ihn.

»Ich hab Silvester mit dazugezählt.«

»Tu's nicht«, sagt Nadia. »Neues Jahr, neue Möglichkeiten für unser Sozialleben.«

Kann sein, dass wir es mit unserer Absicht, Coolness zu demonstrieren, indem wir nicht zu früh aufkreuzen, etwas übertrieben haben. Als wir bei Charlotte ankommen, sieht es jedenfalls so aus, als wären wir eher ein paar Stunden zu spät dran.

»Hey, hey, hier geht echt der Punk ab«, sagt Mason, als am Ende einer meilenlangen Auffahrt das riesige, ultramoderne Haus der Holbrooks in Sicht kommt. Die Vorderseite ist fast vollständig verglast und in jedem Raum drängen sich lachende, trinkende und tanzende Leute.

»Ich fürchte, du wirst nicht reingelassen, wenn du solche antiquierten Redewendungen benutzt«, sagt Nadia.

»Anscheinend sind ihre Eltern heute nicht zu Hause«, sage ich. Noch so eine Info, die Charlotte unterschlagen hat.

»Ich glaube, es bringt nichts, noch näher ranzufahren.« Nadia hält den Wagen an. »Da vorne ist schon alles dicht, und ich hab keine Lust, total zugeparkt zu werden. Ich stelle mich einfach hier an die Seite«, sagt sie und parkt ihren Subaru-Kombi am Ende einer der langen Reihen von Fahrzeugen, die die Einfahrt rechts und links säumen.

Ich beuge mich zwischen den Sitzen nach vorne und klopfe ihr und Mason auf die Schultern. »Okay, Leute. Dann lasst uns mal rausfinden, was die Upperclass unter *feiern* versteht.«

»Ich komme nur mit, wenn du aufhörst, dieses Wort zu benutzen«, sagt Nadia.

Mason stöhnt. »Und du hör auf, die Sprachpolizei zu spielen«, sagt er, als er aussteigt.

Wir gehen zu Fuß weiter und müssen uns dabei immer wieder zwischen zu dicht hinter- und nebeneinander parkenden Autos hindurchschieben. Vor dem Haus angekommen, bleiben wir erst mal stehen und lassen den Blick über die Fassade wandern. Nadia spricht als Erste aus, was wir uns vermutlich alle fragen: »Wo ist der Eingang?«

Genau in dem Moment läuft ein Typ drinnen auf eine der Fensterscheiben zu und schiebt sie hektisch auf. Kaum hat er es an uns vorbeigeschafft, lässt er sich auf die Knie fallen und übergibt sich in ein Gebüsch. Musik wummert uns entgegen, als Mason an dem schmalen silbernen Stab zieht, der hier wohl als Türgriff durchgeht, und ihm zuruft: »Du hast uns sehr geholfen, danke.«

»Sollten wir uns um ihn kümmern?« Nadia schaut über die Schulter zu dem Jungen zurück.

Ich verziehe das Gesicht. »Willst du ihm vielleicht die Haare aus dem Gesicht halten?«

Aber das scheint nicht nötig zu sein, der Typ rappelt sich hoch, torkelt zum Haus zurück und hebt im Vorbeigehen den Becher in seiner Hand in unsere Richtung. »Der hier«, lallt er, »war einer zu viel.«

»Könnte eine rauschende Nacht werden«, sagt Mason. »Finden wir's raus.«

Als wir von dem dichten Gedränge verschluckt werden, fällt mir als Erstes auf, dass wir schwer underdressed sind. Das gilt zumindest für Nadia und mich. Die Jungs sind alle casual gekleidet, aber der Großteil der Mädchen trägt edle Cocktail-Kleidchen. Ein paar haben High Heels an, aber die meisten sind barfuß und sehen aus, als hätten sie ihre Schuhe schon vor einer ganzen Weile von den Füßen geschleudert.

»Hallo, Abby«, höre ich Nadia rufen. Als ich mich umdrehe, sehe ich Abby Liu, die in einem kurzen roten Kleid an der Wand lehnt und sich mit einer Hand Luft zufächelt. »Du siehst Hammer aus. Tolles Kleid, echt. War der Dresscode vorher so abgesprochen?«

Alle anderen hätten jetzt wahrscheinlich spöttisch gegrinst, weil wir ganz offensichtlich Gäste zweiter Klasse sind, aber Abby lächelt freundlich. »Nein, gar nicht. Das ist Zufall. Da hatten wir wohl alle den gleichen Gedanken. Na ja, wie oft haben wir schon die Gelegenheit, uns mal so richtig schön zu machen?« Sie wedelt sich weiter Luft zu. »Ich wollte mir gerade was zu trinken holen. Wollt ihr auch was?«

»Unbedingt.« Mason nickt eifrig.

»Die Getränke stehen in der Küche«, sagt Abby. »Kommt mit.«

Ich stupse Nadia am Arm an. »Geht schon mal vor. Ich muss noch kurz auf Toilette.« Die anderen folgen Abby, und ich bahne mir einen Weg durch die Menge, bis ich im Flur eine lange Schlange Mädchen vor einer Tür stehen sehe und weiß, dass ich – fast – am Ziel angekommen bin. Seufzend stelle ich mich hinten an und sinniere darüber nach, wie viel unkomplizierter das Leben für Menschen sein muss, die einfach in den Garten schlendern und sich einen Baum suchen können. Als ich endlich zum Zug gekommen bin und anschließend die Küche gefunden habe, sind meine Freunde nicht mehr dort.

Dafür stoße ich auf Charlotte. Sie trägt ein bronzefarben schimmerndes Kleid und ihre Haare werden auf einer Seite von einer mit Edelsteinen besetzten Spange nach hinten gehalten. Als sie mich sieht, winkt sie und hält einen Becher hoch, in den sie gerade eine rote Flüssigkeit aus einer hohen Kristallschüssel geschöpft hat. »Bowle?«, fragt sie.

»Gerne. Danke«, sage ich und greife nach dem Becher. »Euer Haus ist umwerfend.«

»Findest du?« Charlotte sieht sich in der ultramodernen Küche um, die doppelt so groß wie unsere und mit den teuersten Geräten ausgestattet ist. Sie zuckt mit den Achseln, als hätte sie sich darüber nie Gedanken gemacht. »Es ist ganz okay, stimmt.« Ich kann mir ein Schnauben nicht verkneifen und sie verzieht die Lippen zu einem kleinen Lächeln. »Das kam jetzt falsch rüber. Das Haus ist toll, aber manchmal wünsche ich mir, wir würden näher an der Schule wohnen. Ich beneide alle, die in der Mittagspause zum Essen nach Hause fahren können.«

Ich bin in meinem ganzen Leben noch nie in der Mittagspause zum Essen nach Hause gefahren, aber Charlotte war die ganze Woche so nett zu mir, dass ich sage: »Du kannst jederzeit zu mir nach Hause kommen, wenn du in der Mittagspause mal was anderes sehen willst.«

»Zu dir? Nach Hause?« Charlotte wirkt über den Vorschlag so verblüfft, als wäre ihr bis dahin nie der Gedanke gekommen, dass ich nicht aufhöre zu existieren, nur weil ich aus ihrem Blickfeld verschwunden bin. Aber sie findet schnell wieder in ihre Rolle als Gastgeberin zurück und lächelt. »Danke. Das ist süß von dir.«

Tja … mehr haben wir uns nicht zu sagen. »Ist Tripp auch da?«, frage ich schließlich.

»Klar.« Charlotte füllt weiter Bowle in Becher. »Aber an deiner Stelle würde ich mich gar nicht erst auf die Suche nach ihm machen. Er ist heute Abend nicht gut drauf und will lieber in Ruhe gelassen werden.«

»Nicht gut drauf? Was meinst du damit?«

Charlotte betrachtet kritisch die Becher, die in einer ordentlichen Reihe vor ihr stehen. Soweit ich es erkennen kann, enthalten sie alle exakt dieselbe Menge Flüssigkeit, aber in zwei von ihnen schöpft Charlotte noch etwas Bowle nach. Dann runzelt sie die Stirn und schüttet den Inhalt des einen in die Kristallschale zurück. »Das ist alles nicht einfach, weißt du«, sagt sie.

»Was ist nicht einfach?« Ihre vagen Andeutungen fangen an, meine Nerven zu strapazieren.

Als hätte Charlotte es gespürt, schaut sie mich endlich richtig an. »Mit dem zu leben, was wir gesehen haben«, sagt sie. »Damals. So was lässt einen nie wieder los.«

»Oh«, sage ich überrascht von ihrer Ehrlichkeit und ein bisschen beschämt, dass ich sie dazu genötigt habe, es auszusprechen. Manchmal geht die Journalistin mit mir durch und ich vergesse, dass ich es mit echten Menschen zu tun habe. Ich nehme einen tiefen Schluck von der Bowle, die es ganz schön in sich hat. »Nein, natürlich nicht.«

»Jeder geht auf seine Weise damit um«, sagt Charlotte. »Und Tripp trinkt gern mal zu viel, wenn ihm etwas zusetzt.« Ihre Züge verhärten sich. »Zum Beispiel ein dementer Ex-Hausmeister, der im Alter komplett durchdreht.«

»Dann hat er dir also von der Begegnung mit Mr Solomon erzählt.«

»Hat er«, bestätigt Charlotte. »Und daraufhin habe ich *ihm* erzählt, was ich davon halte, dass er bei diesem Gedenkgarten-Projekt mitmacht. Nämlich gar nichts.« Sie wirft mir einen scharfen Blick zu, als wäre ich diejenige, die ihn rekrutiert hat. »Stipendium hin oder her.«

»Was für ein Stipendium?«, frage ich.

»Keine Ahnung, wie es genau heißt«, sagt Charlotte. Klar; wer in so einem Haus lebt, hat es nicht nötig, sich über irgendwelche Stipendien zu informieren. »Aber eine Voraussetzung dafür ist wohl ein starkes gemeinnütziges Engagement, deswegen …« Sie verstummt, als eine Gruppe von Mädchen sich über die penibel aufgestellte Reihe Bowle-Becher hermacht. »Eine nach der anderen«, protestiert sie, und ich nutze die Gelegenheit, mich davonzustehlen.

Als ich mein Handy checke, sehe ich, dass ich eine Nachricht von Mason habe: *GORFF IST HIER ICH LIBE IHM.* Woraus sich wohl zwei Dinge ableiten lassen: Erstens, dass das Leichtgewicht Mason es mit der Bowle übertrieben hat, und zweitens seinen Schwarm Geoff gefunden hat. Kurz darauf entdecke ich in einem Knäuel von Mädchen Nadias pinkes Sweatshirt und beschließe, dass Mason und sie mich erst mal nicht brauchen, um sich zu amüsieren.

Auf meiner Wanderung durch das riesige Haus komme ich an einem Raum mit einer hohen gewölbten Decke und einem gigantischen Flatscreen vorbei, wo – dem Gegröle und Lachen nach zu urteilen – wohl am heftigsten getrunken wird. Ich ziehe weiter. Wenn Tripp nicht gut drauf ist, wird er sich bestimmt nicht mitten ins Gewühl stürzen. Ich kenne mich mit der aktuellen Version von Tripp zwar nicht wirklich aus, aber ich weiß, wohin mein früherer Kumpel sich zurückgezogen hätte.

Ohne meinen Mantel, den ich irgendwo auf einen Haufen geworfen habe, fange ich sofort an zu frösteln, als ich wieder nach draußen trete und mich im Garten hinterm Haus umschaue, wo Leute in kleinen Grüppchen zusammenstehen. Auf dem Grundstück gibt es einen abgedeckten Pool, einen Springbrunnen und einen Schuppen, der eher Ähnlichkeit mit einem schicken kleinen Bungalow hat. Das Gelände ist von einem schmiedeeisernen Zaun umgeben, der jeweils im Abstand von etwa zwei Metern zwischen hohe steinerne Pfeiler gesetzt ist, von denen einer ganz am Ende des Gartens noch höher zu sein scheint als die anderen. Als ich darauf zusteuere, schälen sich aus der Dunkelheit die Umrisse einer Person heraus, die darauf sitzt. Bingo. Es ist Tripp, der eine fast leere Whiskeyflasche in der Hand hält.

Am Fuß des Pfeilers angekommen, lege ich den Kopf in den Nacken. »Wie bist du da raufgekommen?«

Tripp schaut blinzelnd zu mir runter. Er hat mich eindeutig nicht kommen sehen. »Wie wohl? Geklettert.« Er trägt keine Jacke und hat die Ärmel seines halb aus der Hose hängenden blauen Hemds hochgekrempelt. Seine zerzausten blonden Haare schimmern im Mondlicht silbern und seine halb im Schatten liegenden Züge wirken so ebenmäßig und gemeißelt wie die einer antiken griechischen Statue. *Er ist schön*, denke ich, bevor ich diesen Gedanken schnell wegschiebe und durch einen angemesseneren ersetze. *Und total betrunken.*

»Charlotte hat gesagt, dass du schlecht drauf bist.«

»Charlotte täuscht sich.« Tripp nimmt einen Schluck aus der Flasche, in der danach kaum noch etwas drin ist. »Mir geht's bestens.«

»Schon darüber nachgedacht, wie du da wieder runterkommst?«

Er zuckt gleichgültig mit den Schultern. »Springen?«

»Hallo? Der Pfeiler ist mindestens zweieinhalb Meter hoch.«

»Und ich eins zweiundachtzig …«, Tripp zuckt erneut mit den Schultern, »also muss ich nur achtundsechzig Zentimeter tief springen.«

»So geht die Rechnung nicht auf«, sage ich.

Tripp leert die Flasche endgültig und zeigt damit auf mich. »Du bist eine echte Spaßkanone, Gallagher. Hab ich schon immer gewusst.«

»Ich versuche doch bloß …«, sage ich, als Tripp plötzlich ohne Ankündigung von dem Pfeiler runterspringt und ich erschrocken zusammenzucke.

Aber statt hart auf dem Boden aufzuschlagen und sich sämtliche Knochen zu brechen, landet er mit der Whiskeyflasche in der Hand sicher auf beiden Beinen. Er stellt die Flasche auf dem Boden ab und macht eine tiefe Verbeugung, behält aber zu meinem Erstaunen auch diesmal das Gleichgewicht. »Blödmann!«, sage ich und verpasse ihm einen Boxhieb auf den Oberarm, der mir wahrscheinlich mehr wehtut als ihm, weil seine Muskeln anscheinend aus Stahl sind. Ich schüttle meine Hand aus, weiche einen Schritt zurück und funkle ihn wütend an. »Du hast mir gerade einen Mordsschreck eingejagt.«

Tripp schiebt sich die Haare aus den Augen. »Warum das denn?«

»Einfach so runterzuspringen. Du hättest dir sonst was brechen können und …«

»Das meine ich nicht.« Tripp tritt so dicht vor mich, dass wir uns fast berühren. Er ist über einen Kopf größer als ich und ich muss zu ihm hochschauen. »Ich meine, was kümmert es dich, ob ich mir alle Knochen breche?« Als ich nicht sofort antworte, weil es mir aus irgendeinem Grund die Sprache verschlagen hat, schiebt er hinterher: »Du kannst mich doch sowieso nicht leiden.«

»Das stimmt nicht«, sage ich, weil jeder weiß, dass man eher beschwichtigend auf Betrunkene mit selbstzerstörerischen Neigungen einwirken sollte. Dass es die Wahrheit ist, wird mir erst einen Moment später klar.

»Sollte aber stimmen«, sagt Tripp.

Ich lasse den Blick über sein Gesicht wandern. Er sieht müde aus und traurig; da ist keine Spur mehr von der rohen Wut, die sich darin gespiegelt hat, als er fast auf Colin Jeffries losgegangen wäre. *In dem Moment war er nicht er selbst*, denke ich, bevor ich auch diesen Gedanken wieder wegschiebe, weil ich mir sage, dass ich gar nicht wirklich weiß, wer er ist. Er hätte mich damals nicht einfach so fallen lassen können, wenn wir echte

Freunde gewesen wären, oder? Charlottes beiläufige Bemerkung über das Stipendium geistert durch meinen Kopf, und ich muss daran denken, in welchen prekären Verhältnissen Tripp früher gelebt hat und es wahrscheinlich immer noch tut, auch wenn das nach außen hin mittlerweile anders wirkt.

Was mache ich eigentlich hier? Natürlich weiß ich, dass ich auf der Party bin, um den Beteiligten von damals *auf den Zahn zu fühlen*, wie Carly es ausgedrückt hat, aber plötzlich kommt mir das nicht mehr richtig vor. Ich kann den Leuten bei *Motive* auf keinen Fall erzählen, was ich hier gerade erlebe; ich kann nicht mit Tripps innerer Not hausieren gehen und das, was er mir sagt, wie x-beliebige Soundbites weitergeben. Allerdings gibt es etwas, das ich trotzdem gern von ihm wissen würde. Allerdings aus rein persönlichem Interesse.

»Warum hast du dich entschuldigt?«, frage ich.

Er runzelt die Stirn. »Wie bitte?«

»Heute Vormittag, als wir bei Mr Solomon waren. Da hast du gesagt, dass es dir leidtut.«

»Stimmt. Ja. Ist auch so.«

»Was tut dir leid?«

»Was ich in der Achten zu dir gesagt hab.« Tripps Stimme ist fest, und hätte ich den Whiskey nicht mit eigenen Augen gesehen, wäre ich mir sicher, dass er keinen Tropfen Alkohol getrunken hat. »Im Sportunterricht damals. Das war gelogen. Was du längst wissen müsstest.« Er stößt ein freudloses Lachen aus. »Schließlich bin ich ein *miserabler* Lügner.«

»Warum hast du es dann behauptet?«

»Weil ...« Er schluckt und senkt den Kopf. »Ich wollte, dass du mich hasst.«

»Warum das denn? Bloß weil du damals aus heiterem Himmel beschlossen hattest, *mich* zu hassen?«

Tripp schaut auf und hält meinen Blick fest. »Nein, Brynn. Ich hab dich damals nicht gehasst. Genauso wenig wie ich dich jetzt hasse.« Er spricht ganz langsam und betont jedes Wort, als wollte er sichergehen, dass ich ihn richtig verstehe. »Weit davon entfernt.«

»Hey, T.!«, dröhnt plötzlich eine Stimme hinter uns und ich zucke zusammen. Als ich mich umdrehe, sehe ich Shane, der breit grinsend auf uns zuschlendert. »Wird langsam Zeit, dass du wieder reinkommst, Alter.« Ich trete einen Schritt zurück, weil mir plötzlich überdeutlich bewusst wird, wie dicht Tripp und ich voreinander stehen. Shane nickt mir knapp zu. »Hey, Brynn, alles klar? Ab hier übernehme ich.«

»Was übernimmst du?«, frage ich.

»Tripp ist heute Abend nicht gut drauf«, sagt Shane, als wäre er Charlottes Echo. Dann hebt er mit zwei Fingern die leere Flasche vom Boden auf und schließt die andere Hand um Tripps Oberarm. »Unser Freund hier hat ein bisschen zu viel getrunken. Keine Ahnung, was er zu dir gesagt hat, aber ich würde sein Geschwätz an deiner Stelle nicht ernst nehmen.«

»Wir haben uns bloß unterhalten.« Ich habe das seltsame Gefühl, mich rechtfertigen zu müssen, und versuche, Tripps Blick aufzufangen, allerdings hat er den Kopf schon wieder gesenkt.

»Schon klar«, sagt Shane. »Aber jetzt hast du genug gequatscht, Tripp, okay?«

Dann zieht er ihn, ohne eine Reaktion abzuwarten, mit sich Richtung Haus zurück.

16

TRIPP

Meine Mutter hat es doch noch geschafft, mich weichzuklopfen, allerdings nicht so weich, dass ich zur verabredeten Zeit da sein werde.

Ich betrete das Shooters am Sonntagabend mit exakt fünfzehn Minuten Verspätung und habe außerdem einen Pakt mit mir selbst geschlossen: Falls sie noch nicht da ist – was ziemlich sicher der Fall sein wird, weil Lisa Marie nie pünktlich ist –, gehe ich sofort wieder. Ich habe im Handy sogar schon eine entsprechende Nachricht vorformuliert, die ich nur noch abschicken muss: *Sorry, konnte nicht warten. Wir sehen uns, wenn du das nächste Mal in der Stadt bist.* Ich freue mich schon darauf, nach Hause zu fahren und mich in mein Bett zu verkriechen, weil mir von Charlottes Party immer noch der Kopf dröhnt.

An den gestrigen Abend habe ich kaum Erinnerungen, außer dass ich Brynn fast … zu viel? Alles? … erzählt hätte. Zum Glück ist Shane rechtzeitig aufgetaucht.

Ich hab gleich gewusst, dass es ein Fehler war, mich bei ihr zu melden. Dieser Moment der Schwäche, als ich ihr die Nachricht geschickt habe, um zu fragen, wie es ihr nach dem Schlag von Colin geht, hat mir nichts als Ärger eingebracht.

Gut, dass ich mich auf das Treffen mit meiner Mutter besser

vorbereitet habe und gleich wieder verschwinden kann. Meine Laune sinkt, als die Kellnerin mich zu einem Tisch führt, an dem Lisa Marie, der vor ihr stehenden, fast geleerten Flasche Bier nach zu schließen, schon eine ganze Weile zu sitzen scheint. Sie ist nicht nur nicht zu spät gekommen, sondern war anscheinend sogar überpünktlich. Das ist kein gutes Zeichen. Ganz und gar nicht.

»Hast du heute länger arbeiten müssen?«, fragt Lisa Marie, als ich mich ihr gegenüber auf die rissige Vinylpolsterung der Nische schiebe. Das Shooters gehört zu den Läden, die ständig den Besitzer wechseln – zuerst hieß es Steady Eddie's, dann Midtown Tavern, daraus wurde dann die optimistisch getaufte Paradise Lounge –, aber keiner hat sich je die Mühe gemacht, die Inneneinrichtung zu erneuern. Meine Mutter war von Anfang an Stammgast, und in meinem Kopf ist es immer noch das Steady Eddie's, wo wir früher jeden Samstag Burger gegessen haben.

»Ja«, sage ich knapp und nehme die Speisekarte entgegen, die die Kellnerin mir reicht. Wenn man es *länger arbeiten* nennen kann, dass ich auf Reginas Drängen meine Bewerbung für das Kendrick-Stipendium fertig gemacht habe. Sie hat mir eine Briefmarke gegeben und sogar in Kauf genommen, die Gäste, die bezahlen wollten, warten zu lassen, nur um mich höchstpersönlich zu dem Briefkasten an der nächsten Straßenecke zu schleifen und ganz sicherzugehen, dass ich den Umschlag auch wirklich einwerfe.

»Du musst daran glauben«, hat sie zu mir gesagt, als ich ihn durch den Schlitz geschoben habe.

»Tue ich. Ich glaube daran, dass ich dieses Stipendium nicht bekommen werde«, habe ich gesagt.

Regina hat nur resigniert geseufzt. »Ach, Junge.«

Eine weitere Bedienung taucht an unserem Tisch auf. »Was kann ich dir zu trinken bringen?«, fragt sie mich.

»Ein Wasser.«

Lisa Marie verdreht die Augen. »Nimm eine Cola. Genieß dein Leben ein bisschen.«

»Mir schmeckt Wasser.«

»Wollt ihr schon bestellen oder braucht ihr noch eine Minute?«, fragt die Bedienung.

»Mehrere Minuten«, sage ich, weil ich mir nicht sicher bin, ob ich überhaupt zum Essen bleibe.

»Im Ernst jetzt? Ich bin am Verhungern«, jammert Lisa Marie. Als ich darauf nicht reagiere, fragt sie die Bedienung: »Könnten wir vielleicht schon mal ein bisschen Brot oder so was haben?«

»Kommt sofort«, sagt die Frau.

Lisa Marie stupst mich mit dem Fuß an. »Ich nehme den Burger.«

Statt die Speisekarte aufzuklappen, lege ich sie auf den Tisch, lehne mich in die Sitzbank zurück und schaue sie nur stumm an. Ich weiß, dass sie das nervös macht; meine Mutter hat intensive Blickkontakte immer schon gehasst. Sie hat sich in den zwei Jahren, die ich sie jetzt nicht mehr gesehen habe, praktisch nicht verändert – wir sehen uns nach wie vor viel ähnlicher, als mir lieb ist –, nur dass ihre Haare blonder geworden und ihre Zähne so strahlend weiß wie nach einem Bleaching sind. Und ihre Lippen vielleicht einen Tick voller als sonst? Sieht fast so aus.

»Wie geht es Junior?«, erkundigt sie sich.

»*Dad* geht es gut«, antworte ich. Es nervt mich, dass sie nie *dein Vater* sagt, so als wäre diese Bezeichnung für ihn genauso unpassend, wie es das Wort *Mutter* für sie ist.

»Und wie läuft es in der Schule?«, fragt sie weiter.

Nein. Bei diesem Scheißspiel mache ich nicht mit. »Warum bist du hier?«

Lisa Marie trinkt ihr Bier aus und schaut aus dem Fenster. »Immer noch kein Freund von Small Talk, was?«

»Nope.« Nach außen hin wirke ich vielleicht ruhig, aber in mir drin sieht es anders aus. Ich bin immer angespannt, wenn ich mit meiner Mutter zusammen bin, weil ich nie weiß, in welcher Form sich ihre ganz eigene Gestörtheit diesmal zeigen wird.

Die Bedienung kehrt mit meinem Wasser und einem Korb mit Brötchen und kleinen in Folie gepackten Butterportionen zurück. Lisa Marie hält ihre Bierflasche hoch. »Noch mal dasselbe bitte.« Dann greift sie nach einem Brötchen, bricht es in zwei Hälften und schmiert ein ganzes Päckchen Butter drauf. »Wahrscheinlich bist du gerade dabei, deine Collegebewerbungen zu schreiben, was?«

»Ist schon alles erledigt und abgeschickt.«

»Wann kriegst du Bescheid?« Sie beißt ein großes Stück von dem Brötchen ab.

Ich ziehe meinen Strohhalm langsam aus der Papierhülle. »Dauert noch ein paar Monate.«

Sie kaut einen Moment schweigend, dann schluckt sie und sagt: »Weißt du schon, wie du das alles finanziell stemmen wirst?« Der nächste Bissen hinterlässt eine Spur Butter auf ihren Lippen, den sie mit ihrer Serviette abwischt.

»Ist noch nicht entschieden«, sage ich.

Sie zieht die Brauen hoch. »Brauchst du Unterstützung?«

»Klar brauche ich Unterstützung.« Ich verstehe nicht, warum sie überhaupt fragt, nachdem ich ihr monatelang hinterherlaufen musste, bis sie endlich das verfluchte Formular für die

Studienfinanzierung ausgefüllt hat. Was aber auch schon alles an Unterstützung war, die ich von Lisa Marie erwartet habe.

»Na ja, das ist der Grund, warum ich hier bin«, sagt sie.

In meiner Brust rührt sich etwas, und es dauert ein paar Sekunden, bis mir klar wird, dass ich gerade in Gegenwart meiner Mutter einen winzigen Funken Hoffnung gespürt habe. Ich ersticke ihn sofort wieder. Erfahrung macht klug. »Um mich zu unterstützen?«, sage ich. »Wie denn?«

Sie verdreht wieder die Augen, als würde die Antwort auf der Hand liegen. »Mit Geld für dein Studium.«

Die Bedienung kehrt mit dem Bier zurück und fragt: »Wollt ihr vielleicht jetzt was zu essen bestellen?«

»Gott, ja. Ich kann keine Sekunde länger warten«, sagt meine Mutter und rattert ihre Burger-Bestellung runter.

»Ich nehme dasselbe.« Meine Stimme klingt belegt, weil es in meiner Kehle plötzlich eng geworden ist. Blöder Hoffnungsfunke.

Wir geben der Bedienung die Speisekarten zurück. Sobald sie gegangen ist, faltet Lisa Marie die Hände auf dem Tisch und schenkt mir ein übertrieben weißes Zahnpastalächeln. Ich bin beinahe versucht, zurückzulächeln, da sagt sie: »Es hat sich nämlich eine spannende Möglichkeit aufgetan, von der ich dir erzählen möchte.«

Ich bin sofort wieder ernüchtert, weil das eher nach einer Werbeveranstaltung klingt als nach einem Angebot, einen Teil meiner Studiengebühren zu übernehmen. »Ach, wirklich?«, sage ich.

»Ich lerne im Casino eine Menge Leute kennen«, sagt sie. »Mit manchen unterhalte ich mich ein bisschen eingehender und dabei geht es nicht immer nur ums Glücksspiel.«

Oh Mann. Hat sie etwa einen neuen Freund? Will sie, dass

ich ihn kennenlerne? Selbst wenn er reich und großzügig sein sollte, bin ich nicht sicher, ob ich das verkraften kann. »Okay …«, sage ich vorsichtig.

»Letzten Monat habe ich einen interessanten Typen kennengelernt.« Ich schließe kurz die Augen, reiße sie aber sofort wieder auf, als sie weiterspricht. »Als ich ihm gesagt habe, dass ich aus Sturgis komme, hat sich herausgestellt, dass er die Stadt kennt.«

»Er kennt Sturgis?« In meinem Nacken beginnt es zu kribbeln. »Woher?«

»Er ist True-Crime-Reporter und …«

Den Rest brauche ich nicht zu hören. »Gunnar Fox«, sage ich tonlos. Ich hätte schon in dem Moment hellhörig werden sollen, als Mr Delgado von »diesem Schmierfink aus Las Vegas« gesprochen hat. Las Vegas ist groß, aber meine Mutter strahlt genau die Art negativer Energie aus, die jemanden wie ihn sofort in ihre Umlaufbahn lenkt.

Sie zieht die Brauen hoch. »Du kennst ihn?«

»Ich hab den reißerischen Trailer mit Shane gesehen, den er ins Netz gestellt hat«, sage ich. »*Killer Kids*? Sehr stilvoll.«

»Gunnar will das True-Crime-Genre revolutionieren, weg von den immer gleichen, überproduzierten Shows, die sich seit Jahren nicht geändert haben«, sagt meine Mutter, als wäre sie eine Art Gunnar-Fox-Marionette. »Die Sender produzieren die Shows alle nach demselben Schema. Das hat überhaupt keinen Pepp, verstehst du?«

»Weil es um Verbrechen geht«, sage ich. »Um Menschen, die umgebracht wurden.«

Lisa Marie winkt ab, als wollte sie meine unangebrachten moralischen Bedenken wegwischen, die mich davon abhalten, das große Ganze zu sehen. »Gunnar hat eine Vision.«

Ich nehme mir ein Brötchen – nicht, weil ich Hunger habe, sondern weil ich etwas brauche, das ich zwischen den Fingern zerreißen kann. »Und ich bin das nächste Killer Kid, oder was? Bist du hier, um mich netterweise vorzuwarnen? Hätte Shane auch gebrauchen können, bevor der Trailer rauskam. Aber vielen Dank. Kann ich mein Leben wenigstens um den Tag herumplanen, an dem ich auf YouTube geschlachtet werde.«

»Sei nicht albern«, gibt Lisa Marie beleidigt zurück. »An Shane Delgados Version der Ereignisse ist von Anfang an was faul gewesen, und es ist höchste Zeit, dass sie jemand infrage stellt. Aber du bist anders. Ich hab Gunnar gesagt, dass mein Sohn so einen miesen Typen niemals schützen würde, wenn er nicht Angst um sein Leben hätte.«

»*Wie bitte*?« Ich starre sie fassungslos an. »Wie kommst du auf die Idee? Das habe ich nie gesagt, weder zu dir noch zu sonst jemandem. Weil es nicht stimmt. Warum erzählst du so eine Scheiße?«

»Du hast es nie gesagt, weil du es nicht sagen *kannst.*« Lisa Marie sieht mich ernst an. »Das ist mir jetzt endlich klar geworden. Aber ab jetzt hast du nichts mehr zu befürchten, Trey. Du hast Leute auf deiner Seite, die ihre schützende Hand über dich halten werden, und kannst die ganze Geschichte aus deiner Sicht erzählen.«

»Großer Gott.« Ich stecke mir ein riesiges Stück von dem Brötchen in den Mund und stelle mir kurz vor, wie es wäre, daran zu ersticken. Dann müsste sie aufhören zu reden. Ach was, wem mache ich hier was vor? Sie würde nicht aufhören.

»Und das ist der Punkt, an dem es für dich interessant wird. Gunnar weiß, was deine Geschichte wert ist, und will dir Geld dafür geben. Zehn Riesen, wenn du als Gast bei *Don't Do the Crime* auftrittst. *Zehntausend Dollar.* Und das war bloß sein

Eröffnungsangebot, ich wette, wir können noch mehr rausschlagen. Ist das nicht der Hammer?«

Ist es tatsächlich. Das Geld würde fast reichen, um für ein Jahr ein Zimmer und die Studiengebühren an der UMass zu bezahlen. Das wäre meine Chance, aus Sturgis rauszukommen. Danach könnte ich dann weitersehen. Ich kaue und schlucke, dann sage ich: »Nein.«

Lisa Marie zieht die Brauen zusammen. »Wie … *Nein*?«

Ich rupfe den Rest des Brötchens in immer kleinere Stücke. »Damit meine ich, dass ich nicht vor laufender Kamera lügen werde – erst recht nicht in der Sendung von deinem neuen Buddy Gunnar Fox.«

»Ach, komm schon, Trey. Du hast doch noch gar nicht richtig darüber nachgedacht …«

»Ich muss nicht darüber nachdenken. Meine Antwort lautet Nein.«

»Wenn du deine Geschichte nichts selbst erzählst, wird er das für dich machen.«

Ich halte mitten in der Bewegung inne. »Ist das eine Drohung?«

»Natürlich nicht. Aber wäre es dir nicht lieber, die Kontrolle darüber zu haben, wie deine Geschichte erzählt wird? Gunnar glaubt, dass die Story für gigantische Einschaltquoten sorgen könnte. Übrigens ist er nicht der Einzige, der den Fall von Mr Larkin neu aufrollen will.« Lisa Marie nimmt einen Schluck Bier. »Anscheinend ist *Motive* auch schon an der Story dran. Kennst du doch sicher, oder? Die Frau, die die Sendung macht, ist gerade erst nach Boston gezogen. Die erzählen einen Fall immer aus einem bestimmten Blickwinkel, und soll ich dir mal was sagen?« Sie zeigt mit ihrer Bierflasche auf mich. »Wenn sie bis jetzt noch nicht versucht haben, mit dir Kontakt aufzunehmen, dann ist das *dein* Blickwinkel. Und weißt du, was das Beste ist, Schatz?« Ich muss fast lachen, weil … seit wann nennt sie mich *Schatz?* Doch das Lachen vergeht mir, als sie weiterspricht: »Wir würden das Ganze als Team machen.«

Die Bedienung kommt mit unseren Burgern, und als sie sich erkundigt, ob wir Ketchup brauchen oder noch etwas zu trinken bestellen wollen, weiß ich darauf keine Antwort, weil in meinem Kopf totale Leere herrscht. Im nächsten Moment beginnt es darin zu rattern, Lämpchen leuchten auf wie in einem Prozessor, der mit Daten gespeist wird, und auf einmal sehe ich alles vollkommen klar. Ich weiß, warum meine Mutter hier ist, wieso sie sich plötzlich Gedanken um mein Studium macht und warum sie wie eine kameratauglichere Version ihres üblichen Selbst aussieht.

Sobald die Bedienung gegangen ist, sage ich: »Gunnar Fox hat dir auch Geld angeboten, oder? Dieselbe Summe? Nein, wahrscheinlich bloß die Hälfte und auch die nur, wenn wir im Doppelpack auftreten. Also kriegst du ohne mich gar nichts. Hab ich recht?«

Ihr ausweichender Blick reicht mir als Antwort, noch bevor sie zugibt: »Gunnar hat großes Interesse an meiner Mitwirkung, ja.«

»An deiner *Mitwirkung*?« Ich muss fast lachen. »Wie würde die denn aussehen? Du warst doch gar nicht mehr hier, als Mr Larkin umgebracht wurde. Damals hattest du dich schon längst aus dem Staub gemacht.«

»Selbstverständlich war ich damals in der Stadt«, sagt Lisa Marie. »Ich kann mich noch genau an die Atmosphäre erinnern. Alle waren extrem angespannt.«

Ich starre sie an. »Nein, du hast nicht mehr in Sturgis gewohnt. Du warst in Las Vegas.«

»Falsch. Ich bin wegen des Frühjahrskonzerts der Saint Ambrose zurückgekommen, weißt du nicht mehr?«

Ende März – wenn man hier in New England noch nicht wirklich von Frühling sprechen kann – findet an unserer Schule immer das so genannte *Frühjahrskonzert* statt, an dem alle Schüler teilnehmen müssen, selbst die, die in ihrem ganzen Leben nie auch nur einen einzigen Ton gesungen haben. »Du warst wegen Valeries Geburtstag hier«, sage ich. »Es war ein Zufall, dass am nächsten Tag das Konzert war. Mr Larkin ist aber zwei Wochen danach umgebracht worden.«

»Genau. Und da war ich immer noch bei Valerie.« Lisa Marie hat immerhin so viel Anstand, ein bisschen rot zu werden. Sie erinnert sich nämlich sicher noch genauso gut wie ich daran, was für ein Riesentheater sie darum gemacht hat, dass sie gleich nach dem Konzert wieder fahren muss. »Ich war auf dem Weg zum Flughafen, als ich mich plötzlich krank gefühlt habe und zu Valerie zurückgefahren bin, wo ich dann erst mal blieb.«

»Zwei Wochen lang? Ohne es jemandem zu sagen?«

»Ich hatte eine Grippe.« Lisa Marie schnieft, als würde sie die Nachwirkungen jetzt noch spüren. »Ich wollte nicht, dass du dich ansteckst.«

Gott, wie kann man nur so verlogen sein? Ich weiß nicht, was schlimmer ist: dass meine Mutter den ganzen Weg von Las Vegas hierhergekommen ist, um zu versuchen, mich an eine zwielichtige True-Crime-Show zu verkaufen, oder dass ich für einen winzigen Moment tatsächlich geglaubt habe, sie wäre hier, um mich zu unterstützen.

Als ich heute den Umschlag mit der Bewerbung für das Kendrick-Stipendium losgeschickt habe, dachte ich noch, ich wäre bereit, alles zu tun, um es zu bekommen. In Wirklichkeit meinte ich damit, dass ich alles dafür tun würde, um nächstes Jahr aus Sturgis verschwinden zu können. Aber jetzt merke ich, dass das nicht stimmt. Lieber würde ich den Rest meines Lebens in Reginas Gästezimmer wohnen, als der Frau, die mich vor acht Jahren im Stich gelassen und nie zurückgeschaut hat, Tausende von Dollar zu verschaffen.

Ich schiebe die Brötchenreste zur Seite und nehme meinen Hamburger vom Teller. »Bestell Gunnar schöne Grüße und sag ihm, dass er sich ins Knie ficken soll.« Dann beiße ich ein großes Stück vom Burger ab, stehe auf und schlendere davon.

»Komm sofort zurück und lass uns wie erwachsene Menschen darüber reden. Dir ist nicht klar, worauf du da verzichtest, Noah Daniel Talbot!«, ruft Lisa Marie mir hinterher. Endlich benutzt sie meinen richtigen Namen – sogar meinen vollen Namen –, aber das reicht nicht und kommt vor allem viel zu spät. Ich winke ihr zum Abschied über die Schulter mit dem Burger zu, bevor ich das Shooters verlasse.

17

BRYNN

»Das ist allerdings eine sehr interessante Entwicklung«, sagt Carly.

Es ist Mittwochnachmittag, und ich habe ihr und Lindzi gerade alles berichtet, was in Sturgis seit dem berüchtigten Meeting am Runden Tisch so passiert ist. Okay, *fast* alles. »Was genau findest du interessant?«, frage ich, weil es, auch ohne mein Gespräch mit dem betrunkenen Tripp zu erwähnen, jede Menge zu erzählen gegeben hat – von Colin Jeffries und dem Gunnar-Fox-Trailer, von dem verschandelten Porträt von Mr Larkin über Ms Kelsos zerstörte Plakate bis hin zu der merkwürdigen Begegnung mit Mr Solomon.

»*Der Dreckskerl hat gekriegt, was er verdient hat.*« Carly trommelt nachdenklich mit ihrem Stift auf ihren Block. Wir sitzen im Peacock, einem der kleineren Konferenzräume von *Motive*, den ich wegen seiner gepolsterten Sessel am liebsten mag. Sie sieht mich mit schiefem Lächeln an. »Was nicht heißen soll, dass dein Update nicht auch sonst voller Überraschungen gewesen wäre. Bist du sicher, dass du den Schlag gut weggesteckt hast?«

»Mir geht's gut«, antworte ich. Ich hatte ein bisschen Sorge, wie Carly reagieren würde, wenn ich ihr davon erzähle, genau wie von der Schrotflinte, die Mr Solomon auf mich gerichtet hat. Meiner Erfahrung nach sind das genau die Trigger, die Aufsichtspersonen dazu veranlassen, einen zur Sicherheit bis in alle Ewigkeit wegzuschließen. Aber Carly und Lindzi sind so locker damit umgegangen, als wäre das alles Teil unseres Jobs. Ist es wahrscheinlich auch.

»Gut.« Carly lehnt sich in ihrem Stuhl zurück und legt die Finger unter dem Kinn aneinander. »Und du sagst, dass Mr Solomon normalerweise ganz anders ist?«

»Ich kenne ihn so jedenfalls nicht«, antworte ich. »Aber Tripp meinte, dass er in letzter Zeit ein bisschen senil geworden ist, könnte also gut sein, dass er einfach nur verwirrt war.«

»Absolut möglich«, stimmt Carly zu, aber mir fällt auf, dass in ihren Augen ein kleines Funkeln aufglimmt. »Du glaubst trotzdem nicht, dass Mr Solomon es getan haben könnte, oder?«

»*Was* getan haben könnte?« Es dauert ein paar Sekunden, bis ich verstehe. »Mr Larkin umgebracht? Oh mein Gott, nein. Auf keinen Fall.«

»Das kam schnell«, sagt Carly. »Warum bist du dir da so sicher?«

»Weil er ein total liebenswerter alter Mann ist!«, sage ich.

»Der dich mit einer Schrotflinte bedroht hat«, hält sie dagegen.

»Nur weil er uns für Eindringlinge hielt.«

»Trotzdem. Eine ziemliche Überreaktion.«

»Aber wie hätte er Mr Larkin umbringen sollen?«, sage ich. »Mr Solomon war schon damals alt und gebrechlich.«

»So viel Kraft wäre dafür gar nicht nötig gewesen«, wirft Lindzi ein. »Die Mordwaffe – der Stein – war nicht so groß und schwer, wie man vielleicht erwarten würde.«

Ich blinzele überrascht. »Nicht? Woher weißt du das?«

»Die Polizei von Sturgis hat uns gestern ein paar Beweisfotos geschickt.« Als ich sie mit offenem Mund anstarre, fügt sie entschuldigend hinzu: »Sorry. Ich hätte dir sofort davon erzählt, wenn dein Bericht nicht so interessant gewesen wäre. Hier, schau.« Sie tippt auf die Tastatur ihres Laptops und dreht ihn dann in meine Richtung. Und da liegt er, ohne dass ich mich auf seinen Anblick vorbereiten konnte – der schartige, blutgetränkte Stein, der Mr Larkins Leben beendet hat. Lindzi hat recht: Er ist nicht annähernd so wuchtig, wie ich gedacht habe. Ich hatte mir eine Art Felsbrocken vorgestellt, einen Gesteinsklumpen, der so massiv ist, dass niemand einen Schlag damit überleben würde. Aber in Wirklichkeit ist er nur ungefähr doppelt so groß wie meine Faust.

»Die Spurensicherung hat keine Fingerabdrücke außer denen von Shane darauf gefunden, also hat der Mörder vermutlich Handschuhe getragen«, sagt Lindzi. »Was im Übrigen nicht weiter ungewöhnlich wäre, an dem Tag hatte es nur knapp vier Grad.«

Sie vergrößert das Foto und zeichnet mit dem Finger die Konturen des Steins auf dem Bildschirm nach. »William Larkin wurde am Hinterkopf getroffen«, sagt sie. »Genau an der Schädelbasis. Im Boxsport nennt man so was einen Nackenschlag, der übrigens wegen seiner hohen Wahrscheinlichkeit, zum Tod zu führen, regelwidrig ist.« Galle steigt meine Kehle hoch, und ich muss ein paarmal schlucken, während Lindzi weiterspricht. »Möglich, dass die Person, die den Schlag ausgeführt hat, wusste, was sie tat. Vielleicht war es auch bloß ein Glückstreffer. Das heißt, für William Larkin war es natürlich ein Unglückstreffer. Entweder hat er nicht bemerkt, dass sich jemand hinter ihm befand, oder er war gerade im Begriff, sich von der betreffenden Person zu entfernen. Wie auch immer es passiert ist, der Schlag, der ihn getötet hat, ist nicht in Selbstverteidigung ausgeführt worden.«

»Lindzi.« In Carlys Stimme liegt ein vorwurfsvoller Unterton. »Du kannst so einen Vortrag nicht ohne Vorwarnung halten. Brynn ist schon ganz grün im Gesicht.«

Lindzi wirft mir einen zerknirschten Blick zu. »Tut mir leid. Manchmal geht es mit mir durch.«

»Schon okay.« Ich zupfe an den Anhängern an meinem Armband. »Was weißt du sonst noch?«, frage ich schnell, weil ich den Stein nicht länger anschauen will, und bereue es im selben Moment. Womöglich zeigt sie mir gleich Bilder von Mr Larkins Leiche und das wäre definitiv mehr, als ich verkraften könnte.

Stattdessen ruft sie ein Foto auf, auf dem eine dünne silberne Kette zu sehen ist. »Die Polizei hat erwartungsgemäß nicht das ganze Beweismaterial herausgerückt. Aber das hier haben wir noch. Diese Kette hat William Larkin getragen, wobei *getragen* nicht ganz richtig ist, da sie offenbar gerissen ist, als er den Schlag abbekam. Sie wurde in seinem Hemd gefunden.«

»Ach, echt?« Ich beuge mich etwas näher zum Bildschirm. »Die habe ich nie an ihm gesehen. Eigentlich war er nicht der Typ Mann, der Schmuck trägt.« Mein Blick fällt auf ein Vorschaubild, das zu klein ist, um die darauf abgebildete Person zu erkennen. »Wer ist das?«

»Euer Schulleiter«, sagt Lindzi. Als sie das Foto vergrößert, sehe ich, dass es sich um einen Artikel aus der *Sturgis Times* handelt.

Das Foto zeigt Grizz im Sekretariat der Saint Ambrose, wo er strahlend einen großen türkisfarbenen und mit Stickern beklebten Umschlag in die Höhe hält. Die Überschrift lautet:

Autowasch-Aktion am Wochenende übertrifft sämtliche Erwartungen der von der Saint Ambrose initiierten Spendenkampagne. »Das Geld für den Schulausflug, das gestohlen wurde, befand sich in einem kleineren Umschlag, der zusammen mit der Spender-Liste in diesem türkisfarbenen Umschlag steckte und im Sekretariat aufbewahrt wurde.« Lindzi lächelt trocken. »Kein besonders sicherer Ort, besonders nach diesem Pressetermin. Die Polizei hat im Schließfach von Charlotte Holbrook nur den kleineren Umschlag gefunden. Der türkisfarbene blieb verschwunden.«

Ich schaue mit zusammengekniffenen Augen auf den Bildschirm. »Ich hab das Gefühl, ihn schon mal gesehen zu haben.«

»Den Artikel?«, fragt sie.

»Nein, den Umschlag.«

»Wahrscheinlich in der Schule, oder?«, sagt Lindzi.

»Das glaube ich nicht«, sage ich nachdenklich. »Na ja, könnte natürlich sein, aber wenn, dann … in einem anderen Zusammenhang.«

»Wie meinst du das?« Carly beugt sich so gespannt vor, als wäre meine Antwort von ungeheuer wichtiger Bedeutung, und ich komme mir lächerlich vor, weil ich leider keine Ahnung mehr habe.

»Ich weiß es nicht«, gebe ich zu. »Vielleicht ist mir damals nicht bewusst gewesen, was das für ein Umschlag war.«

»Tja, er ist jedenfalls nie wieder aufgetaucht«, sagt Carly. Sie trommelt wieder mit ihrem Stift auf den Block. »Du hast gesagt, Charlotte hätte behauptet, sie wüsste nicht, wie das Geld in ihr Schließfach gekommen ist, richtig?«

Ich nicke. »Ja.«

»Hast du ihr das geglaubt?«

»Also … ja, schon«, sage ich und versuche mich daran zu erinnern, wie ich als Achtklässlerin über die Sache gedacht habe.

»Alle haben ihr geglaubt. Ihre Eltern sind reich. Sie hätte es nicht nötig gehabt, Geld zu klauen. Und selbst wenn sie so eine Art Kleptomanin gewesen wäre, wäre es doch bescheuert gewesen, das Geld ausgerechnet in ihrem Schließfach aufzubewahren, oder? Es war schon über zwei Wochen verschwunden, als Mr Larkin umgebracht wurde. Sie hätte mehr als genug Zeit gehabt, es irgendwo anders zu deponieren.«

»Hatte die Geschichte überhaupt irgendwelche Folgen für sie?«, fragt Carly.

»Nein«, sage ich. »Grizz – ich meine, Mr Griswell – hat mir noch nicht mal erlaubt, in der Schülerzeitung darüber zu berichten. Er hat gesagt, es hätte keinen Sinn, die Wunde aufzureißen, wir müssten dafür sorgen, dass sie verheilen kann.«

Carly schnaubt. »Wie war noch mal der genaue zeitliche Ablauf?«, fragt Lindzi. »Mr Larkin wurde umgebracht und am nächsten Tag ist das Geld gefunden worden?«

»Zwei Tage später«, sage ich.

Sie sieht mich nachdenklich an. »Wie hätte jemand an die Zahlenkombination für Charlottes Schließfach kommen können, um ihr das Geld unterzuschieben?«

»Die hätte derjenige nicht gebraucht«, sage ich. »Er hätte den Umschlag einfach reinschieben können – unsere Schließfächer haben vorne ziemlich breite Schlitze. Die haben wir früher benutzt, um uns gegenseitig Briefchen zu schicken.« Was für mich nach dem Vorfall im Sportunterricht extrem unangenehm wurde, weil Katie Christo anfing, mir gehässige Nachrichten über meine angebliche Schwärmerei für Tripp ins Schließfach zu werfen. Zum Beispiel eine *Stalkerin!* betitelte Comiczeichnung von mir mit Herzchenaugen, wie ich Tripp anschmachte.

Tripp, der mir jetzt schon die ganze Woche aus dem Weg

geht und auf keine meiner »Alles okay bei dir?«-Nachfragen reagiert hat. Tripp, der am Samstagabend auf Charlottes Party kein einziges Mal unbewusst mit dem Finger über seinen Daumen gerieben hat, was bedeutet, dass er die Wahrheit gesagt hat.

Ich wollte, dass du mich hasst.

Warum das denn? Bloß weil du damals aus heiterem Himmel beschlossen hattest, mich zu hassen?

Nein, Brynn. Ich hab dich damals nicht gehasst. Genauso wenig wie ich dich jetzt hasse. Weit davon entfernt.

»Nehmen wir mal an, es war nicht Charlotte, die das Geld gestohlen hat – wer könnte es dann gewesen sein?«, fragt Carly. »Und warum hätte die fragliche Person es ihr anhängen wollen?«

»Wie bitte?« Ich blinzle und zwinge mich ins Hier und Jetzt zurück. *Konzentrier dich, Brynn.* »Schwer zu sagen.«

Carly sieht Lindzi an. »Ich bin gespannt, welche Theorie sie bei der Polizei zu dem Diebstahl haben. Und ob sie eine Verbindung zu dem Mord an William Larkin für denkbar halten.«

Lindzi nickt, den Blick auf ihr Handy gerichtet. »Hier ist noch etwas Interessantes.« Sie schaut vom Display auf. »Gerade hat sich die Pressestelle der Sturgis Police Foundation gemeldet. Die Spende der Delgado Properties ist am 30. April 2018 bei ihnen eingegangen. Also ungefähr einen Monat, nachdem das Geld verschwunden ist, und achtzehn Tage nach William Larkins Tod.«

»Interessantes Timing«, sagt Carly. »Und das war in all den Jahren das einzige Mal, dass sie die Foundation mit einer Spende bedacht haben?«

»Yep«, sagt Lindzi.

Carlys Blick wird scharf. »Diese Kids wissen mehr, als sie zugeben.«

Mein Magen zieht sich zusammen. Auf einmal bin ich mir

sehr sicher, dass sie recht hat, und denke kurz, dass ich die Wahrheit am liebsten gar nicht wissen will. Etwas in mir möchte an dem heldenhaften Bild meiner damaligen Mitschüler festhalten, die die Polizei zu Mr Larkins Leiche geführt und dafür gesorgt haben, dass die Mühlen der Gerechtigkeit sich in Bewegung setzen können. Wobei sie das – wie ich jetzt ahne – nie wirklich getan haben.

»Sind eigentlich schon irgendwelche Hinweise zu Mr Larkin eingegangen?«, frage ich. »Durch den Aufruf auf der Webseite, meine ich?«

»Wir hatten ein paar technische Probleme, deswegen ist er erst gestern online gegangen«, sagt Lindzi. »Bis jetzt ist nichts Verwertbares reingekommen, was aber nicht ungewöhnlich ist. Ich rechne damit, dass wir im Laufe der Woche auf jeden Fall brauchbare Informationen bekommen.«

»In Ordnung.« Carly wirft einen Blick auf die schmale Rolex an ihrem Handgelenk. »Das war ein gutes Meeting, Leute, aber ich muss hier unterbrechen. Zeit, mich für die Telefonkonferenz und den Kampf mit Ramon zu rüsten.«

»Geht es um die Story um Mr Larkin?«, frage ich.

Sie stößt ein trockenes Lachen aus. »Es geht um alles. Und noch was, Brynn. Es ist wirklich toll, was du bis jetzt für uns zusammengetragen hast, aber bitte halte dich von Richard Solomon fern. Was ich heute erfahren habe, gefällt mir nicht.«

Ich nicke stumm. Nachdem sie gegangen ist, sagt Lindzi: »Du kannst den restlichen Tag hier arbeiten, Brynn. Für heute stehen keine Meetings mehr in Peacock an, und hier kannst du dich besser ausbreiten. Im Bunker geht es mittlerweile doch ziemlich eng zu.«

»Cool, vielen Dank.«

»Die Datei mit dem Fotomaterial leite ich dir gleich auch

noch weiter.« Sie klappt ihren Laptop zu und drückt ihn sich an die Brust. »Der Stein war das unschönste Detail, versprochen.«

Sobald ich allein bin, widme ich mich wieder der Serienmörderinnen-Tabelle für Lindzi. Für nächste Woche ist ein Runder Tisch anberaumt, um die Story zu besprechen, und Lindzi hat sich so intensiv darauf vorbereitet wie auf eine Abschlussprüfung, damit sie nicht noch mal kalt erwischt wird, falls Ramon d'Arturo einen weiteren Überraschungsbesuch einschiebt. Als ich fertig bin, ist es schon nach fünf, und ich werfe einen Blick auf mein Handy, um zu schauen, ob mir jemand geschrieben hat.

Mein Gruppenchat mit Izzy und Olivia ist in letzter Zeit zwar etwas eingeschlafen, aber noch nicht tot. Ich gebe einen Kommentar zu Izzys aktuellem Boyfriend-Drama ab (*Seine Mom schaut immer so schlecht gelaunt, das heißt nicht, dass sie was gegen dich hat*) und beantworte die Frage, die Olivia mindestens alle sechs Monate stellt, nämlich ob sie sich einen Pony schneiden lassen soll (AUF KEINEN FALL). Ich habe eine ganze Latte Benachrichtigungen von Mason, der auf Charlottes Party fast den ganzen Abend mit Geoff verbracht hat und jetzt jede einzelne Silbe ihrer Unterhaltung einer gründlichen Analyse unterzieht. Nadia möchte sich für einen bevorstehenden Mathe-Test zum Lernen verabreden, und Ellie hat einen Clip geschickt, der zeigt, wie sie »Despacito« auf der Querflöte spielt und auf den ich nur mit einer Reihe applaudierender GIFs antworten kann, weil er so super ist.

Von Tripp … nichts.

Im Großen und Ganzen ist es gar nicht so schrecklich wie ich dachte, wieder in Sturgis zu wohnen, außer dass ich mit Tripp noch immer dasselbe Problem habe wie zum Ende der achten Klasse. Wenn wir reden, regt er mich auf. Aber wenn wir nicht reden, ist es irgendwie noch schlimmer.

Mein Laptop steht aufgeklappt auf dem Tisch, und bevor ich meine Sachen zusammenpacke, schaue ich noch kurz in das *Motive*-Netzwerk und öffne den Ordner von William Larkin. Lindzi hat Wort gehalten und mir Zugang zu einem Unterordner namens *Bilddateien* geschickt. Nachdem ich den gesamten Inhalt mit dem Handy abfotografiert habe, öffne ich das Video von Mr Larkin, das ich während meiner wenig erfolgreichen Präsentation am Runden Tisch gezeigt habe. Kurz nach der Stelle, an der Mr Larkin sagt: »Ich habe sehr gern an der Eliot School unterrichtet, aber die Saint Ambrose ist etwas ganz Besonderes«, halte ich das Video an, rufe Google auf und tippe *Eliot School* in die Suchmaske. Auf der Webseite der Schule ist die Luftaufnahme eines Campus mit roten Backsteingebäuden in Providence, Rhode Island, zu sehen, der von leuchtendem Herbstlaub eingerahmt ist. Ich klicke auf die Rubrik *Über uns* und lese die Leitlinien der Schule durch, bevor ich auf die Seite mit der Vita des Schulleiters gehe. Der erste Satz lautet: *Jonathan Bartley-Reed ist seit dem 1. Juli 2013 Schulleiter der Eliot School.*

Ganz unten ist eine Telefonnummer angegeben. Aus einem spontanen Impuls heraus greife ich nach meinem Handy und tippe sie ein. Es ist mittlerweile schon nach fünf, weshalb ich nicht wirklich damit rechne, dass mein Anruf entgegengenommen wird, aber beim zweiten Klingeln geht jemand dran. »Büro von Jonathan Bartley-Reed«, sagt eine Frau.

»Oh, ähm, hallo«, stammle ich überrumpelt, fange mich dann aber wieder. »Ist Mr Bartley-Reed zu sprechen?«

»Tut mir leid, er ist schon weg. Kann ich ihm vielleicht etwas ausrichten?«

»Ja. Würden Sie ihm bitte sagen, dass Brynn Gallagher von …« *Von was?* Motive? *Nein, wahrscheinlich besser nicht.* »… der Saint Ambrose School in Sturgis, Massachusetts, mit ihm sprechen wollte?«

»Natürlich, Ms Gallagher. Worum geht es denn?«

»Um einen ehemaligen Lehrer.«

»In Ordnung. Unter welcher Nummer kann er Sie erreichen?« Als ich sie ihr nenne, sagt sie: »Ich werde ihn bitten, sich so bald wie möglich bei Ihnen zu melden. Einen schönen Abend noch.«

»Danke. Ihnen auch«, sage ich und lege auf.

Ich betrachte das angehaltene Video auf meinem Laptop. Mr Larkin sitzt auf der Kante seines Pults, wo er immer saß, wenn er in der Achten mit mir geredet und mir Mut zugesprochen hat. *Wenn das Leben dir Zitronen schenkt, mach Zitronenkuchen draus.*

»Ich versuche es«, sage ich in den leeren Konferenzraum.

18

TRIPP

»Wieso bekommen wir die *immer* noch.« Charlotte starrt wütend auf ihr Handy. »Colin hat seine kleine Show gehabt. Warum lässt er uns nicht in Ruhe?«

»Bist du sicher, dass Colin dahintersteckt?«, frage ich und lösche meine eigene brandneue *Mörder*-Nachricht. »Wäre ganz schön riskant, so tief wie er gerade in der Scheiße steckt.« Colin wurde vom Unterricht suspendiert, sitzt zurzeit zu Hause und wartet auf seine Anhörung, bei der entschieden werden soll, wie es für ihn weitergeht. Wahrscheinlich gar nicht; alle rechnen damit, dass es auf einen Schulverweis hinauslaufen wird.

Mir hätte es genauso gehen können, und ich schicke ein stummes Dankeschön in Shanes Richtung, dafür, dass ich stattdessen meine freie Lernstunde ganz normal wie jeden Donnerstag in der Bibliothek verbringen kann. Vielleicht ist unsere Freundschaft doch nicht so oberflächlich, immerhin hat er mir schon zum zweiten Mal innerhalb von einer Woche den Arsch gerettet.

Ich kann mich nur noch vage daran erinnern, wie er mich am Samstagabend auf Charlottes Party ins Haus zurückbugsiert hat, weiß aber noch sehr gut, dass Charlotte mich in Empfang genommen, in ihr Zimmer gebracht und darauf bestanden hat, dass ich mich dort auf die Couch lege, obwohl ich ihr davon abgeraten habe, weil meine Hose total verdreckt war. »Ach was, kein Problem«, hat sie gesagt, was extrem untypisch für sie ist. »Wir sind Freunde und dir geht es schlecht. Das mache ich morgen sauber.«

Shane, der natürlich nicht wissen kann, in welche Richtung meine Gedanken gerade gewandert sind, zuckt mit den Achseln. »Als ob ein Spatzenhirn wie Colin so weit denken könnte.«

Charlotte schabt stirnrunzelnd an den Kanten ihres aufgeschlagenen Schulbuchs, in das sie noch keinen einzigen Blick geworfen hat. »Mir gefällt das alles nicht«, sagt sie. »Ich checke immer wieder diesen ätzenden YouTube-Kanal, um zu schauen, ob irgendwas Neues eingestellt wurde.«

»Welchen YouTube-Kanal?«, frage ich.

»Du weißt schon.« Sie zieht eine Grimasse. »Von diesem widerlichen Typen. Gunnar Fox.«

Shane legt den Arm um ihre Stuhllehne. »Ganz ruhig, Babe. Ich hab dir doch gesagt, dass mein Dad ihm seine Anwälte auf den Hals gehetzt hat. Gunnar Fox ertrinkt gerade in einer Flut von Klagen.« Sein Tonfall ist so locker, wie man es von Shane Delgado kennt, aber ich meine in seinem Gesicht eine leichte Anspannung zu sehen, als würde ihm die Sache mit Gunnar Fox mehr zusetzen, als er zugeben will. Das ist nicht der erste Riss in seiner Golden-Boy-Aura, den ich in letzter Zeit wahrnehme, und das macht mich nervös. Verdammt, wenn Shane nicht mit dem Druck umgehen kann, den das neu erwachte Interesse an Mr Larkin auslöst – wie gut stehen die Chancen dann für Charlotte und mich?

Charlotte rutscht unruhig auf ihrem Stuhl hin und her;

womöglich denkt sie dasselbe wie ich. »Aber deine Mutter hat gesagt, dass die von *Motive* auch an der Story dran sind, Tripp, oder?«, fragt sie mich. »Und das ist ein True-Crime-Format, das als seriös gilt.«

»Schon, aber man darf nur die Hälfte von dem glauben, was Lisa Marie von sich gibt, kann also sehr gut sein, dass sie das bloß erfunden hat.«

»Wozu sollte sie das tun?«, fragt Charlotte.

»Damit ich mache, was sie will.«

»Ganz schön toxisches Verhalten«, sagt Charlotte.

Ich schnaube. »Hättest du meine Mutter je kennengelernt, wäre dir klar, dass das noch krass untertrieben ist.«

»Aber du machst es nicht, oder?«, hakt sie nach.

»Was mache ich nicht?«

»Das Interview«, antwortet sie mit besorgtem Blick. »Dieser Gunnar Fox versucht, dich für seine Zwecke einzuspannen. Ich möchte mir gar nicht vorstellen, mit was für fiesen Fragen er ankommen würde, wenn er dich vor der Kamera hätte.«

Wenn sie wüsste. Ich habe ihr und Shane nicht erzählt, was Lisa Marie sonst noch gesagt hat: »An Shane Delgados Version der Ereignisse ist von Anfang an was faul gewesen, und es ist höchste Zeit, dass sie jemand infrage stellt. Aber du bist anders. Ich hab Gunnar gesagt, dass mein Sohn so einen miesen Typen niemals schützen würde, wenn er nicht Angst um sein Leben hätte.« Nein, das erspare ich den beiden lieber.

Bevor ich Charlotte antworten kann, sagt Shane: »Natürlich macht er da nicht mit.«

Charlotte seufzt erleichtert. »Gut«, sagt sie zufrieden, als hätte nicht ich, sondern Shane das letzte Wort in dieser Angelegenheit. Als wäre alles entschieden, bloß weil die beiden es so sagen. Ich würde zwar für kein Geld der Welt mit Gunnar

Fox reden, aber manchmal frage ich mich schon, wie mein Leben aussehen würde, wenn ich in der Schule nicht praktisch auf Schritt und Tritt vom Königspaar der Saint Ambrose flankiert werden würde. Zu was macht mich das? Zu ihrem Hofnarren? Oder vielleicht zu so einer Art Ritter, dessen einziger Nutzen darin besteht, sie zu schützen.

Wahrscheinlich trifft es keins von beidem so richtig, aber mehr royale Metaphern fallen mir nicht ein.

»Übrigens habe ich meine Meinung über Brynn Gallagher geändert«, sagt Charlotte und blättert eine Seite in ihrem Schulbuch um. »Ich finde, sie ist doch nicht geeignet für dich, Tripp.«

Ich bin zwar erleichtert über den Themenwechsel, weiß aber nicht, ob mir das neue Thema besser gefällt. »Sorry, was? Du findest sie nicht für mich *geeignet*?«

»Ich möchte nicht, dass du was mit ihr anfängst«, erklärt Charlotte mir geduldig, als wäre ich ein Kind mit geringer Auffassungsgabe.

»Hatte ich auch nicht vor.« Hatte ich wirklich nicht, oder?

»Umso besser«, sagt Charlotte und hat wieder diesen zufriedenen Unterton in der Stimme, der mir gegen den Strich geht.

»Was hast du für ein Problem mit ihr?«, frage ich.

»Ich habe ihr am Samstag auf der Party gesagt, dass sie dich in Ruhe lassen soll, und sie zieht los und macht das genaue Gegenteil.«

Klingt zu hundert Prozent nach Brynn. »Du bist nicht ihre Chefin, Charlotte. Sie braucht nicht nach deiner Pfeife zu tanzen.«

»Das allein ist es nicht«, sagt Charlotte. »Ich habe sie gegoogelt. Wusstest du, dass sie in der Schülerzeitung der Schule, auf der sie in Chicago war, einen Artikel über … *Erektionen* geschrieben hat?«

»Wie bitte?« Ich lache, weil ich davon überzeugt bin, dass sie Witze macht.

»Ernsthaft. Okay, nicht *geschrieben*, genau genommen war es eher so eine Art Fotocollage. Hier.« Sie hält mir ihr Handy hin und ich zucke zurück.

»Nein danke, ich werde mir ganz bestimmt nicht einen Haufen …«

»Das ist bloß ein BuzzFeed-Artikel über den Artikel«, sagt sie. »Es gab wohl einen ganz schönen Skandal deswegen. Die Fotos sind geschwärzt.«

Ich nehme ihr Handy und muss so laut prusten, dass Shane sich neugierig über meine Schulter beugt. »Komm schon. Das ist eindeutig nicht auf Brynns Mist gewachsen«, sage ich. »Da hat sich jemand einen üblen Scherz mit ihr erlaubt.«

»Da steht aber ihr Name drunter«, beharrt Charlotte, als würde das irgendwas beweisen.

»Klar steht da ihr Name drunter, sonst wäre die ganze Aktion für das Arschloch, das dahintersteckt, ja witzlos gewesen«, sage ich. Aber Charlotte Witze zu erklären – selbst unterirdische – war schon immer Zeitverschwendung. Sie checkt es einfach nicht.

»Charlotte hat trotzdem recht.« Shane gibt mir ihr Handy zurück. »Brynn gehört zu den Mädchen, die immer bloß Ärger machen. Das ist sie nicht wert.«

Ich öffne den Mund, um zu widersprechen – *Woher zum Henker willst du wissen, was sie wert ist?* –, habe es aber plötzlich satt, mich mit den beiden rumzustreiten. Ich habe die beiden satt, Punkt. Weshalb ich keine Sekunde zögere, als ich zwischen den Regalen links von uns kastanienbraune Haare aufblitzen sehe. »Bin gleich wieder da«, sage ich, stehe auf und schlendere vielleicht ein bisschen zu demonstrativ auf die Person zu, von der sie mir gerade noch gesagt haben, ich solle mich von ihr fernhalten.

Brynn hat sich auf die Zehenspitzen gestellt und versucht vergeblich, ein Buch aus dem obersten Regalfach zu ziehen. Frustriert schnaubend stemmt sie die Hände in die Hüften und schaut sich nach einem Hocker um, als sie mich entdeckt.

»Welches brauchst du?«, frage ich.

»*Middlemarch*«, sagt sie. Ich ziehe es lässig aus dem Fach und reiche es ihr. »Danke. Schön, dass mit deinen Händen wieder alles in Ordnung ist.« Als ich die Brauen hochziehe, schiebt sie hinterher: »Ich dachte, du hättest sie dir gebrochen, nachdem du auf keine meiner Nachrichten geantwortet hast.«

»Sorry«, sage ich. »Hatte ziemlich viel zu tun.«

»Klar, ging mir genauso«, sagt sie. »Ich habe mich die letzten fünf Tage auch bei niemandem gemeldet, weil ich keine zehn Sekunden Zeit hatte.«

Ich lehne mich ans Regal und verschränke die Arme. »Willst du mir sagen, dass du die Tage gezählt hast, seit du das letzte Mal was von mir gehört hast.«

Sie errötet leicht. »Nein. Ich will sagen, dass es nicht viel Zeit in Anspruch nimmt, ein Mindestmaß an Höflichkeit an den Tag zu legen. Nur so als Tipp fürs nächste Mal.«

»Danke, ich werd's ausprobieren«, sage ich. »Aber vorher vertiefe ich mich noch mal ganz in Ruhe in deinen finalen Amtsakt für deine alte Schülerzeitung. Und wenn ich *Akt* sage, meine ich einen eher …« Ich male Anführungszeichen in die Luft. »… ›künstlerischen‹ Kontext.«

»Oh, sehr schön.« Brynn verdreht die Augen. »Du bist auf die Dickpics gestoßen. Der Höhepunkt meiner journalistischen Laufbahn. Ich hoffe, meine Tiefenanalyse war aufschlussreich für dich.«

»Ich habe sehr viel gelernt«, sage ich und sie lacht widerstrebend.

»Es versteht sich hoffentlich von selbst, dass der Beitrag nicht auf mein Konto ging.«

»Raub mir nicht meine Illusionen.«

Sie streicht sich lächelnd eine Haarsträhne hinters Ohr. »Okay, hör zu, hättest du auf eine meiner Nachrichten geantwortet, hätte ich dich darüber informiert, dass ich mich morgen nach der Schule mit Wade Drury treffe.« Als ich sie verwirrt anschaue, präzisiert sie: »Der neue Hausmeister?«

»Ich weiß, wer Wade Drury ist, aber warum triffst du dich mit ihm? Ich hab dir doch gesagt, dass er ein Arschloch ist.«

»Na ja, Mr Solomon ist uns keine so große Hilfe gewesen, oder? Vielleicht kann Mr Drury uns mit ein paar Ideen für den Gedenkgarten weiterhelfen. Zumindest müssen wir uns bei ihm wohl keine Sorgen machen, dass er bewaffnet ist.« Sie rückt den Riemen ihres Rucksacks höher auf die Schulter. »Du kannst mich gern begleiten. Ohne dich wäre es für mich einfach nicht dasselbe, sollte er *doch* eine Waffe ziehen.«

»Würde ich mir auf keinen Fall entgehen lassen wollen«, sage ich und stelle überrascht fest, dass das die Wahrheit ist.

»Dann sehen wir uns um drei am Gewächshaus«, sagt Brynn. »Bis morgen.«

Sie wendet sich zum Gehen. »Heißt das, dass du mir verziehen hast?«, rufe ich ihr hinterher. »Du hasst mich nicht dafür, dass ich ein fauler Sack bin, der nicht auf Nachrichten antwortet?«

Brynn bleibt stehen und schaut über die Schulter. »Ich hasse dich nicht, Tripp.« Um ihre Lippen spielt ein kleines Lächeln. »Weit davon entfernt.«

19

BRYNN

»Dann viel Spaß«, wünsche ich Ellie gähnend, als wir am Freitagmorgen in die Eingangshalle der Saint Ambrose treten. Sie hat heute Morgen Orchesterprobe, weshalb ich um halb sieben statt um sieben aufstehen musste, um sie zur Schule zu fahren. Die fehlende halbe Stunde Schlaf spüre ich schon jetzt.

»Von wegen.« Ellie schwenkt seufzend ihren Querflötenkasten. »Die Geiger sind fast alle erst seit diesem Jahr dabei und klingen wie sterbende Katzen. Willst du zuhören?«

»Nach der Info? Nein danke. Ich gehe in die Bibliothek.« Ich kann die zusätzliche Zeit vor Unterrichtsbeginn gut nutzen, um meine Notizen über Mr Larkin durchzugehen.

»Wie du meinst«, sagt Ellie. Ich winke ihr zum Abschied zu, bevor ich auf die Treppe zusteuere, und genieße es, mich auf dem Weg dorthin ausnahmsweise nicht durch einen Pulk Schüler schieben zu müssen.

Die Bibliothek war schon immer mein Lieblingsort an der Saint Ambrose. Sie liegt im obersten Stockwerk des Hauptgebäudes und ist in einem strahlenden Weiß gestrichen, das nie zu vergilben scheint. Durch eine riesige Fensterwand flutet Sonnenlicht in den Lesebereich, in dem die verschrammten Holzmöbel honigfarben schimmern. Im Raum daneben ist die

Redaktion des *Saint Ambrose Sentinel* untergebracht, und als ich in der Achten war, habe ich mich zum Schreiben meiner Artikel öfter auch mal in die Bibliothek gesetzt, wenn in der Redaktion zu viel Trubel herrschte.

Eigentlich hatte ich damit gerechnet, die Leseecke für mich zu haben, sehe beim Reinkommen allerdings, dass mein Lieblingsplatz bereits besetzt ist – und zwar von Charlotte Holbrook, die mit konzentriert zusammengezogenen Brauen etwas in ihren Block notiert.

Ich bleibe in der Tür stehen und überlege, mir einen anderen ruhigen Ort zu suchen. Mir ist der böse Blick, den sie mir gestern zugeworfen hat, als ich am Regal stand und mit Tripp geredet habe, nicht entgangen. Wahrscheinlich nimmt sie es mir übel, dass ich auf ihrer Party nach ihm gesucht habe, obwohl sie mir geraten hatte, es nicht zu tun. Aber als sie aufblickt und mich sieht, entscheide ich mich dagegen. Es soll nicht so aussehen, als würde ich wegen ihr gehen …

»Hey.« Ich setze mich mit betont unbekümmertem Lächeln ans andere Tischende. »Wie geht's?«

Als Antwort kriege ich bloß ein schmallippiges Nicken. Scheint, als würde unser kurzer Anflug eines freundschaftlichen Miteinanders bereits der Geschichte angehören. Merke: Charlotte mag keinen Ungehorsam.

Ich hole meinen Ordner über Mr Larkin heraus, und wir sitzen schweigend da, bis mein Handy klingelt, wofür ich mir einen eisigen Blick von Charlotte einfange, obwohl noch keine Ruhezeit herrscht. Mit einem gelassenen Achselzucken in ihre Richtung nehme ich den Anruf an und registriere erst im letzten Moment, dass es eine Festnetznummer aus Providence ist. »Brynn Gallagher.«

Ein volltönender Bariton dringt an mein Ohr. »Jonathan

Bartley-Reed von der Eliot School. Hallo, Brynn. Sie hatten um Rückruf gebeten.«

»Oh, hi«, sage ich nervös. Shit. Da wäre ich jetzt besser nicht drangegangen. Ich kann Jonathan Bartley-Reed schlecht über Mr Larkins Zeit an der Eliot School befragen, wenn Charlotte mich währenddessen wie ein gereizter Habicht beobachtet. »Vielen Dank, dass Sie sich bei mir melden«, sage ich, um Zeit zu schinden.

»Tut mir leid, dass ich erst jetzt anrufe. Seit das neue Schuljahr angefangen hat, ertrinke ich wieder in Arbeit.« In seiner tiefen Stimme liegt ein Schmunzeln. »Womit kann ich Ihnen helfen.«

»Ähm.« *Besser ich telefoniere draußen auf dem Gang weiter,* denke ich und stehe so schnell auf, dass ich mir das Knie am Tischbein anstoße. Ich unterdrücke einen Schmerzenslaut, lasse mich auf den Stuhl zurückfallen und reibe mir – von Charlottes gehässigem Grinsen begleitet – das Knie.

»Alles in Ordnung?«, fragt Jonathan Bartley-Reed besorgt.

»Ja, ich bin gerade nur … Entschuldigung. Ich bin gegen etwas gestoßen. Also … ich hatte gehofft, mit Ihnen über einen Ihrer ehemaligen Angestellten sprechen zu können. Um genau zu sein, geht es darum, welche …«, Charlotte starrt immer noch zu mir rüber, während ich fieberhaft überlege, was ich Unverfängliches sagen kann, »… welche Blumen er am liebsten mochte.«

»Verzeihung?«

»Die Saint Ambrose möchte einen Gedenkgarten für William Larkin anlegen und …«

»Entschuldigen Sie die Frage«, unterbricht Mr Bartley-Reed mich. »Sind Sie eine Schülerin?«

»Ja, ich …«

»Verstehe.« Sein Tonfall wird plötzlich gönnerhaft. »So gern ich mich auch mit Schülern unterhalte, bin ich leider nicht der richtige Ansprechpartner, wenn es um ein Schulprojekt geht. Ich werde Ihre Nummer an Williams ehemalige Kollegen weiterleiten und sie bitten, sich bezüglich des Gedenkgartens bei Ihnen zu melden. Einen schönen Tag noch.« Er legt einfach auf.

»Vielen lieben Dank«, sage ich in die tote Leitung, weil ich Charlotte auf keinen Fall wissen lassen werde, dass ich gerade eine Abfuhr bekommen habe. »Ja. Ja, genau.« Ich halte kurz inne. »Sie glauben gar nicht, wie sehr Sie mir damit weiterhelfen … Wie bitte? … Ach so, natürlich melde ich mich dann noch mal. Sehr gerne … Hat mich auch gefreut, mit Ihnen zu sprechen«, komme ich zum Ende und verabschiede mich.

Charlotte scheint mir die Nummer nicht eine Sekunde abzukaufen. »Die zweite Hälfte des Gesprächs ist viel besser gelaufen, was?«, sagt sie.

Ich bin kurz davor, sie anzufahren, schaffe es aber, mich zu beherrschen. »Hast du ein Problem mit mir, Charlotte?«, frage ich ruhig.

»Ja«, sagt sie und überrascht mich mit ihrer Offenheit. »Ich bin der Meinung, dass du dich von Tripp fernhalten solltest.«

»Ich wüsste nicht, was dich das angeht.«

»Es geht mich etwas an, weil ich mit ihm befreundet bin.«

»Genau wie ich«, sage ich, auch wenn ich mir nicht hundertprozentig sicher bin, ob das wirklich stimmt.

»Eine Beziehung würde sein Leben im Moment nur unnötig verkomplizieren«, sagt Charlotte.

»Eine Beziehung? Ich bin nicht an einer *Beziehung* mit Tripp interessiert.«

Auch da bin ich mir nicht hundertprozentig sicher. Obwohl ich es mir sein sollte, wenn man bedenkt, wie wenig ich über das weiß, was Tripp vor vier Jahren getan hat. Ich muss daran denken, wie er gestern am Bücherregal gelehnt hat und mich mit diesem kleinen Funkeln in den blauen Augen geneckt hat – mit ordentlich gebügeltem Blazer, aber leicht schief gebundener Krawatte, die in mir das Bedürfnis ausgelöst hat, danach zu greifen und sie gerade zu rücken … oder ihn zu mir zu ziehen. Ich weiß immer noch nicht, was besser gewesen wäre.

Charlotte verdreht die Augen, als wüsste sie genau, was mir durch den Kopf geht. »Wenn du nicht ehrlich bist, hat es auch keinen Sinn, darüber zu reden«, sagt sie, aber statt mich wieder zu ignorieren, hält sie weiter herausfordernd meinen Blick fest.

»Du kennst mich noch nicht mal«, sage ich.

»Ich kenne Tripp.« Sie schleudert ihre Haare zurück. »Und ich weiß, wie Jungs ticken.«

Jetzt bin ich diejenige, die die Augen verdreht. »Tut mir wirklich leid, dir das so sagen zu müssen, Charlotte, aber die Tatsache, dass du seit der Middleschool mit ein und demselben Typen zusammen bist, macht dich nicht zu einer Expertin.« Plötzlich bin ich so wütend und frustriert darüber, wie abschätzig sie mich behandelt, dass ich scharf hinterherschiebe: »Eher zu jemandem, der im Elfenbeinturm hockt. Du solltest deine klugen Ratschläge also vielleicht besser für dich behalten, solange du nicht in der Lage bist, auch nur einen Schritt ohne Shane zu machen.«

Kaum sind die Worte draußen, tun sie mir leid. Ich kann nicht von Charlotte verlangen, sich um ihre eigenen Angelegenheiten zu kümmern, wenn es um Tripp geht, und dann umgekehrt ihre Beziehung zu Shane thematisieren. Aber bevor ich mich entschuldigen kann, ist sie auch schon aufgestanden, kommt auf mich zu und setzt sich neben meinen Bücherstapel auf die Tischplatte. Ihr schönes Gesicht ist völlig ausdruckslos, als sie fragt: »Weißt du, wie sich das anfühlt, wenn man von Jungs so behandelt wird, als ob man eine Art Trophäe wäre?«

»Äh.« Ich zögere, nicht sicher, ob sie wirklich eine Antwort erwartet, bis sich das Schweigen zwischen uns so sehr in die Länge zieht, dass ich zugeben muss: »Nein. Das weiß ich nicht.«

»Der erste Junge, in den ich verliebt war, hat zu mir gesagt, ich würde wie eine Märchenprinzessin aussehen«, erzählt sie. »Aber er wollte sich nie mit mir unterhalten. Hat mich immer nur angestarrt, als wäre ich irgendein *Objekt*. So geht das schon, seit ich denken kann – und manchmal wird es richtig schlimm. Ich war erst elf, als die Jungs von der Oberstufe anfingen, mir hinterherzusteigen.«

»Im Ernst?«, frage ich entsetzt. »Das ist ekelhaft.«

»Ich weiß«, sagt Charlotte. »Es ist total entmenschlichend. Aber Shane war immer anders. Am Anfang hat er mich kaum beachtet. Ich war diejenige, die *ihn* erobern musste.« Sie lacht leise und ihre Augen leuchten. »Bei ihm war es zum ersten Mal andersherum und das hat sich verdammt gut angefühlt. Er hat mich wie einen echten Menschen behandelt – und das ist bis heute so. Wenn mich die Tatsache, dass ich mit ihm zusammen bin, also zu jemandem macht, der im Elfenbeinturm hockt, kann ich nur sagen: Gut so.«

»Äh … Charlotte«, beginne ich vorsichtig. Ich habe keine Ahnung, was diese plötzliche Vertraulichkeit ausgelöst hat oder welche Reaktion sie jetzt erwartet. »Es tut mir leid, dass manche Typen derart … respektlos sind. Und ich hätte nicht so über dich und Shane reden sollen, okay? Eure Beziehung geht mich nichts an. Vielleicht können wir einfach noch mal von vorn anfangen und versuchen … miteinander klarzukommen?«

Charlotte lächelt gelassen. »Wir werden miteinander klarkommen, solange du meine Jungs in Ruhe lässt.«

Ihre *Jungs*? »Plural?«, hake ich blinzelnd nach. »Ich dachte, wir reden hier über Shane.«

»Tripp ist mir genauso wichtig«, sagt Charlotte, und obwohl das eine der seltsamsten Unterhaltungen ist, die ich je geführt habe, ist es trotzdem schön zu wissen, dass Tripp offensichtlich nie sein Glück bei ihr versucht hat. »Und er ist nicht so stark, wie er nach außen hin wirkt. Er braucht jemanden, der auf ihn aufpasst.«

Aha, und wer hat dich damit beauftragt?, denke ich, weiß aber, dass es nichts bringt, das laut auszusprechen oder dieses Gespräch noch weiterzuführen. »Verstanden«, sage ich und schiebe meine Unterlagen zusammen. »Tja, dann … Ich hab hier noch einiges zu tun, also …«

Charlotte versteht den Wink und lässt sich vom Tisch gleiten. »Und ich muss vor der ersten Stunde noch zu Starbucks«, sagt sie, als ihr Blick auf meine Mappe fällt. »Was willst du denn damit?«, fragt sie stirnrunzelnd.

Ich schaue auf das Plakat für die Gedenkgarten-AG mit dem bekritzelten Foto von Mr Larkin, das ich von der Wand gerissen habe. »Das? Oh, ähm … ich bin auf dem Weg hierher im Flur daran vorbeigekommen und fand es irgendwie nicht richtig, es hängen zu lassen«, lüge ich und klappe meine Mappe hastig zu, bevor sie noch irgendetwas entdeckt, das mit *Motive* zu tun hat. »Ich verstehe nicht, wie jemand so was machen kann.«

»Nicht?«, sagt Charlotte.

Ich sehe sie verdutzt an. »Was, du etwa?« Mir wird ein bisschen übel, als mir einfällt, worüber wir gerade gesprochen haben. »Charlotte, hat Mr Larkin zu denen gehört, die dich behandelt haben, als ob du … Hat er …«

»Nein«, sagt Charlotte bestimmt. »Nichts in diese Richtung.« Sie kehrt an ihren Platz zurück und sammelt ihre Bücher ein.

Ich seufze innerlich erleichtert auf, als sie plötzlich sagt: »Es gibt diverse Möglichkeiten, sich scheiße zu verhalten, weißt du.«

»Wie bitte?«, frage ich, aber da hängt sie sich schon ihre Tasche um und steuert auf die Tür zu.

Ich senke den Blick auf das Plakat, betrachte Mr Larkins Zitronenkrawatte, die trotz der wütenden roten Markerspuren noch gut zu erkennen ist, und denke an all das, was ich im Laufe der letzten Woche gesehen und gehört habe. *Der Mann war ein unbeschriebenes Blatt. Der Dreckskerl hat gekriegt, was er verdient hat. Es gibt viele Möglichkeiten, sich scheiße zu verhalten.* Und wieder wird mir übel, als ich mich frage, ob ich meinen Lieblingslehrer eigentlich wirklich gekannt habe.

TRIPP

VIER JAHRE ZUVOR

Die Musik dröhnt durch meine Ohrhörer und übertönt das Gedankenchaos in meinem Kopf, während ich mich ratlos umschaue. Ich dachte, ich würde mich hier im Wald auskennen, aber nachdem ich mich von Shane getrennt habe, bin ich dem Weg ein Stück weiter als sonst gefolgt und habe gerade festgestellt, dass er schon seit einer ganzen Weile eigentlich kein Weg mehr ist. Das wäre jetzt der perfekte Moment, um jemanden, der einen besseren Orientierungssinn hat als ich, zu fragen, in welche Richtung ich abbiegen muss – nur dass das leider nicht möglich ist.

Ich bin hier völlig allein.

Shane kann ich auch keine Nachricht schreiben; selbst wenn wir Nummern ausgetauscht hätten, was wir nicht getan haben, gibt es hier keinen Empfang. »Kein Problem«, murmle ich vor mich hin, aber meine Worte werden von der Musik geschluckt, und plötzlich fühlt es sich irgendwie spooky an, dass ich nichts von meinen Umgebungsgeräuschen mitbekomme.

Ich stoppe die Playliste, ziehe die Hörer raus, lausche dem Zwitschern, Rascheln und Knacken des Waldes und lege den Kopf in den Nacken, um nach der Sonne zu suchen, die jetzt hinter unserem Schulgebäude langsam untergehen müsste.

Trotz der dichten Baumwipfel glaube ich zu erkennen, dass es links von mir etwas heller ist.

Nachdem ich ein paar Minuten lang weitergegangen bin, komme ich an einen Hang, der viel steiler ist als der Weg, dem ich bislang gefolgt bin, und weiß auf einmal wieder, wo ich bin – an dem Hügel in der Nähe des Shelton Parks, der höchsten Erhebung hier. Das heißt, dass ich weiter vom Weg abgekommen bin, als mir klar war, und näher an dem Lagerfeuerplatz, wo Shane und Charlotte sich verabredet haben, als mir lieb ist. Trotzdem bin ich erleichtert, mich nicht verirrt zu haben. Unsere Schule liegt also tatsächlich links von mir, meine Einschätzung war richtig.

Ich will gerade weiter der Sonne folgen, als ich unter mir ein Rascheln und dann das Knacken eines Asts höre.

Gefolgt von einem lauten Schrei.

20

TRIPP

Von Weitem halte ich das Mädchen, das am Freitagnachmittag an der Informationstafel steht, für Brynn: gleich groß, gleiche Haare, dieselbe Art, die Hände in die Hüften zu stemmen und den Kopf zur Seite zu neigen. Aber als ich auf sie zugehe, dreht sie sich um und ich erkenne, dass ich mich geirrt habe; Ellie Gallagher sieht ganz anders aus als ihre Schwester. Interessant, wie Augen ein Gesicht komplett verändern können. »Hey, Ellie. Alles klar?«, grüße ich sie.

»Hi, Tripp«, sagt Ellie, bevor sie den Blick wieder auf die Infotafel richtet. Sie tippt auf zwei Zettel. »Als ich die beiden hier nebeneinander hängen gesehen habe, ist mir eine Idee gekommen.« Die *beiden* beziehen sich auf ein verschandeltes Plakat von Mr Larkin und einen Flyer für die bevorstehende Pre-Prom-Party. Das diesjährige Motto lautet »Glow Up« und wird von einer neonbunten Stadtansicht illustriert, über der neongelbe Sterne leuchten.

»Echt?«, frage ich erstaunt, weil sich mir der Zusammenhang nicht erschließt.

»Ja«, bestätigt sie. »Meinst du, jemand hätte was dagegen, wenn ich die mitnehme?« Ohne meine Antwort abzuwarten, löst sie die Zettel vorsichtig von der Infotafel und steckt sie in ihren Rucksack. »Okay, bis dann.« Sie winkt mir zum Abschied fröhlich zu, bevor sie den Gang hinunter verschwindet.

Ich schaue ihr verwirrt und gleichzeitig anerkennend nach. Ellie ist schon immer irgendwie schräg gewesen, und es ist schön zu sehen, dass sich daran nichts geändert hat.

»Wären wir jetzt nicht gerade am Gewächshaus verabredet?«, sagt eine Stimme hinter mir.

Diesmal ist es wirklich Brynn. Grüne Augen und so. »Ich könnte dasselbe zu dir sagen«, gebe ich zurück. »Du bist zu spät. So langsam hab ich das Gefühl, dass dir unsere Orga-Gruppe nicht so wichtig ist wie mir.«

»*Niemandem* ist diese Orga-Gruppe so wichtig wie dir«, sagt Brynn, während wir gemeinsam zum Ausgang schlendern. »Darüber wollte ich sowieso mal mit dir reden. Ich finde, dein Engagement nimmt allmählich obsessive Züge an.«

Ich muss lachen und bin überrascht, wie *leicht* ich mich in Brynns Gesellschaft fühle. So habe ich mich nicht mehr gefühlt seit … tja, wahrscheinlich seit der achten Klasse. In der Eingangshalle kommt uns Abby Liu entgegen, und ich glaube, einen enttäuschten Ausdruck in ihren Augen zu sehen, als sie uns im Vorbeigehen kurz zulächelt. Ein Anflug von schlechtem Gewissen steigt in mir auf. Habe ich ihr falsche Hoffnungen gemacht? Eigentlich glaube ich das nicht, aber es ist schwer zu sagen, was andere Leute in das eigene Verhalten hineininterpretieren. Ich schiebe den Gedanken weg und konzentriere mich wieder auf Brynn. »Was soll obsessiv daran sein, wenn man seiner Co-Orga-Gruppenleiterin Fotos von siebenhundert verschiedenen Farnen schickt? Apropos – hast du einen Favoriten?« Brynn schnaubt. Als ich grinsend mein Handy hochhalte, um unseren witzigen kleinen Schlagabtausch weiterzuführen, bemerke ich, dass ich eine Nachricht bekommen habe.

Lisa Marie: *Dieser kleine Scheißkerl Shane Delgado macht Gunnar Probleme.*

Das Grinsen fällt mir aus dem Gesicht und Brynn fragt sofort: »Alles okay?«

Gut, tippe ich als Antwort und sage dann zu Brynn: »Erst, wenn meine Mutter wieder nach Vegas abzischt.«

Wir sind mittlerweile am Ausgang angekommen, und Brynn schlingt sich ihren Schal enger um den Hals, bevor sie die Tür aufdrückt. Bis jetzt ist der Januar ungewöhnlich mild gewesen, aber heute ist es total windig, und sie hält mit einer Hand ihre Mütze fest, als sie zu mir aufschaut und sagt: »Ist sie gerade in der Stadt?«

»Ja.« Ich nicke knapp und die Anspannung kehrt in meine Schultern zurück, als wäre sie nie weg gewesen. Lisa Marie hat einfach ein unschlagbares Talent, einem die Stimmung zu versauen.

»Wie ... ähm ...« Brynn schiebt die Hände in ihre Manteltaschen und wirkt plötzlich unsicher. »Wie läuft es denn so? Mit ihr?«

»Besser denn je«, sage ich ironisch. »Du erinnerst dich bestimmt noch an diesen Scheißtrailer, den Colin in Medientechnik gezeigt hat?«

Brynns Gesicht verdüstert sich. »Leider.«

»Tja, wie sich herausgestellt hat, kennt Lisa Marie den Drecksack, der dafür verantwortlich ist, und wollte mich bestechen, damit ich als Gast in seiner Show auftrete«, sage ich. »Was ich natürlich abgelehnt habe. Aber weil für sie auch ordentlich was dabei rausspringen würde, lässt sie nicht locker.«

»Oh mein Gott, im Ernst?«, sagt Brynn fassungslos. »Wie schrecklich. Das tut mir total leid.«

Sofort verfluche ich mich dafür, nicht den Mund gehalten

zu haben. Ich hasse Mitleid – vor allem, wenn es von Brynn kommt. »Es ist, wie es ist«, sage ich, während ich mein Handy auf lautlos stelle und wieder einstecke. »Alle Welt redet plötzlich über Mr Larkin. Lisa Marie meinte, eine andere True-Crime-Show wäre mittlerweile auch an der Story dran. *Motive* oder so. Sagt dir das was?«

»Ähm.« Brynn schiebt die Hände noch tiefer in ihre Taschen, als das Gewächshaus in Sicht kommt. »Ja, kenne ich.«

»Schätze, dieser Gedenkgarten wird es noch in die Primetime schaffen«, sage ich bitter. Vier Jahre. Vier verdammte Jahre, in denen ich den Kopf eingezogen, hart gearbeitet und versucht habe, das Richtige zu tun, um einen einzigen unentschuldbaren Fehler wiedergutzumachen. Ich dachte, ich wäre *so* nah dran, endlich aus Sturgis abhauen zu können, aber langsam kommt es mir so vor, als hätte mir das Universum bloß eine falsche Fährte gelegt, um mich wie diesen Typen aus der griechischen Mythologie für meinen Fehler büßen zu lassen. Nur dass mir der Felsbrocken kurz vor Erreichen des Gipfels nicht bloß aus den Händen gleitet, sondern mich mit sich in den Abgrund reißt.

Es gibt kein Entkommen. Ich werde für den Rest meines Lebens in diesem Wald hinter der Saint Ambrose stehen und immer wieder vor eine Entscheidung gestellt werden, für die ich damals viel zu jung war … und das Schlimmste ist vielleicht, dass ich nicht mal weiß, ob ich mich heute anders entscheiden würde.

»Tripp?« Brynn legt mir eine Hand auf den Arm. »Wir können den Termin auch verschieben.«

»Nein, nein, alles cool«, sage ich mit sarkastischem Lachen. »Lass uns einen verfickten *Garten* anlegen.« Ich klatsche in die Hände, weil … Hey, ich bin sowieso am Arsch, warum soll ich mich da nicht wie ein Arschloch aufführen und einfach alle vor den Kopf stoßen?

»Genau meine Rede, Bruder«, sagt eine Stimme in gedehntem Tonfall, und als ich aufschaue, sehe ich, dass wir das Gewächshaus erreicht haben. Wade Drury steht vor uns. Er trägt einen gefütterten Schneeoverall, obwohl weit und breit kein Schnee in Sicht ist, und eine abgewetzte Baseballkappe auf der *Live Free or Die* steht. Als er auf den Boden spuckt, löst sich der Hass in mir in Luft auf. Dieser Typ ist ein echtes Arschloch und wenn ich nicht aufhöre, auch eins zu sein, ist Brynn in der Unterzahl. Das will ich ihr nicht antun. »Dann muss das hübsche Mäuschen hier Beth sein«, schiebt er hinterher und tippt sich spöttisch grinsend an die Kappe.

Brynn presst kurz die Lippen zusammen. »Mein Name ist Brynn.«

»Gütiger Himmel. Ihr Kids und eure Namen.« Wade schnaubt. »Deine Eltern hätten dich einfach ›Bentley‹ nennen sollen und gut ist. Oder ›BMW‹.«

»Sorry?« Brynn wirft mir einen fassungslosen Blick zu.

»Ich hab dich gewarnt«, sage ich.

Wade klatscht in die Hände – in etwa so, wie ich es gerade gemacht habe. »Also, was steht an? Ihr wollt so ein Gärtchen für einen toten Typen anlegen und seid keine Freunde von Google? Ist zu viel Plackerei für zwei reiche Kids, warum also nicht einfach Wades Zeit verschwenden, ja?«

»Wow.« Brynn blinzelt ein paarmal, bevor sie wieder mich ansieht. »Ich hätte nicht gedacht, dass ich das schon in den ersten dreißig Sekunden dieser Begegnung zugeben müsste, aber – du hattest recht, Tripp.«

»War nett, mit Ihnen zu plaudern, Wade«, sage ich, bevor ich nach Brynns Arm greife und sie wegziehe.

»Tja«, sagt sie. »Das war's dann wohl in Sachen fachkundige Beratung.«

»Weißt du was?« Ich sehne mich plötzlich danach, mein ätzendes Verhalten auf dem Weg hierher wieder wettzumachen. Es gibt nichts Besseres als eine Konfrontation mit den Wade Drurys dieser Welt, um sich darüber klar zu werden, dass man seinen Tiefpunkt noch nicht erreicht hat und auch nie so tief sinken möchte. Außerdem kann ich es mir nicht mit der einzigen Person verderben, die es außer meiner fünfzigjährigen Chefin schafft, dass ich mich wenigstens halbwegs wie ein anständiger Mensch fühle. »Wir sollten noch mal zu Mr Solomon fahren. Ich bin mir sicher, dass er uns diesmal sofort erkennt und sich dann auch nicht so überrumpelt fühlt wie letztes Mal. Von Mr Larkin fangen wir am besten gar nicht erst an, sondern lassen ihn einfach über Pflanzen reden, und so kriegen wir alle Infos, die wir brauchen.«

»Wie ... *jetzt gleich*?«, fragt Brynn.

»Nein, ich muss in einer halben Stunde im Brightside sein. Morgen?«

Sie kaut auf ihrer Unterlippe. »Ich soll mich von Mr Solomon fernhalten.«

»Sagt wer? Deine Eltern?«

Brynn murmelt etwas und weicht meinem Blick aus. Doch bevor ich sie fragen kann, was los ist, strafft sie die Schultern. »Aber weißt du was? Egal. Die müssen es ja nicht erfahren. Ich bin dabei.«

21

BRYNN

Es ist echt interessant, was man immer noch so alles Neues über sich selbst erfahren kann. Ich hätte zum Beispiel niemals gedacht, dass ich zu den Mädchen gehöre, die Typen noch anziehender finden, wenn sie ihnen dabei zuschauen, wie sie Kisten schleppen. Aber als ich Tripp am Samstagnachmittag in der Brightside Bakery genau bei dieser Tätigkeit beobachte, weiß ich es besser.

»Mach den Mund wieder zu.« Mason tippt mir sanft gegen das Kinn, als Tripp mit der letzten Lieferung, die UPS vor der Ladentür abgestellt hat, in Reginas Lagerraum verschwindet. »Wenn du so sabberst, vergeht mir der Appetit auf mein Croissant.«

Meine Wangen brennen, als Nadia sagt: »Okay, aber zu ihrer Verteidigung … Hast du seine Oberarme gesehen?«

»Ich hab die Show auch genossen, ja.« Mason nimmt einen Schluck von seinem Kaffee. »Aber diskret und würdevoll. Brynn könnte noch ein paar Dinge von mir lernen.«

»Halt die Klappe«, brumme ich und stecke mir ein Stück von meinem Pop-Tart in den Mund. Ich kaue, schlucke und sage dann spitz: »Apropos Würde, Mason, wie geht's *Gorff*?«

Die Spitzen seiner Ohren färben sich rot, als Nadia zu lachen anfängt. Seit Mason uns auf Charlottes Party diese wirren betrunkenen Nachrichten über Geoff geschickt hat, verpassen wir keine Gelegenheit, ihn damit aufzuziehen. Manchmal schicke ich ihm während des Unterrichts Screenshots davon, nur um zu sehen, wie seine Ohren dunkelrot werden.

»SKSKSKKS GORFF VLOCKT MIIIICH«, zitiert Nadia die schönste Gorff-Nachricht. »Was hast du damit eigentlich gemeint, Mason? Hat er versucht, dir einen Pflock ins Herz zu rammen? Hält Gorff dich für einen Vampir?«

Ich wiege nachdenklich den Kopf. »Oder war es umgekehrt? War das womöglich ein Hilferuf, weil du dich von ihm *verfolgt* gefühlt hast?«

»Oder hat er dich zu irgendwas Schlimmem *verlocken* wollen?«, fragt Nadia.

»Ja, ja. Ihr seid ja so witzig«, sagt Mason säuerlich. »Und ihr seid offiziell aus meinem Dance Circle verbannt, falls *Geoff* und ich zusammen auf die Pre-Prom-Party gehen.«

Ich ziehe die Brauen hoch. »Deinem Dance Circle?«

»Die wollen überall Schwarzlicht installieren«, sagt Mason. »Das ist mein wahres Element.« Er führt einen seltsamen kleinen Stuhl-Tanz auf, bevor er seinen Kaffee austrinkt. »Zu schade, dass ihr das verpassen werdet.«

»Ich glaube nicht, dass es da was zu verpassen gibt«, sage ich.

»Apropos.« Nadia wird rot, was bei ihr so gut wie nie vorkommt. »Ich habe überlegt, Pavan zu fragen, aber ich wollte erst mit dir darüber sprechen, Brynn. Hättest du was dagegen?»

»Pavan Deshpande?« Ich sehe sie verwirrt an. »Warum sollte ich was dagegen haben?«

»Na ja, du hast ihn doch mal geküsst. Verstößt es gegen den Freundinnenehrenkodex, wenn ich mit ihm auf die Party gehen würde?«

»Das mit dem Kuss war in der Siebten«, erinnere ich sie. »Vor ein paar Jahrhunderten. Aber es ist sehr süß von dir, dass du fragst.«

»Was ist mit dir? Fragst du den Kisten-Hengst?«, sagt Mason, als Tripp hinter die Theke zurückkehrt.

»Schsch«, zische ich. Mein Magen zieht sich zusammen, weil ich mich sofort wieder mies fühle. Ich habe gestern etwas zu tun versäumt, was ich jetzt extrem bereue. Als Tripp *Motive* erwähnt hat, hätte ich ihm gleich sagen sollen, dass ich dort ein Praktikum mache. Aber er war so wütend wegen seiner Mutter und dann war es zu spät.

Jetzt schlagen die Gewissensbisse gleich noch mal zu, als mir plötzlich klar wird, dass ich Mason und Nadia auch nichts davon gesagt habe. Eigentlich gibt es keinen triftigen Grund dafür. Ich weiß selbst nicht genau, warum ich es ihnen nicht gleich am Anfang erzählt habe; vielleicht weil ich dachte, dass das nicht mehr als eine Mittagspausenfreundschaft wird. Aber inzwischen sind sie viel mehr als das geworden, und ich muss reinen Tisch machen. Auch deswegen, weil Carly jetzt mit Hochdruck Informationen über Mr Larkin sammelt. Es ist nur eine Frage der Zeit, bis jemand von der Saint Ambrose von dem Aufruf auf der *Motive*-Webseite Wind bekommt, und dann wird sich die Neuigkeit wie ein Lauffeuer verbreiten.

Ich holte tief Luft, um meinen Entschluss in die Tat umzusetzen, als plötzlich Tripp an unserem Tisch auftaucht und meine Gedanken eine andere Richtung einschlagen. Er duftet nach Zuckerguss und hat sein Flanellhemd, das er zum Kistenschleppen ausgezogen hat, über eine Schulter gehängt, sodass seine beeindruckende Armmuskulatur weiterhin zur Geltung kommt.

»Bist du bereit?«, fragt er. Wir haben ausgemacht, nach seiner Schicht zu Mr Solomon zu fahren.

»Und ob sie bereit ist«, sagt Mason und so verstreicht die nächste Chance. Aber das ist okay, weil ich wahrscheinlich Tripp zuerst von meinem Praktikum bei *Motive* erzählen sollte, bevor ich mit irgendjemand anderem darüber spreche.

»Von mir aus können wir los«, sage ich und greife nach meinem Mantel. Ich sage es ihm auf der Fahrt.

* * *

Aus meinem Vorsatz ist nichts geworden.

Ich hatte wirklich fest vor, es Tripp zu sagen. Aber dann hat Onkel Nick aus Vermont angerufen, wo er das Wochenende mit alten College-Freunden verbringt, weil er mal wieder den Aktivierungscode für den Familien-Skipass vergessen hat. »Ich hab ihn dir geschickt, bevor du gefahren bist«, stöhne ich.

»Ich weiß, aber anscheinend hab ich die Nachricht aus Versehen gelöscht.«

»Ich sitze gerade am Steuer und kann jetzt nicht in mein Handy schauen. Check deine E-Mails, ich hab ihn dir nämlich definitiv irgendwann in den letzten drei Monaten schon mal geschickt.«

»Weißt du noch unter welchem Betreff?«

»Oh Mann, Onkel Nick. Versuch es mit *Aktivierungscode.*«

Als er die Mail endlich gefunden hat, sind wir schon bei Mr Solomon angekommen und ich parke den Wagen neben seinem alten Truck. »Du hast mir das Leben gerettet, teure Nichte«, sagt mein Onkel, bevor er auflegt.

»Sorry«, entschuldige ich mich bei Tripp. »Mein Onkel ist total chaotisch.«

»Kein Problem. Hey, hör mal. Es gibt da noch was, was ich dir sagen wollte, bevor wir aussteigen.« Tripp dreht mir mit einem kleinen Lächeln auf den Lippen den Kopf zu und plötzlich wird mir überdeutlich bewusst, wie nah wir uns sind. So nah, dass ich die Haarsträhne, die ihm ins Auge zu fallen droht, zur Seite streichen könnte, wenn ich wollte.

Jetzt bloß nicht rot werden. »Was denn?«, frage ich total cool und entspannt, weil ich total cool und entspannt bin.

»Lass es uns diesmal nur an der Vordertür versuchen.«

Oh. Natürlich. Was dachte ich denn, was er mir sagen will? »Guter Plan«, murmle ich, als wir aussteigen. Ich überlege kurz, das Thema *Motive* auf dem Weg zur Tür zur Sprache zu bringen, aber die Strecke ist noch nicht mal annähernd lang genug. Außerdem werde ich jetzt bei dem Gedanken, Mr Solomon gleich wiederzusehen, doch etwas nervös. Wer wird uns gleich gegenüberstehen? Der freundliche Hausmeister, an den ich mich von meiner Zeit in der Mittelstufe an der Saint Ambrose erinnere, oder der wütende alte Mann, der eine Schrotflinte auf uns gerichtet und auf Mr Larkin geflucht hat? »Lass uns einfach so lange klingeln, bis …« Ich bleibe so abrupt auf dem oberen Treppenabsatz stehen, dass Tripp in mich hineinläuft. Er legt kurz eine Hand an meine Taille, damit wir nicht beide das Gleichgewicht verlieren, und sieht mich fragend an. Ich nicke in Richtung der Tür. »Scheint offen zu sein.«

»Hm … stimmt.« Tripp späht vorsichtig durch den Spalt und stupst die Tür leicht an, worauf sie mit einem lauten Quietschen ein Stück aufschwingt. »Mr Solomon?«, ruft er. »Hier ist Tr… *Noah* Talbot. Sind Sie zu Hause?« Keine Antwort. »Vielleicht ist er hinten im Garten?«

»Ich gehe nachschauen.« Eilig laufe ich die Treppe wieder runter und ums Haus herum, aber Mr Solomon ist nirgends in Sicht. Ich kehre zu Tripp zurück, der die Tür noch ein bisschen weiter aufgeschoben hat. »Nichts.«

»Okay, dann …« Tripp hat die Hände in die Seiten gestemmt

und mahlt nachdenklich mit dem Kiefer. »Vielleicht sollten wir reingehen, uns vergewissern, dass mit ihm alles in Ordnung ist, und ihm sagen, dass seine Tür offen ist. Kann mir nicht vorstellen, dass er sie absichtlich offen gelassen hat.«

»Wahrscheinlich nicht, aber hältst du es wirklich für eine gute Idee, reinzugehen? Ich meine, letztes Mal ist er schon wütend geworden, als wir bloß versucht haben, sein Gartentor aufzumachen.«

»Wir kündigen uns an.« Tripp stößt die Tür ganz auf. »Mr Solomon«, ruft er mit lauter Stimme. »Wir sind's – Noah und Brynn. Ihre Tür stand offen. Wir kommen jetzt rein, okay?«

Wieder keine Antwort. Es ist so seltsam still im Haus, dass sich die Härchen in meinem Nacken aufrichten. Irgendetwas stimmt hier nicht. Ich werfe einen Blick über die Schulter zu Mr Solomons Truck. Vielleicht sitzt er ja am Steuer, um irgendwohin zu fahren, und wir haben ihn eben einfach nicht gesehen. Aber der Truck sieht genauso verwaist aus wie der dunkle Flur, den wir jetzt zögernd betreten. Auf dem Boden liegt ein abgewetzter gestreifter Teppich, in einem Schuhregal an der Wand steht ein Paar Stiefel. Alles ist verstaubt, und ich muss kurz niesen, bevor ich rufe: »Mr Solomon, sind Sie da?« Es gefällt mir gar nicht, wie hoch und dünn meine Stimme klingt.

»Bist du schon mal bei ihm zu Hause gewesen?« Tripp bleibt am Fuß einer Treppe stehen. Der kurze Flur zweigt in drei Richtungen ab; geradeaus geht es in die Küche, rechts liegt das Esszimmer, links das Wohnzimmer.

»Nein.« Ich schüttle den Kopf und gehe auf die Küche zu. Auch hier ist Mr Solomon nicht, aber das Deckenlicht brennt und die Kaffeemaschine auf der Arbeitstheke, in der eine noch halb volle Kanne steht, ist eingeschaltet. »Wenn er irgendwo hier unten wäre, hätte er uns mittlerweile hören müssen.« Ich kehre zur Treppe zurück und lege eine Hand auf das Geländer. »Mr Solomon?«, versuche ich es noch einmal. »Sind Sie zu Hause?«

»Vielleicht sollten wir hochgehen«, sagt Tripp.

»Ja, vielleicht.« Ich werfe einen Blick zum Wohnzimmer. »Wir könnten …«

Und dann stockt plötzlich alles – meine Stimme, mein Atem, mein Herz –, als ich einen bestrumpften Fuß sehe, der hinter einem Stuhl im Wohnzimmer hervorschaut. »Oh nein«, flüstere ich und mein Tonfall lässt Tripp erstarren.

»Was ist?«, fragt er.

Geh los und schau nach, befehle ich mir selbst, während ich weiter auf den reglosen Fuß starre, aber meine Beine weigern sich, mir zu gehorchen. *Geh schon.* In meinem Kopf klingt meine Stimme wie der beruhigende Singsang, mit dem ich Ellie als kleines Mädchen immer getröstet habe, wenn sie schlecht geträumt hatte. *Mach die Augen auf. Ich bin bei dir. Alles ist gut.*

»Alles ist gut«, murmle ich und setze mich endlich in Bewegung. »Alles ist gut.« Ich weiß nicht, an wen ich die Worte richte, aber mit jedem Schritt bin ich mir sicherer, dass sie nicht stimmen. Meine ganze Wahrnehmung konzentriert sich auf den bestrumpften Fuß. Als ich an der Tür vorbei ins Wohnzimmer schaue, bemerke ich ein Loch in der Ferse. Irgendetwas an diesem Anblick lässt mich erstickt aufschluchzen, noch bevor mein Blick alles andere aufnimmt: Mr Solomon, der auf dem Boden liegt, sein in einem grauenhaft unnatürlichen Winkel zur Seite geneigter Hals, sein Kopf inmitten einer dunklen Blutlache.

»Mr Solomon.« Ich stürze auf ihn zu und falle keuchend

neben ihm auf die Knie. »Sind Sie … können Sie mich hören?« Natürlich kann er mich nicht hören; der leblose Ausdruck in seinen weit geöffneten Augen sagt mir, dass er nichts und niemanden mehr hören kann, aber ich rede trotzdem weiter. Ich kann nicht aufhören. »Ich hole Hilfe. Ich rufe einen Krankenwagen. Sind Sie gestürzt? Mr Solomon, sind Sie gestürzt?« Er liegt vor seinem Kamin und die scharfe Kante des Simses ist ebenfalls voller Blut. Hektisch taste ich in meiner Manteltasche nach meinem Handy, aber da ist es nicht. Hab ich es im Rucksack? Wo ist mein Rucksack? Ich muss ihn fallen gelassen haben. Ich schaue mich um und sehe ihn in einiger Entfernung auf dem Boden liegen. Als ich mich vorbeuge und den Arm danach ausstrecke, fällt mein Blick auf Tripp.

Er steht da wie versteinert, das Gesicht gespenstisch blass und die Augen fast so leer wie die von Mr Solomon. »Was hast du getan?«, fragt er mit erstickter Stimme.

»Ich … wieso?«, frage ich verstört. »Was meinst du damit?« Wir sind die ganze Zeit zusammen gewesen, und er weiß genau, dass ich nichts mit der entsetzlichen Szene vor uns zu tun habe. Spricht er mit Mr Solomon? Tripp reagiert nicht auf meine Frage, aber ich habe keine Zeit, seine Antwort abzuwarten, greife nach dem Riemen meines Rucksacks und ziehe ihn zu mir heran. »Wir müssen Hilfe rufen. Vielleicht ist es noch nicht zu spät …«

Tripp sinkt auf die Knie und richtet den Blick auf Mr Solomon, aber ich habe das Gefühl, dass er ihn gar nicht richtig sieht. »Ich muss nachdenken«, sagt er und vergräbt den Kopf in den Händen.

»Tripp, ich …« Shit. Gott, er ist so bleich. Es geht ihm eindeutig nicht gut, aber Mr Solomon geht es noch sehr viel weniger gut, also muss ich mich jetzt auf ihn konzentrieren.

Endlich finde ich mein Handy in den Tiefen meines Rucksacks, aber ich zittere so heftig am ganzen Körper, dass es mir beinahe aus den Fingern rutscht. »Ich rufe jetzt einen Krankenwagen«, verkünde ich und weiß selbst nicht, ob ich damit Tripp oder mich selbst beruhigen will.

»Hör auf, so zu schreien«, sagt Tripp heiser. Er hat immer noch den Kopf in den Händen vergraben. »Ich kann nicht denken, wenn du so schreist.«

»Ich schreie nicht.« Mir steigen die Tränen in die Augen. »Ich versuche doch nur, einen verdammten Krankenwagen zu rufen.« Endlich schaffe ich es, die 9-1-1 zu wählen, und schon nach wenigen Sekunden höre ich eine nüchterne Stimme: »Notrufstelle, was möchten Sie melden?«

»Jemand ist verletzt«, stoße ich hervor, während mein Blick zwischen Mr Solomon und Tripp hin und her jagt. Ersterer liegt vollkommen reglos da, Letzterer wiegt sich leise murmelnd vor und zurück. Ich würde den beiden so gerne helfen, aber ich kann nicht. Ich weiß nicht, wie.

Ich habe keine Ahnung, wie ich irgendjemandem helfen soll.

22

TRIPP

Weiße Wände, grelles Licht, starker Ammoniakgeruch. »Die Vitalwerte sind in Ordnung«, sagt eine Stimme. Jemand zieht mir ein Auge auf, das Licht wird noch greller. »Pupillen reagieren normal. Körperlich ist alles im grünen Bereich, ich gehe von einer posttraumatischen Belastungsstörung aus.«

»Das überrascht mich nicht«, sagt eine andere Stimme. »Das muss ein furchtbares Déjà-vu für ihn gewesen sein.«

Eine Hand drückt meine Schulter. »Alles wird gut, Tripp, versprochen, aber wir können deinen Vater nicht erreichen. Wen können wir stattdessen anrufen?«

Ich weiß nicht, worum es geht und warum sie meinen Dad erreichen wollen, aber die Frage kann ich beantworten.

»Niemanden«, antworte ich. »Es gibt sonst niemanden.«

Ein paar Stunden später sitze ich wieder halbwegs aufnahmefähig mit Regina an meiner Seite in einem Vernehmungsraum der Polizei. Brynn hatte sie angerufen, worauf sie mitten in der Stoßzeit das Café zugemacht hat, um ins Krankenhaus zu kommen und mich dann auch noch aufs Revier zu begleiten. »Das wäre nicht nötig gewesen«, habe ich gesagt. »Ich hätte auch … Ich hätte sie einfach bitten sollen, Lisa Marie anzurufen.«

»Bloß nicht«, hat Regina erwidert. Nicht mal sie konnte der Sache mit dem Interview für Gunnar Fox irgendetwas Positives abgewinnen, obwohl sie bisher immer dafür war, dass ich meiner Mutter noch eine Chance gebe. »Nicht in so einer Situation«, hat sie hinzugefügt und mir die Hand getätschelt, was in ihrem Fall einer innigen Umarmung gleichkommt.

Ich bin zusammen mit Mr Solomons Leichnam zum Krankenhaus gefahren worden, weil ich bei seinem Anblick anscheinend völlig die Nerven verloren habe. Nicht dass ich mich daran erinnern würde. Ich kann mich an gar nichts erinnern, außer an Brynns Hand auf dem Treppengeländer und den Ausdruck auf ihrem Gesicht, als sie »Oh nein« gesagt hat.

Regina sagt, das wäre ein Segen. »An so was braucht sich kein Mensch zu erinnern«, meinte sie, als ich ihr alles erzählt habe. Ich weiß allerdings nicht, ob mein alter Freund Officer Patz, der gerade gegenüber von uns Platz nimmt und tatsächlich so etwas wie einen mitfühlenden Blick für mich übrig hat, das auch so sieht, denn es bedeutet, dass ich ihm keine große Hilfe sein werde.

»Wie geht es dir?«, fragt er.

»Okay«, sage ich reflexartig.

»Ich muss dich nicht jetzt gleich zu der Sache vernehmen«, sagt er. »Wir können auch warten, bis du dich ein bisschen erholt hast oder es deinem Vater möglich ist, hierherzukommen.«

»Er hatte heute Nachtschicht und wird noch ein paar Stunden schlafen«, sage ich. »Ist schon in Ordnung. Ich rede lieber jetzt mit Ihnen, statt später noch mal herzukommen.«

Officer Patz sieht Regina an. »Wie sehen Sie das?«

Sie tätschelt wieder meine Hand. »Wenn Tripp sagt, dass es in Ordnung ist, dann ist es das auch. Aber warum ist die Polizei überhaupt in diesen tragischen Unfall involviert, Steven? Ich dachte, der arme alte Dick wäre gestürzt und unglücklich mit dem Kopf aufgeschlagen.«

Der arme alte Dick. Mr Solomon, unser ehemaliger Schulhausmeister, der in seinem Garten früher Blumen mit gigantischen Blüten gezüchtet hat und immer allen freundlich zugewinkt hat, wenn wir nach dem Fußballtraining an seinem Haus vorbeigekommen sind. Theoretisch weiß ich, dass er tot ist, aber ich kann es noch nicht greifen. Es fühlt sich unwirklich an.

»Stimmt schon«, sagt Officer Patz. »Aber im Moment können wir einen Raubüberfall noch nicht ausschließen. Seine rote Angelkiste ist verschwunden, die kennen Sie vielleicht auch?« Regina nickt; er hat mehr als einmal in der Brightside Bakery aus dieser Kiste bezahlt. »Möglicherweise gibt es da eine Verbindung. Solange wir nichts Genaueres wissen, betrachten wir das Haus als Tatort. Wir haben bereits mit Brynn Gallagher gesprochen, deren Aussage sehr hilfreich war, ich denke also, dass wir die wichtigsten Informationen schon zusammenhaben. Alles, was Tripp jetzt noch beisteuern kann, ist sozusagen der Feinschliff.«

Ich habe Brynn nicht mehr gesehen, seit wir Mr Solomons Leiche entdeckt haben; jedenfalls nicht bewusst. Ich weiß, dass sie anscheinend auch mit im Krankenhaus war, aber auch daran kann ich mich nicht erinnern. Mir wird ganz schlecht bei der Vorstellung, was für ein jämmerliches Bild ich in ihren Augen abgegeben haben muss. Da finden wir uns in einer totalen Ausnahmesituation wieder und ich breche komplett zusammen. Spitzenleistung, Talbot.

Aber nicht nur das macht mir zu schaffen, sondern auch die Tatsache, dass ich keine Ahnung habe, was ich während meines Aussetzers alles gesagt habe. *Verdammt, was habe ich gesagt?*

»Ich weiß nicht mehr, was ich gesagt habe«, platze ich heraus und sehe Officer Patz an.

Er greift eifrig nach einem Stift; viel zu eifrig für meinen Geschmack. »Zu wem und worüber?«

Fuck. Das ist mir so rausgerutscht. »Ich meine, ich weiß nicht, was ich *gesehen* habe«, rudere ich zurück. »Ich kann mich nicht erinnern.«

»Ich weiß. Wir haben mit dem Arzt gesprochen, der dich untersucht hat. Er meinte, es sei gut möglich, dass es nur ein vorübergehender Gedächtnisverlust ist und deine Erinnerung früher oder später zurückkehrt, aber wir müssen heute auch nichts erzwingen. Lass uns einfach über das sprechen, woran du dich erinnerst, okay? Wie war das, als ihr auf das Grundstück gefahren und ins Haus gegangen seid? Vielleicht ist dir ja etwas aufgefallen, das Brynn entgangen ist.«

Ich gebe mein Bestes, kann am resignierten Gesichtsausdruck von Officer Patz aber schon bald ablesen, dass ich nichts wirklich Neues hinzuzufügen habe. Nach ein paar Minuten hört er sogar auf, sich Notizen zu machen, und begleitet meine umständlichen Ausführungen bloß noch mit einem gelegentlichen Nicken. »Gut, dann sind wir hier erst mal fertig«, sagt er schließlich und klappt seinen Block zu. »Zum Glück hat Brynn Gallagher ein Auge für Details. Das kommt ihr bei ihrer journalistischen Arbeit bestimmt zugute.«

»Sie arbeitet nicht mehr für die Schülerzeitung«, sage ich.

»Aber sie macht doch jetzt dieses Praktikum«, sagt Officer Patz.

»Was für ein Praktikum?« Ich schaue erst ihn und dann Regina an, die genauso wenig zu wissen scheint, wovon er redet.

»Bei *Motive*«, antwortet Officer Patz. »Dieser True-Crime-

Show? Sie hat uns während ihrer Befragung ausführlich davon erzählt, weil uns eine der Redakteurinnen kontaktiert hatte, um …« Er verstummt und betrachtet mich einen Moment stirnrunzelnd. »Davon hast du nichts gewusst?«

»Nein.« Ich balle die Hände in meinem Schoß so fest zusammen, dass die Knöchel weiß hervortreten. »Davon habe ich nichts gewusst.«

23

BRYNN

Ich habe es mir mit allen verscherzt.

Mit meinen Eltern, die stinksauer sind, dass ich ihnen weder von dem Schlag gegen meinen Kopf erzählt habe noch davon, dass Mr Solomon uns mit einer Schrotflinte bedroht hat. Aber im Gespräch mit der Polizei ist natürlich alles rausgekommen, sodass ich auch bei ihnen reinen Tisch machen musste. Mit Onkel Nick, auf den sie im Übrigen genauso sauer sind, weil er mich gedeckt hat. Mit Carly, die mir unmissverständlich zu verstehen gegeben hatte, dass ich mich von Mr Solomon fernhalten soll, und sich jetzt mit einem tobenden Ramon d'Arturo auseinandersetzen muss, der ihr vorwirft, dass sie sich »von einem kleinen Schulmädchen in einen potenziellen PR-Albtraum hat reiten lassen«. Mit Nadia und Mason, die tief verletzt sind, weil ich ihnen nichts von dem Praktikum bei *Motive* erzählt habe.

Und anscheinend auch mit Tripp. Aber bei ihm weiß ich nicht, was genau los ist, weil er auf keine meiner Nachrichten oder Anrufe reagiert hat. Heute Morgen bin ich nach der Kirche bei der Brightside Bakery vorbeigefahren, aber Regina hat den Kopf geschüttelt, als ich zur Theke gegangen bin. »Tripp arbeitet heute nicht, Liebes«, hat sie gesagt. Al hat mit dem

Schwanz gewedelt, ist aber nicht mal aufgestanden, als ob er auch von mir enttäuscht wäre.

»Ist alles okay bei ihm?«, habe ich sie gefragt.

»Körperlich geht es ihm gut.«

»Und davon abgesehen?«

»Das soll er dir selbst sagen«, hat Regina freundlich, aber bestimmt geantwortet.

Gerade hänge ich mit Ellie – dem einzigen Menschen, der mich nicht scheiße findet – in meinem Zimmer ab, während meine Eltern mit Carly telefonieren und besprechen, ob ich mein Praktikum bei *Motive* fortsetzen darf, und falls ja, in welchem Rahmen. Ellie kramt in ihrem alten Zauberkasten, den sie vorhin hier angeschleppt hat, als wäre sie plötzlich wieder zehn Jahre alt, und ich liege auf meinem Bett und starre an die Decke.

»Versuch das Ganze von der positiven Seite zu sehen«, sagt meine Schwester. »Im Vergleich zu der Sache hier sind die Dickpics echt Peanuts.«

»So weit bin ich noch nicht«, brumme ich und drehe mich auf die Seite, um aus dem Fenster zu starren.

Statt den nächsten flapsigen Kommentar von sich zu geben, wie ich es eigentlich erwarte, weil das Ellies bevorzugte Aufmunterungsstrategie ist, seufzt sie leise. »Ich weiß«, sagt sie. »Es ist okay, sich einfach eine Weile beschissen zu fühlen. Ich fühle mich auch beschissen. Der arme Mr Solomon.«

Der Kloß in meinem Hals wird dicker und meine Augen brennen. »Er hatte ein Loch im Strumpf«, sage ich und die Erinnerung daran genügt, um die Tränen fließen zu lassen. Ich weiß nicht, warum mich ausgerechnet dieses kleine Detail so traurig macht, aber es bricht mir jedes Mal das Herz, wenn ich daran denke. Ellie setzt sich zu mir aufs Bett und schlingt die

Arme um mich, als ich mich zusammenrolle und so heftig schluchze, dass mein ganzer Körper bebt.

»Wenigstens hat er ein langes Leben gehabt«, sagt sie schniefend, während sie mir über die Haare streicht. »Und ein gutes Leben. Ich glaube, er war ein zufriedener Mensch. Vielleicht ist es irgendwie sogar besser für ihn, dass es so gekommen ist, als wenn er immer verwirrter geworden wäre und nicht mehr allein hätte leben können. Ich glaube nicht, dass er jemals aus seinem Haus weggewollt hätte.«

»Was, wenn er Angst gehabt hat?«, flüstere ich. »Als es zu Ende ging? Er war ganz allein und ...« Wieder werde ich von heftigem Schluchzen geschüttelt. Es sind vierundzwanzig Stunden vergangen, seit wir Mr Solomon gefunden haben, und seitdem laufen die Tränen, bis ich leer geweint bin und ein paar Stunden später von Neuem anfange. Jetzt verstehe ich, wie sich Tripp vor vier Jahren damals im Wald gefühlt haben muss.

»Er war nicht allein«, sagt Ellie. »Ihr seid bei ihm gewesen.« Mr Solomon war schon lange tot, als wir bei ihm angekommen sind. Aber immerhin habe ich seine Hand gehalten, bis der Rettungswagen da war, und den anderen Arm ausgestreckt, um Tripps Knie zu umklammern – das war der einzige Teil seines Körpers, an den ich drankam. Irgendwie absurd, aber ich hatte das Gefühl, dass beide in dem Moment die Berührung eines anderen Menschen brauchten.

Ich setze mich auf, wische mir mit beiden Händen übers Gesicht und atme ein paarmal zitternd ein und aus. »Ich hab es so dermaßen verkackt, Ellie. Du hattest recht«, sage ich. »Ich hätte den Leuten hier von Anfang an von meinem Job bei *Motive* erzählen sollen.«

Meine Schwester verzieht das Gesicht. »Nicht, dass ich nicht gern recht hätte, aber ich glaube nicht, dass ich das gesagt habe.

Ich bin mir sogar ziemlich sicher, dass ich dich noch darin bestärkt habe, nichts zu sagen.« Sie zuckt mit den Schultern und streicht mir eine abtrünnige Locke aus dem Gesicht. »Die beruhigen sich schon wieder. Sie brauchen nur ein bisschen Zeit.«

»Hoffentlich«, seufze ich und beuge mich zum Nachttisch, wo mein Handy liegt. Die letzte Nachricht ist von Nadia. Die Einzige, die auf meine vielen Versuche, mich zu entschuldigen, reagiert hat: *Mein Problem ist, dass ich einfach nicht verstehe, warum du so was vor uns geheim gehalten hast.*

Ich habe darauf keine gute Antwort. Was könnte ich auch sagen? *Ich hatte nicht vor, mich wieder richtig mit euch anzufreunden – sorry!* Mir hatte davor gegraut, nach Sturgis zurückzukommen und ich habe die bevorstehenden fünf Monate an der Saint Ambrose als notgedrungenen Zwischenstopp auf meinem Weg in ein neues, besseres Leben gesehen. Mir ist nicht bewusst gewesen, wie sehr meine innere Haltung auch meine Beziehung zu den Leuten hier beeinflusst hat, bis ich mich heute hier mit meiner Schwester als letzter Vertrauter in meinem Zimmer wiederfand.

»Tripp hat immer noch nicht geantwortet«, sage ich.

»Ich glaube, bei ihm wirst du besonders viel Geduld haben müssen«, sagt Ellie. »Nach dem, was er mit seiner Mom erlebt hat, fühlt sich das für ihn wahrscheinlich wie ein zweiter Gunnar-Fox-GAU an.« Als sie sieht, wie ich in mich zusammensinke, schiebt sie schnell hinterher: »Ich sage nicht, dass es genau dasselbe *ist.* Nur dass es sich vielleicht so *anfühlt.*« Sie zupft einen losen Faden von meinem Kissen. »Aber vielleicht ist es nicht unbedingt das Schlechteste, ein bisschen Abstand zu ihm zu kriegen. Ich meine, falls hinter dem Tod von Mr Larkin mehr steckt als das, wonach es bisher aussah, dann … na ja, Tripp war damals dabei, oder? Und du musst zugeben, dass er sich ziemlich komisch verhalten hat, als ihr Mr Solomon entdeckt habt. Klar war das eine extrem traumatische Situation, aber was er gesagt hat, war schon komisch, oder? Ich meine, warum sagt er: ›Was hast du getan?‹«

»Keine Ahnung.« Ich schüttle ratlos den Kopf. »Er hat auch gesagt, dass ich aufhören soll zu schreien, obwohl ich gar nicht geschrien habe. Ich hatte das Gefühl, er dachte, Mr Larkin würde vor ihm liegen und nicht Mr Solomon.«

»Was er auf Charlottes Party gesagt hat, war doch auch voll seltsam.« Ellie rollt sich auf den Bauch und klemmt sich mein Kissen unter die Achseln. »Wieso wollte er, dass du ihn hasst?«

»Da ging es aber darum, warum er mich im Sportunterricht damals so bloßgestellt hat. Das war, bevor Mr Larkin gestorben ist.«

»Hmmm.« Ellie zieht die Brauen zusammen. »Okay. Hast du dazu eine Theorie?«

»Wozu? Zu dem, was mit Mr Solomon passiert ist oder was mit Mr Larkin passiert ist?«

»Sowohl als auch.«

»Ich hab noch keine Theorie. Ich bin immer noch damit beschäftigt, Informationen zu sammeln.«

Ellie verdreht die Augen. »Komm schon, Brynn. Du musst doch mehr draufhaben als diese Ellery.«

Vor ein paar Tagen ist Ellie in mein Zimmer geplatzt, als ich mir gerade auf YouTube ein Interview mit Ellery Corcoran angeschaut habe, dem Mädchen, das an der Aufklärung der Echo-Ridge-Morde beteiligt war, die Tucker, einer der Redakteure bei *Motive*, vor Kurzem als potenzielle Story gepitcht hat. Carly hat abgewunken und den Fall als *Schnee von gestern* bezeichnet, aber ich war so neugierig, dass ich im Netz weitere Informationen dazu gesucht habe.

»Zuerst hatte ich den Freund des ermordeten Mädchens in Verdacht, weil sich am Ende immer herausstellt, dass es der Freund war, oder?«, sagte Ellery im Video gerade, als Ellie reinkam. »Dann dachte ich, dass es vielleicht der Ex-Freund meiner Mutter aus der Highschoolzeit gewesen sein könnte. Oder der andere, mit dem sie damals was hatte. Oder meine Nachbarin oder die Schwester von meiner Freundin oder einer meiner Mitschüler ...«

»Wow«, hat Ellie gesagt. »Sie hat echt niemanden ausgelassen.«

»Ja. Ziemlich chaotischer Ermittlungsstil«, habe ich gesagt und gelacht, aber trotzdem fand ich diese Ellery irgendwie beeindruckend. Sie hat genau die Bedingung erfüllt, von der Carly in unserem Vorstellungsgespräch gesprochen hat: Sie *brannte* für die Sache. Und ich? Ich trage stückchenweise Indizien zusammen, ohne jemals zu einer Schlussfolgerung zu kommen. True-Crime-Journalismus ist wirklich ganz anders als alles, was ich davor jemals gemacht habe. Das sind nicht bloß irgendwelche Storys – es steht so viel mehr auf dem Spiel. Ich merke, dass ich Angst vor dem habe, was ich herausfinden könnte – über Mr Larkin oder über Tripp oder über jemanden, den ich jetzt vielleicht noch nicht mal auf dem Radar habe.

Zu Ellie sage ich deswegen nur vage: »Ich arbeite daran.«

»Okay, aber du musst zugeben, dass Tripps Verhalten irgendwie suspekt ist.« Sie spricht aus, was mir die ganze Zeit schon durch den Kopf geht. Als sie grinst, werfe ich ein Kissen nach ihr. Sie duckt sich und es fällt auf den Deckel ihres Zauberkastens. »Warum hast du den überhaupt wieder ausgegraben?«, frage ich. »Sehnsucht nach deiner Kindheit?«

Sie setzt sich auf und lächelt geheimnisvoll. »Oh, nein. Den brauche ich für ein Projekt.«

»Was für eins?«

»Sag ich nicht.« Sie streckt mir die Zunge raus. »Das muss ich allein durchziehen.«

»Allein?« Ich ziehe die Brauen hoch. »Was hast du ...«

Ich halte abrupt inne, als mein Handy klingelt, und greife schnell danach, weil ich hoffe, dass es Tripp, Nadia oder Mason ist. Auf dem Display steht eine Nummer aus Providence. Vermutlich jemand von der Eliot School. Kurz überlege ich, ob ich die Mailbox drangehen lassen soll, aber dann gewinnt meine Neugier die Oberhand. »Brynn Gallagher«, melde ich mich.

»Brynn, hi. Hier spricht Paul Goldstein. Ich bin Englischlehrer an der Eliot School in Providence. Unser Schulleiter, Mr Bartley-Reed, hat mir Ihre Nummer gegeben. Ich hoffe, es ist in Ordnung, dass ich am Wochenende anrufe?«

»Ja, natürlich«, sage ich und rutsche auf dem Bett zurück, bis ich mich ans Kopfende lehnen kann. Ellie formt mit den Lippen ein *Wer ist dran?*, aber ich mache nur eine ungeduldige Handbewegung. »Vielen Dank, dass Sie zurückrufen.«

»Kein Problem. Wenn ich es richtig verstanden habe, möchte Ihre Schule einen Gedenkgarten für Will Larkin anlegen? Und Sie wollten sich bei uns erkundigen, ob er ...« Er hält kurz inne, vielleicht wirft er einen Blick auf eine Notiz. »... irgendwelche Lieblingsblumen hatte?«

»Ähm, ja und nein.« Nachdem wir Mr Solomon tot aufgefunden haben, gibt es nichts, was mich weniger interessiert als Blumen. »Ich meine, es wäre natürlich toll, wenn Sie zufällig wüssten, was seine Lieblingsblumen waren, aber ich hatte vor allem gehofft, dass Sie vielleicht ein paar Ihrer Erinnerungen an ihn mit uns teilen würden. Wie es war, mit ihm zusammenzuarbeiten, was Sie besonders an ihm mochten, solche Dinge.«

»Na klar, liebend gern«, sagt Paul Goldstein, der wie Mr Larkin zu den Lehrern zu gehören scheint, die immer ein offenes Ohr für Schüler haben und sie bereitwillig unterstützen, wenn sie Eigeninitiative zeigen. »Okay, also Will Larkin ist vor allem ein brillanter Englischlehrer gewesen. Er kannte die Klassiker in- und auswendig, hat aber genauso großen Wert darauf gelegt, zeitgenössische Autoren in die Klassenzimmer zu bringen.« Während er mir Mr Larkins Unterrichtsstil beschreibt, muss ich die ganze Zeit an Ramon d'Arturos Worte denken: *Der Mann war ein unbeschriebenes Blatt.* So nett es auch von Paul Goldstein ist, sich an seinem freien Sonntag bei mir zu melden, erfahre ich von ihm nichts, was ich nicht schon gewusst habe.

»Damit helfen Sie uns wirklich unglaublich weiter, vielen Dank«, sage ich, als er kurz innehält, um Luft zu holen. »Mr Larkin war einer meiner Lieblingslehrer, deshalb kann ich alles, was Sie über ihn sagen, eins zu eins bestätigen. Ich habe mich gefragt, was er in seiner Freizeit so unternommen hat, was für Hobbys er hatte? Als Schüler haben wir diese Seite von ihm nie zu sehen bekommen.«

»Tja, um ehrlich zu sein, kann ich Ihnen da leider auch nicht sonderlich viel zu sagen«, sagt Mr Goldstein. »Will ist eher für sich geblieben. Er ist immer mit dem Fahrrad zur Schule gekommen, von daher weiß ich, dass er ein passionierter Radfahrer war.«

Ich zwicke mir in die Nasenwurzel. *Ein passionierter Radfahrer.* Wow. Faszinierend. Vor meinem geistigen Auge sehe ich förmlich, wie Ramon d'Arturo während dieses Gesprächs in seinem Stuhl einschlafen würde. »Hat er auch mal was von seiner Familie erzählt?«

»Nein, nie«, antwortet Goldstein zu meiner großen Enttäuschung. »Das heißt, doch, einmal hat er auf einer Veranstaltung eine Bemerkung gemacht.«

»Ach ja?« Ich richte mich auf. »Wann war das?« Ellie, die mich die ganze Zeit nicht aus den Augen gelassen hat, beugt sich zu mir vor, um mitzuhören.

Paul Goldstein lacht leise. »Auf einer Party des Lehrerkollegiums. Da gehen dank der einen oder anderen flüssigen Erfrischung alle ein bisschen mehr aus sich heraus als sonst. Aber das bleibt bitte unter uns«, schiebt er hastig hinterher.

»Natürlich«, versichere ich ihm.

»Zu dem Zeitpunkt war schon klar, dass Will in ein paar Wochen an die Saint Ambrose wechseln würde. Als ich ihn gefragt habe, was ihn ausgerechnet nach Sturgis gezogen hat, weil, na ja …« Er zögert. »Das soll jetzt der Saint Ambrose oder der Stadt gegenüber nicht abfällig klingen, aber wie soll ich es ausdrücken … sie ist nicht unbedingt …«

»Sturgis ist ein Kaff«, sage ich und hoffe, er hört mir meine Ungeduld nicht an. »Schon okay, Sie können es ruhig aussprechen. Das weiß hier jeder.«

»Nein, nein«, sagt Paul Goldstein mit leisem Lachen. »Es ist nur so, dass die Eliot unter den Privatschulen als eine der ersten Adressen gilt, deshalb hat es mich interessiert, warum sich jemand, der gerade am Anfang seiner Laufbahn stand, bewusst gegen eine Stelle in einer so renommierten Schule entschieden hat. Also habe ich Will ganz direkt danach gefragt.«

»Und was hat er geantwortet?«, sage ich.

»Er hat den fortschrittlichen Bildungsansatz der Saint Ambrose angeführt, den diversen sozialen Background der Schüler und so weiter, aber dann hat jemand irgendwann noch eine Runde geordert – das bleibt bitte wirklich unter uns. Nicht dass am Ende noch der Eindruck entsteht, an der Eliot würde eine Horde Schluckspechte unterrichten. Jedenfalls, nachdem Will sein Glas geleert hatte, hat er sich zu mir gebeugt und gesagt: ›Na gut, Paul, willst du den wahren Grund wissen, warum ich an die Saint Ambrose wechsle?‹«

»Was war der wahre Grund?«, frage ich, während Ellie so tut, als würde sie sich vor Spannung in die Fingerknöchel beißen.

»Er sagte: ›Ich will an die Schule, an der mein Bruder ist.‹«

24

TRIPP

Am Dienstagmorgen nach dem langen Wochenende stehe ich früh auf, um wie immer laufen zu gehen. Als ich wieder zu Hause bin, dusche ich, frühstücke, putze mir die Zähne und ziehe mich für die Schule an – alles wie auf Autopilot. Hemd zuknöpfen, Krawatte binden, in den dunkelblauen Blazer schlüpfen. Danach weiche ich allerdings von meiner üblichen Alltagsroutine ab: Bevor ich das Haus verlasse, gehe ich an den Jim Beam von meinem Vater, fülle einen Flachmann damit und schlage dann doch nicht den Weg zur Schule ein, sondern gehe in die entgegengesetzte Richtung.

Ich kann heute nicht in die Schule. Das schaffe ich einfach nicht. Von unterwegs rufe ich im Sekretariat an, ahme die Stimme meines Vaters nach und melde mich krank. Das wird niemanden überraschen. Alle wissen, was ich am Samstag bei Mr Solomon erlebt habe; in meinem Handy stapeln sich Nachrichten von Leuten, mit denen ich nicht reden will.

Dazu zählt auch Brynn. *Vor allem* Brynn.

Brynn, an die ich jetzt nicht und überhaupt nie wieder denken will. Die *mich* einen Lügner nennt und selbst heimlich die ganze Schule für *Motive* ausspioniert. Wie scheiße kann man sein? Ich hoffe, sie kriegt heute den Shitstorm des Jahrhunderts dafür ab, und es tut mir fast leid, dass ich das nicht miterleben werde.

Aber nicht so sehr, dass ich mich deswegen doch an der Schule blicken lassen würde.

Ich habe keine Ahnung, wo ich eigentlich hinlaufe. Dass ich nach noch nicht mal einer Meile beinahe die Hälfte von dem Jim Beam geleert habe, ist nicht gerade hilfreich. »Schalt mal einen Gang runter«, nuschle ich vor mich hin, nachdem ich über ein Schlagloch in der Straße gestolpert bin. Ist zwar nicht meine Schuld, dass dieses als Sturgis bekannte Dreckskaff vor die Hunde geht, aber wahrscheinlich trotzdem keine schlechte Idee, lieber auf dem Gehweg weiterzulaufen. Genau in dem Moment fällt mein Blick auf den steinernen Torbogen, am Eingang zum Sturgis Cemetery. Vielleicht wollte ich ja unbewusst genau hier hin. An den Ort, an dem Mr Solomon bald liegen wird und Mr Larkin vor vier Jahren beerdigt wurde, obwohl er nicht von hier stammte.

Zum ersten Mal frage ich mich, warum er eigentlich nicht in seiner Heimatstadt beerdigt wurde.

Ich weiß ungefähr, wo sein Grab liegt, auch wenn ich ein bisschen suchen muss, bis ich es gefunden habe. Ist nicht so, als würde ich öfter herkommen. Vielleicht zweimal im Jahr? Ich bringe nie Blumen mit, sondern stehe bloß wie jetzt vor dem Grab und lese die Inschrift auf dem Stein. *Pfadlose Fluten, ungeträumte Küsten*. Ein Zitat aus Shakespeares *Wintermärchen*, wie Ms Kelso uns bei der Beerdigung erklärt hat.

Und dann sage ich, was ich immer sage: »Es tut mir leid.«

Normalerweise setze ich ich danach keinen Flachmann an die Lippen, aber normalerweise komme ich auch nicht hierher, nachdem ich drei Tage zuvor eine Leiche gefunden habe, da kann man also wohl mal ein Auge zudrücken.

»Ich glaube, auf mir liegt ein Fluch«, flüstere ich. Selbstgespräche führe ich sonst auch nicht.

Ein Windstoß peitscht mir die Haare in die Augen, und ich schiebe sie zurück. Ich habe keine Jacke angezogen, mir war nicht danach, und wahrscheinlich müsste ich jetzt frieren. Tu ich aber nicht. Ich fühle gar nichts.

»Ich weiß nicht, wann es angefangen hat«, erzähle ich Mr Larkins Grabstein. »Vielleicht mit Ihnen, vielleicht aber auch schon vorher. Als Lisa Marie abgehauen ist. Oder als zwei Menschen, die niemals ein Paar hätten werden sollen, ein Kind gekriegt haben, dass sie nicht wollten.«

Ich lasse mich fallen. Der Rasen ist kalt und hart, halb gefrorene Erde. Als ich meinen Flachmann neben mich stelle, fällt er um. Gut, dass ich so geistesgegenwärtig war, den Deckel wieder zuzuschrauben. »Wobei … das stimmt so nicht ganz«, rede ich weiter. »Mein Dad wollte mich. Er wusste bloß nicht, was er mit mir machen sollte, als ich dann da war.«

Ich bin mir ziemlich sicher, dass mein Vater noch nie so froh über unseren entgegengesetzten Tagesrhythmus war wie letztes Wochenende. Er hat sich immer wieder dafür entschuldigt, dass er meinen Aufenthalt im Krankenhaus-Schrägstrich-Polizeirevier verschlafen hat, aber ich habe ihm angemerkt, dass er auch erleichtert war. Fast so sehr wie ich. »Geht es dir besser?«, hat er gefragt, als wir uns am Samstagabend schließlich gesehen haben. »Brauchst du irgendwas? Willst du darüber reden oder …«

»Mir geht's gut«, habe ich ihn unterbrochen.

Selten wurden weniger wahre Worte gesprochen, aber Dad hat bloß genickt. »Schätze, Regina war in dieser Situation die richtige Person an deiner Seite«, hat er gesagt.

Er hatte recht; das war sie. Und das hat mir Angst gemacht,

weil … was soll ich machen, wenn ich Regina verliere? Was eines Tages passieren wird, weil das nun mal der Lauf der Dinge ist.

»Armselig«, sage ich zu Mr Larkins Grab. »Ich. Nicht Sie«, stelle ich klar. »Sie sind nicht armselig. Sie sind nur …«

Tot. Immer noch. Für alle Zeit.

Eine Hand um den Flachmann geklammert, hieve ich mich schwerfällig vom Boden hoch. Mir ist schlecht und ich will einfach nur noch weg von hier. Aber wo soll ich hin? Um mich herum sehe ich nichts als grauen Stein und kahle Äste. Mein Blick fällt auf einen Farbfleck – ein vertrautes hellblaues Haus, an dem ich früher, wenn meine Mutter in der Stadt war, immer mit dem Fahrrad vorbeigefahren bin, in der Hoffnung, dass sie mich vielleicht sieht und fragt, ob ich reinkommen will. Das Haus von Valerie, bei der Lisa Marie zurzeit wieder wohnt.

Lisa Marie. Im Gegensatz zu gewissen anderen Leuten hat sie wenigstens nicht gelogen, sondern offen und ehrlich gesagt, dass sie in einer True-Crime-Show über meinen toten Lehrer mitmachen möchte.

Mir kommt plötzlich die Idee, dass es super wäre, meiner Mutter einen Besuch abzustatten. Was vermutlich ein erster Anhaltspunkt dafür ist, dass ich viel betrunkener bin, als mir bewusst ist. Der zweite Anhaltspunkt ist, dass ich die Klingel nicht finde, als ich vor Valeries Haustür stehe, weshalb ich einfach am Knauf drehe und feststelle, dass sie nicht abgeschlossen ist. Ich drücke sie auf und gehe rein.

Abgesehen davon, dass Valerie mit meiner Mutter auf der Highschool war, geschieden ist, keine Kinder hat und in Mo's Barber Shop als Friseurin arbeitet, weiß ich nicht viel über sie. Sie ist immer nett zu mir gewesen und sagt heute noch »Schätzchen« zu mir, wenn wir uns begegnen. Manchmal frage ich mich, ob sie das macht, weil sie sich meinen Namen nicht merken kann, aber es ist mir trotzdem immer noch lieber, als »Trey« genannt zu werden.

Sie wohnt wie Dad und ich in einem Siebzigerjahre-Haus mit zwei Ebenen, nur dass ihres viel schicker eingerichtet ist. An den Wänden hängen Kunstdrucke, das Sofa ist voller farbenfroher Kissen und der Teppich stammt aus diesem Jahrhundert. Es ist ruhig; das einzige Geräusch, das ich höre, ist das Prasseln einer Dusche. Ich setze mich auf das gemütliche Sofa, schaue mich um und frage mich, ob Valerie unter der Dusche steht oder meine Mutter, als mein Blick auf ein vertrautes Handy-Case mit Blumenmuster fällt, das auf dem Couchtisch liegt. Es gehört Lisa Marie. Daneben liegt noch ein kleines Klapphandy.

Ich bin mir ziemlich sicher, dass das eines dieser Wegwerf-Prepaid-Handys ist, die Dealer gern benutzen, es sei denn, Valerie steht auf billige Mobiltelefone mit Uraltechnik. »Was heckst du jetzt schon wieder aus?«, murmle ich und greife nach Lisa Maries iPhone. Im selben Moment erscheint auf dem Display eine Nachricht.

Gunnar: *Du machst das klasse. Kannst du vielleicht noch ein paar Tränen dazu vergießen?*

Als Lisa Marie das letzte Mal in Sturgis war und wir uns zum Mittagessen getroffen haben, kam sie plötzlich auf den Gedanken, mein Gesicht als Zweitnutzer in ihrer Face-ID-App zu speichern – »Für den Fall der Fälle und damit ich immer ein kleines Stück von dir bei mir habe«, hat sie gesagt. Komplett irre. Aber sie hatte damals schon ihr drittes Bier intus. Anscheinend hat sie ihre Einstellungen seitdem nicht mehr geändert – das iPhone entsperrt sich sofort, als ich es vor mich halte. Die »Noch ein paar Tränen dazu vergießen«-Nachricht ist die aktuellste in einer langen Folge von Nachrichten, die sie und Gunnar Fox ausgetauscht haben. Alle beziehen sich auf ein Video, das sie ihm anscheinend gestern Abend geschickt hat. Als ich es anklicke, sehe ich Lisa Marie, die in einer braven geblümten Bluse und mit schmerzerfüllter Miene auf genau dem Sofa sitzt, auf dem ich gerade sitze.

»Ich glaube, ich wusste schon sehr früh, dass Noah nicht wie andere Kinder ist«, sagt sie. »Seine Wutausbrüche konnten so schlimm sein, dass ich richtig Angst vor ihm hatte. Deswegen bin ich gegangen. Als ich dann gehört habe, was mit seinem Lehrer passiert ist, hatte ich nur noch einen Gedanken – ist es jetzt so weit? Ist am Ende das eingetreten, vor dem ich mich so lange gefürchtet habe?«

Ich halte das Video an. *Ich glaube, ich wusste schon sehr früh, dass Noah nicht wie andere Kinder ist.* Ich schüttle wie betäubt den Kopf. Wow. Ist das wahr? Stimmt das? Bin ich wirklich so und kann es nur nicht sehen? Kommt schon irgendwie hin, oder? Vielleicht passieren nicht deswegen immer wieder schlimme Dinge, weil ein Fluch auf mir liegt, sondern weil ich *selbst* der Fluch bin. Anscheinend denkt das ja sogar meine eigene Mutter.

Ich will das Video weiterlaufen lassen, aber mein Finger verrutscht und irgendwie lande ich wieder bei den Textnachrichten, die sich Lisa Marie und Gunnar Fox geschickt haben. Weil es zu viele sind, um sie alle zu lesen, fange ich irgendwo in der Mitte an.

Lisa Marie: *Er wird es nicht machen. Ich hab wirklich alles versucht.*

Gunnar: *Versuch es weiter, Lee. Meine Existenz hängt praktisch davon ab.*

Gunnar: *Ich muss Shane Delgado drankriegen, bevor die Anwälte seines Vaters mich drankriegen.*

Gunnar: *Wenn das so weitergeht, könnte das das endgültige Aus für Don't Do the Crime bedeuten.*

Gunnar: *Der Bursche ist ein verdammter Psycho, das weiß ich genau. Aber die Eltern tun alles, um ihr verzogenes Prinzchen zu schützen.*

Lisa Marie: *Was erwartest du von mir? Was soll ich denn tun?*

Lisa Marie: *Ich hab mich wirklich reingehängt.*

Lisa Marie: *Mein Sohn ist ein sturer kleiner Scheißkerl.*

Gunnar: *Und wenn wir die Perspektive wechseln?*

Lisa Marie: *???*

Gunnar: *Wir ziehen das Ganze so auf, dass alle drei in der Sache drinstecken.*

Gunnar: *Dann ist nicht Noah mein Zeuge, sondern du.*

Gunnar: *Er ist das schwarze Schaf der Familie, der in Delgado einen Komplizen gefunden hat, und du kannst ihn nicht länger decken.*

Gunnar: *Dafür kriegst du die zehn Riesen, die ich ihm gegeben hätte.*

Magensäure steigt mir in der Kehle hoch und ich schlucke sie mühsam hinunter. Bevor die Wörter endgültig vor meinen Augen verschwimmen, schaffe ich es noch, einen Screenshot davon zu machen und ihn zusammen mit dem Video an mich selbst zu schicken. Ich greife nach dem Prepaid-Handy. Es ist nicht PIN-geschützt und enthält nur eine Handvoll versendeter Nachrichten, von denen jede nur aus einem Wort besteht: *Mörder.*

Zwei davon sind an mich geschickt worden. Ich kenne Shanes und Charlotte Nummern nicht auswendig, aber ein Blick in meine Kontakte bestätigt, dass die anderen an sie gegangen sind. Dann steckt also nicht Colin Jeffries hinter den Nachrichten, sondern … meine Mutter.

Ich bin so geschockt, dass ich alles um mich herum vergesse

und zusammenzucke, als Lisa Maries aufgebrachte Stimme ertönt. »Trey? Was zum Teufel hast du hier zu suchen?« Ich schaue auf. Sie steht in einem flauschigen blauen Bademantel und einem weißen Handtuch, das sie sich wie einen Turban um den Kopf gewickelt hat, in der Tür und sieht mich fassungslos an. »Wie bist du überhaupt hier reingekommen? Brichst du jetzt schon in anderer Leute Häuser ein?«

»Nein. Die Tür war offen«, sage ich und merke jetzt wieder die Wirkung des Whiskeys. Meine Zunge ist schwer, und ich versuche, langsam zu sprechen, fürchte allerdings, dass das nicht sonderlich viel bringt. »Aber in deine Handys, in die bin ich eingebrochen.«

»Her damit!« Sie stürzt auf mich zu und reißt sie mir aus der Hand. Ich leiste keinen Widerstand, weil ich habe, was ich brauche. Na ja, fast.

»Eins verstehe ich nicht«, sage ich. »Sorry, ich bin ein bisschen betrunken, was die ganze Sache vielleicht verschlimmbessert.« Sagt man das so? Egal. »Du bist für Geld bereit, zu lügen und zu behaupten, dass ich ein Mörder bin, nachdem ich mich geweigert habe, für Geld zu lügen und zu sagen, dass Shane ein Mörder ist. So weit kann ich noch folgen. Aber was ich nicht kapiere ... Warum schickst du uns Nachrichten und bezeichnest uns als Mörder, bevor du mit mir überhaupt über die Sache geredet hast und ich dir gesagt hab, dass ich es nicht mache? Und wie bist du an Shanes und Charlottes Handynummern gekommen?«

»Großer Gott.« Lisa Marie betrachtet mich kopfschüttelnd. »Du bist *sternhagelblau.*«

»Das ist nicht die Antwort auf meine Frage.«

Sie schnaubt. »Als ob du dich noch an meine Antwort erinnern würdest, wenn du wieder nüchtern bist. Aber bitte.

Gunnar hat die Nummern besorgt. Er hat Mittel und Wege. Und die Nachrichten waren bloß dafür da, ein bisschen Farbe in die ganze Geschichte reinzubringen. Gunnar hatte ursprünglich vor, dich als Opfer zu inszenieren, das von den anderen beiden unter Druck gesetzt und eingeschüchtert wurde, damit du dichthältst. Aber du musstest ja unbedingt den Moralapostel spielen.«

»Nur damit das klar ist. *Du* hast mich unter Druck gesetzt und eingeschüchtert.«

»Wir hatten uns eine geniale Storyline ausgedacht, Trey. Du wärst mit heiler Haut aus der Sache rausgekommen, wenn du auf mich gehört hättest.«

»Nenn mich nicht so«, sage ich.

Sie runzelt die Stirn. »Wie?«

»Nenn mich nicht ›Trey‹. So heiße ich nicht. Das ist noch nicht mal mein Spitzname.«

»Es ist *mein* Spitzname für dich.«

»Sicher.« Ich stehe mit wackligen Beinen auf und wünschte jetzt doch, ich wäre klarer im Kopf, weil ich nie wieder ein Wort mit ihr sprechen werde, sobald ich gesagt habe, was ich zu sagen habe. »Du hast für zehntausend Dollar in die Kamera gelogen und gesagt, ich wäre schon als Mörder auf die Welt gekommen. Weißt du was? Du darfst mich gar nichts mehr nennen. Du darfst dich einfach nur noch verpissen.«

Ich wanke zur Tür, aber Lisa Maria läuft mir hinterher. »Du hättest doch bloß auf mich *hören* müssen!«, sagt sie. »Ich wollte mit dir zusammenarbeiten, nicht gegen dich. Aber du hast ja auf stur schalten und so gottverdammt arrogant sein müssen, als würdest du wirklich an diese affige Privatschule gehören, auf die du gehst. Du hast noch nicht mal gefragt, warum ich dieses Geld brauche. Ich habe gesundheitliche Probleme, Trey. Und eine beschissene Krankenversicherung und einen ausgeschöpften Kreditrahmen und Junior ist absolut keine Hilfe. Also könntest du vielleicht mal kurz *darüber* nachdenken, wie es deiner Mutter geht, bevor du durch die Gegend rennst und dich volllaufen lässt und über andere Leute urteilst.«

Eigentlich hatte ich gedacht, ich hätte ihr nichts mehr zu sagen, aber anscheinend habe ich mich geirrt. Ich öffne die Haustür, drehe mich, eine Hand am Türrahmen abgestützt, noch einmal zu ihr um und sehe sie ein letztes Mal an.

»*Du machst das klasse. Kannst du vielleicht noch ein paar Tränen dazu vergießen?*«, zitiere ich Gunnar, bevor ich die Tür hinter mir zuknalle.

25

BRYNN

Seit wir Mr Solomon vor knapp einer Woche tot in seinem Haus gefunden haben, habe ich nichts von Tripp gehört. Er ist seitdem nicht mehr in der Schule gewesen – was mich neben all den anderen Dingen, die mich in letzter Zeit umtreiben, ziemlich fertigmacht –, und hat weder auf meine Nachrichten noch auf meine Anrufe reagiert.

Dafür werde ich von Charlotte mit wütenden Nachrichten bombardiert:

Tripp ist wie vom Erdboden verschluckt.

Daran bist du schuld.

Shane und ich würden gern bei ihm zu Hause vorbeifahren, wissen aber nicht, wo er wohnt.

Hast du seine Adresse?

Nur weil ich dich um einen Gefallen bitte, heißt das übrigens nicht, dass zwischen uns irgendwas okay ist.

Ich lege mein Handy zur Seite, ohne ihr zu antworten. Die beiden sind seit vier Jahren mit Tripp befreundet und wissen nicht, wo er wohnt? Das ist so absurd, dass ich sogar kurz mit dem Gedanken spiele, ihr seine Adresse zu geben. Als ich bei ihm vorbeigefahren bin und geklingelt habe, hat er natürlich nicht aufgemacht. Aber ihnen etwas über ihn preiszugeben, was er schon längst selbst hätte tun können, wenn er gewollt hätte, käme mir vor wie ein weiterer Verrat.

Außerdem muss ich arbeiten.

Meine Zukunft als Praktikantin bei *Motive* hängt an einem seidenen Faden, der auch noch an diverse Bedingungen geknüpft ist: Ich darf nicht mehr mit den anderen im »Bunker« arbeiten, nicht in neue Fälle mit einbezogen werden und habe nur noch auf meine eigene Festplatte Zugriff. Aber das Schlimmste ist, dass sie den Aufruf zu Informationen über Mr Larkin von der Webseite genommen haben.

Als ich Carly erzählen wollte, was ich von Paul Goldstein erfahren habe – dass Mr Larkin die Stelle an der Saint Ambrose angenommen hat, um an derselben Schule wie sein Bruder zu sein –, hat sie sofort die Hand gehoben. »Stopp. Diese Story hat uns schon genug Ärger gemacht. Wir hätten auf Ramon hören und sie gleich aussortieren sollen.«

Ich habe mich nicht getraut, zu widersprechen.

Meine Arbeit beschränkt sich jetzt darauf, unsere Webseite regelmäßig zu aktualisieren, Texte Korrektur zu lesen und relevante Informationen aus dem Web zu sammeln und auszudrucken. Absolut öde, aber immer noch besser, als gefeuert zu werden. Obendrein bin ich auch noch einem neuen Supervisor unterstellt, einem PR-Manager namens Andy Belkin. Bevor ich aus dem Bunker verbannt wurde, hat Gideon mir erzählt, dass die Leute aus der Rechercheabteilung ihn nur »Millimeterficker« nennen.

»Hör mal, wegen der Infos, die du gerade zusammenstellst …« Ich zucke erschrocken zusammen, als Andys Gesicht über der Trennwand meiner Arbeitsnische auftaucht, als hätte ich ihn durch meine finsteren Gedanken heraufbeschworen. Andy trägt immer kurzärmlige, bis oben zugeknöpfte Hemden –

heute in einer blassgelben Variante – und hält mit gerunzelter Stirn einen der Packen mit zusammengetackerten Ausdrucken hoch, die ich ihm vor fünfzehn Minuten auf den Schreibtisch gelegt habe. »Für die nächste Fuhre wäre es mir lieber, wenn du sie an den Ecken zusammenheftest.«

»Wenn ich sie was?«, frage ich.

Er zeigt auf die Klammer, die parallel zum oberen Blattrand verläuft. »Du hast sie waagerecht getackert, ich finde es aber besser, wenn sie schräg getackert werden. So.« Er greift nach meinem Tacker und hält das Papier so, dass die Klammer, die er hineindrückt, schräg in der linken Ecke sitzt. »Siehst du? Nur dass sie natürlich näher an die Ecke gehört, weil ich den Tacker hier ja tiefer ansetzen musste, um deiner bereits vorhandenen Klammer auszuweichen.«

Bring mich um. Bring mich doch einfach um, Andy, dann haben wir es hinter uns. »Geht klar.«

»Soll ich dir das hier als Vorlage dalassen?«

»Nein, ich glaube, ich hab's verstanden, Andy. Danke.«

Er verschwindet und ich senke den Kopf und knalle ein paarmal geräuschlos meine Stirn auf die Tischplatte.

Es ist Freitag, und mir kommt es vor, als hätte ich diese Woche ein ganzes Leben hinter mich gebracht. Ein trauriges und sehr einsames Leben. Der Montag hat mir eine kurze Gnadenfrist beschert, weil Martin-Luther-King-Tag war, aber am Dienstag hatte ich das Gefühl, vor Gericht zu stehen – *Saint Ambrose vs. Brynn Gallagher.* Ich habe mir einen bösen Blick nach dem anderen eingefangen. *Schnüfflerin* war noch die netteste Bezeichnung, die mir hinterhergezischt wurde. Ich habe mich in sämtlichen Pausen in der Bibliothek versteckt.

Mittwoch lief es ein bisschen besser. Als ich vor dem ersten Gong meine Bücher in meinem Schließfach verstaut habe, hat

Nadia mich am Arm angetippt. »Warum hast du gestern Mittag in der Bibliothek gegessen?«, hat sie gefragt. »Dachtest du, wir wollen dich nicht mehr an unserem Tisch haben?«

»Ähm … na ja.« Genau das habe ich gedacht. »Ich wollte euch nicht in eine blöde Situation bringen, deswegen …«

Nadia verdrehte die Augen. »Heute zerreißen sich vielleicht noch alle das Maul über dich, aber bald kräht kein Hahn mehr nach der Sache, Brynn. So läuft das immer. Mason und ich haben uns noch nie darum gekümmert, was irgendwelche anderen Leute denken. Aber es wäre schön, wenn du uns nicht nur schreiben würdest, dass es dir leidtut, uns nichts gesagt zu haben, sondern es auch irgendwie zeigen würdest.«

Natürlich hatte sie recht. Auch wenn ich froh bin, dass Nadia und Mason mich nicht verstoßen haben, ist es nicht mehr so entspannt zwischen uns wie vorher, und ich weiß nicht, was ich tun muss, damit es wieder so wird.

Alles in allem habe ich es wohl verdient, in dieser Vorhölle zu schmoren, wo ich exakt nach Andys Vorgaben Unterlagen zusammenheften muss. Aber deswegen brauche ich diese Folter noch lange nicht gut zu finden.

Als ich den nächsten Stapel fertig habe, suche ich mir einen freien Konferenzraum, schließe die Tür hinter mir und hole mein Handy raus. Dass ich Carly heute nicht von dem möglichen Bruder von Mr Larkin erzählen durfte, ist wie ein Juckreiz – ich kann nicht anders, als mich zu kratzen. Ich tippe auf einen Namen in meinen Kontakten und warte, bis eine Stimme trocken fragt: »Was gibt es jetzt schon wieder, mehr oder weniger teure Nichte?«

»Hat Mr Larkin jemals was davon erzählt, dass sein Bruder an der Saint Ambrose ist?«, komme ich sofort zur Sache. »Ist dir da mal irgendwas zu Ohren gekommen?«

»Was?« Er klingt verwirrt. »Ein Bruder? Nein. Warum?«

»Ich habe mit einem Lehrer von Mr Larkins vorheriger Schule gesprochen, der gesagt hat, Mr Larkin hätte ihm erzählt, er würde an die Saint Ambrose wechseln, weil er an derselben Schule sein wollte wie sein Bruder. Ist doch komisch, oder? Ich meine, dass nie jemand irgendwas von diesem Bruder mitgekriegt hat.«

»Sag mal, willst du mich auf den Arm nehmen?« Die Stimme meines Onkels klingt eisig, was so gar nicht seine Art ist. »Nach allem, was passiert ist, schnüffelst du Will immer noch hinterher?«

Ich schlucke trocken. Es war ziemlich bescheuert von mir, Onkel Nick einfach anzurufen und davon auszugehen, ich könnte ganz normal mit ihm reden. »Ich habe mit der alten Schule von Mr Larkin Kontakt aufgenommen, bevor Mr Solomon gestorben ist, und sie haben sich erst jetzt zurückgemeldet, deswegen …«

»Du bist unmöglich, weißt du das?« Ich schweige beschämt, und er stößt ein Schnauben aus. »Ich hab den Kopf für dich hingehalten.«

»Es tut mir leid …«, beginne ich, als ich merke, dass die Leitung tot ist. Er hat einfach aufgelegt. Meinem Onkel, der so gut wie nie die Beherrschung verliert, ist der Geduldsfaden gerissen.

Ich habe Onkel Nick schon genügend Ärger mit meinen Eltern eingebrockt. Mom nimmt es ihm besonders übel, dass er ihnen nichts von dem Vorfall mit Colin an der Schule erzählt hat. Sie hat am Wochenende keine Gelegenheit ausgelassen, ihn immer wieder strafend anzusehen und »Kann mich nicht erinnern, dass ich mich bereit erklärt hatte, ein drittes Kind zu Hause aufzunehmen« zu murmeln.

Mit hängenden Schultern gehe ich zurück an meinen Arbeitsplatz und nehme den Weg, der mich an Lindzis Büro vorbeiführt, weil ich hoffe, dass sie mich vielleicht wie früher reinwinkt, wenn sie mich sieht. Kann sein, dass ich mich täusche, aber ich hatte das Gefühl, dass in dem Blick, den sie mir zugeworfen hat, als sie an Carly und mir vorbeiging, während Carly mir gerade die neuen Regeln diktierte, so was wie Mitgefühl lag. Ich könnte gerade wirklich ein freundliches Gesicht gebrauchen. Als ich mich dem Büro nähere, höre ich sie telefonieren und beschließe, mich noch einen Moment auf dem Flur herumzudrücken. Vielleicht ist das Gespräch ja gleich zu Ende.

»Heißt das, du willst noch nicht mal darüber reden?«, fragt Lindzi. Pause, dann: »Ich weiß, Carly. Ich sehe das genauso, aber der Hinweis scheint Hand und Fuß zu haben. Was ist, wenn die Leute den Fall Larkin bisher aus einem komplett falschen Blickwinkel betrachtet haben? Was, wenn die *Polizei* auf dem Holzweg war?« Ich horche auf. »Pass auf, ich schick dir die Mail einfach kurz rüber, du siehst sie dir an und dann schauen wir weiter, okay?«

Schick sie mir auch, denke ich, als Lindzi auflegt. Vor einer Woche hätte sie es getan. Ich höre die Tastatur klappern, kurz darauf stürmt sie in den Flur und läuft so schnell in die entgegengesetzte Richtung, dass sie mich nicht bemerkt. Ich starre ihr hinterher, dann werfe ich einen Blick in ihr Büro.

Ihr Laptop steht praktisch *direkt* vor mir. Er hat noch nicht mal in den Ruhemodus geschaltet.

Ich werfe hastig einen Blick über die Schulter in den verwaisten Flur und gehe ein paar Schritte auf Lindzis Büro zu, bleibe stehen, gehe weiter und …

»Da bist du ja, Brynn«, ertönt Andys nasale Stimme. Ich zucke ertappt zusammen und drehe mich um. Er winkt mir mit einem der zusammengehefteten Packen zu. »Tolle Arbeit, ich dachte nur, ich hätte dir gesagt, dass ich sie doppelseitig ausgedruckt wollte?« Er hält mir den Packen mit erwartungsvoll hochgezogenen Brauen hin. »Das sind extrem wichtige Unterlagen, die das Redaktionsteam braucht, um die Wettbewerbslandschaft einzuschätzen. Da muss alles stimmen.«

»Ich …« Ohne den Blick von Lindzis Laptop abwenden zu können, greife ich nach dem Packen. So nah und doch so fern. »Tut mir leid, da hab ich wohl was missverstanden.«

»Kein Problem, aber wir kümmern uns am besten gleich darum, ja? Komm doch einfach direkt mit mir mit, dann kann ich dir zeigen, wo du neues Druckerpapier findest.«

Mit hängenden Schultern mache ich mich daran, ihm zu folgen, aber… nein, das kann ich nicht machen. Ich kann mir diese Gelegenheit nicht entgehen lassen. »Ähm, Andy?«, sage ich leicht atemlos. »Eigentlich war ich gerade auf dem Weg zur Toilette. Können wir uns einfach gleich an meinem Platz treffen.«

»Oh.« Er verzieht kurz peinlich berührt das Gesicht, fängt sich aber sofort wieder. »Sicher.«

»Danke. Ich beeile mich auch.« Kaum ist er um die Ecke verschwunden, stürme ich in Lindzis Büro. Ich habe Glück, ihr Laptop hat immer noch nicht in den Ruhemodus geschaltet. Eilig lege ich den Stapel mit den Infos auf ihren Schreibtisch und drehe den Laptop zu mir. Outlook ist geöffnet und ich klicke auf den Ordner mit den gesendeten Mails, um mir die letzte E-Mail anzuschauen: *Hintergrund zu Larkin (?)*, an Carly Diaz. Mit klopfendem Herzen öffne ich sie und leite sie an den Gmail-Account weiter, den ich benutze, wenn ich meine eigene Adresse nicht angeben will. Als ich gerade fertig bin, höre ich Stimmen, von denen eine stark nach der von Lindzi klingt. Sie werden so schnell lauter, dass mir keine Zeit bleibt, die an mich selbst verschickte Mail aus dem Ordner zu löschen. Mir bleibt nichts anderes übrig, als zu hoffen, dass Lindzi nichts auffällt.

Blöderweise ist es auch zu spät, um noch aus ihrem Büro zu verschwinden.

Ich schiebe den Laptop an seinen ungefähren alten Platz zurück, schnappe mir meine Unterlagen und weiche so weit von ihrem Schreibtisch zurück, wie ich kann. »Hi!«, rufe ich fröhlich, als sie hereinkommt, und wedle mit den Unterlagen. »Die soll ich dir von Andy geben.«

»Oh mein Gott, Brynn, du hast mich fast zu Tode erschreckt«, keucht Lindzi und presst sich eine Hand aufs Herz. »Was ist das?«

Was hat Andy noch mal gesagt? »Wichtige Unterlagen, die ihr braucht, um die Wettbewerbslandschaft einzuschätzen.«

Sie verdreht die Augen. »So wichtig sind sie zwar sicher nicht, aber danke.«

»Sehr gerne«, sage ich und hetze an meinen Platz zurück, damit ich weiter Unterlagen zusammenheften kann, bis es Zeit ist, nach Hause zu gehen und Gmail zu checken.

Lindzis Mail ist so knapp und prägnant, wie es ihre Art ist.

> Die meisten Hinweise, die über die Webseite eingegangen sind, waren unbrauchbar – bis auf einen: »Sieht wie ein Typ aus, den ich mal kannte, aber der hieß Billy Robbins«. Ich bin der Sache nachgegangen und habe Kontakt zu dem Hinweisgeber aufgenommen. Er hat erzählt, dass ein Jugendfreund von ihm aus New Hampshire starke Ähnlichkeit mit William Larkin hat. Also habe ich mir die standesamtlichen

Datenbanken aller sechs Neu-England-Staaten vorgenommen, um zu prüfen, ob Larkin vielleicht irgendwann einen anderen Namen angenommen hat. Bingo. Ein gewisser William Dexter Robbins hat seinen Namen vor elf Jahren in William Michael Larkin ändern lassen.

Der Name William Robbins ist allerdings ziemlich häufig. Meine Recherchen haben keine Verbindungen ergeben, bis ich einen Artikel über einen Dexter Robbins aus New Hampshire gefunden habe. Hängt an.

Bitte lies das mal und sag mir, was du denkst.

Lindzi.

Ich klicke auf den Anhang und ein Artikel aus dem *New Hampshire Union Leader* von vor vierzehn Jahren ploppt auf:

MANN AUS LINCOLN MELDET FRAU UND KLEINEN SOHN ALS VERMISST

Die Polizei von Grafton County hat eine Suchmeldung nach Lila Robbins, 26, und Michael Robbins, 3, aus Lincoln herausgegeben, nachdem der Ehemann von Lila Robbins, Dexter Robbins, 42, sie nach seiner Rückkehr von einem Jagdausflug mit seinem 15-jährigen Sohn aus einer früheren Ehe als vermisst gemeldet hat.

Dexter Robbins hat ausgesagt, er habe seine Frau und seinen Sohn am Freitag, 5. März, das letzte Mal gesehen, bevor er und sein älterer Sohn von zu Hause losgefahren sind, um das Wochenende in einer Hütte in den White Mountains zu verbringen, die einem Freund von Dexter Robbins gehört.

In Ermangelung eines aktuelleren Fotos konnte Robbins der Polizei lediglich ein Bild aus dem Highschool-Jahrbuch seiner Frau zur Verfügung stellen. Ein Nachbar des Ehepaares gab an, es würde ihn nicht wirklich überraschen, dass Lila und Michael weg sind.

»Dexter herrscht in dieser Familie mit harter Hand«, so der Nachbar, der anonym bleiben möchte. »Wir haben Lila kaum zu Gesicht bekommen. Außer zur Kirche hat er sie nirgends hingehen lassen.«

Die Familie Robbins gehört einer fundamental-christlichen Kirche mit Sitz in Cross Creek, New Hampshire, an, deren Glaubensausrichtung es ihren Mitgliedern unter anderem nicht erlaubt, sich modernen medizinischen Behandlungsmethoden zu unterziehen. »Michael leidet unter Asthma, aber Dexter hat sich immer geweigert, etwas dagegen zu unternehmen«, berichtete der Nachbar. »Jedes Mal, wenn ich den armen Kleinen gesehen habe, hat er kaum Luft bekommen. Und sollte Lila jetzt die Gelegenheit beim Schopf gepackt haben, mit ihrem Jungen das Weite zu suchen«, beendete der Nachbar seine Ausführungen, »sollte ihr das meiner Meinung nach niemand zum Vorwurf machen.«

Ich lehne mich ans Kopfende meines Betts zurück und betrachte die beiden Fotos – die grobkörnige Aufnahme einer stark geschminkten jungen Frau mit blond gefärbten Haaren und die eines kleinen, dunkelhaarigen Jungen, der von einem anderen Jungen im Teenageralter im Arm gehalten wird. Die Bildunterschrift des ersten Fotos lautet: *Lila Robbins, damals 18.* Die zweite: *Michael Robbins, 3, mit seinem Halbbruder William.* Die Gesichter der beiden Jungs sind nicht besonders scharf, aber wenn der ältere Junge nicht so mürrisch schauen, sondern lächeln würde, könnte er eine gewisse Ähnlichkeit mit Mr Larkin haben.

Dexter Robbins' älterer Sohn William war fünfzehn, als der Artikel veröffentlicht wurde. Ich rechne schnell nach. Vor vier Jahren wäre er dann also fünfundzwanzig gewesen. Das ist genau das Alter, in dem Mr Larkin ermordet wurde. Der kleinere Junge wäre damals dreizehn gewesen und jetzt siebzehn – in meinem Alter und dem meiner Mitschüler.

Ich will an die Schule, an der mein Bruder ist.

26

TRIPP

Am Freitag war Mr Solomons Beerdigung, aber ich bin nicht hin.

Genauso wenig, wie ich in die Schule oder zur Arbeit gegangen bin. Interessant, dass man einfach aufhören kann, zu tun, was man immer tut, und die Welt dreht sich trotzdem weiter. Hätte ich das schon früher gewusst, hätte ich nicht so viel Zeit und Energie in Dinge gesteckt, von denen sich gezeigt hat, dass sie sowieso keine Rolle spielen.

Dafür war ich am Samstag im Spirituosenladen, um Nachschub zu besorgen, weil ich Dads Alkoholvorrat geleert habe, aber die Frau hinter der Theke hat mich bloß ausgelacht. Kein Problem. Ich habe einfach einen Typen auf dem Parkplatz angequatscht, der gerne bereit war, mir für ein Trinkgeld von zwanzig Dollar alles zu besorgen, was ich wollte. Wer zuletzt lacht …

»Hier, bitte«, hat er grinsend gesagt, als er mir die Tüte mit dem Alk in die Hand gedrückt hat. »Aber trink nicht alles auf einmal, feiner Herr.« Das war wohl meinem Saint-Ambrose-Blazer geschuldet, in dem ich jetzt immer rumlaufe, weil mir die Kälte egal ist und ich sowieso keine Ahnung habe, wo meine richtige Jacke ist.

Die Bemerkung hätte er sich sparen können, weil der feine Herr *natürlich* alles auf einmal getrunken hat.

Dad habe ich seit Tagen nicht mehr gesehen. Er legt mir Zettel mit Nachrichten auf den Tisch, die ich nicht lese. Ich habe ihm gesagt, ich hätte Fieber.

Zwischendurch schaue ich mir immer wieder das Video, das Lisa Marie gemacht hat, und die Screenshots von ihrem Handy an. Ich denke darüber nach, sie Shane zu schicken, damit Mr Delgado meine Mutter und Gunnar Fox in einem Aufwasch fertigmachen kann. Ich könnte mir vorstellen, dass mir das auf eine Art Genugtuung verschaffen würde, und wüsste nicht, wie ich sie sonst bekommen könnte, nur dass Mr Delgado dann auch hören würde, was sie über mich sagt.

Ich glaube, ich wusste schon sehr früh, dass Noah nicht wie andere Kinder war.

Das mit den Wutanfällen hat sich Lisa Marie zwar ausgedacht, aber die Aussage an sich verunsichert mich doch, weil … welcher normale Mensch könnte tun, was ich getan habe, und einfach sein Leben weiterführen, als wäre nie was passiert? Ich kann mich immer noch nicht daran erinnern, Mr Solomons Leiche gesehen zu haben, aber irgendwie scheint ihr Anblick der Auslöser gewesen zu sein, der mich aus meinem Vogel-Strauß-Zustand rausgerissen und direkt in die Hölle gestoßen hat.

Lisa Marie hat mich daran erinnert, dass ich da anscheinend auch hingehöre.

Die meiste Zeit rolle ich mich auf der Couch zusammen und hole den Schlaf nach, den ich in den vergangenen vier Jahren verpasst habe. Sagt einem ja vorher niemand, dass man nachts nicht mehr gut schlafen kann, wenn man in einen Mord verwickelt ist.

»Tripp. Tripp! Wach auf und schieb deinen jämmerlichen kleinen Hintern hoch.«

Ich werde unsanft an der Schulter gerüttelt. Stöhnend öffne ich die Lider und kneife sie sofort wieder zu, als grelles Tageslicht meine Augäpfel versengt. Die schemenhaften Umrisse des Gesichts, das sich über mich gebeugt hat, brauche ich nicht zu sehen. Ich erkenne die Stimme.

»Du stinkst schlimmer als eine Brauerei und siehst aus wie ausgekotzt«, sagt Regina.

»Freut mich auch, dich zu sehen«, brumme ich.

»Von wegen Fieber. Ich hab gleich gewusst, dass das ein Märchen ist. Los, *hoch* mit dir.« Sie zerrt mich in eine sitzende Position. »Deinetwegen hab ich das Café zugemacht, da wirst du dich verflucht noch mal wenigstens aufrecht hinsetzen können.«

»Hab dich nicht darum gebeten.«

»Nein, du hast mich bloß eine Woche lang hängen lassen, damit du dir die letzten Gehirnzellen wegsaufen kannst.« Sie gibt mir einen Klaps auf die Wange, aber nicht so fest, dass es wehtut. »Hör zu. Ich weiß, wie schlimm das, was du letzte Woche gesehen hast, für dich gewesen sein muss und was für schreckliche Erinnerungen es mit Sicherheit in dir hochgeholt hat. Ich weiß, dass deine Mutter eine absolute Katastrophe ist und dein Vater schon vor langer Zeit aus seinem und deinem Leben ausgecheckt hat. Das alles ist eine Schande. Aber du bist nicht der einzige Mensch auf der Welt, dem vom Schicksal übel mitgespielt wurde, Tripp Talbot. Du hast ein Dach über dem Kopf, eine gute Schulbildung und den Verstand, den Gott dir gegeben hat. Das ist mehr, als die meisten Leute von sich behaupten können. Also steh auf und mach weiter. Wenn du den ganzen Tag nur rumliegen willst, kannst du das genauso gut im

Lagerraum vom Café tun und zwischendurch Al füttern.« Sie verzieht das Gesicht und rückt ein Stück von mir ab. »Aber dusch gefälligst vorher, Herrgott noch mal.«

In dem Punkt hat sie recht, eine gründliche Waschung ist längst überfällig. Ich schleppe mich nach oben, schäle mich aus meinen Klamotten, die ich seit Tagen nicht mehr gewechselt habe, und drehe das Wasser heiß auf. Während es auf meinen Schädel und meine Schultern trommelt und sauberer Seifen- und Shampoo-Duft mich umhüllt, erscheint es mir im Bereich des Möglichen, tatsächlich das zu tun, was Regina von mir will. Nachdem ich mich abgetrocknet und mir die Zähne geputzt habe, ziehe ich frische Sachen an, und obwohl mir der Kopf dröhnt und meine Hände zittern, fühle ich mich fast normal. Zumindest bis ich in den Spiegel schaue. Ich betrachte die dunklen Schatten unter meinen Augen, die eingefallenen Wangen, mein stoppeliges Kinn, und sehe nur *ihn*.

Ich glaube, ich wusste schon sehr früh, dass Noah nicht wie andere Kinder ist.

Regina ist ein guter Mensch. Der beste, den ich kenne. Sie sollte sich nicht um *ihn* kümmern müssen.

Als ich höre, wie sie unten durch den Flur zur Toilette geht, schnappe ich mir meinen Saint-Ambrose-Blazer, werfe ihn über und schleiche mich aus dem Haus.

Wie immer habe ich keine Ahnung, wohin. Ich überquere die viel befahrene Straße, an der wir wohnen, ohne nach rechts und links zu schauen, bis mich ein lautes Hupen den Kopf heben lässt und ich den Wagen sehe, der mir ausweichen musste. »Vollidiot«, brumme ich. Aus der entgegengesetzten Richtung kommt jemand, der viel langsamer fährt und die Frontscheinwerfer aufblitzen lässt.

Ich erkenne den Range Rover sofort. Ich hab schon etliche

Male selbst darin gesessen. Er hält neben mir, die Scheibe auf der Fahrerseite fährt runter und Charlotte streckt den Kopf raus. Sie trägt einen weißen Mantel mit Kunstpelz an der Kapuze, leuchtend roten Lippenstift und einen gereizten Ausdruck im Gesicht.

»Shane und ich haben überall nach dir gesucht«, faucht sie. »Steig ein.«

27

BRYNN

Als Ellie am Samstagabend in die Küche kommt, stecke ich bis zu den Ellbogen in der Teigschüssel und breche mir einen dabei ab, die zähe Masse mit einem hölzernen Pfannenwender zu rühren, weil ich den Handmixer nicht gefunden habe. Die Hälfte unserer Küchengeräte lagert immer noch in Umzugskartons. »Was wird das?«, fragt meine Schwester, während sie einen Ohrring befestigt.

»Chocolate-Chip-Cookies.« Ich wische mir mit dem Handrücken über die Stirn und beschmiere mich aus Versehen mit Teig, bevor ich weiterarbeite. »Für Nadia und Mason. Ich dachte, ich fahre morgen bei ihnen vorbei und bringe ihnen welche. Du weißt schon, als *freundschaftliche Geste.*«

Ellie lehnt sich an die Theke und will einen Finger in den Teig tauchen, aber ich schlage ihre Hand weg. »Verstehe«, sagt sie. »Aber ernährt sich Nadia nicht glutenfrei?«

Es dauert etwas, bis ihre Worte bei mir ankommen. »Scheiße« Ich schleudere den Pfannenwender in die Schüssel. »Du hast recht. Oh Mann. Warum bin ich bloß so eine miese, unempathische Freundin?« Ich will die Schüssel in die Spüle stellen, aber Ellie hält mich davon ab.

»Für Mason kannst du doch trotzdem welche machen«, sagt

sie. »Und du bist nicht unempathisch. Du achtest bloß einfach nicht auf solche Details.«

»Sollte ich aber.« Ich lasse mich mit dem Rücken gegen die Arbeitstheke fallen. »Details müssten eigentlich genau *mein* Ding sein. Ich meine, wie soll aus mir jemals eine gute Journalistin werden, wenn ich mir noch nicht mal merken kann, dass eine meiner besten Freundinnen allergisch gegen Gluten ist?«

Ellie zuckt mit den Achseln. »Geistige Kompetenz ist nicht gleich soziale Kompetenz«, sagt sie.

»Wann bist du so weise geworden?«, seufze ich.

Aber sie hat recht; Mason könnte gut ein paar Trostkekse gebrauchen. Gestern hat er auf der Beerdigung von Mr Solomon die ganze Zeit an Nadias Schulter geschluchzt, als wäre sein Großvater gestorben. Auf meinen fragenden Blick hin hat sie geflüstert: »Die beiden haben sich früher immer total gut verstanden.« Noch etwas, von dem ich das Gefühl habe, ich hätte es wissen müssen.

»Ich war immer schon weise«, sagt Ellie achselzuckend. »Du hast das nur nie mitgekriegt, bis dein soziales Umfeld so zusammengeschrumpft ist, dass nur noch ...«, sie schaut sich in der Küche um, als würde sie vergeblich nach weiteren Personen Ausschau halten, »ich übrig geblieben bin.« Als ich das Geschirrtuch in ihre Richtung werfe, wirbelt sie so schnell herum, dass ihr Rock um ihre Beine schwingt und mir auffällt, wie süß sie aussieht.

»Warum hast du dich so hübsch gemacht?«

»Ich gehe mit Paige Silverman ins Kino«, sagt sie und wirft einen Blick auf die Uhr an der Mikrowelle. »Ihre Mom fährt uns. Sie müssten gleich da sein.«

»Ist das ein Date?«

»Viiieeelleicht.« Ellie grinst. »Wenn sie Glück hat.« Eine

Sekunde später hupt es in der Einfahrt, und sie macht einen Satz zur Theke und steckt den Finger in den Teig, bevor ich sie davon abhalten kann. »Das müssen sie sein«, sagt sie und steckt sich den Finger in den Mund. Im nächsten Moment verzieht sie das Gesicht und spuckt in die Spüle. »Brynn, igitt. Wie viel Salz hast du da reingemacht? Schmeckt ja widerlich.«

»Genau so viel wie angegeben.« Ich greife nach der Packung und schaue auf der Rückseite nach. »Einen Löffel.«

»Zeig mal her.« Ellie nimmt mir die Packung aus der Hand und schüttelt den Kopf. »Die Mengenangabe bezieht sich auf einen ›Teelöffel‹, nicht ›Esslöffel‹, du Dummie. Du hast dreimal so viel Salz rein wie angegeben.«

»*Fuck!*« Ich schleudere die Schüssel in die Spüle, obwohl mir selbst klar ist, dass mein Wutausbruch in keinem Verhältnis zur Situation steht.

»Kauf ihm stattdessen eine Packung Chips-Ahoy!-Kekse. Schönen Abend noch!«, ruft sie und rennt zur Haustür.

Ich lasse mich auf einen Stuhl am Küchentisch fallen und denke über all die Sachen nach, die ich in den letzten Wochen falsch gemacht habe und dank denen ich jetzt an einem Samstagabend mit versalzenem Plätzchenteig allein zu Hause hocke. Irgendwann greife ich nach meinem Handy und schaue nach, ob ich vielleicht eine Nachricht verpasst habe. Fehlanzeige. Seufzend öffne ich meinen Gmail-Account und lese noch einmal den Artikel aus dem *Union Leader*, obwohl ich ihn mittlerweile auswendig kenne.

Falls Mr Larkin und William Robbins aus New Hampshire tatsächlich ein und dieselbe Person gewesen sind, dann wäre der kleine Michael Robbins von damals vielleicht der Bruder, von dem Mr Larkin Paul Goldstein erzählt hat. Der, wegen dem er die Stelle an der Saint Ambrose angenommen hat. Es könnte gut sein, dass Mr Larkin über einen der Jungs aus unserem Jahrgang gesprochen hat. Allerdings kann er sich ihm nicht zu erkennen gegeben haben – zumindest hat niemand irgendwas gesagt, als Mr Larkin ermordet wurde.

Ich schaue mir noch mal Lila Robbins' Foto aus dem Highschool-Jahrbuch an. Irgendwie bilde ich mir ein, dass mir etwas in ihren Gesichtszügen vertraut vorkommt, aber das ist wahrscheinlich pures Wunschdenken. Lila war damals achtzehn und sehr hübsch. Wie sie wohl heute aussieht? Als sie vor vierzehn Jahren ihren Mann verlassen hat, war sie sechsundzwanzig, das heißt, dass sie mittlerweile vierzig ist.

Gestern Abend habe ich nach *Dexter Robbins* gegoogelt, aber nur einen Eintrag über ein Gemeinderatstreffen vor drei Jahren gefunden, in dem er entschieden gegen eine Erhöhung der Grundsteuer war. Lila Robbins ist ein Phantom; das Einzige, was ich im Netz über sie gefunden habe, ist der Artikel im *Union Leader*. Dexter Robbins ist seit diesem ersten Artikel, der ihn in einem derart schlechten Licht dargestellt hat, nicht mehr an die Presse gegangen, um öffentlich nach den beiden zu suchen. Lila und Michael sind unauffindbar. Vielleicht deswegen, weil sie, wie ihr Nachbar angedeutet hat, nicht gefunden werden *wollen*.

Ich öffne den Ordner mit den Polizeifotos, die Lindzi mir weitergeleitet hat, bevor ich mich bei *Motive* selbst ins Aus geschossen habe. Der blutige Stein, bei dessen Anblick ich immer noch eine Gänsehaut bekomme. Die Silberkette, die mich weiter vor Rätsel stellt, weil ich an Mr Larkin nie irgendein Schmuckstück gesehen habe. Und dann der mit Aufklebern übersäte türkisfarbene Umschlag …

Oh. Oh mein Gott.

Die Erinnerung schlägt wie eine Welle über mir zusammen

und ich schnappe nach Luft. Plötzlich weiß ich wieder, wo ich diesen Umschlag gesehen habe, und das war definitiv nicht in der Saint Ambrose. Ich springe vom Stuhl auf und greife nach meinen Autoschlüsseln … *endlich* gibt es etwas, das ich tun kann.

Charlotte ist – gelinde gesagt – nicht begeistert, als sie die Tür öffnet und mich sieht.

»Ich mache heute keine Party«, sagt sie, obwohl ihr Outfit etwas anderes nahelegt. Es sieht ganz und gar nicht nach dem Schlabberlook aus, den Leute anhaben, die vorhaben, den Samstag zu Hause zu verbringen, weshalb ich schwer davon ausgehe, dass Shane bei ihr ist. Charlotte trägt ein schwarzes Glitzertop zu Jeans, ihre Lippen leuchten rot und die Lider schimmern. Ich dagegen habe immer noch Teig auf der Stirn kleben, den ich hastig wegreibe, als Charlottes Blick, der mit einem kleinen Stirnrunzeln dort hängen bleibt, mich daran erinnert. »Und selbst wenn …«

Ich schiebe schnell einen Fuß in die Tür, bevor sie sie zudrücken kann. »Ich bin auf der Suche nach Tripp.«

»Dann suchst du am falschen Ort«, sagt Charlotte kühl. »Ich weiß nicht, wo er ist.« Sie lügt viel überzeugender als Tripp, und ich würde ihr das vielleicht sogar glauben, hätte Regina mir nicht erzählt, dass sie heute Nachtmittag beobachtet hat, wie er in einen schwarzen Range Rover gestiegen ist. Ich kenne Charlottes Wagen vom Schulparkplatz. Solche Luxuskarren verirren sich nur selten in die Gegend, in der Tripp wohnt.

»Charlotte, bitte. Es ist wichtig.«

»Ach ja?« Sie zieht ihre perfekt in Form gezupften Brauen hoch. »Als ich dich nach seiner Adresse gefragt habe, war es auch wichtig, aber du wolltest sie mir trotzdem nicht geben.«

»Okay, aber jetzt mal im Ernst – wie kann es sein, dass du nicht gewusst hast, wo er wohnt?«

»Bis dann, Brynn.« Charlotte versucht, die Tür zu schließen, aber ich zwänge meinen Fuß noch ein Stück weiter in den Spalt.

»Kannst du ihm nicht einfach sagen, dass ich hier bin?«

»Versuch doch mal, ihm eine Nachricht zu schreiben.«

»Das hab ich schon«, seufze ich frustriert. »Mehr als eine. Aber er antwortet nicht.«

»Könnte ein subtiler Hinweis darauf sein, dass er dich lieber von hinten als von vorne sieht«, sagt Charlotte und schafft es diesmal, mich wegzuschieben und mir die Tür vor der Nase zuzuknallen. Dank der komplett aus Fenstern bestehenden Vorderfront des Hauses darf ich ihr danach noch dabei zuschauen, wie sie mit schwingendem Pferdeschwanz um eine Ecke verschwindet.

Ich fluche leise und trete gegen den Türrahmen. Nicht dass ich nicht mit so was gerechnet hätte, aber ich hatte trotzdem die leise Hoffnung, dass Tripp vielleicht an die Tür kommen würde.

Auf halbem Weg zu meinem Wagen bleibe ich stehen und drehe mich noch einmal um. Tripp war nicht drinnen, als ich auf der Party nach ihm gesucht habe, vielleicht finde ich ihn diesmal ja auch wieder irgendwo draußen. Ich schleiche mich seitlich am Haus entlang und halte vergeblich nach einer Möglichkeit Ausschau, in den eingezäunten Garten zu gelangen. Dabei fällt mir auf, dass in dem fancy Schuppen Licht brennt. Vielleicht ist er ja auch gar kein Schuppen.

Ich denke nach. Tripp muss am Partyabend irgendwie über den Zaun geklettert sein, um zu diesem hohen Pfeiler am Ende des Gartens zu kommen, auf dem er gesessen hat. Wenn er das geschafft hat, werde ich das ja wohl auch schaffen.

Die Vorstellung, von einer der schmiedeeisernen Zaunspitzen aufgespießt zu werden, verpasst meiner Entschlossenheit einen Dämpfer. Auf einen der Pfeiler zu klettern, scheint die weniger riskante Option, das Problem ist nur, dass der kleine Vorsprung unten nicht hoch genug ist, um ihn als Tritt zu benutzen. Trotzdem steige ich seitlich darauf, recke mich, klammere mich mit den Fingern am oberen Ende fest und versuche, mich mit den Kappen meiner Boots am rauen Stein nach oben zu schieben. Ein paar Zentimeter weit komme ich, dann rutsche ich wieder ab.

Seufzend lege ich den Kopf in den Nacken. Ich müsste einen gewaltigen Klimmzug machen und mich hochziehen. Tripp ist einen Kopf größer als ich und hat definitiv mehr Kraft in den Armen, trotzdem will ich es zumindest versuchen. Als ich mich gerade wieder an die Kante gehängt habe, nuschelt jemand: »Was *zum Henker* machst du da?«

28

BRYNN

»Ich suche nach dir«, keuche ich, lasse die Kante los und lande wie ein nasser Sack auf dem Boden. Tripp steht unrasiert und mit zerzausten Haaren in seinem Saint-Ambrose-Blazer, unter dem er bloß ein T-Shirt trägt, auf der anderen Seite des Zauns. »Ich dachte, dass du vielleicht in diesem … Schuppen bist, oder was auch immer das sein soll, und wollte über den Zaun klettern. Aber, na ja … das war wahrscheinlich nicht zu übersehen.« Ich klopfe mir den Staub von den Händen.

»Hast du mal darüber nachgedacht, das Gartentor zu benutzen?«, fragt Tripp in diesem konzentrierten Tonfall, in den Menschen gern verfallen, wenn sie versuchen, weniger betrunken zu klingen, als sie sind. Er greift nach etwas, das sich ein paar Schritte rechts von mir befindet, und ein Teil des schmiedeeisernen Zauns schwingt nach außen auf. Zum Glück ist es so dunkel, dass Tripp nicht sehen kann, wie meine Wangen glühen.

Wobei ich mich in Anbetracht des Grunds, warum ich hier bin, frage, warum eigentlich ich diejenige von uns beiden bin, die verlegen wird.

»Du weißt doch, wie ich zu Gartentoren stehe«, sage ich und gehe hindurch, bevor er es sich anders überlegen kann.

Tripp mustert mich unter seinen langen Wimpern von oben

bis unten und runzelt dann die Stirn. »Ich bin sauer auf dich. Aber … ich weiß nicht mehr, warum.«

»Dann ist es wahrscheinlich nicht so schlimm gewesen«, murmle ich und schabe mit der Spitze meines Boots über den Boden.

»Warum bist du hier, Brynn?«

Ich könnte ihn dasselbe fragen, weiß aber nicht, wie viel Zeit uns bleibt, bevor er beschließt, mir Charlotte und Shane auf den Hals zu hetzen, oder bis der Alkohol ihm endgültig das Gehirn vernebelt. »Ich muss mit dir reden. Sollen wir dafür vielleicht kurz in den Schuppen gehen? Du siehst aus, als wäre dir kalt.«

Tripp schaut über die Schulter zu dem Gebäude hinter ihm. »Das ist kein Schuppen«, sagt er. »Das ist ein Gästehaus. Und mir ist nicht kalt.« Er sieht, wie ich fröstle. »Aber dir anscheinend, also von mir aus.«

Als wir das Gästehaus betreten, wird mir klar, dass »Schuppen« wirklich eine komplett unpassende Bezeichnung war. In dem offenen Wohnbereich steht eine große Eckcouch, um die zwei Lederarmsessel und ein schwerer Couchtisch aus Eichenholz gruppiert sind. An den Wänden reihen sich Bücherregale aneinander und eine große Stehlampe aus Bronze wirft einen warmen Lichtkreis auf den farbenprächtigen Teppich.

Tripp schüttelt leicht schwankend seinen Blazer ab und lässt sich aufs Sofa fallen. Ich ziehe meinen Mantel aus und setze mich ein Stück von ihm entfernt hin. Es überrascht mich ein bisschen, dass er so gar keinen Widerstand leistet, andererseits glaube ich nicht, dass er das vorhin sarkastisch meinte, als er gesagt hat, er wüsste nicht mehr, warum er sauer auf mich ist. Man sieht ihm an, dass es ihm nicht gut geht, und das versetzt mir einen Stich, obwohl ich mittlerweile weiß, warum mein

Bauchgefühl mir gesagt hat, dass ich ihm nicht wirklich vertrauen kann.

»Okay«, sage ich ernst. »Ich muss mit dir reden, weil mir was eingefallen ist. Es geht um das Geld für den Klassenausflug, das in der Achten verschwunden ist.« Ich warte ab, ob das irgendetwas in ihm auslöst, und glaube zu sehen, wie er sich leicht versteift.

»Es gab zwei Umschläge«, fahre ich fort. »Einen kleineren mit dem Geld – das war der, der damals in Charlottes Schließfach gefunden wurde. Und einen größeren, türkisfarbenen, der mit Aufklebern übersät war und in dem der kleine Geldumschlag und die Spenderliste lagen. Der große ist nie gefunden worden. Aber ich weiß jetzt wieder, dass ich ihn nach dem Verschwinden des Gelds gesehen habe.« Ich warte kurz auf eine Reaktion, die aber diesmal ausbleibt. »Ich habe ihn bei dir zu Hause gesehen. In deinem Zimmer, als wir Hausaufgaben gemacht haben.«

»Nein, hast du nicht«, stößt Tripp hervor und straft seine Worte Lügen, indem er sich mit dem Daumen über den Zeigefinger reibt. Ein triumphierendes Gefühl steigt in mir hoch. *Ertappt.* Aber dieses Gefühl verpufft so schnell, wie es gekommen ist, weil … Wenn er derjenige war, der das Geld damals geklaut hat, und Mr Larkin dahintergekommen ist, dann hätte Tripp ein Motiv gehabt, Mr Larkin zum Schweigen zu bringen … oder?

Nein. Ich darf keine voreiligen Schlüsse ziehen. Außerdem muss ich immer wieder daran denken, was Tripp gesagt hat, als er glaubte, statt Mr Solomon Mr Larkins Leiche vor sich zu sehen. Er hat gesagt: *Was hast du getan?* Nicht: *Was habe ich getan?* Ich glaube, der Klang seiner von Grauen erfüllten Stimme in meinem Kopf war der Grund, warum ich mich heute ohne zu zögern auf die Suche nach ihm gemacht habe und keine

Angst hatte, es könnte gefährlich sein, nach der Wahrheit zu graben. Oder *er* könnte gefährlich sein. Der einzige Mensch, dem Tripp zurzeit gefährlich werden könnte, ist er selbst.

»Doch«, sage ich. »Ich weiß, was ich gesehen habe.« Ich schlucke schwer, dann frage ich ihn einfach geradeheraus. »Hast du das Geld genommen, Tripp?«

Er reibt sich zuerst über die Schläfe, dann über sein stoppeliges Kinn und seinen Nacken. »Ich hab es so satt«, murmelt er erschöpft.

»Was?«

»Alles.«

»Hast du das Geld genommen?«, wiederhole ich.

Er lässt die Hand in den Schoß fallen. »Ja, ich hab es genommen. Was soll ich sagen? Es tut mir leid. Das war dumm.« Wieder reibt er mit dem Daumen über seinen Zeigefinger und mich durchströmt Erleichterung. *Adieu, Mordmotiv.*

»Nein, du hast es nicht genommen«, sage ich.

Seine Augen blitzen überrascht auf. »Ich hab doch gerade gesagt, dass ich es war.«

»Und ich sage dir, dass du es nicht warst. War es Charlotte?« Schätze, wir können das Rätsel auch nach dem Ausschlussverfahren lösen

»Okay, ja, sie war's. Ich versuche nur, sie zu schützen. Sie wollte niemandem damit schaden.« Seine Finger bewegen sich erneut, und ich bin ehrlich gesagt erschüttert, dass ihm diese Geste nicht bewusst ist.

»Nope«, sage ich. »Charlotte war es auch nicht.«

Er runzelt die Stirn. »Was wird das hier, Brynn? Du fragst, ich antworte und muss mir dann jedes Mal von dir anhören, dass ich lüge. Wenn du mir sowieso kein einziges Wort glaubst, warum redest du überhaupt mit mir?«

»Weil ich weiß, wann du die Wahrheit sagst und wann nicht.«

Tripp lacht freudlos auf. »Na klar. Weil du in Chicago zur Hellseherin geworden bist, ja?«

Wen schützt er? Der Umschlag lag bei ihm zu Hause, die Liste der Leute, die ihn dort hingelegt haben könnten, ist nicht sonderlich lang. Ich könnte der Reihe nach sämtliche seiner Freunde durchgehen, aber wahrscheinlich ist es sinnvoller, in seinem nächsten Umfeld anzufangen. »War es Lisa Marie?«, frage ich. Ich kann mir nicht vorstellen, dass Tripp für seine Mutter lügen würde, außerdem war sie damals schon in Las Vegas, aber ich möchte seine Reaktion testen.

Seine Antwort kommt prompt, ohne dass die Finger sich bewegen. »Nein.«

»Dein Dad?«

»Nein«, wiederholt er und reibt mit dem Daumen über den Zeigefinger.

»Bingo«, sage ich leise.

Im Gegensatz zu mir ist Tripp nie jemand gewesen, der schnell rot wird, aber jetzt brennen seine Wangen und ihm bleibt der Mund offen stehen. »Scheiße, wie machst du das?«, flüstert er. Dann versucht er zurückzurudern und stammelt irgendwas von wegen, er hätte mich nur verarschen wollen, aber er ist nicht nüchtern genug, um die Nummer glaubhaft durchzuziehen.

»Ich habe nicht vor, deinen Dad zu verpfeifen, Tripp«, sage ich und meine es auch so, obwohl mich das in einen Gewissenskonflikt bringen könnte. Wenn erst mal das Rätsel um den Diebstahl gelöst wäre, könnte das nämlich ein entscheidendes Puzzleteil sein, um den ganzen Fall zu lösen. Aber in diesem Moment hat etwas anderes Vorrang: Tripp muss dringend mit jemandem über das sprechen, was damals passiert ist. »Ich will einfach nur die Wahrheit wissen. Wie ist das Geld in Charlottes Schließfach gelandet?«

Er vergräbt den Kopf in den Händen und schweigt. Ich bin kurz davor, die Frage noch mal zu stellen, als er aufschaut. »Schwörst du, dass du es für dich behältst?«

Ich lege mit feierlichem Ernst eine Hand auf mein Herz. »Ich schwöre.«

»Okay. Ich hab den Umschlag an dem Wochenende, bevor wir Mr Larkin entdeckt haben, bei uns im Keller gefunden, als ich nach einem Hammer gesucht habe«, beginnt Tripp mit belegter Stimme zu erzählen. »Unter der Werkbank von meinem Dad. Als ich den Umschlag gesehen hab, wusste ich sofort, was drin ist. Erinnerst du dich noch an den Streit um das Regal, das er für Grizz gebaut und wieder abmontiert hat? In der Zeit muss er den Umschlag im Büro gefunden und ihn eingesteckt haben. Ich hab ihn in mein Zimmer mitgenommen und mir den Kopf darüber zerbrochen, wie ich das Geld zurückgeben kann, ohne dass es jemand mitbekommt. Irgendwann kam mir die Idee, den Umschlag am Montag ins Sekretariat zu schmuggeln, wenn gerade niemand in der Nähe ist, aber morgens hab ich plötzlich Schiss gekriegt und die Aktion noch mal verschoben. An dem Tag bist du nach der Schule mit zu mir gekommen und hast ihn in meinem Zimmer liegen sehen.«

Er verschränkt die Hände so fest ineinander, dass die Venen an seinen Unterarmen hervortreten. »Am Dienstag und am Mittwoch hab ich auch gekniffen und dann ist Mr Larkin umgebracht worden und ich bin am Donnerstag nicht in die Schule gegangen. Mir kam es den ganzen Tag lang so vor, als würde dieser verdammte Umschlag mich anstarren. Am Freitag hab ich mir also gesagt, dass ich die Sache nicht länger vor mir herschieben kann und dieses verfluchte Ding loswerden muss. Ich hab ihn in die Schule mitgenommen und dachte, ich könnte es besonders schlau anstellen und ihn in einem unbemerkten Moment direkt bei Grizz im Büro deponieren. Dann hab ich im Flur den Polizisten gesehen, den er zur Durchsuchung unserer Schließfächer geholt hatte, aber das wusste ich damals ja noch nicht. Ich hab Panik bekommen, den kleinen Umschlag aus dem großen rausgenommen und ihn einfach ins nächstbeste Schließfach geschoben, von dem sich dann hinterher rausgestellt hat, dass es das von Charlotte war. Den großen Umschlag hab ich danach im Kunstraum durch den Schredder gejagt.«

»Und du hast Charlotte nie davon erzählt?«, frage ich.

Er seufzt. »Ich hab niemandem davon erzählt.«

Meine Gedanken drehen sich im Kreis. Klar, es muss schrecklich für Tripp gewesen sein, als ihm klar wurde, dass sein Dad das Geld genommen hat, aber … das kann ihn nicht so aus der Bahn geworfen haben, oder? Es muss etwas weitaus Schlimmeres passiert sein. Während ich überlege, wie ich es am besten anstellen könnte, noch mehr aus ihm herauszukriegen, richtet Tripp sich auf und sieht mich an. »Das war der Grund, warum ich diese Scheiße über dich behauptet hab.«

»Diese Scheiße …«, wiederhole ich langsam, aber dann begreife ich. »Im Sportunterricht?«

»Genau.« Er schluckt schwer. »Ich wusste, dass du am Tag davor den Umschlag gesehen hast, und hatte Angst, dass du daraus einen Artikel für den *Saint Ambrose Sentinel* machen würdest und mein Dad im Gefängnis landen würde. Ich hab versucht, dich wie eine Stalkerin dastehen zu lassen, damit dir niemand glauben würde, falls du darüber berichtest. Dann hätten alle gedacht, dass du das bloß erfunden hast, um dich an mir zu rächen. Bestenfalls wäre es dir so peinlich gewesen, dass du erst gar nicht versucht hättest, die Sache an die große Glocke zu hängen.«

»Mir ist noch nicht mal klar gewesen, was das für ein Umschlag war«, sage ich. »Ich bin erst heute darauf gekommen.«

»Cool.« Tripp senkt den Kopf. »Schön, dass ich es mir wegen nichts und wieder nichts für immer mit dir verschissen habe.«

»Du hättest auch einfach mit mir darüber reden können«, sage ich. »Wir waren Freunde, schon vergessen?«

»Klar«, sagt er achselzuckend. »Aber die Schülerzeitung ist dir wichtiger gewesen als ich.«

»Das stimmt nicht!«, widerspreche ich gekränkt. Als Tripp schnaubt, suche ich nach Gegenargumenten, aber ... das Problem ist, dass ich damals tatsächlich noch ziemlich schwarzweiß gedacht habe. Wenn ich ihn mit dem Umschlag in Verbindung gebracht hätte, wäre mir vielleicht nicht unbedingt die Zeitung *wichtiger* gewesen, aber ich hätte auf jeden Fall das starke Bedürfnis gehabt, die Story zu bringen. Wahrscheinlich hätte ich mir gesagt, dass es letztlich okay wäre, weil es objektiv betrachtet immer das Richtige ist, die Wahrheit zu sagen. Also füge ich bloß leise hinzu: »Du hättest es nicht ganz so brutal machen müssen. Im Sportunterricht, meine ich.«

Tripps Blick ist auf den Lichtkreis geheftet, den die Lampe auf den Teppich wirft. »Ich weiß noch nicht mal mehr, was ich damals genau gesagt habe«, murmelt er und reibt dann die Finger aneinander.

»Natürlich weißt du das noch«, sage ich und er lässt sich seufzend gegen die Rückenlehne des Sofas fallen.

»Wie machst du das?«, fragt er vorwurfsvoll.

»Warum hast du dir ausgerechnet diese Stalkerinnengeschichte ausgedacht, um mich zur Lachnummer der Schule zu machen?«, frage ich.

Wahrscheinlich spielt es letztlich keine Rolle, aber es interessiert mich wirklich.

Tripp stößt ein bitteres Lachen aus. »Ich kann dir genauso gut die Wahrheit sagen, oder? Ich kann dir eh nichts vormachen, weil du ja ein verdammter Lügendetektor auf zwei Beinen bist.« Er fährt sich durch die Haare. »Ich war damals unfassbar verliebt in dich, Brynn, und ich hatte Angst, dass ich dir von der ganzen Scheiße erzähle, die passiert ist, wenn ich dich nicht dazu bringe, mich so sehr zu hassen, dass du nie wieder ein Wort mit mir reden willst. Da gab es nämlich diesen einen Teil in mir, der sich fast *gewünscht* hat, dir zu dieser Riesenstory zu verhelfen, einfach, weil dich das total glücklich gemacht hätte. Echt krank, oder? Ich musste diesen Teil loswerden.«

Seine Finger bewegen sich nicht.

Als ich nichts sage, schnaubt Tripp wieder. »Hab ich dich endlich mundtot gemacht?«

»Du warst in mich … Du hast nie was gesagt«, stammle ich.

»Warum hätte ich das tun sollen? Für dich war ich nichts weiter als ein guter Freund. Ganz zu schweigen davon, dass ich damals dreizehn und in jeder Beziehung eine wandelnde Vollkatastrophe war. Aber da hast du sie, deine Wahrheit, Brynn. Bist du jetzt zufrieden?«

»Nein«, sage ich. Er stöhnt. »Tut mir leid, Tripp, aber es muss noch einen krasseren Grund für … das alles geben.« Ich mache eine ausholende Geste. »Du gehst seit einer Woche nicht mehr in die Schule und bist seitdem ziemlich sicher keinen einzigen Tag mehr nüchtern gewesen. Du siehst grauenhaft aus.« Das stimmt zwar so nicht, aber der springende Punkt ist, dass er grauenhaft aussehen *müsste*. »Du versteckst dich in Charlottes Gästehaus. Das kann nicht nur daran liegen, dass dein Dad damals dieses Geld genommen hat oder dass du … mich gemocht hast und dann dafür gesorgt hast, dass wir nichts mehr miteinander zu tun haben.« Ich schaffe es nicht, die Worte, *in mich verliebt warst* zu benutzen; eben hat der Alkohol aus ihm gesprochen, außerdem ist das jetzt vier Jahre her und wir waren damals praktisch Kinder. »Was verschweigst du?«

Was hast du getan? Wem hat er diese Frage gestellt? Die Antwort darauf ist der Schlüssel, und gerade gibt es nur drei Leute, dir mir dazu einfallen: Shane, Charlotte oder sein Dad.

»Nein«, sagt Tripp plötzlich leise, aber bestimmt.

»Nein was?«

»Nein, es reicht.«

»Tripp, ich denke wirklich, dass du ...«

»Nein.« Sein Blick wird plötzlich fokussiert und nimmt einen harten Ausdruck an. »Ich weiß wieder, warum ich sauer auf dich bin. Du arbeitest für diese True-Crime-Show und hast mich die ganze Zeit benutzt, um an Informationen zu kommen, ist doch so, oder?«

»Nein.« Ich sehe ihn an. »Das habe ich nicht, ich schwöre. Es tut mir wirklich leid, dass ich dir nicht von meinem Praktikum bei *Motive* erzählt habe. Das war ein Fehler. Aber ich habe nie irgendetwas von dem, was du mir erzählt hast, an die Redaktion weitergegeben.« Als er nur den Kopf schüttelt, füge ich hinzu: »Ich kündige dort, Tripp. Ich werde hier und jetzt eine Kündigungsmail an meine Chefin schicken, wenn du mir sagst, was der wahre Grund dafür ist, dass du so fertig bist.«

»Das machst du nicht.«

»Oh doch.« Ich gebe Carlys E-Mail-Adresse ein und tippe: *Es tut mir unglaublich leid, aber ich bin in einem Interessenkonflikt und kann nicht länger als Praktikantin für* Motive *arbeiten. Tausend Dank dafür, dass du mir diese Chance gegeben hast. Das werde ich dir nie vergessen.*

Als ich Tripp das Display meines Handys hinhalte, zuckt es um seinen Mund. »Die wirst du nicht abschicken.«

Ich atme tief durch – *Bye-bye, Praktikum, war schön mit dir, jedenfalls bis zur Millimeterficker-Ära* – und tippe auf Senden. Danach öffne ich den Gesendet-Ordner und halte Tripp das Handy wieder hin. »Siehst du?«

»Das war dumm von dir«, schnaubt er. »Ich hab nie gesagt, dass ich dir irgendwas erzähle.«

»Ich weiß«, sage ich. »Aber ich will, dass du weißt, dass du mir vertrauen kannst.«

Er wendet den Blick ab. »Mehr gibt es nicht zu sagen.«

Diesmal brauche ich nicht auf seine Finger zu schauen, um zu wissen, dass er lügt. »Gib mir eine Chance, Tripp. Bitte. Meinst du nicht, dass es dir helfen würde, darüber zu sprechen? Dass du dich hinterher besser fühlen würdest?«

»Keine Ahnung«, sagt Tripp tonlos. »Um ehrlich zu sein, glaube ich nicht, dass ich mich jemals wieder besser fühlen werde. Und ich glaube auch nicht, dass ich das verdient hätte.«

Ich weiß nicht, was ich noch sagen könnte, um ihn zu überzeugen, aber … ich kann auch nicht einfach aufgeben. »Hey.« Ich rutsche zu ihm auf, bis ich direkt neben ihm sitze, nehme sein Gesicht in beide Hände und spüre seine hohen Wangenknochen und die weichen Stoppeln an seinem Kinn, als ich seinen Blick mit meinem festhalte. »Wenn du weiter versuchst, allein mit diesem Geheimnis fertigzuwerden, das du mit dir herumträgst, dann … Ich hab echt Angst, dass dich das umbringen könnte, Tripp. Und zwar bald.«

Er weicht nach hinten zurück, um sich aus meinem Griff zu befreien, und sieht mich mit wild funkelndem Blick an. »Tu das nicht«, sagt er mit rauer Stimme. »Du … du hast kein Recht dazu, mich so anzufassen, obwohl du weißt, dass ich … Fuck, echt.« Er sinkt mit geschlossenen Augen gegen die Sofalehne und ich dränge den Teil von mir zurück, der fragen will: *Obwohl ich weiß, dass du … was?* Das ist jetzt nicht der richtige Zeitpunkt für dieses Gespräch. »Ich hab das alles so verflucht satt«, stöhnt er.

Ich bleibe stumm. Mir fällt nichts mehr ein, was ich noch sagen oder tun könnte, um ihn dazu zu bringen, sich mir anzuvertrauen. Also sitze ich bloß schweigend da, bis ich mich irgendwann frage, ob er eingeschlafen ist. Als ich ihn gerade am Ärmel berühren will, um herauszufinden, ob es so ist, sagt er, ohne die Augen zu öffnen: »Alles fing kurz vor dem Bio-Projekt an.«

TRIPP

VIER JAHRE ZUVOR

Ich gehe durch den Flur auf den Ausgang der St Ambrose zu, weil ich mich gleich mit Shane für das Biologie-Projekt im Wald treffen muss, als ich Brocken eines Gesprächs aufschnappe und kurz stehen bleibe.

»Irrtum ausgeschlossen. Ein Schüler hat es beobachtet und sich schließlich dazu durchgerungen, es seinen Eltern zu erzählen, die daraufhin mich informiert haben.«

Das ist Mr Larkin, der in seinem Klassenzimmer mit jemandem spricht. Ich will schon weitergehen, als mich der Klang einer vertrauten Stimme erstarren lässt.

»Und Sie sind sicher, dass dieser Schüler die Wahrheit gesagt hat?«, fragt mein Vater.

Obwohl niemand in der Nähe ist, der mich sehen könnte, presse ich mich an die Wand. Der reguläre Unterricht ist längst zu Ende, aber ich hatte gerade noch Mathenachhilfe. Dad hat kein Wort darüber verloren, dass er heute in die Schule kommt, und ich wüsste auch nicht, warum er überhaupt herkommen *sollte,* es sei denn …

»Ich habe keine Zweifel an der Zuverlässigkeit meiner Quelle«, antwortet Mr Larkin und schweigt einen Moment, bevor er hinzufügt: »Wollen Sie es vielleicht abstreiten? In diesem Fall wäre ich gezwungen, die Polizei einzuschalten und ...«

»Nein«, sagt Dad ernst. »Keine Polizei. Ich werde dafür sorgen, dass Sie das Geld zurückbekommen, okay? Bis auf den letzten Cent.«

Shit. Shit. Shit. Mein Herz fängt an zu rasen und ich umklammere die Riemen meines Rucksacks – des Rucksacks, in den ich den türkisfarbenen Umschlag heute Morgen schon wieder nicht gesteckt habe. Ich habe zu lange gewartet, um ihn irgendwo zu deponieren. Und jetzt weiß Mr Larkin es. Scheiße, *er weiß es.*

»So einfach ist das nicht«, sagt Mr Larkin.

»Warum nicht?«, fragt mein Vater.

»Weil wir hier von Diebstahl sprechen. Ich bin verpflichtet, sowohl die Schulverwaltung darüber zu informieren als auch die Polizei.«

Nein, nein, nein, nein, nein, nein, nein.

»Gerade haben Sie noch gesagt, Sie würden die Polizei nicht einschalten, wenn ich ...« Die Stimme meines Vaters bekommt einen harten Unterton.

»Ich habe nie davon gesprochen, sie ganz außen vor zu lassen«, unterbricht Mr Larkin ihn.

»Kommen Sie schon, Will«, sagt mein Vater, und ich kann förmlich hören, wie er seine Wut hinunterschluckt, bevor er in ruhigerem Tonfall hinterherschiebt: »Kann das nicht unter uns bleiben?«

»Nein«, sagt Mr Larkin nur, als würde er noch nicht mal darüber nachdenken wollen.

»Begreifen Sie denn nicht, was das für Tripp bedeuten würde? Es geht nicht nur um das Geld, sondern auch –«

»Tripp ist nicht mein Problem.« Mr Larkins Stimme klingt

so eiskalt, dass ich mich eine Sekunde lang frage, ob das überhaupt noch ein und derselbe Mensch ist.

Sie diskutieren noch eine Weile hin und her, und mir wird immer schlechter, bis Mr Larkin schließlich sagt: »Das alles klingt, als hätten *Sie* ein Problem, Junior. Nicht *ich*. Wenn Sie mich jetzt entschuldigen wollen, ich habe einen Termin.«

Ich presse mich hinter eine Vitrine mit Pokalen, als er aus der Tür stürmt. »Sie haben keine Ahnung, was Sie damit anrichten, Will«, ruft Dad ihm beinahe verzweifelt hinterher. »Das können Sie nicht machen!« Er tritt in den Flur hinaus und schaut Mr Larkin, die Hände in die Seiten gestemmt, hinterher. »Das können Sie nicht machen«, wiederholt er leiser.

Mir schlägt das Herz bis zum Hals, als ich mich langsam um die Ecke schiebe und durch eine Seitentür aus dem Gebäude schlüpfe. Kaum bin ich auf dem Parkplatz angekommen, sehe ich, dass Mr Larkin auf den Wald zusteuert – genau dahin, wo ich schon längst sein sollte. Ich bleibe unschlüssig stehen. Nach allem, was ich gerade mitangehört habe, kann ich definitiv darauf verzichten, ihm zu begegnen. Soll ich lieber wieder rein und mit meinem Vater reden? Aber bei dem Gedanken sträubt sich alles in mir, sodass ich weitergehe.

Statt über den Zaun zu springen, läuft Mr Larkin, wie es alle Erwachsenen machen, den ganzen Weg bis zu dem Törchen im Zaun, der das Schulgelände vom benachbarten Grundstück trennt. Ich jogge zu der Stelle, wo der Zaun so weit nach unten gedrückt ist, dass man einfach drüberspringen kann, die Abkürzung, die wir Schüler immer nehmen. Dort angekommen, werfe ich meinen Rucksack auf die andere Seite und warte noch ein paar Minuten, um ganz sicherzugehen, dass Mr Larkin schon ein gutes Stück auf seinem Weg – wohin auch immer – vorangekommen ist.

Tripp ist nicht mein Problem, hat er gesagt. Die Worte verletzen mich mehr, als eigentlich angebracht ist, wenn man bedenkt, wie groß die Scheiße ist, in der ich stecke. Morgen wird die ganze Schule wissen, dass mein Vater ein Dieb ist.

Als in der Ferne der Gong ertönt, der das Ende der Nachhilfestunden verkündet, schwinge ich mich über den Zaun und mache mich zu dem kleinen Birkenwäldchen auf, in dem ich mich mit Shane verabredet habe.

Er kommt natürlich zu spät und hat außerdem kein Interesse daran, Blätter zu sammeln, sondern will sich mit Charlotte treffen, weshalb wir uns so sehr in die Haare kriegen, dass wir schließlich getrennt weitergehen. Ich bin erleichtert, allein sein und einfach Musik hören zu können, während ich meiner bereits bestehenden Sammlung weitere Blätter hinzufüge, bis ich irgendwann merke, dass ich keine Ahnung mehr habe, wo ich bin. Ich ziehe die Ohrhörer raus, konzentriere mich auf meine Umgebung, komme schließlich am Shelton Park raus und beschließe, mich auf den Weg zurück zur Saint Ambrose zu machen.

Genau in diesem Moment ertönen laute Schreie.

Ich laufe zwischen den Bäumen hindurch in die Richtung, aus der sie kommen, und bleibe wie angewurzelt stehen, als ich inmitten des ganzen Grüns etwas Blaues leuchten sehe. Charlottes Mantel. Sie presst sich die Hände auf den Mund, was ihre Schreie aber nicht wirklich dämpft. Shane steht neben ihr, einen großen Stein in der Hand. Er hat den Blick gesenkt und starrt benommen auf etwas, das vor ihm auf dem Boden …

Oh Gott.

Das ist Mr Larkin. Er liegt regungslos auf dem Rücken und seine weit aufgerissenen Augen starren ins Nichts. Die Blätter unter seinem Kopf leuchten hellrot. »Ist er …« Ich verstumme und gehe auf die drei zu, obwohl alles in mir mich dazu drängt, wegzulaufen.

»Ich weiß nicht«, sagt Shane mit rauer Stimme. Er umklammert immer noch den Stein, der voller Blut ist, genau wie seine Hand, und ich beobachte voller Grauen, wie ein Tropfen auf seiner Saint-Ambrose-Hose landet.

Vielleicht ist Mr Larkin gestolpert, denke ich. Er ist gestolpert und mit dem Kopf auf dem Stein aufgeschlagen. Aber irgendwie sieht es nicht so aus, als ob es so gewesen wäre. So sieht es ganz und gar nicht aus.

»Shane«, sage ich in dem beruhigenden Tonfall, den ich benutze, wenn ich versuche, den neurotischen Chihuahua unserer Nachbarn nicht zu erschrecken. »Was hast du getan?«

»Nichts«, sagt Shane mit derselben rauen Stimme.

»Warum hast du den Stein in der Hand?«, frage ich.

»Ich … äh … Der hat neben ihm gelegen.«

Auf dem Waldboden neben Mr Larkin glitzert etwas. Ich gehe in die Hocke, um es mir anzusehen, und mir springt das Herz in die Kehle. Eine Sekunde lang kriege ich keine Luft, kann nichts anderes tun, als wie betäubt auf den kleinen runden Silberanhänger zu starren, der zwischen den Blättern liegt. »Meine Glücksbringer«, sagt Dad immer, wenn er seinen Schlüsselbund mit den Anhängern um den Finger kreisen lässt.

Warum liegt einer davon neben Mr Larkins Leiche? Er kann nur tot sein, oder? Ich traue mich nicht, nach seinem Puls zu fühlen, aber niemand könnte so lange so reglos daliegen, wenn er …

Charlotte hat sich immer noch nicht beruhigt. »Hör auf zu schreien«, sage ich angespannt. »Ich kann nicht nachdenken, wenn du so schreist.«

Während sie versucht, sich keuchend und nach Atem ringend

in den Griff zu kriegen, greife ich hastig nach dem Anhänger und lasse ihn in meiner Hosentasche verschwinden. Ein kurzer Blick zu Shane bestätigt mir, dass er nach wie vor auf den blutigen Stein in seiner Hand starrt. »Ich hab Stimmen gehört«, sagt er plötzlich. »Es klang wie ein Streit. Dann wurde es still, ich bin hergelaufen und … und ich hab Mr Larkin hier liegen sehen. Er hat einfach hier gelegen und sich nicht mehr gerührt.«

Mein Puls, der ohnehin schon rast, beschleunigt sich so sehr, dass mir schwindelig wird. »Ich hab laute Stimmen gehört«, hat Shane gesagt.

Genau wie ich vorhin.

In meinem Kopf bricht die Hölle los. Die Dinge, die ich vorhin mitbekommen habe – der Streit zwischen Dad und Mr Larkin, wie Mr Larkin ihn abgefertigt und sich in den Wald aufgemacht hat –, vermischen sich mit Bildern, die meine Vorstellungskraft erzeugt: Dad, der Mr Larkin hinterhergeht, ihn findet, die Beherrschung verliert und etwas Schreckliches tut.

Etwas, das nicht mehr rückgängig zu machen ist.

Was jetzt? Ich muss nachdenken. Mein Dad – er hat ganz bestimmt nicht gewollt, dass das hier passiert. Er hat nur versucht … Gott, er hat einfach nur versucht, mich zu beschützen … oder? Was hat er noch gleich zu Mr Larkin gesagt? »Begreifen Sie denn nicht, was das für Tripp bedeuten würde?« Er muss ihm hierher gefolgt sein, um ihn vielleicht doch noch umzustimmen, und dann hat er die Beherrschung verloren.

Es kann nur ein Unfall gewesen sein, davon bin ich überzeugt. Aber das spielt keine Rolle, wenn jemand dabei stirbt, oder? Sie werden Dad wegsperren und mich in ein Heim stecken.

Ich schiebe den Anhänger tiefer in meine Hosentasche, während ich langsam den Blick über den Boden wandern lasse, um mich zu vergewissern, dass mein Vater nicht noch etwas anderes hier verloren hat. Anschließend richte ich meine Aufmerksamkeit wieder auf Shane. Wir sehen uns an, und jetzt ist der Ausdruck in seinen Augen plötzlich wieder viel klarer.

»Ich hab laute Stimmen gehört«, wiederholt er und mein Magen zieht sich zusammen. Ist ihm klar, was er gehört hat – oder *wen*? Ich kann es ihn nicht aussprechen lassen, weil es dann real werden würde.

»Nein, hast du nicht.« Ich hatte nicht vor, das zu sagen, aber sobald die Worte draußen sind, weiß ich, dass ich auf dem richtigen Weg bin. Auch wenn man hier nicht von *richtig* sprechen kann – nichts an dieser furchtbaren Situation ist richtig –, habe ich doch keine andere Wahl. Shane gehört nicht zu den Menschen, die eigenständig denken. Er schwimmt lieber mit dem Strom und überlässt die Führung gern anderen – jetzt muss er sie mir überlassen.

Shane sieht mich verwirrt an. »Hast du eine Ahnung, wie das aussieht, Shane? Du hast den Stein in der Hand, mit dem Mr Larkin getötet wurde. Deine Fingerabdrücke sind auf einer Tatwaffe.« Ich kann nur hoffen, dass nicht auch die von meinem Vater drauf sind. Aber – nein. Als ich ihn auf dem Schulflur gesehen habe, hatte er Handschuhe an, die hat er draußen mit Sicherheit nicht ausgezogen. Wenn ich es schaffe, die Kontrolle über Shane zu behalten, dürfte ihn nichts mit diesem Tatort hier in Verbindung bringen.

»Ich habe aber nicht … So war es nicht …« Shane lässt den Stein fallen. Er landet mit einem dumpfen Aufprallgeräusch auf dem Boden, und Charlotte zuckt so heftig zusammen, dass sie aufhört zu schluchzen. Sie schnieft und wischt sich mit zitternder Hand über die Augen, als Shane stammelt: »Mr Larkin hat … schon so da gelegen. Ich hab den Stein bloß aufgehoben.«

»Mich brauchst du nicht zu überzeugen, ich glaube dir«, sage ich. »Aber wenn du mit seinem Blut an den Händen aus dem Wald kommst und erzählst, dass du einen Streit gehört hast, den sonst niemand gehört hat ...« Ich spähe zu Charlotte, um zu schauen, ob sie protestiert, aber sie reibt sich immer noch die Augen. »Weißt du, wie das aussehen wird? So als wärst du es gewesen. Als hättest du das alles bloß erfunden.« Shane schluckt. Er starrt auf seine Hände und ich gebe ihm den Rest. »Du könntest für den Mord an Mr Larkin ins Gefängnis wandern.«

Charlotte wird noch eine Spur blasser und Shane keucht: »Im Ernst jetzt?«

»Im Ernst. So was passiert doch ständig«, sage ich, als wäre ich ein Experte auf diesem Gebiet und kein völlig verängstigter Jugendlicher.

Charlotte greift nach Shanes Arm und zieht ihn an sich. »Wir dürfen auf keinen Fall zulassen, dass Shane verhaftet wird«, drängt sie, und ich schicke ein stummes Dankgebet in den Himmel, weil Charlotte so besessen von Shane ist. Bei jedem anderen würde sie sich nicht so einfach das Ruder aus der Hand nehmen lassen und sich vielleicht fragen, warum ich die Situation so schwarz male. Aber nicht, wenn es um Shane geht. Bei ihm aktiviert sich sofort ihr Beschützerinstinkt.

»Das werden wir auch nicht«, sage ich. »Wir müssen bloß dafür sorgen, dass wir alle dasselbe aussagen und unsere Geschichte so einfach wie möglich halten. Wir erzählen, dass wir uns für das Biologieprojekt im Wald getroffen haben, dass wir niemanden anderen gesehen oder gehört haben und Mr Larkin so hier gefunden haben. Shane hat, ohne nachzudenken, den Stein aufgehoben und dann ist uns klar geworden, dass wir Hilfe holen müssen. Okay?« Beide nicken. »Gut. Und jetzt konzentriert euch, weil es hier auf jedes Details ankommt und unsere Storys absolut identisch sein müssen.«

29

TRIPP

Ich fasse es nicht, dass ich das getan habe.

Da schaffe ich es ganze vier Jahre, dichtzuhalten, und jetzt erzähle ich ausgerechnet Brynn Gallagher, dass mein Vater Mr Larkin getötet hat und ich ihn gedeckt habe, indem ich mir in meiner damals noch kindlichen Naivität eine Story ausdachte, die tatsächlich alle geglaubt haben. Noch Wochen danach hatte ich ständig Angst, der Druck für Shane würde zu groß werden und er könnte einknicken. Oder Charlotte könnte von unserer gemeinsamen Version der Ereignisse abweichen, um nicht noch mehr Aufmerksamkeit auf sich zu ziehen, nachdem ich ihr – ohne es zu wollen – den Diebstahl des Gelds für den Klassenausflug angehängt hatte.

Aber keine meiner Befürchtungen trat ein. Shane, Charlotte und ich wurden mit Mitgefühl überschüttet, wir erlangten fast so eine Art Heldenstatus und niemand kam je auf den Gedanken, am Wahrheitsgehalt unserer Aussage zu zweifeln – okay, vielleicht mit Ausnahme von Officer Patz. »Wir erzählen der Polizei unsere Geschichte«, habe ich damals im Wald zu Shane und Charlotte gesagt, »und dann verlieren wir nie wieder auch nur ein einziges Wort darüber. Das ist besser so, damit uns nicht aus Versehen mal irgendwas Falsches rausrutscht.«

Ich kann immer noch nicht glauben, dass wir damit tatsächlich durchgekommen sind. Dass sich keiner von uns je verplappert hat, es satt hatte, die Lüge aufrechtzuerhalten, oder es in einem schwachen Moment nicht geschafft hat, die Wahrheit in die hinterste Ecke des Bewusstseins zu drängen.

Bis eben.

Ich kann Brynn nicht ansehen, möchte gar nicht wissen, mit was für einem Gesichtsausdruck sie mich jetzt anschaut. Und dann packt mich plötzlich das nackte Grauen und mir schnürt es die Luft ab. Sie wird es jemandem erzählen. Wie könnte sie so was auch für sich behalten? Oh Gott, was hab ich nur getan, was hab ich getan, was hab ich …

»Tripp? Hey!« Brynn fasst mich am Arm, aber ich weiche zurück und kann sie immer noch nicht anschauen. »Ich glaube nicht, dass das so gewesen ist. Es kann gar nicht so gewesen sein.«

»Diesmal funktioniert dein eingebauter Lügendetektor leider nicht, Brynn«, sage ich bitter. »Es ist genau so gewesen.«

»Nein.« Sie greift erneut nach meinem Arm. »Hör mir doch mal zu, Tripp. Mein Dad und ich waren an dem Tag auch in der Schule. Ich hab länger in der Redaktion von der Schülerzeitung gearbeitet und er hat mich abgeholt. Als er den Wagen starten wollte, ist der Motor nicht angesprungen.« Sie spricht so schnell, dass sie fast über ihre eigenen Worte stolpert. »Er ist ausgestiegen und hat sich nach jemandem umgeschaut, der vielleicht ein Überbrückungskabel hat. Auf dem Parkplatz war niemand, also bin ich wieder in die Schule zurück, um zu gucken, ob ich vielleicht irgendwo noch einen Lehrer erwische, und da habe ich deinen Dad gesehen.«

»Du hast … *Was*?« Mein Magen sackt eine Etage tiefer.

»Er stand vor der Glasvitrine mit den Pokalen. Ich hab ihn

gefragt, ob er uns helfen kann, und da ist er mit mir nach draußen gegangen und hat aus seinem Kofferraum ein Überbrückungskabel geholt.«

»Wann …« Ich räuspere mich. »Wann war das genau?«

»Das hab ich dir doch gerade gesagt. Nach der Schule.«

»Aber *wann* nach der Schule?«, hake ich nach. Dad hat immer darauf geachtet, halbwegs fit zu bleiben, und kann ziemlich schnell laufen, wenn er will. Wenn er *muss*. Sollte zwischen dem Streit mit Mr Larkin und dem Moment, in dem er Brynns Dad geholfen hat, auch nur eine halbe Stunde gelegen haben, würde das nichts bedeuten. »Um welche Uhrzeit?«

»Ich weiß nicht …« Brynn zieht ein paar quälende Sekunden lang angestrengt nachdenkend die Brauen zusammen, bis ihr Gesicht sich aufhellt. »Oder, warte … Gleich nachdem ich deinen Vater um Hilfe gebeten hatte, hat es gegongt, das heißt, es muss … halb vier gewesen sein?«

»Halb vier? Das ist der letzte Gong.« Ich starre auf meine Sneakers und denke daran zurück, wie ich direkt nach diesem Gong über den Zaun gesprungen bin – nur ein paar Minuten nachdem ein zu der Zeit noch quicklebendiger Mr Larkin im Wald verschwunden ist. »Bist du dir sicher?«

»Absolut.« Brynn nickt entschieden. »Ich weiß nämlich noch, dass dein Dad irgendwie total erschöpft wirkte, und als es gongte, hat er kurz den Kopf geschüttelt und gesagt: ›Okay, dann lass uns mal sehen, ob ich ein Kabel dabeihabe.‹« Sie versucht ein Lächeln, das ich nicht erwidern kann. »Es hat sich dann aber rausgestellt, dass es gar nicht die Batterie war, also hat mein Dad einen Abschleppdienst angerufen, und dein Vater hat mich nach Hause gefahren, ist noch mit reingekommen und hat noch ein bisschen mit meiner Mom und Ellie und mir gequatscht, bis mein Vater von der Werkstatt zurück war. Er saß sogar noch bei uns, als die Polizei deinetwegen angerufen hat. Mein Gott, Tripp.« Als ich Brynn endlich anschaue, liegt in ihren Augen ein mitfühlender und zugleich entsetzter Ausdruck. »Wie kann es sein, dass du davon nichts gewusst hast? Hat er dir denn nicht erzählt, wo er war?«

»Er hat … er hat gesagt, dass er in der Schule war, um seine Rechnung abzugeben, und dann … hab ich ihn unterbrochen«, antworte ich. Sobald mein Vater auf dem Polizeirevier etwas sagen wollte, habe ich versucht, ihn daran zu hindern, damit er sich nicht verrät.

Natürlich konnte ich die Polizei damals nicht davon abhalten, mit ihm allein zu sprechen, und da wird er von der Autopanne von Brynns Vater erzählt haben. Aber ich selbst habe ihm nie eine einzige Frage zu diesem Tag gestellt. Noch Monate später habe ich ihn jedes Mal abgewürgt, wenn er darauf zu sprechen kam. Ich hatte so eine verzerrte Sicht auf ihn, dass mir plötzlich alles an ihm verdächtig vorkam. Mein Hauptfokus lag darauf, dafür zu sorgen, dass Shane, Charlotte und ich bei unserer Geschichte bleiben, mir in einem unbedachten Moment nicht herausrutscht, dass Dad kurz vor Mr Larkins Tod einen Streit mit ihm hatte, und dass niemand etwas von dem …

»Der Anhänger!«, sage ich. »Der kleine runde Silberanhänger, den ich neben der Leiche von Mr Larkin gefunden habe. Ich dachte … Ich hätte schwören können, dass er meinem Dad gehört hat.«

»Na ja, stimmt vielleicht auch«, sagt Brynn. »Er könnte ihn irgendwann anders dort verloren haben, wobei ich zugebe, dass es schon echt seltsam ist, dass du ihn genau an dem Tag gefunden hast.« Plötzlich weiten sich ihre Augen. »Warte mal. Mr Larkin hatte anscheinend eine Silberkette um, als er getötet wurde. Sie haben sie zerrissen in seinem Hemd gefunden, was bedeutet … der Anhänger könnte abgegangen sein, als er angegriffen wurde.« Sie setzt sich aufrecht hin. »Hast du ihn noch?«

»Ich weiß nicht.« Als ich damals endlich zu Hause und allein in meinem Zimmer war, habe ich den Anhänger ganz hinten in eine Schublade meiner Kommode gesteckt, ohne noch einen Blick darauf zu werfen. Seitdem habe ich nie mehr danach gesucht, gut möglich, dass er immer noch dort liegt, aber ich habe weiterhin Zweifel. Es steht zu viel auf dem Spiel. »Brynn, hör zu, du musst … du musst absolut ehrlich sein, okay? Bist du ganz *sicher,* dass mein Dad die ganze Zeit bei euch war?«

»Absolut. Mein Vater hat der Polizei auch erzählt, dass dein Dad uns mit dem Überbrückungskabel helfen wollte und mich nach Hause gefahren hat. Er hat ihm im Grunde ein wasserdichtes Alibi gegeben. Obwohl niemand auf die Idee gekommen wäre, dass er es brauchen könnte. Oh Mann, Tripp.« Sie greift nach meinen Händen und drückt sie. »Ich kann nicht glauben, dass du alle die Jahre gedacht hast, dein Dad hätte Mr Larkin umgebracht. Du hättest doch bloß *fragen* müssen. Wenn wir noch miteinander geredet hätten, hätte ich dir bestimmt irgendwann erzählt, dass er uns geholfen hat. Dein Dad ist vielleicht ein Dieb, aber er ist kein Mörder.«

Er ist kein Mörder.

Die Geschichte, die ich vor vier Jahren erfunden habe, war genau das – eine erfundene Geschichte. Sie hatte nichts mit der Realität zu tun. Eigentlich müsste ich jetzt vor Freude und Erleichterung in die Luft springen, aber in mir drin ist alles taub. Ich fühle mich kein bisschen besser. Ich fühle mich nach wie vor, als würde ein Fluch auf mir lasten. »Ich habe die Polizei angelogen und ein wichtiges Beweismittel unterschlagen«, sage ich düster. »Es ist meine Schuld, dass der Mord an Mr Larkin nie wirklich aufgeklärt werden konnte …«

Ich will mich wieder ins Polster sinken lassen, aber Brynn zieht mich in eine aufrechte Position zurück. »Nicht«, sagt sie mit fester Stimme. »Hör auf, dich so zu quälen. Gib dir doch erst einmal Zeit zu begreifen, dass dein Dad keinen Mord begangen hat. Du warst damals dreizehn, du hast deinen Dad geliebt und du hattest wahnsinnige Angst, ihn zu verlieren. Du kannst aufhören, deine Schuldgefühle in Alkohol zu ertränken, weil du dich nicht schuldig fühlen musst. Du hattest nur noch ihn und wolltest ihn um jeden Preis beschützen, das macht dich nicht zu einem schlechten Menschen. Außerdem …«, sie lässt meine Hände los, als wäre ihr plötzlich der Gedanke gekommen, dass das irgendwie unpassend ist, »gibt es ein viel größeres Problem, über das wir uns jetzt den Kopf zerbrechen müssen.«

»Ach ja?« Ich lache bitter. »Ein größeres Problem als den Meineid, den ich wegen des Mords an meinem Lehrer geleistet habe?«

»Ja«, sagt Brynn. »Shane hat damals, obwohl seine Fingerabdrücke auf der Mordwaffe waren, vor allem deswegen keine Schwierigkeiten bekommen, weil du gesagt hast, du wärst die ganze Zeit mit ihm und Charlotte zusammen gewesen. Ihr wärt zusammen in den Wald gekommen, hättet euch nie getrennt und gemeinsam die Leiche von Mr Larkin entdeckt. Du warst damals noch nicht mit Shane befreundet, deswegen hat niemand deine Aussage angezweifelt. In Wirklichkeit ging es dir aber darum, deinen Dad zu schützen – was, wie wir jetzt wissen, gar nicht nötig gewesen wäre.« Ihre Worte dringen durch mein alkoholumnebeltes Hirn, und ich starre sie mit offenem Mund an, als sie sagt: »Dabei war der Mensch, den du letztlich geschützt hast, Shane.«

Von all den Dingen, die ich darauf sagen könnte, fällt mir gerade nur das hier ein: »Fuck.«

Wir schrecken beide zusammen, als mit einem lauten Quietschen plötzlich die Tür des Gästehauses aufschwingt und einen kalten Stoß Januarluft in unsere Richtung schickt. Zum ersten Mal in dieser Woche ist mir kalt. Jemand, den ich erst auf den zweiten Blick erkenne, lehnt sich an den Türrahmen und schaut zwischen Brynn und mir hin und her.

»Was ist hier los, T.?«, fragt Shane.

30

TRIPP

»Hey«, krächze ich, während Brynn hastig von mir abrückt. Mein Mund ist plötzlich staubtrocken, mir dröhnt der Kopf und jeder Muskel tut weh. Als würde sich der exzessive Alkoholmissbrauch, den ich meinem Körper eine Woche lang zugemutet habe, jetzt doch rächen. »Was machst du denn hier?«

»Die Frage ist wohl eher, was *sie* hier macht.« Shane deutet mit dem Kinn auf Brynn.

»Ich bin hier, um mich zu entschuldigen«, sagt Brynn und zieht ein Bein unter sich. Mir ist erst bewusst geworden, dass sie praktisch auf meinem Schoß saß, als sie so hastig von mir weggerückt ist. »Weil ich Tripp nichts von meinem Praktikum bei *Motive* erzählt habe. Und um ihm zu sagen, dass ich gekündigt habe.«

»Schön für dich. Falls das überhaupt wahr ist.« Shane verschränkt finster die Arme vor der Brust. Wie viel von unserem Gespräch hat er mitbekommen? »Das erklärt trotzdem nicht, warum du hier bist, obwohl meine Freundin dir gesagt hast, dass du verschwinden sollst.«

»Das ist meine Schuld.« Vielleicht habe ich im Moment nicht die schnellste Auffassungsgabe, aber in diesem einen Punkt bin ich mir ziemlich sicher. Fast alles ist meine Schuld.

»Ich wollte sowieso gerade gehen.« Brynn steht auf und dreht sich zu mir. »Was ist mir dir, Tripp? Ich könnte dich zu Hause absetzen. Dein Dad macht sich bestimmt schon Sorgen.«

»Sein Dad arbeitet«, antwortet Shane, bevor ich es tun kann. »Tripp hat hier alles, was er braucht. Charlotte und ich sind für ihn da, warum kümmerst du dich nicht einfach um deinen eigenen Scheiß?«

»Hey«, versuche ich, dazwischenzugehen, aber da holt Brynn schon zu einer Entgegnung aus.

»Ihn mit einer gut gefüllten Hausbar allein zu lassen, nennst du *für ihn da sein*?«, sagt sie und deutet auf einen mit Hochprozentigem bestückten Beistelltisch.

»Er wollte allein sein.« In Shanes Kiefer zuckt ein Muskel.

Ich blinzle und sehe eine Sekunde lang den Shane von vor vier Jahren vor mir – kleiner als heute, aber trotzdem schon größer als die meisten anderen Jungs in unserer Klasse, mit leerem Blick und blutverschmierten Händen. *Ich hab den Stein bloß aufgehoben.* Die ganze Zeit dachte ich, ich würde Shane als Schutzschild für meinen Vater benutzen. Mir ist nie der Gedanke gekommen, dass es genau anders herum sein könnte, und wirklich vorstellen kann ich es mir immer noch nicht. Er benimmt sich gerade wie ein Arsch, klar, aber er ist trotzdem mein Freund.

Oder?

»Das eine hat mit dem anderen nichts zu tun«, fährt Brynn ihn an.

»Für jemanden, der gar nicht hier sein dürfte, riskierst du eine ziemlich dicke Lippe«, sagt Shane mit drohendem Unterton und tritt auf sie zu. Brynn weicht unwillkürlich einen Schritt zurück, und ich schaffe es endlich, mich vom Sofa hochzuhieven und neben sie zu stellen.

»Lass sie in Ruhe, Shane. Sie will bloß helfen.«

»Du stehst schon voll unter ihrem Pantoffel, T.«, sagt Shane verächtlich. »Sie benutzt dich.«

»Ich stehe nicht … du hast keine Ahnung, was du da redest.« Schön wär's. Dann hätte ich mich vielleicht nicht mit Alkohol betäuben müssen. »Hey, hör zu, Shane. Ich bin euch echt dankbar, dass ihr mich heute aufgegabelt und mir angeboten habt, hier zu übernachten. Aber …« Ich bin kurz davor, zu sagen, *Brynn hat recht,* aber das würde ihn nur wieder auf die Palme bringen. »Ich muss nach Hause und mit meinem Dad reden.«

Zum Glück hat Shane nicht so einen inneren Lügendetektor wie Brynn, der letzte Satz stimmt so nämlich nicht. Ich meine, natürlich muss ich irgendwann mit meinem Vater reden, aber … ich habe gerade keine Ahnung, wo ich überhaupt anfangen sollte. Vor vier Jahren hat es in unserer Beziehung so eine Art Kontinentalplattenverschiebung gegeben, die in den letzten fünf Minuten wieder rückgängig gemacht wurde – nur dass er nicht das Geringste davon weiß.

»Und was willst du ihm sagen?«, fragt Shane.

In seiner Stimme liegt ein herausfordernder Unterton. Wie viel hat er von dem mitbekommen, was Brynn und ich geredet haben? Ich kann es immer noch nicht einschätzen.

»Oh Mann, Shane«, gebe ich zurück. »Ich will mich einfach nur zu Hause blicken lassen. Er wird sich Sorgen gemacht haben.«

Shane zieht die Brauen hoch. »Und warum interessiert dich das auf einmal?«

Weil er doch kein Mörder ist. Stell dir vor! Könnte es vielleicht sein, dass du dafür einer bist?

Nein. Das ist Quatsch. Nur weil Dad Mr Larkin nicht umgebracht hat, heißt das nicht, dass Shane es war. Ich bin völlig übermüdet und habe Angst, dass ich womöglich ein paar von diesen Gedanken laut ausspreche, wenn ich noch länger hierbleibe.

»Okay«, seufze ich. »Sag Charlotte vielen Dank von mir und …«

Shane macht ein paar Schritte in den Raum und stellt sich ohne Vorwarnung so dicht vor mich hin, dass unsere Köpfe sich fast berühren. Seine Hände sind an den Seiten zu Fäusten geballt. Ich bin ein kleines bisschen größer, aber er ist ein kleines bisschen kräftiger. Wir haben uns noch nie geprügelt, ich weiß nicht, wer von uns beiden gewinnen würde, wenn es jetzt dazu käme.

»Echt jetzt?«, sage ich.

»Du weißt anscheinend nicht mehr, wer deine Freunde sind«, sagt Shane gefährlich leise.

»Doch, klar. Es ist nur so, dass ich mehr als bloß zwei Freunde habe.«

»Wir haben dich aufgenommen, als alle anderen sich einen Dreck um dich geschert haben«, zischt Shane.

»Ihr habt *mich aufgenommen*?« Ich würde lachen, wenn er nicht so angepisst aussehen würde. »Ich bin kein Waisenkind.«

Er verzieht abfällig den Mund. »Was du nicht sagst.«

»Hört auf!«, befiehlt eine Stimme von der Tür. Shane tritt zurück, bevor mein Gehirn seine letzte Bemerkung verarbeiten und meiner Faust den Auftrag erteilen kann, ihm dafür eine reinzuhauen. Charlotte kommt in den Raum marschiert, und eigentlich sollte ich mich bei ihr bedanken, weil Shane mir wahrscheinlich die Abreibung meines Lebens verpasst hätte, wenn ich auf ihn losgegangen wäre. Aber bevor ich ein Wort sagen kann, erklärt sie eisig: »Dann ist jetzt wohl klar, auf wessen Seite du stehst.«

Ich reibe mir meine pochende Schläfe. »Es geht hier doch nicht um irgendwelche Seiten, Charlotte.«

Sie gibt ein Geräusch von sich, das zu fein klingt, um es als Schnauben zu bezeichnen. Es ist eher ein *Hmmmpf.* »Es geht immer darum, auf welcher Seite man steht. Und jetzt möchte ich, dass sie auf der Stelle unser Anwesen verlässt«, schiebt sie hinterher, ohne Brynn auch nur anzuschauen.

»Bin schon weg.« Brynn steuert sichtlich erleichtert auf die Tür zu.

Ich will eigentlich nicht, dass wir uns so trennen, habe aber das Gefühl, dass es nicht anders geht, besonders nach allem, was heute Abend ans Licht gekommen ist. Während des Blickduells zwischen Shane und mir habe ich mich eine paranoide Sekunde lang gefragt, ob er mich überhaupt gehen *lassen* würde.

»Vielen Dank für alles«, murmle ich, als ich an den beiden vorbei auf die Tür zusteuere.

Charlotte gibt ein weiteres feines Schnauben von sich. »Wir sehen uns, wenn du das nächste Mal zusammenbrichst.«

Brynn sagt kein Wort, bis wir das Gartentor erreicht haben. »Wow«, flüstert sie, während ich es öffne und wir nach draußen treten. »Das war krass.« Als ich darauf nichts sage, wirft sie einen Blick über die Schulter: »Meinst du, Shane hat mitbekommen, worüber wir geredet haben?«

»Ich weiß es nicht«, sage ich.

»Mein Wagen steht …«

Ich stolpere über eine Wurzel. Brynn greift nach meinem Arm, um mich aufzufangen, schlägt stattdessen aber der Länge nach mit mir hin. »Shit«, ächzt sie, rollt sich zur Seite und rappelt sich wieder auf. Ich bin zu verwirrt, um mich zu bewegen, und bleibe einfach liegen.

»Erinnere mich daran, dich das nächste Mal, wenn ich einen

schnellen Abgang machen will, besser nicht mitzunehmen.« Sie streckt mir die Hand hin. »Komm schon. Ich weiß, du musst dich dringend ausruhen, aber nicht hier.«

Ich greife nach ihrer Hand und setze mich auf, ziehe sie dann aber näher zu mir, bevor sie mich auf die Beine hieven kann. »Danke, Brynn«, sage ich. »Im Ernst. Ich bin nicht … ich weiß nicht, wie ich dir für das, was du heute Abend für mich getan hast, jemals moderat danken kann.«

Sie zieht die Brauen hoch. »Moderat?«

»Ja.«

»Du meinst *adäquat*?«

»Bitte, Brynn«, stöhne ich. »Ich versuche hier gerade eine Dankesrede zu halten.«

Ihre Augen blitzen. »Vielleicht solltest du das nicht ausgerechnet auf Charlottes *Anwesen* machen.«

»Okay. Von mir aus.« Ich rapple mich hoch und halte weiter ihre Hand fest. »Du sollst nur wissen, dass ich dir unendlich dankbar bin. Echt. Ich könnte dich küssen, so dankbar bin ich!«

Brynns Blick erstarrt. Ach ja. Stimmt. Könnte sein, dass ich … nein, ich habe ihr *definitiv* gestanden, dass ich früher in sie verliebt war, also denkt sie vielleicht, dass ich das mit dem Küssen wörtlich gemeint habe. Vielleicht habe ich das sogar.

Sie fängt sich wieder und lächelt trocken. »Werde erst mal nüchtern, okay?«, sagt sie. »Dann sehen wir weiter.«

31

BRYNN

»Noch Kaffee, Liebes?« Regina kommt mit einer Kanne in der Hand und Al auf den Fersen an unseren Tisch.

»Ja bitte«, sage ich, worauf sie mir nachschenkt, Tripps leere Tasse aber ignoriert.

»Noch mal«, murmelt er kleinlaut. »Es tut mir leid.«

»Al und ich verzeihen dir, aber das heißt nicht, dass wir schon wieder mit dir reden wollen«, antwortet Regina kühl, während Al Tripp mit einem Nasenstüber am Bein auffordert, ihn zu kraulen. »Verräter«, raunt Regina ihrem Hund zu, bevor sie Tripp ebenfalls Kaffee nachschenkt und wieder hinter der Theke verschwindet.

»Danke, dass du mich nicht gefeuert hast«, ruft er ihr hinterher.

Es ist Sonntagmorgen, aber Tripp ist heute nur als Gast in der Brightside Bakery, weil Regina gesagt hat, sie lässt ihn erst wieder hier arbeiten, wenn er es geschafft hat – Zitat: *mindestens vierundzwanzig Stunden lang keinen Vollidioten aus sich zu machen.*

Er ist ordentlich rasiert, hat einen klaren Blick, frische Sachen an und duftet nach Zitrusseife. Aber vor allem wirkt er so gelöst und befreit, wie ich ihn seit meiner Rückkehr an die Saint Ambrose noch kein einziges Mal erlebt habe. Auf dem

Weg hierher war ich mir nicht sicher, ob ich mit ihm über das reden soll, was mich beschäftigt, aber als ich ihn so sehe, habe ich das Gefühl, dass es okay ist. Ich räuspere mich. »Tripp, hör zu. Nach allem, was gestern Abend passiert ist, habe ich ziemlich viel nachgedacht und … mir sind ein paar Theorien zu Mr Larkin durch den Kopf gegangen, über die ich gern mit dir reden würde, wenn das für dich in Ordnung wäre. Oder wäre es dir lieber, wenn ich in Zukunft die Finger davon lasse?«

»Von was?«, fragt er.

»Von Mr Larkin. Dem Fall. Allem, was damit zu tun hat.«

Tripp zieht die Brauen zusammen. »Du meinst, dass wir … dass wir das, was passiert ist, nie wieder erwähnen?«

Das klingt stark nach dem damals im Wald geschlossenen Pakt, aber ich habe nicht vor, ihn darauf hinzuweisen. »Ich würde niemandem gegenüber je wieder ein Wort über ihn verlieren, wenn es das ist, was du willst«, sage ich.

Als ich mich gestern schlaflos im Bett gewälzt habe, musste ich immer wieder an etwas denken, was Tripp in Charlottes Gästehaus zu mir gesagt hat. *Die Schülerzeitung ist dir wichtiger gewesen als ich.* Mir ist klar geworden, dass er das damals wirklich geglaubt hat, und diese Erkenntnis hat mir in der Seele wehgetan. Ich will nicht mehr das hyperambitionierte Mädchen mit dem Tunnelblick sein, das Tripp in der achten Klasse kannte – oder das Mädchen, das die letzten vier Wochen wie ein Bulldozer durch Sturgis gewalzt ist und krampfhaft versucht hat, sich selbst zu beweisen. Als alle mich gehasst haben, weil ich ein Geheimnis aus meinem Praktikum bei *Motive* gemacht habe, habe ich mich so allein gefühlt wie noch nie zuvor in meinem Leben. Aber das Schlimmste war, dass ich begriffen habe, wie sehr ich meine Freunde, meine Familie und vor allem Tripp mit meinem Verhalten verletzt habe.

Zeit, das endlich klarzustellen. »Du bist mir viel wichtiger als jede Story, Tripp. Es tut mir leid, dass ich dir das früher nie gezeigt habe.«

Tripp hat den Blick gesenkt und ist eine Weile still. »Mir tut es auch leid«, sagt er schließlich. »Das, was ich damals im Sportunterricht über dich gesagt habe, sowieso, aber auch … alles andere. Ich war ab und zu an Mr Larkins Grab, um ihn um Verzeihung dafür zu bitten, dass er meinetwegen nie Gerechtigkeit bekommen hat. Aber wenn ich dort stand und mit seinem Grabstein gesprochen hab, wusste ich, dass das bloß leere Worte waren. Dass sie nichts ändern würden.«

»Du warst an Mr Larkins Grab?« Bei der Vorstellung, wie er dort gestanden haben muss, bricht es mir ein bisschen das Herz. »Das ist bestimmt hart gewesen.«

»Das war das Mindeste, was ich tun konnte.« Tripp verzieht das Gesicht. »Du brauchst nicht *die Finger davon zu lassen*, Brynn. Schon okay. Also los. Erzähl mir von deinen Theorien.«

»Okay …« Ich hole tief Luft und öffne auf meinem Handy den Link zu dem Artikel aus dem *Union Leader*. »Erinnerst du dich noch, dass ich gestern Abend gesagt habe, dass du mit deiner Lüge nicht deinen Vater, sondern Shane geschützt hast?« Als Tripp nickt, berichte ich ihm, was ich bis jetzt herausgefunden habe: dass Mr Larkin einen Bruder an der Saint Ambrose hatte; seinen Namen möglicherweise von »Robbins« in »Larkin« ändern ließ und der Sohn eines tyrannischen Mannes aus New Hampshire sein könnte, dessen zweite Frau vor vierzehn Jahren mit dem gemeinsamen, damals dreijährigen Sohn vor ihm geflohen und seitdem wie vom Erdboden verschluckt ist. »Ich denke, dass jemand aus unserem Jahrgang Michael sein könnte – der kleine Junge, der damals verschwunden ist. Vom Alter her kommt das hin, also habe ich mir überlegt, wer es sein könnte, und dachte an …« Ich puste auf meinen Kaffee und Tripp greift nach meinem Handy. »… Shane.«

»Shane?«, wiederholt Tripp, den Blick auf das Display meines Handys geheftet.

»Ja. Er wohnt nicht in Sturgis und wir kennen ihn erst seit dem Kindergarten. Weißt du irgendwas über seine ersten drei Lebensjahre?«

»Es ist adoptiert worden«, sagt Tripp. »Davor war er bei einer Pflegefamilie.«

»Ja, das ist die offizielle Version«, sage ich. Als Tripp verblüfft blinzelt, füge ich hinzu: »Vielleicht ist Laura Delgado in Wirklichkeit Lila Robbins und wollte nicht, dass jemand von ihrer wahren Identität erfährt. Sie hat ungefähr das richtige Alter. Anfang vierzig.«

»Wie die Hälfte aller Eltern der Leute aus unserem Jahrgang«, hält Tripp dagegen. »Es gibt eine Menge Kids an der Saint Ambrose, die nicht aus Sturgis sind und deren familiären Hintergrund wir nicht kennen.«

»Stimmt. Aber die Sache ist die …« Ich reibe der neuen und besseren Version von Tripp nicht gern das Naheliegende unter die Nase, aber: »Nur einer von ihnen stand mit der Mordwaffe in der Hand vor der Leiche von Mr Larkin.«

Tripp betrachtet mit zusammengezogenen Brauen das Foto von Lila Robbins. »Das ist nicht Ms Delgado«, sagt er schließlich, schränkt dann aber ein: »Jedenfalls glaube ich das nicht. Selbst wenn sie sich die Haare gefärbt hätte, die Nase von diesem Mädchen hier ist zu groß.«

»Nasen können operiert werden«, sage ich. »Und ›Laura‹ ist vom Klang her nicht *so* weit von ›Lila‹ entfernt. Ich hab mal gelesen, dass Leute, die ihren Namen ändern müssen, sich oft einen aussuchen, der noch irgendwie an ihren alten erinnert.«

»Aber dieser kleine Junge ... Michael Robbins ... hier steht, dass er Asthma hatte. Shane hat kein Asthma.«

»Bist du sicher? Weißt du wirklich alles über ihn?«

Tripp spannt kurz die Kiefermuskeln an, bevor er zugibt: »Nein. Wir sind nicht ... unsere Freundschaft ist nicht so eng, dass wir uns solche Dinge erzählen würden. Aber ich hab ihn noch nie mit einem Inhalator gesehen. Und er spielt Lacrosse. Das würde er doch gar nicht schaffen, wenn er Asthma hätte, oder?«

»Doch, wenn er es gut im Griff hat. Es gibt einige Spitzensportler, die Asthma haben.« Ich tippe mir nachdenklich ans Kinn. »Jedenfalls ist es keine Krankheit, die man jemandem unbedingt ansieht. Deswegen bringt es wahrscheinlich erst mal nicht so viel, diesen Hinweis weiterzuverfolgen. Aber das ist noch nicht alles. Onkel Nick hat mir erzählt, er hätte damals in der Achten, als er Aushilfslehrer an der Saint Ambrose war, einen Streit zwischen Mr Larkin und Ms Delgado mitbekommen.«

»Einen Streit? Worum ging's dabei?«

»Das konnte er nicht sagen. Aber der Zeitpunkt ist interessant, findest du nicht? Vielleicht hat Mr Larkin sich ihr an dem Tag als ihr früherer Stiefsohn zu erkennen gegeben.«

Tripp atmet seufzend aus. »Du denkst also, Shane ist in Wirklichkeit Michael Robbins, der als kleiner Junge spurlos aus New Hampshire verschwunden ist und vierzehn Jahre später seinen Halbbruder umgebracht hat.«

»Wie gesagt, das ist nur eine Theorie.«

»Und Charlotte? Glaubst du wirklich, sie hätte all die Jahre einfach dichtgehalten und ihn gedeckt?«

»Vielleicht war Charlotte gar nicht dabei, als es passiert ist«, sage ich. »Du hast keine Ahnung, wie lange die beiden schon zusammen waren, als du bei ihnen angekommen bist. Aber ja – selbst, wenn Charlotte alles beobachtet hat, könnte es sein, dass sie ihn damals gedeckt hat und es bis heute tut.«

Alle wissen, dass Charlotte von Shane regelrecht besessen ist. Neu ist dagegen – zumindest mir –, dass die beiden fast manisch darauf bedacht sind, Tripp unbedingt in ihrer Nähe zu behalten. Aber als sie ihn dann aufgestöbert hatten, haben sie ihn sich selbst überlassen, obwohl es ihm total dreckig ging. Okay, vielleicht wollten sie ihm einfach ein bisschen Raum geben … Man könnte es aber auch so interpretieren, dass sie dafür sorgen wollten, dass er den Mund hält. So wie sie anscheinend immer, wenn Tripp »nicht gut drauf ist«, wie Charlotte es auf ihrer Party genannt hat, zu verhindern versuchen, dass er mit jemandem redet.

»Aber ich hab dir doch erzählt, was Shane damals gesagt hat, weißt du nicht mehr?«, sagt Tripp. »Er hat mir erzählt, dass er laute Stimmen gehört hat. In meiner Panik habe ich sofort gedacht, dass das nur mein Dad und Mr Larkin gewesen sein könnten, aber … vielleicht war da ja tatsächlich ein Fremder. Vielleicht ist alles genau so passiert, wie es die Polizei damals vermutet hat.« Er schluckt schwer. »Bis auf … du weißt schon … dass ich ein Beweismittel unterschlagen habe.«

»Du hast Shane mehr oder weniger unterstellt, dass er sich die lauten Stimmen nur ausgedacht hat«, entgegne ich und füge, als Tripp widersprechen will, hinzu: »Ich weiß, dass du das nur getan hast, um deinen Vater zu schützen, aber was, wenn du damit recht hattest? Ich meine, das ist genau das, was man sagen würde, wenn man versuchen würde, die Aufmerksamkeit von sich selbst abzulenken. Hast *du* denn laute Stimmen gehört?«

»Ich hatte die meiste Zeit Musik auf den Ohren und hab

nichts um mich herum mitbekommen, bis ich sie rausgenommen und Charlotte schreien gehört habe.«

»Hat sie was von den Stimmen mitgekriegt?«

»Ich weiß es nicht«, gibt Tripp zu. »Ich hab ihr gar keine Gelegenheit gegeben, irgendwas dazu zu sagen, sondern sofort die Führung übernommen.«

»Es könnte gut sein, dass Shane sich mit dieser Geschichte selbst gedeckt hat«, sage ich. »Immerhin war er am oder in der Nähe des Tatorts, als Mr Larkin ermordet wurde. Carly nennt das den *Proximitätsfaktor*.«

»Okay, aber so gesehen kann man diesen Proximitätsfaktor auf jeden an der Schule anwenden.« Als ich ihn fragend ansehe, erklärt Tripp: »Der Wald grenzt direkt ans Schulgelände, deswegen laufen da ständig irgendwelche Leute von der Saint Ambrose herum, Schüler, aber auch Lehrer. Trotzdem ist niemand je auf die Idee gekommen … zum Beispiel Grizz zu verdächtigen. Oder Ms Kelso.«

»Ms Kelso? Ernsthaft jetzt?«, sage ich, obwohl ich selbst schon in diese Richtung gedacht habe, als ich noch mal alles durchgegangen bin, was ich über den Fall zu wissen geglaubt habe. Dabei habe ich mich gefragt, ob es vielleicht irgendwelche Feindseligkeiten zwischen Mr Larkin und einem Kollegen oder einer Kollegin gegeben hat, von denen wir Schüler nie etwas mitbekommen haben.

»Oder dein Onkel«, sagt Tripp.

»Onkel Nick?« Ich runzle die Stirn. »Warum hätte irgendjemand ausgerechnet *ihn* verdächtigen sollen?«

»Proximität«, wiederholt Tripp. »Hat er an dem Tag gearbeitet?«

Ich will nicht, dass sich Tripp in Details verliert, die irrelevant sind, nur weil er dem *aktuellen* Gegenstand unseres Gesprächs ausweichen möchte. Statt zu antworten, hole ich mir deswegen mein Handy zurück und ziehe den *Union-Leader*-Artikel größer. »Es könnte sein, dass Shane Panik gehabt hat«, sage ich. »Dieser Dexter Robbins klingt nach einem totalen Kontrollfreak, der seiner Frau das Leben zur Hölle gemacht hat und dem es total egal war, wie sehr sein Kind leidet. Wenn Shane und seine Mutter dieses großartige neue Leben gefunden und sich bei Mr Delgado sicher gefühlt haben, hatte er vielleicht Angst, Mr Larkin könnte dafür sorgen, dass Robbins erfährt, wo sie sind, weil dann alles in die Luft geflogen wäre.«

»Jesus. *Killer Kids, die ungeschoren mit Mord davonkommen.* Willst du damit sagen, dass Gunnar Fox tatsächlich recht hatte?«

»Na ja, der Fall ist um einiges komplexer als das, aber … möglicherweise ja?« Als ich Tripp gestern Abend von Charlotte nach Hause gefahren habe, hat er mir von einem Video erzählt, das Lisa Marie diesem Gunnar geschickt hat und in dem sie so tut, als würde sie es für möglich halten, dass Tripp Mr Larkin umgebracht haben könnte. Als wir bei ihm zu Hause angekommen waren, habe ich ihn davon überzeugt, ihr zu schreiben und ihr dringend davon abzuraten, ihn das Video veröffentlichen zu lassen, weil er sonst die Nachrichten von Gunnar Fox, in denen er Lisa Marie für ihre Lüge Geld bietet, an die Redaktion von *Motive* weiterleiten würde. »Hast du eigentlich schon was von Lisa Marie gehört?«

»Noch nicht.« Tripp verzieht das Gesicht. »Das ist alles so krank. Hältst du das wirklich für möglich? Ich meine, Mr Delgado versteht keinen Spaß, wenn es um seine Familie geht. Hätte er nicht einfach seine Anwälte auf Dexter Robbins ansetzen können? Dieser Typ würde niemals das Sorgerecht oder ein Besuchsrecht oder was auch immer kriegen, falls es das war, wovor Shane vielleicht Angst hatte.«

»Da bin ich mir nicht so sicher«, sage ich. »Als leiblicher Vater hat er Rechte, die man ihm nicht einfach so absprechen kann. Immerhin hat Lila Robbins ihm sein Kind weggenommen, das könnte als Entführung gewertet werden, selbst wenn sie dafür gute Gründe hatte. Außerdem wissen wir nicht, wie viel Ms Delgado – falls sie tatsächlich Lila Robbins ist – ihrem jetzigen Mann erzählt hat. Vielleicht denkt er wirklich, dass Shane vorher in einer Pflegefamilie gelebt hat.« Mir kommt noch ein Gedanke. »Ich frage mich, ob Shane auch hinter den bekritzelten Plakaten steckt. Vielleicht hat er es nach den traumatischen Ereignissen an dem Tag im Wald nicht ausgehalten, Mr Larkin plötzlich wieder überall in der Schule zu sehen.«

»Shane ist nicht der Typ, der mit einem Marker loszieht«, sagt Tripp. »Wenn, dann hätte er die Plakate einfach abgerissen.«

»Kann sein«, sage ich. »Aber das ist sowieso alles nebensächlich. Der eigentliche Punkt ist ...« Ich zögere, will Tripp nicht bedrängen und ihm das Gefühl geben, ich hätte es nicht ernst gemeint, als ich gesagt habe, ich würde die Finger von dem Fall lassen. Mr Larkin hat ihm so leidgetan, dass ich sichergehen will, dass er das Ganze aus allen Blickwinkeln betrachtet hat. »Früher oder später solltest du ... jemandem erzählen, dass du doch nicht die ganze Zeit mit Shane und Charlotte zusammen gewesen bist.« Fast hätte ich *solltest du der Polizei erzählen* gesagt, aber wir haben noch nicht über die Zweihundertfünfzigtausend-Dollar Spende von Delgado Properties an die Sturgis Police Foundation gesprochen. Ich weiß nicht, auf wessen Objektivität und Neutralität wir uns verlassen können, wenn es um diesen Fall geht, aber am meisten vertraue ich in der Beziehung immer noch Carly.

Tripps Wangen färben sich rot. »Ich weiß«, murmelt er und senkt den Kopf. »Ich bin nur noch nicht so weit. Dann müsste ich auch erzählen, dass mein Dad das Geld genommen hat, oder? Aber darüber haben wir bis jetzt ja noch nie geredet und …«

»Das ist okay«, sage ich schnell, erleichtert, dass er wenigstens darüber nachdenkt. »Im Moment musst du gar nichts entscheiden.« Ich greife nach seiner Hand, lasse sie aber sofort wieder los, als er zusammenzuckt, und verfluche mich selbst dafür, ständig zu vergessen, was er in Charlottes Gästehaus zu mir gesagt hat: *Tu das nicht – du hast kein Recht dazu, mich so anzufassen, obwohl du weißt, dass ich …*

Stopp. Das ist nicht der richtige Moment, um den Gedanken zu Ende zu führen. Ich frage mich kurz, ob dieser Moment jemals kommen wird, weil ich wirklich gern wissen würde, wie sein Satz weitergegangen wäre. »Hauptsache, wir hören nicht auf, uns weiter auszutauschen«, sage ich und lege beide Hände auf meine Knie. »Wir haben schon viel mehr über Mr Larkin erfahren, als ich es je für möglich gehalten hätte. Und wenn wir es schaffen, Antworten auf etwas zu finden, das vor so langer Zeit passiert ist, dann …« Ich setze mich aufrecht hin, als mir ein neuer Gedanke kommt. »Dann schaffen wir es vielleicht auch, Antworten auf …« Ich verstumme, als mir klar wird, dass ich gerade fast noch ein anderes schmerzhaftes Thema angeschnitten hätte. »… andere Dinge zu finden«, sage ich lapidar und nehme einen Schluck von meinem mittlerweile lauwarmen Kaffee.

»Andere Dinge?« Tripp betrachtet mich ruhig. »Du wolltest erst was anderes sagen, oder?«

Ich nehme noch einen Schluck. Einen großen Schluck. »Nein.«

»Komm schon, Brynn. Wir haben ausgemacht, dass wir ab jetzt ehrlich miteinander sind, oder? Was für *andere* Dinge?« Als ich nicht sofort antworte, schiebt er hinterher: »Hast du Angst, dass ich nicht damit klarkomme, weil ich quasi permanent im Panik-Modus war, seit du wieder in Sturgis bist?«

»Kann sein«, gebe ich zu.

»Das liegt hinter mir. Ich kann damit umgehen.«

Ich werfe ihm einen besorgten Blick zu. *Er ist nicht so stark, wie er nach außen hin wirkt,* hat Charlotte bei unserem kleinen Showdown in der Bibliothek gesagt, aber … das glaube ich nicht. Charlotte hat keine Ahnung, was für eine schwere Last Tripp die letzten vier Jahre mit sich herumgeschleppt hat. »Na ja, mir ist gerade durch den Kopf gegangen, dass das Einzige, worüber wir in Zusammenhang mit Mr Larkin noch nicht geredet haben … ähm … Mr Solomon ist«, sage ich.

»Mr Solomon?« Tripp zuckt zurück, wirkt aber eher verwirrt und nicht so, als würde er noch einmal den Moment durchleben, in dem wir die Leiche unseres früheren Hausmeisters gefunden haben. »Was hat er damit zu tun?«

»Na ja, die Polizei kann noch nicht ausschließen, dass sein Sturz nicht auf Fremdeinwirkung zurückgeht. Und wenn er sich bei uns so hasserfüllt über Mr Larkin ausgelassen hat, dann hat er das vielleicht auch bei anderen Leuten gemacht. Vielleicht bei den falschen.«

Tripp blinzelt. »Aber es war doch ein Raubüberfall.«

»Könnte auch ein Ablenkungsmanöver gewesen sein.«

»Willst du damit sagen …« Tripp schüttelt energisch den Kopf. »Auf keinen Fall hat Shane einem harmlosen alten Mann so was angetan, okay? Auf keinen Fall.«

»Das sage ich ja auch nicht.« Ich werde ihn auch nicht darauf ansprechen, dass er seinen Freunden erzählt hat, was Mr Solomon zu uns gesagt hat, obwohl ich weiß, dass er es zumindest Charlotte gesagt hat. Schließlich will ich hier keinen Rückfall provozieren. »Es ist nur so, dass Mr Solomon unter mysteriösen Umständen ums Leben gekommen ist, und zwar kurz nachdem er über Mr Larkin gesprochen hat. Deswegen … finde ich es, wie gesagt, einfach wichtig, dass wir uns weiter über alles austauschen.«

Tripp schweigt einen Moment, dann steht er abrupt auf und greift in die Tasche seiner Jeans. »Okay … wo du grade von Austauschen sprichst. Ich hab ihn gefunden.« Ich keuche leise auf, als er einen kleinen runden Silberanhänger auf den Tisch legt und sich wieder setzt. »Der Anhänger, der … du weißt schon.«

»Neben der Leiche von Mr Larkin lag«, flüstere ich und greife danach, während er stumm nickt. Er hat ungefähr die Größe einer Vierteldollarmünze und ein kleines Loch am Rand, als sollte er an einer Kette getragen werden. Vorne ist ein zähnefletschender Hund abgebildet und darunter stehen die Worte *Mad Dog Tavern* und *Bite first.* Auf der Rückseite ist in Großbuchstaben der Name »Billy« eingraviert.

»Du hattest recht«, sagt Tripp. »Billy. Die Abkürzung von William – Mr Larkins Vornamen. Es muss seiner gewesen sein.« Er zieht die Schultern hoch. »Ich wünschte, ich hätte ihn mir damals genauer angeschaut. Das hätte mir und allen anderen eine Menge Stress erspart.«

»Haben Shane oder Charlotte gesehen, wie du ihn eingesteckt hast?«

»Ich glaube nicht.«

Ich betrachte den Anhänger stirnrunzelnd. »Ich hab nie gehört, dass jemand Mr Larkin ›Bill‹ genannt hat, aber vielleicht war es sein Spitzname als Kind. Selbst wenn er seinen Nachnamen von ›Robbins‹ in ›Larkin‹ geändert hat, hätte es immer noch gepasst.« Ich streiche mit dem Daumen über das erhabene Hunde-Emblem. »Hast du *Mad Dog Tavern* schon gegoogelt?«

»Nein.« Tripp grinst schief. »Dachte, das überlasse ich dir.«

Ich lege den Anhänger vor mich auf den Tisch, öffne Google und tippe den Namen der Kneipe in die Suchmaske. »Es gibt mehrere Läden, die so heißen«, berichte ich, während ich die Ergebnisse durchgehe. »Darunter auch einer in North Woodstock, New Hampshire.« Ich halte nachdenklich inne. »Das liegt ganz in der Nähe von Lincoln, der Stadt, in der Dexter Robbins wohnt. Was wenn … Gott. Glaubst du, *Robbins* könnte an dem Tag im Wald gewesen sein? Vielleicht war er der Typ, mit dem Mr Larkin so laut gestritten hat?«

»Falls ja, wird es langsam ganz schön eng in diesem Wald.« Tripp nimmt den Anhänger und dreht ihn zwischen den Fingern. »Ich könnte Shane einfach fragen. Was meinst du?«

»Den Pakt brechen? Ich weiß nicht, ob wir wirklich die Büchse der Pandora öffnen sollten, vor allem nicht nach Shanes Reaktion gestern Abend. Vielleicht versuchen wir erst mal, noch mehr herauszufinden.« Ich öffne Google Maps. »Zur Mad Dog Tavern fährt man von hier aus nur zwei Stunden, also …«

Tripp hebt den Blick. »Also was?«, fragt er mit einem kleinen Lächeln.

In meinem Bauch beginnt es zu kribbeln. Ich habe in meinen Erinnerungen an die Middleschool gekramt und keinen einzigen Moment gefunden, in dem meine Gefühle für Tripp jemals über Freundschaft hinausgegangen wären. Ich hatte ihn unglaublich gern, aber nie auf *die* Art. Jetzt ist irgendwas anders, was ich nicht nur daran merke, dass ich jedes Mal den Faden verliere, wenn er so lächelt. Trotz allem, was er in den letzten vier Jahren – und auch schon davor – durchgemacht hat, ist er nicht bitter geworden. Er hat die Hoffnung nicht aufgegeben, arbeitet hart, ist ein treuer Freund und witzig, auch wenn die Witze vor allem auf meine Kosten gehen.

Ich nehme Tripp den Anhänger aus der Hand, befestige ihn an meinem Schlüsselbund und lasse ihn dann vor seinem Gesicht baumeln. »Lust auf eine kleine Spritztour?«

32

TRIPP

Auf unserer Fahrt nach New Hampshire starre ich in die karge Januarlandschaft, die am Beifahrerfenster vorbeizieht. Tief in Gedanken versunken, versuche ich zu verarbeiten, was Brynn mir gerade alles über Shane erzählt hat, merke aber, dass das kaum möglich ist, weil ich immer noch damit beschäftigt bin, die Wahrheit über meinen Vater zu verarbeiten.

Es ist nicht so, als hätte ich in den letzten vier Jahren Angst vor ihm gehabt oder davor, dass er einem anderen Menschen noch mal so was antun könnte. Obwohl ich dachte, er hätte Mr Larkin umgebracht, war ich mir sicher, dass das eine einmalige, schreckliche Affekthandlung gewesen war, ein Fehler, den er niemals wiederholen würde. Trotzdem hat der Glaube, dass er es getan und ich mich mitschuldig gemacht hätte, indem ich ihn gedeckt habe, die Beziehung zwischen uns so sehr vergiftet, dass ich den Großteil meiner Highschoolzeit damit verbracht habe, ihm aus dem Weg zu gehen.

Als ich mich heute Morgen fertig gemacht habe, um Brynn in der Brightside Bakery zu treffen, habe ich in der Hoffnung, dass Dad aufwachen würde, mehr Lärm gemacht als sonst. Zum ersten Mal seit Jahren hatte ich das Bedürfnis, mit ihm zu reden. Ich weiß noch nicht mal, was ich zu ihm gesagt hätte – wie sagt man jemandem, dass man ihm *so was* zugetraut hat? Keine Ahnung, ob ich je dazu in der Lage sein werde, aber es wäre schön gewesen, ihn ... ich weiß nicht ... mit anderen Augen anzuschauen, schätze ich.

Wenn er erst mal schläft, weckt ihn allerdings so leicht nichts mehr auf, und so war es auch heute Morgen. Bevor ich gegangen bin, habe ich noch schnell eine Nachricht an ihn ins Handy getippt – *Können wir irgendwann diese Woche mal reden?* –, sie aber sofort wieder gelöscht. Er wüsste nicht, was er damit anfangen soll, und würde sich womöglich unnötig Sorgen machen.

Von meinem Vater kriege ich also keine Nachrichten, während wir die 93 North entlangfahren, dafür leuchten auf dem Display meines Handys ständig welche von Charlotte auf.

Dein Verhalten gestern Abend war nicht okay, schreibt sie.

Du darfst trotzdem noch mit mir und Shane auf die Pre-Prom-Party gehen.

Es sei denn, du hast vor, Brynn mitzubringen.

Ich weiß nicht, was ich von Charlotte halten soll. Welche Rolle hat sie an dem Tag im Wald wirklich gespielt? Haben sie und Shane Mr Larkin wirklich zusammen gefunden? Davon bin ich immer ausgegangen, aber wie sich herausgestellt hat, waren eine ganze Menge Dinge anders, als ich gedacht habe. Charlottes Nachrichten klingen jedenfalls wie immer: herrisch, selbstgerecht und viel zu sehr auf ihr Image an der Saint Ambrose bedacht. Mit dieser Seite von Charlotte kann ich umgehen, deshalb werde ich ihre Nachrichten, zumindest vorläufig, für bare Münze nehmen.

Eigentlich hatte ich nicht vor, überhaupt auf die Pre-Prom-Party zu gehen, geschweige denn, jemanden mitzubringen, aber ...

Ich werfe Brynn, die am Steuer sitzt und aussieht, als wäre sie ebenfalls in Gedanken versunken, einen verstohlenen Blick zu. Die letzte halbe Stunde haben wir größtenteils schweigend verbracht und Musik laufen lassen, aber es ist ein gutes Schweigen, eines, das man nicht mit irgendwelchem Mist füllen muss, weil die andere Person sonst womöglich anfangen würde, Fragen zu stellen, auf die man nicht antworten will.

Brynn kennt jetzt alle meine dunkelsten Geheimnisse. Sie hat es geschafft, die Wahrheit aus mir herauszuholen, und sie in ein Licht gehalten, von dem ich noch nicht mal wusste, dass es existiert. Sie nimmt meine Anwesenheit heute Morgen nicht nur hin, sondern wirft mir ab und zu einen heimlichen Blick von der Seite zu, der alles in mir zum Vibrieren bringt. Ich versuche mir seit Wochen einzureden, dass diese Blicke nichts zu bedeuten haben, weil ich es mir abgewöhnt habe, daran zu glauben, dass in meinem Leben auch mal was Gutes passieren könnte. Aber vielleicht haben sie ja etwas zu bedeuten und vielleicht kann in meinem Leben doch auch mal was Gutes passieren.

Du bist mir viel wichtiger als jede Story, Tripp. Für jemanden, der Brynn nicht kennt, klingt das wahrscheinlich nicht unbedingt bedeutungsvoll, aber ich kenne sie, deswegen …

»Charlotte redet wieder mit mir«, berichte ich.

Nicht dass ich vorhatte, mit dem Thema einzusteigen, aber was soll's.

»Das freut mich.« Brynn lächelt, als würde sie das trotz der Spannungen zwischen ihr und Charlotte auch so meinen. »Ich hoffe, sie ist wegen gestern Abend nicht sauer.«

»Sie hat wegen der Pre-Prom-Party geschrieben«, sage ich. *Gute Überleitung.* »Gehst du hin?«

»Ach.« Brynn verzieht kurz das Gesicht. »Eigentlich wollte

ich mit Nadia und Mason gehen, aber ich weiß nicht, ob das so viel Spaß machen würde. Den anderen, meine ich. Erstens haben sie jeder ein Date und zweitens sind sie nicht wirklich gut auf mich zu sprechen, weil ich ihnen nichts von dem Praktikum bei *Motive* erzählt habe.«

»Vielleicht könntest du einfach noch mal kündigen«, sage ich. »Das war eine krasse Geste.« Sie lacht schnaubend und ich sage schnell: »Oder du könntest mit mir hingehen.«

Kurz habe ich ein schlechtes Gewissen, weil Charlotte mir seit Jahren den Rücken freihält, aber sie hat kein Recht, darüber zu bestimmen, mit wem ich befreundet – oder zusammen – sein darf.

Brynn nimmt kurz den Blick von der Straße, um mich anzusehen. »Hast du mich gerade gefragt, ob ich dein Date für die Pre-Prom-Party sein will?«

»Soll ich die Frage noch mal stellen?«

»Nein.« Sie streicht sich eine Haarsträhne hinters Ohr. »Zur zweiten Frage, meine ich. Ja zur ersten. Wenn du willst.«

»Ich will«, sage ich – wahrscheinlich viel zu schnell.

»Okay, gut.« Sie wirft mir ein Lächeln zu, fährt von der Straße ab und verkündet: »Wir sind da.«

Die Mad Dog Tavern ist ein gedrungenes graues Gebäude mit einer dunkelrot gestrichenen Tür und einem Schild, auf dem der gleiche Hund die Zähne fletscht wie auf dem Anhänger. Auf dem Parkplatz, der für einen Sonntagnachmittag ziemlich voll ist, stehen fast doppelt so viele Harleys wie Autos. »Scheint eine Biker-Kneipe zu sein«, sagt Brynn nicht gerade begeistert.

»Sieht ganz so aus.« Ich bin froh, dass ich nicht in meinem Saint-Ambrose-Blazer hier auflaufe, sondern meine Winterjacke anhabe, die ich endlich wiedergefunden habe. Wir werden auch so schon genügend auffallen, falls wir überhaupt reingelassen werden. »Bist du sicher, dass du reinwillst?«, frage ich.

»Ich bin gerade zwei Stunden gefahren, also ja.« Brynn zieht den Zündschlüssel. »Schon allein deshalb, weil ich auf Toilette muss«, sagt sie und wir steigen aus.

»Betreten auf eigene Gefahr«, raune ich ihr zu, als wir uns zwei Typen nähern, die in eine Unterhaltung vertieft vor dem Gebäude stehen. Sie sehen wie typische Biker aus: bullig, Lederklamotten, dichte Bärte, Vokuhilas. Ich werde ein bisschen nervös und wünsche mir plötzlich, wir hätten Shane dabei, aber sobald die beiden uns bemerken, macht uns einer von ihnen die Tür auf und tritt zur Seite.

»Junge Dame«, sagt er übertrieben höflich, was spöttisch rüberkommen könnte, wenn er dabei nicht gutmütig grinsen würde. »Und der Herr.«

»Behalte dein Mädchen da drin lieber im Auge«, sagt der andere und zwinkert mir zu. Anscheinend amüsieren sie sich köstlich über uns und schätzen uns nicht älter als zwölf.

»Das hätte um einiges schlechter laufen können«, murmelt Brynn, als die Tür hinter uns zugefallen ist.

Ich blinzle, um meine Augen an das plötzliche Halbdunkel zu gewöhnen. Die einzige Beleuchtung ist blasses Sonnenlicht, das durch die Fenster auf den abgewetzten Holzboden fällt. Eine Seite des Raums wird von Billardtischen eingenommen, von denen die meisten gerade bespielt werden. Im anderen Bereich gibt es ein paar Sitznischen und Tische vor einer langen Holztheke, in die groß der Schriftzug *Bite First* geschnitzt ist.

»Ihr habt mir grade noch gefehlt«, sagt die Frau hinter der Theke, als wir uns nähern. Sie ist füllig, hat grau gesträhnte dunkle Haare und trägt ein eng anliegendes schwarzes T-Shirt, das einen großzügigen Blick auf ihre Tattoos gewährt. Auf ihrem rechten Unterarm steht, von wildem Wein und Blumen umrankt, *Fiona.* »Eure Ausweise könnt ihr stecken lassen, egal, wie gut sie gefälscht sind. Ihr seid definitiv minderjährig.«

»Wir sind nicht hier, um was zu trinken.« Brynn schenkt ihr ihr strahlendstes Lächeln. »Superschöne Tattoos, übrigens. Fiona ... Ist das Ihr Name?«

»Der meiner Tochter«, sagt die Frau. »Ich bin Rose, mir gehört der Laden. Und wer seid ihr?«

»Ich bin Brynn und das ist Tripp.«

»Und was kann ich für euch tun, Brynn und Tripp, wenn ihr nicht auf der Suche nach einem Drink seid?«

Brynn lehnt sich an die Theke. »Ich hatte gehofft, hier vielleicht jemanden zu finden, der mir etwas über Dexter Robbins sagen kann.«

Rose zieht die Brauen hoch. »Dexter gehört der Laden nicht mehr, Herzchen.«

Brynn und ich tauschen einen Blick, und ich versuche, nicht so entgeistert auszusehen, wie ich mich fühle. Auch wenn Brynn bisher einen ziemlich guten Riecher bewiesen hat, hatte ich der heutigen Aktion keine großen Chancen eingeräumt. »Ach so. Aber das macht nichts.« Brynn klingt nervös. »Es geht auch gar nicht so sehr um ihn ...«

Rose stützt die Unterarme auf die Theke. »Warum hast du dann nach ihm gefragt?«

»Die Sache ist die ...« Brynn holt tief Luft und ich kann förmlich dabei zuschauen, wie sie sich innerlich wappnet, um aufs Ganze zu gehen. »Ich bin Praktikantin bei einer True-Crime-Show namens *Motive*, die den Tod eines Mannes namens William Larkin untersucht.« Die Halbwahrheit geht ihr geschmeidig über die Lippen – zumindest mich würde sie damit überzeugen. Ich bin immer noch nicht dahintergekommen, wie sie es gestern Abend angestellt hat, jede einzelne meiner Lügen zu enttarnen.

»William Larkin?« Rose zuckt mit den Achseln. »Nie von ihm gehört.«

»Es ist möglich, dass er seinen Namen geändert hat.« Brynn zieht ihr Handy raus und ich erhasche einen Blick auf das Foto, das sie aufgerufen hat – das offizielle Saint-Ambrose-Foto von Mr Larkin –, bevor sie es Rose hinhält. »So sah er vor vier Jahren aus.«

Rose, die seit unserem Erscheinen hier eher gelangweilt bis amüsiert gewirkt hat, stutzt, nimmt Brynn das Handy aus der Hand und sagt mit angespannter Stimme: »Wollt ihr mich verarschen?«

»Nein, natürlich nicht«, sagt Brynn schnell. »Über so was würde ich nie Witze machen. Der Mann auf dem Foto ist William Larkin. Er war in der Achten unser Lehrer an der Saint Ambrose School in Sturgis, Massachusetts. Wir haben vor Kurzem erfahren, dass es sein könnte, dass er früher William Robbins hieß.« Sie schafft es, so zu klingen, als wüsste sie, wovon sie redet.

»Billy«, sagt Rose langsam und runzelt die Stirn. »Billy ist … tot?«

»Sie kennen ihn?«, fragt Brynn.

Rose schluckt schwer und reicht Brynn das Handy zurück. »Diese Krawatte hab ich ihm mal als Gag geschenkt, da war er noch ein Junge. Wenn das Leben dir Zitronen schenkt und so weiter, kennt ihr ja bestimmt, den Spruch, oder? Dann ist er am Ende wohl in sie hineingewachsen.«

»Die Krawatte war so was wie sein Markenzeichen. Er hat sie fast immer getragen«, sagt Brynn und Rose schließt kurz die Augen. »Könnten wir … Wäre es für Sie okay, uns ein bisschen was über ihn zu erzählen?«

»Moment.« Rose dreht sich zu den Flaschen, die im Regal hinter ihr aufgereiht sind. »Ihr dürft ja nicht, aber ich schon. Bevor ich diese Unterhaltung führe, brauche ich definitiv einen Schluck.«

»Ich hab Dexter den Laden hier abgekauft«, erzählt uns Rose ein paar Minuten später in einer der Sitznischen. Auf dem Tisch zwischen uns stehen eine Schale mit fettigen Tortilla-Chips und Getränke – Bier für sie, Cola für uns. »Nachdem er plötzlich religiös wurde und Alkohol als Sünde verteufelt hat. Was Bullshit ist, wenn ihr mich fragt.« Sie hebt ihre Flasche. »Der Jesus, an den ich glaube, hätte nichts dagegen, ein Bierchen mit uns zu trinken.«

»Amen«, sage ich, worauf Brynn mir unterm Tisch einen Tritt verpasst.

Rose zeigt mit ihrer Flasche auf mich. »Mit dir nicht. Jesus respektiert das Mindestalter für Alkoholkonsum.«

Brynn räuspert sich. »Sie waren also mit Dexter befreundet?«

»Wir hatten dasselbe Umfeld«, sagt Rose achselzuckend. »In der Biker-Community hier kennt jeder jeden, und damals ist Dexter noch Motorrad gefahren. Ich hab seinen Sohn immer lieber gemocht als ihn. Billy war ein süßer kleiner Kerl. Aber ein bisschen verloren. Keine Mama. Sie ist gestorben, als er noch ein Baby war. Er hat seinen Dad wie einen Helden verehrt, obwohl Dexter sich nie groß mit ihm beschäftigt hat. Er war der Meinung, dass Kindererziehung reine Frauensache ist, der Scheißsexist, und hat Billy meistens sich selbst überlassen.«

Sie schiebt sich einen Tortilla-Chip in den Mund. »Dann hat

Dexter wieder geheiratet, fand zu Gott und wollte das Mad Dog loswerden. Danach hab ich ihn so gut wie nicht mehr gesehen, aber Billy ist noch ab und zu vorbeigekommen. Ich glaube, er hat sich immer noch allein gefühlt. Dexter hatte inzwischen einen zweiten Sohn bekommen und war zum geistigen Führer seiner neuen Familie geworden. Es gab Gerüchte, dass er es zu weit getrieben hat. Viel zu weit.«

»Bis das hier passiert ist?« Brynn zeigt Rose den Artikel aus dem *Union Leader*.

Sie nickt. »Genau. Das Verschwinden von Lila und Mikey hat ganz schön hohe Wellen hier geschlagen, bis dann nach und nach rauskam, dass Dexter die arme Frau praktisch wie eine Gefangene gehalten und sich geweigert hat, Mikeys Asthma behandeln zu lassen. Danach haben die Leute nicht mehr so eifrig nach den beiden gesucht.« Sie nimmt einen Schluck von ihrem Bier. »Wäre besser für Billy gewesen, wenn Lila ihn damals mitgenommen hätte, aber das konnte sie wohl nicht. Er war ja nicht ihr leiblicher Sohn.«

Zwar ist Brynn hier die Journalistin, aber ich bin ebenfalls neugierig. »Und wann hat Mr Larkin dann seinen Namen geändert?«, frage ich. Es fühlt sich seltsam an, ihn vor Rose so zu nennen, weil ihr dieser Name ja fremd ist, aber ihn »Billy« zu nennen, wäre noch seltsamer.

»Davon wusste ich gar nichts«, sagt Rose. »Wir haben uns aus den Augen verloren, wie das so ist, wenn die Kinder älter werden und anfangen, ihr eigenes Leben zu leben. Als ich ihn das letzte Mal gesehen hab, war er schon im dritten Jahr am College. Er war irgendwohin unterwegs und hat kurz bei mir reingeschaut, um Hallo zu sagen. Hat erzählt, er hätte den Kontakt zu seinem Vater abgebrochen, was ich als positiv gewertet hab, auch wenn ich mich gefragt hab, wie lange er das durchziehen würde. Es war schön, ihn wiederzusehen, aber …« Sie zupft an einem Nagelhäutchen herum. »Er hatte sich verändert. War irgendwie härter als früher.«

»Was meinen Sie damit?«, fragt Brynn.

Rose lächelt wehmütig. »Billy war derselbe Charmebolzen wie eh und je, aber die Warmherzigkeit war weg. Vielleicht hat das Leben sie aus ihm herausgeprügelt. Oder Dexter.« Als Brynn und ich einen entsetzten Blick wechseln, fügt sie hastig hinzu: »Nicht mit Fäusten, das glaube ich nicht. Aber auf sämtliche andere Arten, die man sich vorstellen kann. Billy hat sein Leben lang versucht, seinen Vater zu beeindrucken, und hat nie was zurückgekriegt, erst recht nicht nach der Geburt von Mikey. Mikey müsste jetzt ungefähr … in eurem Alter sein.« Sie mustert uns nachdenklich. »Also ganz schön jung, um schon für eine TV-Show zu arbeiten.«

»Ich weiß«, sagt Brynn. »Um ehrlich zu sein, habe ich den Job unter anderem deswegen bekommen, weil ich während meines Vorstellungsgesprächs vorgeschlagen habe, eine Story über Mr Larkin zu machen.« Sie wirft mir einen schuldbewussten Blick zu, aber ich zucke mit den Achseln. *Schnee von gestern.* »Leider ist es nicht einfach, irgendwas über sein Privatleben in Erfahrung zu bringen. Nachdem er tot aufgefunden worden ist, konnten keine Familienangehörigen oder Freunde ausfindig gemacht werden. Ich weiß allerdings auch nicht, wie intensiv damals gesucht wurde.« Brynn runzelt die Stirn und bricht einen Tortilla-Chip in zwei Hälften. »Hinter die Sache mit der Namensänderung sind wir nämlich relativ schnell gekommen.«

Rose seufzt schwer. Ihr von dem Mord an Mr Larkin erzählen zu müssen, war bei Weitem der schwierigste Teil dieses Gesprächs. »Was für eine verfluchte Schande. Ich hatte keine Ahnung. Ich habe nie was davon gehört, weder aus den Nachrichten noch von Dexter. Ob er überhaupt Bescheid weiß?« Sie nimmt noch einen Schluck Bier. »Wie um alles in der Welt seid ihr darauf gekommen, hier zu suchen, wenn niemand seine Familie ausfindig machen konnte?«

»Wegen dem hier.« Brynn zieht ihren Schlüsselbund aus der Tasche und hält den silbernen Anhänger hoch. »Der hat Mr Larkin gehört, aber er wurde erst, ähm …« Sie wirft mir einen schnellen Blick zu. »… vor Kurzem gefunden.«

Rose dreht den Anhänger um, sodass sie die Rückseite sehen kann, in die der Name *BILLY* eingraviert ist. »Den hat Lila ihm zu seinem dreizehnten Geburtstag geschenkt«, sagt sie. »Sie wusste, wie gern er immer hierhergekommen ist. Für Mikey hatte sie auch so einen machen lassen, meinte aber zu Billy, dass er ihn aufbewahren soll, bis Mikey älter ist. Habt ihr den anderen auch?«

»Nein«, sage ich. Und ich habe den Waldboden gründlich abgesucht. Habe ich damals etwas übersehen? Ausgeschlossen ist es nicht, aber dann hätte ihn eigentlich spätestens die Spurensicherung der Polizei finden müssen. »Nur den hier.«

»Hören Sie, ich muss diese Frage stellen.« Brynn beugt sich ein Stück vor. »Besteht die Möglichkeit, dass … dass Dexter Robbins Billy … also Mr Larkin umgebracht hat? Wäre er fähig, seinem Sohn so etwas anzutun?«

»Oh Gott, da fragst du mich was«, seufzt Rose. »Ich würde gern Nein sagen. Aber Dexter ist zu so einigem fähig. Ich hätte auch nicht gedacht, dass er Lila so behandeln würde, wie er es getan hat.«

»Wo ist er jetzt?«, fragt Brynn.

»Ich weiß es nicht«, seufzt Rose. »Hab ihn schon seit ein paar Jahren nicht mehr gesehen. Nach allem, was ich zuletzt gehört hab, ist er immer noch ein großer Kirchgänger, arbeitet aber mittlerweile in einem Pfandhaus. Ich weiß nicht, was daran gottgefälliger sein soll als eine Kneipe, aber von mir aus. Großartig geändert wird er sich nicht haben, Lila hat sicher gut daran getan, wegzubleiben.« Sie nimmt einen Tortilla-Chip und zeigt damit auf uns. »Männer wie Dexter sind wie ein Wespennest. Warum soll man darin rumstochern, wenn es nicht sein muss, oder?«

33

BRYNN

»Du hast die Ausfahrt verpasst«, sagt Tripp.

»Ich weiß.«

»Lass mich raten.« Er trommelt mit den Fingern auf der Mittelkonsole. »Absichtlich?«

»Ich dachte nur, wenn wir schon mal hier sind …« Ich biege auf den Parkplatz eines kleines Einkaufszentrums und lenke den Wagen in Richtung einer Schaufensterfront, die mir auf dem Weg zur Mad Dog Tavern aufgefallen ist.

Superior Pfandhaus.

»Brynn, komm schon«, sagt Tripp, als ich davor parke. »Was hast du vor?«

»Vielleicht arbeitet Dexter Robbins ja hier«, sage ich. »Das Pfandhaus liegt gleich die Straße runter von der Kneipe, die ihm mal gehört hat.«

»Hast du den Verstand verloren?« Tripp dreht sich in seinem Sitz zu mir und schaut mich fassungslos an. »Du hast doch gehört, was Rose gesagt hat. Stocher nicht im Wespennest herum.«

»Ich hab nicht vor, mit ihm zu reden«, sage ich. »Falls er immer noch so religiös ist wie früher, arbeitet er sonntags wahrscheinlich sowieso nicht. Weshalb heute der perfekte Tag ist, um herauszufinden, *ob* er hier arbeitet. Dann weiß ich, wo ich ihn finde, falls das später mal wichtig sein sollte.«

»Warum sollte das später mal wichtig sein?«, fragt Tripp stirnrunzelnd. »Egal, was Shane, oder wen auch immer du verdächtigst, getan hat … Du kannst ihm nicht einfach seinen Vater auf den Hals hetzen. Außerdem hast du im Brightside selbst gesagt, dass Dexter Robbins an dem Tag vielleicht im Wald gewesen ist. Vielleicht hat er Mr Larkin ja umgebracht. Ich bin verdammt noch mal dafür, uns lieber von ihm fernzuhalten.«

»Das werden wir auch«, beruhige ich ihn. »Ich will bloß ein bisschen mehr Informationen über ihn sammeln.«

Tripp wirkt nicht überzeugt. »Okay, dann mach«, stöhnt er. »Aber ich halte mich da raus.« Ich zögere; bereut er es mittlerweile womöglich, mir grünes Licht dafür gegeben zu haben, mehr über Mr Larkin herauszufinden? Aber dann stupst er mich lächelnd an. »Na los, geh schon.«

»Ich beeile mich«, sage ich und springe aus dem Wagen.

Ich war noch nie in einem Pfandhaus, und hier sieht es irgendwie weniger zwielichtig aus, als ich es erwartet hätte. Im hinteren Teil des langen, schmalen Raums, der zu beiden Seiten von Glasvitrinen gesäumt wird, befindet sich eine Art Kabuff, über dem ein Neonschild mit der Aufschrift Pfandleihe angebracht ist. An einer Wand hängen Gitarren, an der anderen reihen sich Regale aneinander, in denen alle möglichen Elektrogeräte stehen. Es sind knapp ein Dutzend Leute hier, die das Angebot in den Regalreihen inspizieren, und zwei Angestellte in dunkelblauen, mit *Superior Pfandhaus* bedruckten T-Shirts, die hinter den beiden Verkaufstresen stehen. Eine Frau und ein Mann, der viel zu jung ist, um Dexter Robbins zu sein. Ich steuere auf die Frau zu und spüre, wie die Anspannung –

von der ich bis eben noch nicht mal etwas gemerkt habe – von meinen Schultern abfällt.

»Was kann ich für Sie tun?«, fragt sie.

»Hi. Arbeitet hier zufällig ein Dexter Robbins?«

»Nein.« Sie sieht nicht so aus, als würde ihr der Name etwas sagen.

»Gibt es hier in der Nähe noch andere Pfandhäuser?«, frage ich.

»Nicht in unmittelbarer Nähe, aber mit dem Wagen gut zu erreichen.« Die Türglocke kündigt neue Kundschaft an und ihr Blick wandert über meine Schulter. »Ist allerdings nicht mein Job, Ihnen bei der Suche danach zu helfen.«

»Geht klar«, sage ich und frage mich, bei wie vielen Pfandhäusern ich es heute noch versuchen könnte, bevor Tripp der Geduldsfaden reißt.

Die Antwort lautet: drei.

»Okay«, sagt Tripp, als ich nach einem freundlichen, aber letztlich fruchtlosen Gespräch mit dem Eigentümer des Empire Pawn & Music wieder in den Wagen steige. Mir ist erst in der letzten halben Stunde klar geworden, wie wichtig Pfandhäuser für das Geschäft mit gebrauchten Gitarren sind. »Jetzt reicht es. Ich muss heute auch noch ein paar andere Dinge erledigen und erkläre deine Mission offiziell für gescheitert. Warum telefonierst du nicht einfach von zu Hause aus alle Pfandhäuser in New Hampshire ab? Spart Zeit und Nerven.«

»Hm … da ist was dran«, gebe ich zu. »Können wir es vielleicht trotzdem noch bei einem versuchen? Das ist dann auch wirklich das letzte, versprochen. Aber der Typ im Empire meinte, dass es am Ende dieser Straße noch ein Pfandhaus gibt.«

Tripp lässt sich stöhnend in seinen Sitz zurückfallen. »Fürs Protokoll: Falls das hier als unser erstes Date zählt, ist es echt ein Scheißdate.«

Ich schaue grinsend zu ihm rüber. Er ist ganz schön süß, wenn er genervt ist. Und auch, wenn er es nicht ist. »Es zählt nicht als unser erstes Date«, sage ich.

»Gut.« Tripp schließt die Augen. »Dann weck mich einfach, wenn es vorbei ist.«

Keine fünf Minuten später biege ich auf den Parkplatz des Pfandhauses mit dem treffenden Namen *Last Chance*, wo deutlich weniger Autos stehen als auf den anderen. Das einzige andere Fahrzeug ist ein Pick-up in verblasstem Rot, der direkt vor dem Schaufenster steht. Ich parke ein Stück weiter weg, und Tripp öffnet genau in dem Moment die Augen, in dem ein großer, bärtiger Mann mit hellroter Baseballkappe und grauem Sweatshirt rauskommt, einen vollen Müllsack in einen in der Nähe stehenden Container wirft, sich die Hände abklopft und wieder reingeht.

»Mächtig was los hier«, sagt Tripp. »Der Laden scheint nicht zu den beliebtesten Pfandhäusern New Hampshires zu gehören.«

»Sieht nicht so aus, nein.« Plötzlich habe ich ein komisches Gefühl und würde am liebsten gar nicht aussteigen. Die Geschäftigkeit in den übrigen Pfandhäusern hat mir irgendwie ein Gefühl der Sicherheit gegeben; hier komme ich mir vor wie auf dem Präsentierteller. Aber es ist unser letzter Halt, deswegen … »Bin gleich wieder da.«

Die Tür hat keine Glocke, quietscht dafür aber laut beim Öffnen. Es sind keine Kunden da, nur der Mann, der gerade den Müll rausgebracht hat und jetzt hinter einer schlierigen Glasvitrine mit Armbanduhren steht. »Kann ich helfen?«, fragt er und rückt seine Baselballkappe zurecht, sodass für einen kurzen Moment seine dunklen Haare zu sehen sind, die genau wie sein Bart grau meliert sind.

Ich konnte im Netz keine Fotos von Dexter Robbins finden, aber dieser Mann hier könnte ungefähr in seinen Alter sein, weshalb ich vorsichtshalber beschließe, den Namen erst einmal nicht zu erwähnen. »Ich wollte, ähm …« In meinem Kopf herrscht gähnende Leere, deshalb sage ich einfach das Erstbeste, was mir einfällt, als ich mich der Theke nähere. »Kaufen Sie auch Schmuck an?«

Er grinst spöttisch. »Da hat wohl jemand das riesige Neonschild im Schaufenster übersehen, was?«, sagt er und deutet hinter mich.

Ich brauche mich nicht umzudrehen. Natürlich habe ich das Schild mit der Aufschrift Goldankauf *nicht* übersehen, aber vor Nervosität anscheinend sofort wieder vergessen. »Stimmt. Sorry.« Ich ringe mir ein Lächeln ab, das er nicht erwidert, dann schiebe ich den linken Ärmel meines Mantels hoch. »Was denken Sie, was ich dafür bekommen könnte?«

»Lassen Sie mal sehen«, sagt er.

Ich schaue ihm zum ersten Mal direkt in die Augen, die kalt und ausdruckslos sind und ohne großes Interesse kurz mein Gesicht abtasten. Wahrscheinlich hat er auf den ersten Blick erkannt, dass ich eigentlich gar nichts verkaufen will, so wie ich sofort erkannt habe, dass ich hier nichts erfahren werde, was mich irgendwie weiterbringt. Wir können nichts miteinander anfangen, und obwohl mir dieser Typ extrem unsympathisch ist, strecke ich ihm mein Handgelenk hin und zeige ihm das Armband.

Er schnaubt. »Ich muss es mir schon was genauer angucken können«, sagt er und streckt die Hand aus.

Widerstrebend öffne ich den Verschluss und lasse das Armband in seine Handfläche gleiten. Er legt es auf die Theke und nimmt eine Lupe von dem Regal hinter sich. Als er sich über das Armband beugt, lasse ich verstohlen den Blick über den Papierkram wandern, der sich in einem unordentlichen Haufen neben ihm stapelt. Es scheint sich um Quittungen für Artikel zu handeln, die entweder hier angekauft oder verkauft wurden, allerdings kann ich von meiner Seite aus nicht viel erkennen. Als ich mich ein Stückchen vorbeuge, schaut er auf.

»585er «, sagt er mit einem Funkeln in den Augen. Sie sind gar nicht so dunkel, wie ich zuerst dachte, sondern haselnussbraun. Wie die von Mr Larkin. Mein Herz stolpert kurz, während er weiterspricht. »Fühlt sich auch ziemlich leicht an. Ich kann's noch wiegen, aber da sind wahrscheinlich noch nicht mal zehn Gramm Gold drin. Da gehen Sie grob geschätzt mit hundertfünfundzwanzig Dollar hier raus.«

»Oh, okay. Das ist weniger, als ich gehofft habe.« Ich will plötzlich nur noch eins, und zwar mein Armband wieder am Handgelenk spüren. Ohne mich darum zu kümmern, ob das unhöflich ist, ziehe ich es unter seiner Lupe hervor und lege meine Schlüssel auf der Theke ab, damit ich es zumachen kann. »Danke für die Schätzung, aber ich will es doch lieber behalten.«

»Ist Ihre Entscheidung«, sagt er achselzuckend.

Er gähnt, während ich an dem Verschluss herumfummle, der nicht ganz einfach zu schließen ist. Als er endlich zuschnappt, fällt mein Blick auf meine Schlüssel und mein Magen sackt eine Etage tiefer. Ich hatte völlig vergessen, dass ich den »Mad Dog Tavern«-Anhänger daran befestigt hatte. Die Seite, auf die *BILLY* eingraviert ist, liegt gut sichtbar auf dem Glas der Theke. Die Finger immer noch am Handgelenk werfe ich dem Typen einen Blick zu und bete, dass er sich wieder seinem Papierkram zugewandt hat.

Hat er nicht. Er starrt auf den Anhänger, der unter dem grellen Licht funkelt. »Was zum …« Er streckt die Hand danach aus.

Ich bin schneller als er und klaube hastig meine Schlüssel von der Theke. Er schaut auf die leere Stelle, schaut dann mich an und mir läuft es kalt über den Rücken. Seine Augen sind zu Schlitzen verengt und sein Gesicht hat sich in eine drohende Maske verwandelt. »Wo zum Teufel hast du den Anhänger her?«, knurrt er. »Wer bist du?«

Ich verliere keine Zeit, sondern nutze den Vorteil, den mir die Theke zwischen uns verschafft, und mache, dass ich wegkomme, weil ich diese Unterhaltung auf keinen Fall führen will. Ich renne zur Tür, zerre sie auf, hechte nach draußen und bin schon fast am Wagen, als ich höre, wie er mir etwas hinterherruft, und noch einen Zahn zulege.

Tripp, der den Sitz nach hinten gestellt und die Augen geschlossen hat, fährt erschrocken hoch, als ich mich in den Sitz fallen lasse und mit einem Knall die Tür zuziehe. »Was ist passiert?«, fragt er, während er den Sitz wieder hochstellt. Ich stecke den Schlüssel in die Zündung. Kaum ist der Motor angesprungen, schalte ich in den Rückwärtsgang und setze aus der Parklücke. Als ich mich wieder nach vorne drehe, sehe ich den Mann auf uns zusprinten. Ich reiße das Steuer herum, steige aufs Gas und rase vom Parkplatz.

»Verflucht, Brynn, was ist hier los?« Tripp schaut über die Schulter, als ich in meiner Panik, von hier wegzukommen, über den Bordstein rumple. »Was hat der Typ für ein Problem?«

Mein Herz schlägt so schnell, dass ich keinen Ton rauskriege, bis ein Blick in den Rückspiegel mir Gewissheit gibt, dass uns niemand folgt. Trotzdem beschleunige ich und fahre viel schneller als erlaubt, um so viel Abstand wie nur möglich zwischen uns und das Last Chance Pfandhaus zu bringen. »Ich glaube, das war Dexter Robbins«, keuche ich.

»Echt?«, sagt Tripp. »Wie kommst du darauf?«

Oh Gott. Ich hasse es, meine eigene Dummheit zugeben zu müssen, aber … »Ich hab meine Schlüssel auf die Theke gelegt und er hat den Anhänger von der Mad Dog Tavern gesehen und tja … ich hatte das Gefühl, dass er ihn wiedererkannt hat.«

»Was hat er gesagt?«

»Er wollte wissen, wo ich ihn herhabe.«

»Vielleicht hat er ihm nur gefallen. Die Dinger sind ja auch irgendwie cool.«

»Ja schon, nur …« In meinen Schläfen pocht es, und ich wünschte, ich könnte die Zeit um fünfzehn Minuten zurückdrehen – dann wäre ich erst gar nicht in das Pfandhaus gegangen oder hätte zumindest meine verdammten Schlüssel in der Tasche behalten. »Die Seite mit dem Logo war nicht zu sehen, nur die mit *BILLY*. Die Gravur hat ihn stutzig gemacht und er hat … wütend reagiert.«

»Scheiße«, sagt Tripp. »Das ist nicht gut.« Ich biege in die Auffahrt zur Route 112. »Aber ich glaube nicht, dass er uns verfolgt. Hinter uns ist nur ein Lexus und …« Er wartet, bis der Wagen uns überholt hat. »… am Steuer sitzt eine Frau. Allein. Du hast ihm nicht gesagt, wie du heißt, oder? Und du hast auch nichts liegen lassen?«

»Nein.« Ich atme aus und spüre, wie mein Puls sich langsam wieder beruhigt. »Ich habe so getan, als würde ich darüber nachdenken, mein Armband zu verkaufen, und es ihm kurz gegeben, dann aber gesagt, dass ich es doch lieber behalten möchte, und es wieder angezogen.«

»Okay, wenigstens etwas«, sagt Tripp. Wir schweigen einen

Moment, dann fügt er hinzu: »Du hast, was du wolltest, oder? Falls das wirklich Dexter Robbins war, weißt du jetzt, wo du ihn finden kannst.«

»Schätze ja«, sage ich, aber ich weiß auch, dass ich nicht den geringsten Wert darauf lege, ihn wiederzusehen. Obwohl mittlerweile einige Meilen zwischen mir und diesem Typen liegen und mein Herz fast wieder normal schlägt, bin ich mir absolut sicher, dass mein überstürzter Abgang die richtige Entscheidung war. Ich habe das Gefühl, einem gefährlichen Raubtier entkommen zu sein – genau so hat er auf mich gewirkt, als er den Anhänger gesehen hat. Im Bruchteil einer Sekunde hat sich sein ganzes Verhalten verändert – von desinteressiert zu extrem bedrohlich. Klar würde ich gern erfahren, was mit Mr Larkin passiert ist, aber gerade habe ich herausgefunden, dass es eine Grenze gibt, die ich nicht überschreiten will.

34

BRYNN

»Was ist das?«, fragt Mason, als ich am Montag in der Mittagspause einen Pappkarton vor ihn und Nadia auf den Tisch stelle.

»Ein Diorama«, sage ich und drehe die Schachtel so hin, dass er hineinschauen kann. »Das haben wir in der fünften Klasse gemacht, wisst ihr noch? Mr Hassan wollte, dass wir mit den Leuten, mit denen wir am liebsten ein Abenteuer erleben würden, eine Szene aus einem Buch nachstellen. Ich habe mir damals *Die Chroniken von Narnia* ausgesucht und euch beide.«

»Oh mein Gott.« Nadia späht lachend in den Karton. »Du hast das Ding aufgehoben?«

»Wie du siehst. Ihr glaubt gar nicht, wie viel Zeug von der Saint Ambrose auf unserem Dachboden lagert.« Nachdem ich gestern aus New Hampshire nach Hause gekommen bin, habe ich mich auf die Suche nach dem Diorama gemacht, weil ich fest entschlossen war, die nervöse Energie in mir für etwas Sinnvolles zu nutzen.

»Wie süß bin ich denn bitte?«, sagt Mason, in die Betrachtung seines Miniatur-Ichs versunken. »Und wie fluffig meine Haare sind.« Dann runzelt er die Stirn. »Moment mal. Waren da ursprünglich nicht auch noch Katie Christo und Spencer Okada mit drin?«

»Doch, aber Spencer ist irgendwann verloren gegangen und Katie hab ich rausgeworfen, als sie in der Achten anfing, mich ›Trippstalkerin‹ zu nennen.« Ich greife in meinen Rucksack und ziehe zwei Tupperware-Behälter raus. Den mit dem roten Deckel stelle ich vor Nadia, den mit dem blauen vor Mason. »Und das hier sind Chocolate-Chip-Cookies. Für dich glutenfrei, Nadia. Und ich hab sie auch nicht versalzen.«

»Oh-kay«, sagt Mason. »Beruhigend zu wissen.«

Nadia greift nach ihrem Behälter. »Wofür ist das alles, Brynn?«

»Als Entschuldigung«, sage ich. »Ich weiß, dass ich nicht gerade der aufmerksamste Mensch bin, aber eure Freundschaft bedeutet mir wirklich unglaublich viel. Und zwar schon immer. Es tut mir total leid, dass ich euch nichts von meinem Praktikum erzählt habe – das ich übrigens gekündigt habe –, und ich hoffe so sehr, dass ihr mir verzeihen könnt.«

»Aaaaw, schau dich an. Was für eine starke persönliche Entwicklung.« Mason drückt mich mit einem Arm an sich und stößt dabei so ans Diorama, dass sich der Mini-Mason vom Boden löst. »Ups. Sorry. Aber wo er schon mal ab ist – kann ich den vielleicht behalten? Ich mag den Pullunder, den ich da anhabe.«

»Du gehörst ganz dir«, sage ich mit einem hoffnungsvollen Blick zu Nadia.

Es zuckt um ihre Mundwinkel. »Wenn ich dir sage, dass wir schon vor einer Woche aufgehört haben, sauer auf dich zu sein, dürfen wir die Kekse dann trotzdem behalten?«

»Na gut.« Ich grinse und spüre, wie sich einer der größten Knoten in meinem Magen löst. »Heißt das, dass wir trotzdem noch alle zusammen auf die Pre-Prom-Party gehen?«

Nadia verdreht die Augen. »Sei nicht so dramatisch. Dass wir nicht zusammen gehen, stand nie zur Debatte. Aber warum hast du dein Praktikum gekündigt?«

Puh. Eigentlich hatte ich mir vorgenommen, nie mehr Geheimnisse vor den beiden zu haben, aber wenn ich ihnen den Grund sage, müsste ich eine Menge Dinge weglassen, von denen ich Tripp versprochen habe, sie für mich zu behalten. »Lange Geschichte«, weiche ich aus. »Übrigens habe ich jetzt auch ein Date für die Party. Glaube ich.«

Masons Brauen schießen nach oben. »Hat das zufällig was damit zu tun, dass Tripp Talbot endlich wieder in den heiligen Hallen der Saint Ambrose aufgetaucht ist?«

»Kann sein«, sage ich. »Ich hab nach ihm gesucht und ihn gefunden.« Neben uns klappern Tabletts, als sich noch mehr Leute an unseren Tisch setzen, und ich schiebe das Diorama zur Seite, um Platz zu machen.

»Gesucht und gefunden?«, sagt Nadia. Ich lege einen Finger an meine Lippen, als einer unserer neuen Tischnachbarn uns einen neugierigen Blick zuwirft.

»Wirklich zu schade, dass du Katie Christo rausgeworfen hast.« Mason steckt sein Diorama-Mini-Me in die Vordertasche seines Rucksacks. »Sie hatte hellseherische Fähigkeiten.«

Zwei Tage später hocke ich nach der Schule im Schneidersitz auf meinem Bett und bringe Ordnung in meine Notizen zu Mr Larkins Fall. Mittlerweile habe ich die Begegnung mit dem Mann, der vielleicht Dexter Robbins ist, verdaut und habe sogar fast das Gefühl, überreagiert zu haben. *Fast.* Trotzdem habe ich keinerlei Bedürfnis, im Last Chance Pfandhaus anzurufen und mir bestätigen zu lassen, dass er dort arbeitet.

Ellie kommt rein, lässt sich theatralisch neben mich aufs Bett fallen und legt den Unterarm über ihr Gesicht. »Mom ist für die Party am Samstag als Aufsichtsperson angefragt worden«, stöhnt sie.

»Hm?«, sage ich, ohne den Blick vom Laptop zu nehmen.

»Sie haben anscheinend nicht genügend Aufpasser, deswegen hat der Lehrer-Eltern-Ausschuss sie angerufen und um Mithilfe gebeten.« Ellie stöhnt. »Peinlicher geht es ja wohl nicht.«

»Echt?« Diesmal hat sie meine volle Aufmerksamkeit. Im Gegensatz zu Tripp und meinen Freunden haben sich meine Eltern und Onkel Nick noch nicht dazu erweichen lassen, meine Entschuldigung anzunehmen, aber vielleicht ist das jetzt ein Zeichen dafür, dass zumindest Mom langsam auftaut. »Aber wäre doch super, wenn sie es macht. Was hat sie gesagt?«

Ellie zieht eine Grimasse. »Ähm, dass sie's macht? Länger hab ich nicht mit ihr darüber gesprochen, weil ich sofort das Bedürfnis hatte, zu dir zu kommen und mich bedauern zu lassen, aber du mit deiner komischen guten Laune lässt mich ja im Regen stehen. Toll, echt.« Sie stützt sich auf einen Ellbogen, um einen Blick auf meinen Laptop zu werfen. »Was ist so spannend?«

Ich rufe noch einmal das Foto von Lila Robbins auf. »Findest du, dass sie Ähnlichkeit mit Ms Delgado hat? Also zumindest ein bisschen?«

Ellie rollt sich herum, damit sie richtig auf meinen Bildschirm schauen kann. »Irgendwie kommt sie mir schon bekannt vor«, sagt sie schließlich zögernd. »Wobei sie eines von diesen Gesichtern hat, bei denen man schnell das Gefühl hat, man würde es kennen. Könnte tatsächlich Ms Delgado in jung sein, ist allerdings schon eine Weile her, seit ich sie das letzte Mal gesehen habe. Hast du Carly davon erzählt?«

»Noch nicht«, sage ich. »Sie hat für nächste Woche ein Treffen angesetzt, aber die Sache ist nicht so einfach. Du weißt ja, wie ich an den Artikel im *Union Leader* gekommen bin, ich dürfte also eigentlich gar nichts davon wissen. Außerdem ist Tripp noch nicht so weit, mit irgendwem darüber zu reden, dass sein Dad damals das Geld genommen hat, und bevor er das nicht tut, kann er auch nicht darüber reden, dass er gar nicht weiß, was Shane und Charlotte an dem Tag im Wald getan haben, bevor er selbst zu der Stelle gekommen ist, wo Mr Larkin lag.« Ich habe Ellie alles erzählt – nachdem ich mir Tripps Okay geholt hatte –, weil sie sowieso schon so viel wusste und ich Angst hatte, mir würde ihr gegenüber sonst aus Versehen mal was herausrutschen. Im Übrigen, habe ich zu ihm gesagt, könnte er das auch als eine Art Übung sehen: dass die Welt sich weiterdreht, obwohl noch eine zweite Person die Wahrheit kennt. Ellie hat alles gut weggesteckt, wie es so ihr Naturell ist, und seitdem hilft sie mir beim Brainstormen.

»Ganz schön vertrackt«, seufzt sie.

»Du sagst es.« Ich klappe meinen Laptop zu.

»Würde es was bringen, herauszufinden, wer hinter dem verunstalteten Porträt von Mr Larkin steckt?«, fragt Ellie und zupft am Ende ihres Zopfs.

»Klar würde das was bringen. Aber Ms Kelso hat die Sache mehr oder weniger abgeschrieben. Sie hängt die übrigen Plakate für die Gedenkgarten-AG noch nicht mal mehr auf.«

»Hmmm.« In Ellies Augen liegt ein Funkeln, das mir nicht gefällt, aber bevor ich fragen kann, worauf sie hinauswill, springt sie vom Bett und steuert auf meine Kommode zu. »Sag mal, du hast nicht zufälligerweise einen Rosenkranz oder einen Kreuz-Anhänger?«, fragt sie. »Ich will als Achtzigerjahre-Madonna auf die Party.«

»Nicht, dass ich wüsste.« Ich ziehe meinen Laptop wieder zu mir her.

»Oder irgendwelchen anderen Modeschmuck?«

»Nimm dir, was du findest«, sage ich und öffne noch mal das Schulabschlussfoto von Lila Robbins. Es mir immer wieder anzuschauen, ist zu einer täglichen Routine geworden, weil ich jedes Mal hoffe, dass es endlich *Klick* macht und ich mir zu hundert Prozent sicher bin, dass sie Shanes Mutter ist. Aber auch diesmal entwischt mir die Gewissheit, dabei bin ich mir sicherer denn je, dass ich dieses Gesicht schon mal gesehen habe.

Ich weiß nur nicht, *wo*.

35

TRIPP

»Tripp!«, schallt es mir aus der Küche entgegen, als ich am Mittwochnachmittag aus der Schule komme. Ich zucke erschrocken zusammen, weil mich sonst immer vollkommene Stille empfängt, wenn ich die Tür aufschließe. »Würdest du bitte deinen Hintern hierherschieben und mir erklären, was das hier zu bedeuten hat?«

Ehrlich gesagt … lieber nicht. Ich habe zwar keine Ahnung, warum mein Vater schon wach ist oder was der Grund für seine miese Laune ist, aber der Tonfall klingt nicht nach einem guten Gesprächseinstieg.

»Was gibt's denn?« Ich lasse meinen Rucksack auf den Boden fallen und will mich gerade an den Türrahmen der Küche lehnen, als ich zur Salzsäule erstarre. Mein Vater ist hinter den ganzen leeren Flaschen, die er vor sich auf dem Küchentisch aufgereiht hat, kaum zu sehen. Und das sind nicht irgendwelche leeren Flaschen, sondern die, deren hochprozentigen Inhalt ich letzte Woche getrunken und die ich anschließend mit dem Vorhaben, sie demnächst zu ersetzen, in den Schrank unter der Spüle gestellt habe – nur dass ich da meistens schon ziemlich angeschossen war.

»Was es *gibt*? Als ich heute Morgen nach Hause gekommen

bin, hab ich nach dem Rohrreiniger gesucht und die hier gefunden«, sagt er. »Und ich weiß, dass ich die nicht getrunken habe.«

»Ach so, darum geht's«, sage ich und reibe mir über den Nacken. Mehr bringe ich nicht heraus, weil mein Vater aussieht, als würde er gleich in die Luft gehen.

»*Ach so, darum geht's*«, wiederholt er. »Plünderst du jetzt schon meine Hausbar?« Als ich darauf nichts erwidere, wird sein Blick noch finsterer. »Was zum Teufel ist mit dir los, Tripp? Die waren letzte Woche noch voll. Hast du eine Party geschmissen oder …« Plötzlich scheint ihm was zu dämmern. »Oder hast du die etwa alle allein getrunken? Du hast letzte Woche jeden verdammten Tag auf der Couch gelegen. Sag mal, warst du überhaupt wirklich krank?«

Ich habe es so lange vor mir hergeschoben, wie ich konnte, aber jetzt führt wohl kein Weg mehr daran vorbei.

»Nein, war ich nicht«, gebe ich zu und lasse mich auf den Stuhl ihm gegenüber fallen. »Und ja, ich hab die alle allein getrunken.«

»Großer Gott, Tripp.« In seine Wut mischt sich Sorge. »Wieso um alles in der Welt machst du so was?«

»Ist alles nicht so super gelaufen in letzter Zeit«, murmle ich.

Er stößt ein raues Lachen aus und reibt sich übers Kinn. »Klingt ganz schön untertrieben. Mir war nicht klar …« Er nimmt eine der Flaschen und starrt auf das Etikett, als könnte er darauf eine Antwort lesen. »Verdammt, ich weiß nicht, was mir nicht klar war. Sag du's mir.«

Ich schlucke schwer. »Kannst du dich noch an den Tag erinnern, an dem Mr Larkin umgebracht worden ist?«

Dad blinzelt. Was auch immer er erwartet hat, das war es offensichtlich nicht. »Natürlich weiß ich das noch.«

»In den letzten paar Wochen sind ein paar Sachen passiert, die damit zu tun haben. Ein Gedenkgarten-Projekt in der Schule, zwei TV-Formate, die sich mit dem Fall beschäftigen …«

»Moment mal – was? Der Fall ist wieder in den Medien?«

Auch darüber werde ich mich mit ihm unterhalten, aber zuerst muss ich was anderes loswerden. »Ja, ist er. Deswegen habe ich viel darüber nachgedacht, wie das damals alles war, und die Sache ist die, Dad …« Ich schaue ihm in die Augen, in denen ein erschöpfter, ratloser Ausdruck liegt. *Okay, jetzt oder nie.* »Ich weiß von dem Geld für den Klassenausflug.«

Er legt verwirrt den Kopf schräg. »Geld für den Klassenausflug …«, sagt er und begreift dann anscheinend, wovon ich rede, weil ein Ausdruck über sein Gesicht huscht, den ich nicht deuten kann. »Ach so. Ja. Das Geld, das damals verschwunden ist.«

»Genau. Ich, ähm, hab es hier bei uns gefunden. Unter deiner Werkbank.« Auf einmal schaffe ich es nicht mehr, ihm in die Augen zu schauen, und starre stattdessen auf den rissigen Linoleumboden. »Ich hab den Umschlag damals in die Schule mitgenommen und wollte ihn ins Sekretariat zurücklegen, ohne dass jemand was davon mitbekommt, aber an dem Tag ist die Polizei da gewesen und da hab ich Schiss bekommen und ihn in eins der Schließfächer geschoben, von dem sich hinterher rausgestellt hat, dass es das von Charlotte war.«

»Oh.« Dad seufzt schwer. »Ich hatte mich schon gefragt, ob du es warst, der das Geld zurückgebracht hat, aber du hast nie was gesagt, deswegen hatte ich gehofft, dass es … Tja. Das wäre wohl zu viel erwartet gewesen.« Endlich hebe ich wieder den Blick, weil ich seine Reaktion nicht einordnen kann. Er sieht mich mit zusammengezogenen Brauen an. »Aber warum hat dich das nach der langen Zeit so fertiggemacht?«

»Na ja, da ist ja dann auch kurz darauf das mit Mr Solomon passiert und …«

»Oh Gott, natürlich.« Mein Dad wird rot und wirkt zum ersten Mal beschämt, seit wir angefangen haben zu reden. »*Natürlich.* Shit. Du hast den armen Kerl tot in seinem Wohnzimmer gefunden und ich hab dich danach einfach damit allein gelassen.« Seine Stimme wird rau. »Es tut mir leid, Tripp. Ich habe mich viel zu sehr daran gewöhnt, dass du wunderbar auf dich selbst aufpassen kannst. Aber klar, wenn ich so was erlebt hätte, hätte ich auch die komplette Hausbar geleert.«

Ich bin ganz kurz davor, ihm zu gestehen, was der eigentliche Grund dafür war, dass ich mich bewusstlos trinken wollte, und was ich fast vier Jahre lang von ihm gedacht habe. Aber ich weiß, dass ihm das den Boden unter den Füßen wegziehen würde, also lasse ich den Moment verstreichen und sage stattdessen: »Ich will es bloß verstehen, Dad. Warum hast du das Geld damals genommen? Ich meine, ich weiß, dass wir es gut hätten gebrauchen können, aber wir sind keine …«

»Tripp«, unterbricht mich Dad. »Ich hab das Geld nicht genommen.«

Ich blinzle verwirrt. »Aber du hast doch gerade …«

Wobei … er hat nicht gesagt, dass er es genommen hat, er hat nur gesagt: *Ich hatte mich schon gefragt, ob du es warst, der das Geld zurückgebracht hat, aber du hast nie was gesagt, deswegen hatte ich gehofft, dass es … Tja. Das wäre wohl zu viel erwartet gewesen.*

Natürlich. *Natürlich.*

»Lisa Marie?«, frage ich.

Er nickt düster. »Sie hat es an dem Tag, an dem ihr euer Frühjahrskonzert hattet, eingesteckt. Zu dem Zeitpunkt wusste ich natürlich noch nichts davon. Eigentlich hätte sie am nächsten Tag wieder abreisen sollen, ist dann aber doch weiter bei

Valerie geblieben.« Er mahlt mit dem Kiefer. »Was ich nur durch Zufall rausgefunden hab, weil ich ihr eine Woche später beim Einkaufen über den Weg gelaufen bin. Ich war so wütend, weil sie kaum Zeit mit dir verbracht hat, während sie hier war, und bin noch am selben Tag bei Valerie vorbeigegangen, um ihr die Meinung zu sagen. Da hab ich den verfluchten Umschlag gesehen, der aus ihrer Tasche rausschaute. Sie hat noch nicht mal versucht, ihn zu verstecken, obwohl damals schon alle Eltern an der Schule wussten, dass das Geld verschwunden war.«

Ich starre ihn mit offenem Mund an, während er weiterspricht. »Ich hab den Umschlag mit nach Hause genommen und mir den Kopf darüber zerbrochen, wie ich das Geld am besten zurückgeben könnte, bis es eines Tages plötzlich wieder in der Schule aufgetaucht ist. Ich hab mir gesagt, dass deine Mutter zur Vernunft gekommen sein muss, dass sie vorbeigekommen ist, um sich zu entschuldigen, als ich nicht zu Hause war, und das Geld gesucht und genommen hat, um es zurückzugeben.«

Dad stößt ein freudloses Lachen aus, als er mein Gesicht sieht. »Ich weiß. Eher lernen Schweine fliegen. Sagen wir mal, ich *wollte* es gern glauben. Hauptsächlich, weil sonst nur noch die Möglichkeit übrig geblieben wäre, dass du es gefunden hast – und in mir hat sich alles dagegen gesträubt, dieses Gespräch mit dir zu führen. Es tut mir leid, Tripp.« Er atmet geräuschvoll aus. »Ich hab mich in den letzten Jahren vor einer Menge schwieriger Gespräche mit dir gedrückt.«

»Aber …« Ich gehe meine Erinnerungen durch und versuche sie in einen Kontext zu bringen, der irgendeinen Sinn ergibt. »Mr Larkin … er hat den Diebstahl untersucht, und er …« Nein. Ich kann Dad nicht erzählen, dass ich zufällig ihren Streit mitgehört habe; damit würden wir der Wahrheit darüber, was ich zu glauben bereit war, viel zu nahe kommen.

Aber Dad fährt fort, ohne dass ich es aussprechen muss. »Er wusste, dass es deine Mom war. Ein Schüler hat sie dabei beobachtet und es ihm gesagt. Ich hab versucht, Mr Larkin davon zu überzeugen, es für sich zu behalten. Nicht nur, weil es für dich in der Schule hart geworden wäre, wenn die Leute erfahren hätten, dass deine Mutter das Geld geklaut hat, sondern auch … Ich konnte nur noch daran denken, wie sehr es dich verletzen würde, wenn du wüsstest, dass sie die ganze Zeit hier war und kein einziges Mal vorbeigekommen ist, um dich zu sehen. Aber er wollte nicht nachgeben. Ich war damals so wütend auf ihn, aber rückblickend betrachtet hatte er natürlich recht.« Dad seufzt wieder schwer. »Dann ist er umgebracht worden, bevor er irgendjemandem etwas sagen konnte, und ich hab den feigen Ausweg genommen und den Mund gehalten.«

Er hat den Mund gehalten. Das war das schlimmste Vergehen, das mein Vater begangen hat. Keinen Mord, noch nicht mal Diebstahl. Er hat den Mund gehalten, weil er nicht wollte, dass ich erfahre, wie egal ich meiner Mutter bin. Meiner Mutter, die auf meiner mentalen Checkliste mit all den Gründen, warum mein Leben scheiße ist, noch nicht mal mehr auftaucht, weil sie mir letzte Woche praktischerweise selbst bewiesen hat, dass sie sich einen Dreck um mich schert. Die einzige Überraschung ist, dass sie wirklich nicht gelogen hat, als sie mir erzählt hat, dass sie an dem Tag, an dem Mr Larkin umgebracht wurde, in der Stadt war.

»Es tut mir leid«, sage ich. »Ich hätte dich gar nicht erst verdächtigen dürfen.«

»Warum nicht?«, fragt Dad. »Ich hab dir nie ein Wort davon erzählt. Was hättest du sonst denken sollen, als du den Umschlag mit dem Geld unter meiner Werkbank gefunden hast? Das Problem ist, Tripp … ich wusste einfach nicht, wie ich dir das Verhalten deiner Mom erklären soll. Ich verstehe sie selbst nicht. Ich begreife nicht, warum sie die Dinge tut, die sie tut. Also hab ich irgendwann aufgehört es zu versuchen. Und das hat sich auf so ziemlich alles andere zwischen dir und mir ausgewirkt, und … jetzt sind wir hier angekommen.« Er reibt mit den Fingerknöcheln über eine der leeren Flaschen. »Du machst eine Woche lang in der Schule blau, leerst eine komplette Hausbar mit hartem Alkohol, und ich kriege noch nicht mal was davon mit. Dir muss gar nichts leidtun, sondern mir. Und mir tut es verdammt leid.«

»Doch, eigentlich gibt es da schon was.«

Eigentlich. Das wäre jetzt der Moment. *Eigentlich hab ich nämlich geglaubt, du hättest was viel, viel Schlimmeres getan, als Geld zu klauen, Dad. Und das ist der Grund dafür, warum ich dir die ganzen Jahre aus dem Weg gegangen bin und praktisch nur noch dafür gelebt habe, aus Sturgis abzuhauen und so viel Abstand zwischen dich und mich bringen zu können wie möglich.*

»Nein«, sagt er mit Nachdruck und in seinen Augen liegt ein Funkeln, das ich darin schon sehr lange nicht mehr gesehen habe. »Ich lasse nicht zu, dass du wegen den Dingen, die passiert sind, Schuldgefühle hast, Tripp. Ich bin hier der Erwachsene und du musst das Kind sein dürfen. Wenigstens bei einem deiner Elternteile solltest du das Kind sein dürfen. Besser spät als nie, oder?«

Seit dem Tag damals im Wald habe ich mich nicht mehr wie ein Kind gefühlt, und ich glaube nicht, dass das zu den Dingen gehört, die man zurückbekommen kann. Trotzdem muss ich schlucken, als ich seinen Blick erwidere, und sage: »Stimmt.«

»Okay.« Dad steht auf und sammelt die leeren Flaschen ein.

»Was hältst du davon, wenn ich die hier entsorge und wir uns was vom Golden Palace kommen lassen?«

Er schenkt mir ein müdes, zaghaftes Lächeln, das ich zurückgebe. »Klingt super«, sage ich.

Der Moment ist wieder verstrichen. Diesmal vielleicht für immer.

36

BRYNN

»Wie sehe ich aus?«, fragt Ellie und wirft sich in meiner Tür in Pose.

»Du siehst süß aus. Und hast überraschend viel Ähnlichkeit mit Madonna.« Ich schlüpfe in meine Schuhe. Meine Schwester trägt ein schwarzes Kleid mit Rüschen, dazu Boots, auftoupierte Haare und mehrere Lagen Silberketten um den Hals. »*Warum* noch mal Madonna?«

»Die Idee ist mir gekommen, als ich die ganzen alten Alben durchgegangen bin, die Onkel Nick zu dieser Achtziger-Party mitgenommen hat. Außerdem rechnen die Leute damit, dass man mit ihnen tanzt, wenn man Madonna ist.« Bevor ich fragen kann, warum das eine Rolle spielt – meine Schwester tanzt mit wem sie will, in dem Punkt ist sie noch nie schüchtern gewesen –, kommt sie ein paar Schritte in mein Zimmer und sagt: »Hübsch siehst du aus. Wir sind das Gegenteil voneinander. Gut und böse.«

Ich trage ein kurzes, silbern glitzerndes Kleid und habe mir die Haare geglättet. Wir bilden also tatsächlich so eine Art Gegensatzpaar, trotzdem bin ich mir sehr sicher, dass niemand Ellie mit der bösen Gallagher-Schwester verwechseln wird. Ich habe die ganze Woche versucht, unter dem Radar zu bleiben, aber die Saint Ambrose hat ein besseres Gedächtnis, als Nadia prophezeit hat. Wenigstens muss ich mich der Pre-Prom-Party nicht allein stellen. »Bist du sicher, dass du nicht bei uns mitfahren willst?«, frage ich. Tripp müsste gleich hier sein und dann sammelt uns Mason mit dem Minivan seiner Mutter ein – zusammen mit Nadia, Pavan und dem legendären Geoff.

»Ja, ich fahr bei Onkel Nick mit«, antwortet Ellie. Unsere Mutter hat sich eine dicke Erkältung eingefangen und liegt mit Wick Medinait vollgepumpt im Bett, weshalb Onkel Nick heldenhaft seinen Samstagabend opfert, um sie als Aufsichtsperson zu vertreten. Er hat mich an den Händen gepackt und ist nerdmäßig hin und her getwistet, als er es uns erzählt hat, deswegen gehe ich mal davon aus, dass er mir endlich verziehen hat. »Er muss früher da sein, und Paige ist im Orga-Team, da kann ich ihr noch ein bisschen helfen.« Sie wirft mir eine Kusshand zu und greift nach der Tasche zu ihren Füßen, bevor sie auf die Treppe zusteuert. »Bis nachher.«

»Bis nachher«, rufe ich und stecke für ein letztes Finish noch mal mein Glätteisen ein.

Als ich fertig bin und nach unten gehe, treffe ich auf meinen Vater, der sich im Hausflur herumdrückt. »Ich habe Tripp schon seit einer Ewigkeit nicht mehr gesehen«, sagt er und rückt seine Brille zurecht. Bei Dad und Onkel Nick ist es so ähnlich wie bei Ellie und mir, man könnte die beiden glatt für Zwillinge halten – wäre da nicht der Altersunterschied und die Tatsache, dass Onkel Nick mehr Haare und die coolere Brille hat. »Ich freu mich darauf, mal wieder ein bisschen mit ihm zu quatschen.«

Oh Gott. Mit meinen Freunden *zu quatschen*, läuft bei meinem Vater darauf hinaus, dass er Wissenschaftlerwitze zum Besten gibt, die außer ihm keiner witzig findet. »Ich hab ihm gesagt, dass wir uns draußen treffen«, sage ich und checke mein Handy. Tripp ist gerade in unsere Einfahrt gebogen – er hat heute Abend den Wagen von seinem Dad – und Mason müsste auch gleich hier sein.

»Ich sag ihm nur schnell Hallo.« Dad lässt sich nicht abwimmeln und steuert mit mir auf die Tür zu.

»Dad ...« Weiter komme ich mit meinem Protest nicht, weil es genau in dem Moment klingelt.

»Der Junge weiß, was sich gehört.« Dad macht mit vergnügtem Grinsen die Tür auf. »Hallo«, begrüßt er Tripp, der einen dunkelblauen Anzug anhat und dessen blonde Haare so perfekt liegen wie noch nie. »Komm rein. Schön, dich zu sehen.«

Sogar *sehr* schön, weil, wow, er sieht unfassbar gut aus. Shane Delgado ist vielleicht der King der Saint Ambrose, aber Tripp macht ihm in diesem Anzug definitiv starke Konkurrenz. Seine blauen Augen leuchten auf, als er mich kurz anschaut, bevor er meinen Vater begrüßt. »Hallo, Mr Gallagher. Wie geht es Ihnen?« Danach wandert sein Blick sofort wieder zu mir. »Du siehst umwerfend aus, Brynn.«

»Du auch«, sage ich errötend und greife nach meinem Mantel.

Dad erkundigt sich bei Tripp nach seinem Vater und der Schule und verhält sich so bemerkenswert unpeinlich, dass ich nicht Hals über Kopf zur Tür hinausstürze, als ich hinter Tripps Wagen Scheinwerfer aufleuchten sehe. »Mason ist da«, sage ich. »Wir müssen los.«

»Viel Spaß. Passt auf euch auf. Und haltet euch an euren Onkel, wenn irgendetwas ist«, sagt Dad. Wir sind schon halb die Treppe runter, als er sagt: »Ach so, noch eine letzte Frage: Wie fängt man mittels der Einstein'schen Methode einen Löwen in der Wüste?«

»Bitte nicht, Dad«, stöhne ich, während Tripp fragt: »Wie?«

»Man überfliegt die Wüste mit Lichtgeschwindigkeit. Durch die relativistische Längenkontraktion wird der Löwe flach wie Papier. Man greift ihn, rollt ihn auf und schlingt ein Gummiband um ihn«, sagt Dad, bevor er mit einem zufriedenen Schmunzeln die Tür schließt.

»Und ich hab uns schon in Sicherheit gewiegt«, seufze ich.

»Also ich hab diese Wissenschaftlerwitze irgendwie vermisst«, sagt Tripp und greift wie selbstverständlich nach meiner Hand, als die Tür des Minivans aufgeschoben wird und Pavan den Kopf rausstreckt.

»Ihr müsst ganz hinten sitzen«, sagt er. »Sorry.«

»War da in der Siebten nicht mal was zwischen euch?«, raunt mir Tripp ins Ohr. »Sollte ich eifersüchtig sein?«

»Solltest du«, raune ich zurück. »Für einen Zwölfjährigen war er sehr geschickt.«

»Jedenfalls geschickter als ich«, sagt Tripp und hilft mir in den Van, dessen Einstieg ein winziges bisschen zu hoch für mich ist.

Mason und Geoff, die beide vorne sitzen, drehen sich um, als Tripp und ich uns in die letzte Sitzreihe quetschen. »Sensationell seht ihr aus«, sagt Mason. »Geoff kennt ihr, oder?«

»Klar.« Ich winke Geoff zu, der mich an eine Teenager-Ausgabe von Chidi aus *The Good Place* erinnert, bevor mein Blick dem von Nadia begegnet, die breit grinst. Ich tue so, als würde ich meine Lippen mit einem Reißverschluss verschließen, weil es keinen Grund gibt, Mason bei seinem ersten Date in Verlegenheit zu bringen.

»Ich höre übrigens auch auf ›Gorff‹«, sagt Geoff und ich verschlucke mich fast an meinem eigenen überraschten Prusten.

»Das wird ein super Abend«, prophezeit Mason, als er aus unserer Einfahrt setzt.

Ich hoffe es. Zum ersten Mal seit Langem fühle ich mich frei und unbeschwert, ganz zu schweigen von dem Flattern, das sich jedes Mal, wenn mein Blick dem von Tripp begegnet, in meinem Bauch regt. Er hat wieder meine Hand genommen und streicht federleicht mit dem Daumen über meine Handinnenfläche, während er mit Pavan und Nadia herumalbert, und ich bekomme eine Gänsehaut, obwohl es im Wagen angenehm warm ist.

Das heißt nicht, dass auf einmal alles perfekt ist. Mich macht die Vorstellung nervös, gleich Shane und Charlotte zu begegnen, und ich mache mir Sorgen, dass Tripp womöglich deswegen, weil er heute Abend mit mir auf die Party geht, seine Freunde verlieren könnte, die ihm viel bedeuten. Trotzdem nehme ich mir vor, all das – genau wie meine Theorien zu Mr Larkins Tod – heute Abend ganz weit wegzuschieben und einfach Spaß zu haben. Außerdem sieht Tripp in diesem Anzug einfach zu gut aus, um mir von irgendwas die Laune verderben zu lassen.

Der Parkplatz der Saint Ambrose ist schon fast komplett zugestellt, als wir dort ankommen, und Mason muss hart bremsen, als vor uns plötzlich ein roter Pick-up seitlich ausschert und uns einen freien Platz wegschnappt. »Okay, dann eben nicht«, murmelt er und kriecht hinter einem kleinen Pulk von Mitschülern her, der Richtung Eingang pilgert. »Mir war nicht klar, dass Parken eine Wettkampfdisziplin ist.«

»Da ist einer!«, ruft Nadia, die ein paar Meter weiter einen Volvo entdeckt hat, der ausparkt.

Mason navigiert den Minivan vorsichtig in die frei gewordene Lücke und atmet erleichtert aus, bevor er den Motor ausmacht, sich zu uns umdreht und sagt: »Wir sind da. Sorgen wir dafür, dass dies ein denkwürdiger Abend wird, Freunde.«

Pavan öffnet die Tür und alle klettern nach draußen. Als Mason abschließt, nehme ich Tripps Hand, um zu den anderen aufzuschließen, aber er hält mich zurück. »Warte kurz.« Er lehnt sich an den Van und legt mir die Hände um die Taille. »Kann ich vielleicht noch fünf Minuten mit dir allein sein?«

Mein Herz macht einen kleinen Satz. »Warum?«, frage ich. Tripp fährt sich mit der Zunge über die Unterlippe und ich spüre ein aufgeregtes Kribbeln im Bauch. Es kommt mir plötzlich absurd vor, dass wir all die Zeit miteinander verbracht haben, ohne uns je zu küssen.

»Pavan ist vielleicht geschickt«, sagt er und zieht mich an sich, »aber ich hab dich zuerst gut gefunden.«

Mir läuft ein warmer Schauer über den Rücken, und auf einmal muss ich daran denken, wie Nadia und ich uns früher immer, kurz bevor etwas passiert ist, auf das wir sehnsüchtig gewartet haben, das GIF von Michael Scott aus *The Office* geschickt haben, wo er »OMG, okay, it's happening!« brüllt.

Endlich ist es so weit. Vielleicht habe ich nicht so lange darauf gewartet wie Tripp, aber es fühlt sich auf einmal trotzdem so an.

»Die siebte kommt vor der achten Klasse«, erinnere ich ihn, und schaue zu ihm auf. Er ist so groß. Gut, dass ich hohe Absätze anhabe.

»Ich finde dich schon seit der Sechsten gut«, sagt er.

»Ach ja?« Ich lasse die Hände über seine Brust wandern und schließe die Finger um das Revers seines Jacketts. Es ist kühl heute und er trägt nichts drüber, scheint die Kälte aber nicht wahrzunehmen. »Drei Jahre haben wir zusammen Hausaufgaben gemacht und du hast nie etwas gesagt.«

Mein Tonfall ist spöttisch, aber sein Blick ist todernst, als er antwortet: »Das war die reinste Folter.«

Ich würde am liebsten ewig so mit ihm hier stehen bleiben

und darüber reden, und will auch … mehr. Das ist der qualvollste und zugleich schönste Nervenkitzel, den ich je gespürt habe. »Das ist eine ziemlich lange Zeit, um jemanden gut zu finden, ohne was zu unternehmen«, sage ich.

Um Tripps Augenwinkel bilden sich kleine Fältchen. »Na ja, als du dann in Chicago gewohnt hast, hab ich ja zum Glück eine kleine Auszeit bekommen.«

Ich versuche einen Schmollmund zu machen, aber meine Mundwinkel weigern sich, sich nach unten zu biegen. »Zum Glück, ja?«

»Ja. Bis zu dem Tag im Gewächshaus.«

Ich ziehe die Brauen hoch. »Als Wade Drury blöde Witze über meinen Namen gerissen hat?«

»Nein. Davor. Als Ms Kelso uns zusammen in diese Orga-Gruppe für die Gedenkgarten-AG gesteckt hat. Ich würde sagen, das war …«, er tut so, als würde er auf eine Armbanduhr schauen, »… das erste Mal, seit du weggezogen bist, dass wir wieder miteinander geredet haben.«

Ich merke, dass mir das Atmen schwer fällt. »Dann bist du aber ganz schön schnell wieder in alte Muster zurückgefallen.«

»Tja, was soll ich sagen? Ich bin eben der beständige Typ.« Sein Blick wird weich, als er mich noch näher an sich heranzieht, dabei dachte ich, ich hätte schon jeden Zentimeter Abstand zwischen uns eliminiert. »Brynn. Darf ich …«

»Ja.« Ich stelle mich auf die Zehenspitzen und lege meine Lippen auf seine, bevor er weiterreden kann. Meine Arme schlingen sich wie von selbst um seinen Nacken, und ich spüre, wie er mich noch fester umarmt und mich dann ein Stück vom Boden hochhebt, als unser Kuss so intensiv wird, dass es mir endgültig den Atem verschlägt. Tripp küsst mich nicht einfach nur wie jemand, der das schon seit Jahren tun will. Er küsst mich, als wäre es das *Einzige*, was er sich jemals gewünscht hat. Aber ich küsse ihn mit der gleichen Hingabe und vergrabe, von fiebriger Energie durchströmt, die Finger in seine Haare. Und jedes Mal, wenn sich unsere Lippen kurz voneinander lösen und wieder treffen, ist unser Kuss noch leidenschaftlicher. Es ist fast zu viel. Würde er mich jetzt loslassen, würde ich einfach zu Boden sinken.

Zum Glück lässt er mich nicht los. Zumindest tut er es erst, als ein lautes Hupen das Rauschen in meinen Ohren übertönt und jemand ruft: »Gott, echt, nehmt euch ein Zimmer!«

Als Tripp mich behutsam wieder auf den Boden stellt und ich mich von ihm löse, sehe ich die Rücklichter von Charlottes Range Rover, in dem sie an uns vorbeigefahren ist. Das war ja klar. Niemand weiß besser als Charlotte Holbrook, wie man einen solchen Moment zerstört. Wobei ich fairerweise sagen muss, dass nicht sie es war, die uns den blöden Spruch zugerufen hat.

»Sorry«, flüstert Tripp, der genauso außer Atem ist wie ich und einen benommenen Ausdruck in den Augen hat. Er fährt sich durch die Haare. »Ich wollte nicht … Gott, das war …«

»Mir tut es nicht leid.«

Auf seinem Gesicht breitet sich ein Lächeln aus. »Mir auch nicht.«

Ich zwinge mich, einen Schritt zurückzutreten, weil mir jetzt, wo ich meine Umgebung wieder wahrnehme, bewusst wird, dass wir ein viel größeres Publikum haben als nur Charlotte und wer auch immer da mit ihr im Wagen saß. Anscheinend ist die halbe Schule gleichzeitig angekommen, und die meisten Leute aus unserem Jahrgang grinsen, als sie an mir und Tripp vorbeigehen. »Wahrscheinlich sollten wir langsam mal rein, oder?«, sage ich.

»Wenn es unbedingt sein muss.« Tripp streicht mir eine Haarsträhne aus dem Gesicht und greift dann wieder nach meiner Hand. Ich habe das Gefühl zu schweben, als ich neben ihm zum Hauptgebäude gehe, wo meine praktische Seite das Ruder übernimmt. Mein aufgewühltes Inneres, meine zerwühlten Haare und mein ziemlich sicher nicht mehr vorhandener Lipgloss erfordern einen Zwischenstopp auf der Toilette.

»Wir treffen uns drinnen, okay?«, sage ich und reibe mit dem Daumen den rosafarbenen Schimmer von Tripps Mund. »Ich muss kurz auf Toilette.«

»Okay.« Er haucht mir einen kleinen Kuss auf die Lippen, von dem ich nicht so weiche Knie bekommen sollte, wie ich sie sofort wieder habe. Wie es aussieht, hat es mich richtig übel erwischt.

Auf der Toilette sind lauter aufgeregt plappernde Mädchen, die aber hauptsächlich hier sind, um den neuesten Klatsch und Tratsch auszutauschen und ihr Make-up zu checken, es gibt also keine Schlange vor den Kabinen. Als ich wieder rauskomme, wasche ich mir die Hände, bürste mir die Haare und lege neuen Lipgloss auf.

Zurück im Eingangsbereich höre ich dumpf Musik aus Richtung der Sporthalle, aber bevor ich darauf zusteuern kann, nehme ich aus dem Augenwinkel etwas wahr. Ein Plakat von Mr Larkin an der hinteren Flurwand – und wieder hat jemand sein Gesicht mit wütenden roten Strichen übermalt.

Das Plakat hängt direkt über einem Tisch, der hier normalerweise nicht steht. Seltsam. Noch seltsamer ist der rote Marker auf dem Tisch, neben dem die Kappe liegt, als hätte sich jemand hastig über das Plakat hergemacht und dann sofort das Weite gesucht, ohne sie wieder draufzustecken. Aber warum sollte hier überhaupt ein Marker herumliegen? Oder hat derjenige, der das gemacht hat, ihn mitgebracht und liegen gelassen …?

»Da bist du ja!« Ich hebe den Blick und sehe Ellie auf mich zutänzeln. Ihre Ketten geben bei jedem Schritt ein leises Klirren von sich. Als sie bei mir angekommen ist, stemmt sie die Hände in die Hüften und betrachtet das verschandelte Plakat. »Ah. Gut«, sagt sie. »Schau dir das an.«

»Das tue ich gerade«, sage ich. »Aber was soll daran gut sein?«

Sie greift nach dem Marker und zwinkert mir zu. »Das bedeutet, dass meine Falle zugeschnappt ist.«

37

TRIPP

Ich lehne mich in der Sporthalle an die Wand und gebe meinen Augen einen Moment Zeit, sich an die Lichtverhältnisse zu gewöhnen. In jeder Ecke des Raums sind Scheinwerfer mit Schwarzlicht montiert, die eine riesige, an einer Seite der Sporthalle angebrachte Großstadtsilhouette aus neonfarbenem Papier beleuchten. Das Orga-Team hat am Eingang fluoreszierende Bänder verteilt, die sich die meisten entweder ums Handgelenk oder den Hals gebunden haben. Durch die weiß und bunt leuchtenden Klamotten der Leute und die durch den Raum hüpfenden Neon-Luftballons fühlt es sich an, als wäre man mitten in einem Pop-Art-Gemälde gelandet, aber ich kriege das alles nur halb mit, weil ich immer wieder nach Brynn Ausschau halte und es kaum erwarten kann, sie wieder zu küssen.

Dieser Moment mit Brynn an Masons Van war vielleicht der beste meines Lebens.

Endlich entdecke ich ihr silbriges Kleid, das sich durch die Menge in meine Richtung bewegt, und fange an, wie ein Idiot zu grinsen, bis mir auffällt, dass sie nicht allein ist. Ich mag Ellie, so ist es nicht, aber ich würde sie noch viel mehr mögen, wenn sie gerade woanders wäre.

Als Brynn näher kommt, sehe ich, dass ihr Lächeln etwas Angespanntes hat. »Ellie ist da an so einer Sache dran«, sagt sie und lehnt sich neben mich.

Bevor ich fragen kann, worum es geht, greift Ellie nach meiner rechten Hand. Ich bin zu überrascht, um zu protestieren, als sie sich über meine Handfläche beugt, als wollte sie wie eine Wahrsagerin darin lesen, sie anschließend wieder fallen lässt und dasselbe mit meiner linken Hand macht.

»Tripp ist sauber«, verkündet sie.

Ich sehe sie verwirrt blinzelnd an. »Was sollte das?«

Ellie hebt ihre rechte Hand, in deren Innenfläche es grün leuchtet. »Ich suche mein Match.«

»Ich fasse es nicht, dass du Tripp tatsächlich überprüft hast.« Brynn verschränkt die Arme vor der Brust. »Ich hab dir gesagt, dass du dir das sparen kannst.«

»Sorry, aber ich konnte mich nicht auf dein Wort verlassen«, entgegnet Ellie. »Du bist nicht wirklich objektiv, wenn es um Tripp geht.«

»Kann mir vielleicht mal jemand erklären, was hier los ist?«, frage ich.

»Mach schon.« Brynn nickt Ellie zu. »Ist schließlich dein genialer Plan.«

»Das hört sich an, als fändest du ihn *nicht* genial«, sagt Ellie leicht beleidigt und sieht dann mich an. »Ich habe meinen alten Zauberkasten rausgekramt, einen roten Marker mit ultraviolettem Zauberpulver bestäubt und ihn unter ein Plakat von Mr Larkin gelegt, damit die Hand von jedem, der den Marker benutzt, um das Plakat zu bekritzeln, so aussieht.« Sie hebt wieder ihre Hand. »Das Pulver leuchtet unter UV-Licht, also unter Schwarzlicht, grün.«

»Das ist ... Wow, das *ist* sogar ziemlich genial«, sage ich.

Ellie strahlt, und ich runzle die Stirn, als mir etwas klar wird. »Warte mal. Heißt das, du dachtest, dass *ich* dahinterstecke?«

»Ich kann leider niemanden ausschließen«, sagt Ellie. »Apropos.« Sie greift nach der Hand ihrer Schwester.

»Das ist jetzt nicht dein Ernst!«, ruft Brynn.

»Ich muss alle gleich behandeln«, sagt Ellie streng und dreht erst ihre rechte und dann ihre linke Hand nach oben, bevor sie sie wieder loslässt. »Okay, du bist auch sauber.«

»Gibt es denn schon irgendwelche Verdächtigen?«, frage ich amüsiert, auch wenn ich mir meine ersten fünf Minuten mit Brynn – die extrem süß aussieht, wenn sie von jemand anderem als von mir genervt ist – auf einer Party anders vorgestellt habe. Ich lege einen Arm um sie, ziehe sie an mich und drücke ihr einen Kuss in die Haare. Sie schaut kurz lächelnd zu mir auf und schmiegt sich dann an meine Brust.

Ellie verzieht das Gesicht. »Uah, Heteros.«

»Du kannst jederzeit gehen«, gibt Brynn zurück.

»Leider nicht.« Ellie dreht den Kopf und blickt nach links. »Ich brauche Tripp, damit er mich am königlichen Hof einführt.« Als ich ihrem Blick folge, entdecke ich Shane und Charlotte, die von ihrer Clique umringt sind. *Unserer* Clique. »Da drüben ist die Upperclass-Zentrale, deren Angehörige zu unseren Hauptverdächtigen gehören.«

Geht das wieder los. »Ich kann dir versprechen, dass es nicht Shanes Stil ist, auf Plakaten herumzukritzeln«, sage ich.

»Ja. Weil er in deinem Kopf Shane Delgado ist«, sagt Ellie. »Und nicht Michael Robbins.«

»Schsch«, zische ich, obwohl uns hier über die laute Musik hinweg niemand hören kann. In mir drin sträubt sich immer noch alles gegen die Vorstellung, an Brynns wilder Theorie könnte etwas dran sein. Der Gedanke, dass Shane, der Golden

Boy der Saint Ambrose, möglicherweise Dexter Robbins' Sohn – und Mr Larkins Halbbruder – sein könnte, erscheint mir einfach absurd. »Außerdem sind die beiden zurzeit nicht gut auf mich zu sprechen.«

»Oh bitte.« Ellie verdreht die Augen. »Du willst mir doch nicht erzählen, dass die Leute da drüben sich nicht wie das Rote Meer teilen würden, wenn sie dich kommen sehen?«

Brynn verschränkt ihre Finger mit meinen. »Klingt, als wärst du wahnsinnig beliebt und einflussreich«, neckt sie mich und schaut wimpernklimpernd zu mir auf. Mehr braucht es nicht, um mich zu überreden, dabei hat sie mich noch nicht mal direkt darum gebeten.

»Von mir aus«, seufze ich. »Aber mach dich darauf gefasst, dass wir eine Abfuhr kriegen.«

Ellie grinst ungerührt. »Bravo. Das ist die richtige Einstellung.«

Wie sich herausstellt, hatte Ellie recht; die Macht der Gewohnheit sorgt dafür, dass alle zur Seite weichen, als wir uns der Gruppe um Shane und Charlotte nähern, bis Charlotte sich umdreht und gebieterisch das Kinn anhebt. »Ach, sieh mal an, wer da kommt.« Ihr Griff um Shanes Arm festigt sich. Sie trägt ein im Schwarzlicht leuchtendes weißes Kleid und eine komplizierte Hochsteckfrisur aus einem Dutt und einem Zopf, die von glitzernden Klammern zusammengehalten wird. Sie nimmt Brynn und mich ins Visier, Ellie dagegen würdigt sie keines Blickes. »Das neueste It-Couple der Saint Ambrose.«

»Hey, Charlotte. Wie wäre es mit einem Waffenstillstand?«, frage ich. Nicht nur, um Ellie Zeit zu verschaffen, sondern weil Charlotte und ich – trotz allem, was in letzter Zeit passiert ist oder was Charlotte möglicherweise geheim hält – immerhin schon seit Jahren befreundet sind. »Ich war an einem ziemlichen Tiefpunkt, als ich bei dir zu Hause war, und es tut mir leid, wenn du mich als undankbar empfunden hast. Mir geht's mittlerweile besser.«

»Mir tut es auch leid«, sagt Brynn. »Ich hätte nicht einfach so bei dir aufkreuzen sollen.«

Charlotte, die gerade ein winziges bisschen aufzutauen schien, wird wieder zur Eiskönigin. »Dir tut es nicht leid, Brynn.« Ihr Blick zuckt zu meinem Arm, der immer noch um Brynns Schultern liegt. »Du hast genau das bekommen, was du wolltest.«

»Oh mein Gott, ich liebe diesen Song!«, ruft Ellie plötzlich und macht einen Satz auf Shane zu, der so überrumpelt ist, dass er keinen Widerstand leistet, als sie nach seinen Handgelenken greift und seine Hände nach oben dreht. »Los, lass uns tanzen!«

Charlotte zieht Shane mit einem finsteren Funkeln in den Augen von Ellie weg. »Was stimmt nicht mit dir?«, zischt sie. »Fass ihn nicht an.«

»Dann tanz du mit mir«, sagt Ellie und versucht Charlottes Hände zu nehmen, mit denen sie immer noch Shanes Arm umklammert. Aber sie von ihm loszueisen scheint schwieriger zu sein, als einen Schraubstock aufzuzwingen.

»*Verschwinde*!«, kreischt Charlotte, was in keinem Verhältnis zur Situation steht, auch wenn Ellie den Schalter von leicht albern zu komplett durchgeknallt ziemlich schnell umgelegt hat.

»Entspann dich, Babe«, sagt Shane.

Ellie scheint kapiert zu haben, dass es Zeit ist, die Aktion abzubrechen, und gibt Charlotte frei. »Sorry!« Sie tritt zurück und fächelt sich Luft zu. »Manchmal geht meine Leidenschaft fürs Tanzen mit mir durch.« Dann stürmt sie an mir und Brynn vorbei und raunt uns ein »Er war's nicht« zu, bevor sie in der Menge verschwindet.

»Sie ist als Baby von der Wickelkommode gefallen«, sagt Brynn entschuldigend, während sie Ellie hinterherschaut, die sich einen Weg zu ihrem Onkel bahnt und ihn an den Händen packt. Ellie hat es anscheinend wirklich ernst damit gemeint, niemanden auszuschließen. »Mehrmals.«

»Tja.« Ich räuspere mich und grüble darüber nach, wie ich das unbehagliche Schweigen, in das wir verfallen sind, auflockern könnte. »Wie läuft euer Abend so? Habt ihr Spaß?«

Charlotte wirft einen hasserfüllten Blick in Ellies Richtung. »Bis diese kleine Missgeburt hier aufgekreuzt ist, schon.«

»Hey«, protestiert Brynn im selben Moment, in dem Shane sich aus Charlottes Klammergriff befreit und sagt: »Jetzt reicht es aber mal. Sie ist praktisch noch ein Kind.«

Er hat die Stimme gehoben und redet ein bisschen schleppend; sein Gesicht ist gerötet und von einem Schweißfilm bedeckt. Dass er auf der Schulparty der Saint Ambrose trinkt, ist nichts Ungewöhnliches, dass er Charlotte über den Mund fährt, dagegen schon. Sie sieht ihn blinzelnd an und ist eindeutig zu verblüfft, um irgendwas zu erwidern, worauf er »Ich hab echt die Nase voll« knurrt und davonmarschiert.

»Wovon denn?«, ruft Charlotte ihm entgeistert hinterher. Shane reagiert nicht, sondern steuert weiter auf die Ecke zu, in der die Lacrosse Jungs stehen. Charlotte folgt ihm. »*Wovon*?«, ruft sie wieder.

»Damit ist ihr Abend wohl gelaufen«, sage ich.

»Tut mir leid«, seufzt Brynn. »Wenn Ellie sich mal was in den Kopf gesetzt hat …«

»Schon okay«, sage ich. »Die Idee war nicht schlecht. Und ich bin froh, dass Shane nicht hinter der Sache mit den Plakaten steckt. Ich weiß, das ist noch kein Beweis dafür, dass er nicht irgendwas anderes getan hat«, füge ich schnell hinzu, bevor

Brynn mich unterbrechen kann. »Oder dass er nicht *jemand* anderes ist. Aber ich bin trotzdem froh.«

»Das verstehe ich.« Brynns Blick ist auf die Lacrosse-Ecke gerichtet, wo Charlotte und Shane stehen und wütend aufeinander einreden.

»Komm.« Ich drehe sie zu mir um, ziehe sie an mich und wiege mich mit ihr langsam zur Musik, obwohl gerade ein schnelles Hip-Hop-Stück läuft. »Hör auf, zu Shane rüberzustarren, als würdest du ihn gern zum Verhör abführen. Was auch immer das für Superkräfte sind, mit denen du zwischen Wahrheit und Lüge unterscheiden kannst, bei ihm werden sie nicht wirken.«

»Ich weiß«, sagt Brynn. »Die wirken nur bei dir.«

»Verrätst du mir, wie du das machst?«, frage ich und hoffe wirklich sehr, dass sie es tut, weil ich sonst ständig das Gefühl haben werde, dass sie nur darauf wartet, mich bei einer Lüge zu ertappen.

Sie hebt ihre Hand und reibt Daumen und Zeigefinger aneinander. »Wenn du nicht ehrlich bist, machst du immer das hier.«

Ich blinzle. »Echt?«

»Ja. Immer. Schon seit wir Kinder waren.«

»Oh Mann«, sage ich und sie grinst. »Dann wundert mich nichts mehr.«

Wir wiegen uns weiter hin und her, bis Brynn sich auf die Zehenspitzen stellt, einen zarten Kuss auf meine Lippen haucht und die Hände um meinen Nacken schlingt. Ich vertiefe den Kuss, berauscht von dem Gefühl, endlich zu wissen, wie gut wir zusammenpassen, streiche über ihren Rücken und halte jedes Mal an der Biegung zu ihren Hüften inne, obwohl ich meine Hände gern noch ein kleines bisschen tiefer wandern lassen würde, aber ihr Onkel schwirrt hier irgendwo herum, wir sind von lauter Leuten umgeben und …

»Nehmt euch ein Zimmer«, sagt jemand, aber die Stimme ist viel freundlicher als die vorhin auf dem Parkplatz. Als Brynn und ich uns umdrehen, sehen wir Mason, der neben uns mit Geoff tanzt. Mittlerweile läuft irgendwas mit Salsa-Beats, und im Gegensatz zu uns bewegen die beiden sich im richtigen Rhythmus dazu. Auf den zweiten Blick habe ich allerdings den Eindruck, dass Mason mit Geoff eher nicht mithalten kann.

»Du bist ein super Tänzer, Gorff«, sagt Brynn lächelnd.

»Bin ich«, sagt er. »Meine Großeltern haben dafür gesorgt, dass die ganze Familie tanzen lernt. Darf ich bitten?« Er hält ihr die Hand hin. Sie greift danach und lässt sich von ihm im Kreis drehen, bevor er sie um die Taille fasst und ihren Oberkörper nach hinten schwingt.

»Wow«, keucht Brynn außer Atem. »Du bist *richtig* gut.«

»Du brauchst nicht eifersüchtig zu sein«, sagt Mason zu mir. »Er hat nur Augen für mich.«

»Bin ich gar nicht«, sage ich halbherzig, als Geoff Brynn von uns wegwirbelt. »Aber euer Timing ist echt mies.«

»Die beiden kommen wieder«, sagt Mason. »Und bis dahin …« Er streckt mir mit herausfordernd hochgezogenen Brauen die Hand hin, als wollte er testen, ob ich cool genug bin, mit ihm zu tanzen. Ich grinse und will danach greifen, als – *fuck.*

FUCKFUCKFUCK.

Ich stehe wie erstarrt da, bis Mason die Hand wieder sinken lässt und leise »Dann halt nicht« murmelt. Er hält mich für ein Arschloch, aber das bin ich nicht. Ich kann nur nicht fassen, was ich gerade gesehen habe.

Masons Handfläche leuchtet grün. Genau wie die von Ellie.

38

BRYNN

»Dein neuer Freund ist ein Arsch«, sagt Mason, als ich ihn am Arm aus der Sporthalle ziehe.

»Eigentlich nicht«, sage ich, aber ich kann es ihm nicht übelnehmen, dass er ihn für einen hält. Als Geoff mit mir zu Tripp zurückgetanzt ist und ich gesehen habe, dass er und Mason bloß unbehaglich dastanden, ohne zu reden oder sich auch nur anzuschauen, habe ich erst nicht verstanden, was los ist. Einen Moment später hat Geoff sich Mason geschnappt und ihn von uns weggewirbelt, und Tripp hat mir erzählt, was er gerade gesehen hat. Ich bin Mason nachgerannt, habe mir irgendeine Erklärung ausgedacht, damit er mit mir mitkommt, und jetzt stehen wir hier.

Ich lasse den Blick über den Flur wandern. Wo könnte ich mit Mason hin, um ungestört über das zu reden, worüber wir reden müssen? Mir kommt eine Idee und ich ziehe ihn weiter. Als wir an dem verunstalteten Plakat von Mr Larkin vorbeikommen, schaffe ich es nicht, Mason anzuschauen, um zu überprüfen, ob und wie er darauf reagiert. Was *passiert* hier? Meine Gedanken drehen sich im Kreis. Mal denke ich, dass es für das alles bestimmt eine einfache, harmlose Erklärung gibt, dann wieder versuche ich Mason wie ein Puzzlestück zwischen all die Dinge einzupassen, die ich im Laufe der letzten Wochen erfahren habe.

»Hier.« Ich ziehe die Tür zur Aula auf und steuere auf die Stufen zu, die zur Bühne führen, von wo aus wir alle Türen im Blick haben, falls sich noch jemand anderes hierher verirren sollte.

»Erklärst du mir vielleicht mal, was eigentlich los ist?«, fragt Mason.

»Ja.« Ich setze mich auf die Stufen und Mason hockt sich neben mich. »Okay, hör zu. Es geht um die bekritzelten Plakate von Mr Larkin. Du weißt, wovon ich rede, oder?«

Mason hat kein Pokerface. Seine Augen weiten sich sofort, dann fängt er sich wieder, kann aber trotzdem nicht aufhören zu blinzeln. »Ähm, ja. Klar.«

Oh Gott. Ich hole tief Luft und versuche, meinen plötzlich galoppierenden Herzschlag zu beruhigen. »Ellie wollte rausfinden, wer dahintersteckt«, sage ich. »Also hat sie ein Plakat von Mr Larkin im Flur aufgehängt und einen Tisch davorgeschoben, auf den sie einen Marker gelegt hat, den sie vorher mit ultraviolettem Puder präpariert hatte, damit die Rückstände an der Hand der Person haften bleiben, die den Marker benutzt, um das Plakat zu bekritzeln. Unter Schwarzlicht kann man das dann nämlich sehen.« Ich greife nach Masons Hand und drehe sie mit der Innenfläche nach oben – nur dass im normalen Licht der Aula nichts von der grünen Farbe zu erkennen ist. »So wie Tripp es eben auf deiner Hand sehen konnte. Deswegen hat er so reagiert, als du sie ihm hingehalten hast.«

Mason zieht seine Hand weg. »Tripp hat Gespenster gesehen.«

»Ich habe es auch gesehen«, sage ich. »Bevor wir aus der Sporthalle raus sind.«

Masons Gesicht verhärtet sich. »Ich weiß nicht, was du von mir willst. Ich hab einen Marker in die Hand genommen. Na und?«

Na und? Ich wünschte, das wäre eine berechtigte Frage, aber das ist es nicht. Seit wir hier sitzen, schwirrt mir der Kopf, weil mir plötzlich klar geworden ist, was ich die ganze Zeit übersehen habe. Mit zitternden Händen ziehe ich mein Handy aus der Tasche meines Kleids und entsperre es. »Nachdem ich bei *Motive* gekündigt habe, hab ich auf eigene Faust angefangen, alles über Mr Larkin zu recherchieren, was ich finden konnte. Ich bin dahintergekommen, dass er seinen Namen offiziell geändert hat und eine Stiefmutter und einen Halbbruder in unserem Alter hatte und …« Was hat Ellie gesagt? *Geistige Kompetenz ist nicht gleich soziale Kompetenz.* Was die soziale Kompetenz angeht, bin ich die größte Versagerin des Universums. »Das ist deine Mom, oder, Mason?«

Ich reiche ihm mein Handy, auf dem ich den Artikel über Lila und Michael Robbins aus dem *Union Leader* geöffnet habe, und sehe, wie ihm die Gesichtszüge entgleisen.

So oft, wie ich zwischen der vierten und achten Klasse bei Mason zu Hause gewesen bin, hätte ich es sofort erkennen müssen. Aber damals war Ms Rafferty schon viel älter als Lila Robbins auf dem Foto in dem Zeitungsartikel. Ihre Haare waren dunkel und nicht blond gefärbt. Außerdem trägt Masons Mutter eine Brille und ist immer ungeschminkt, es könnte sogar sein, dass sie sich die Nase hat machen lassen. Trotzdem hätten mir die Ähnlichkeiten zwischen ihr und der jungen Lila Robbins auffallen müssen, und das wären sie mir vielleicht auch, wenn ich mich nicht gleich so auf Shane Delgado eingeschossen hätte. Außerdem habe ich bis zu dieser Sekunde nicht gewusst, dass Masons Dad nicht sein biologischer Vater ist.

»Ja.« Mason reicht mir das Handy zurück. Seine Augen schimmern feucht. »Ich … Ich hab nie mit euch darüber gesprochen, weil das alles so lange her ist und weil …«

»Weil du nicht wolltest, dass wir wissen, dass Mr Larkin dein Bruder war?«, frage ich.

»Halbbruder«, sagt er bitter.

»Erzählst du mir, was passiert ist?« Plötzlich fallen mir noch mehr Dinge ein – unter anderem, dass Mason mit seiner Familie in Florida war und seine Großeltern besucht hat, als Mr Larkin erschlagen wurde. Sie sind erst nach der Beerdigung zurückgekommen. Egal wie verzweifelt Mason oder seine Mutter vor vier Jahren auch gewesen sind – es hat sie sicher nicht dazu gebracht, zum Äußersten zu greifen. Aber obwohl ich mit jeder Faser davon überzeugt bin, dass Mason niemals fähig wäre, einem anderen Menschen etwas anzutun, bin ich so sehr in meiner eigenen Wahrnehmung erschüttert, dass mich die Tatsache, dass er zum Tatzeitpunkt weit entfernt von Sturgis gewesen ist, trotzdem unendlich erleichtert.

»Wo soll ich überhaupt anfangen?«, sagt Mason tonlos.

»Erinnerst du dich an deinen … Vater?« Das Wort kommt mir nur schwer über die Lippen.

»Natürlich erinnere ich mich«, antwortet er fast wütend. »Ich lebe seit knapp vierzehn Jahre mit ihm zusammen. Mein *Vater* ist mein Vater.«

»Ich weiß, entschuldige. Ich meinte, erinnerst du dich an … Dexter?«

»Nein.« Mason hat zwischen den Knien die Finger ineinander verschlungen. »Ich kann mich an nichts aus der Zeit damals erinnern. Ich weiß nur, was meine Mutter mir erzählt hat. Sie war wahnsinnig jung und naiv, und in der ersten Zeit war er anscheinend ganz okay. Aber das hat sich dann schnell geändert. Mir ging es die ganze Zeit gesundheitlich schlecht, und er hat ihr verboten, mit mir zum Arzt zu gehen. Er hat ihr noch nicht mal erlaubt, ohne ihn das Haus zu verlassen.«

»Du hast Asthma, oder?«, sage ich. Noch so ein Detail, das ich übersehen habe.

»Ja. Wobei ich schon seit einer Weile fast gar keine Symptome mehr habe. Wahrscheinlich kann es trotzdem jederzeit wieder ausbrechen, aber es macht mir nicht mehr so zu schaffen wie früher.« Er wirft mir einen schiefen Blick zu. »Ja, ich hab einen Inhalator, den brauche ich aber nur selten.«

Ich nicke. »Verstehe. Und deine Mom ist von ihm weggegangen, als du drei warst?«

»Genau. Mom hat mir erzählt, dass wir buchstäblich im Haus eingesperrt waren, wenn er nicht da war. Er hat eine regelrechte Festung daraus gemacht. Gitter vor den Fenstern und Vorhängeschlösser an den Türen. Es gab nur ein Fenster, das er nicht gesichert hat, weil er dachte, es wäre zu klein. Aber da hatte er sich geirrt. Sie hat nur mich mitgenommen, sonst nichts.«

Er atmet tief aus. »Mom hatte keine Familie mehr. Ihre Eltern sind gestorben, als sie noch auf der Highschool war. Aber Mr Solomon ist ein guter Freund von ihrem Dad gewesen, und nachdem sie uns dort rausgeholt hatte, hat sie ihn angerufen. Er …«

»Moment mal«, unterbreche ich ihn. »Mr Solomon von der Saint Ambrose?«

Mason nickt. »Er ist sofort gekommen, hat uns nach Sturgis gebracht und Mom geholfen, einen Job und eine Wohnung zu finden. Er hat sie sogar meinem Dad vorgestellt. Sie hat Dads Namen angenommen, als sie geheiratet haben, und meinen ändern lassen. Und für eine Weile war alles gut.«

»Bis Mr Larkin an der Saint Ambrose auftauchte?«

»Ich fand ihn so toll.« Masons Stimme wird rau. »Ein echt cooler Lehrer, der sich auch noch für mich interessiert hat – für *mich* –, und immer total aufmerksam war, wenn wir uns unterhalten haben. Aber dann kam der Tag, an dem er mich gebeten hat, nach dem Unterricht bei ihm im Klassenzimmer vorbeizukommen, um mit mir über meinen Shakespeare-Aufsatz zu sprechen. Das war ungefähr eine Woche vor seinem Tod. Ich war megaaufgeregt, dachte, er hätte ihm richtig gut gefallen und ich würde vielleicht eine Auszeichnung dafür bekommen oder so.« Er schüttelt den Kopf. »Stattdessen hat er mir gesagt, wer er ist.«

»Und wie hast du reagiert?«, frage ich.

»Gar nicht. Ich habe während der ganzen Zeit keinen Ton rausgekriegt. Er hat geredet und ich habe bloß stumm dagehockt. Zuerst dachte ich noch, das wäre vielleicht eine Art Chance, weil er sich dafür entschuldigt hat, wie damals alles gelaufen ist – dass er nicht genug getan hat, um Dexter davon abzuhalten, meine Mom und mich so zu behandeln. Aber er hat mich auch die ganze Zeit ›Mikey‹ genannt und versucht, mir so einen Anhänger aufzudrängen, wo dieser Name auf der Rückseite eingraviert war. Ich wollte ihn nicht – ich *konnte* ihn gar nicht annehmen, weil ich wie gelähmt war –, und ich glaube, das hat ihn wütend gemacht. Am Ende hat er ihn einfach in meinen Rucksack gesteckt und gesagt, dass ich ein Robbins sei und dass meine Mom kein Recht hätte, mich seinem Vater vorzuenthalten.« Mir entgeht nicht, wie Mason bei dem Wort *seinem* die Hände zu Fäusten ballt. »Dann hat er gesagt, dass Dexter nächste Woche Geburtstag hätte und er ihm sagen würde, wo ich bin. Kannst du dir das vorstellen? Und bevor er gegangen ist, hat er sogar noch einen draufgesetzt und gemeint: ›Du wirst das beste Geburtstagsgeschenk sein, das Dad je bekommen hat.‹«

»Gott, Mason.« Ich greife nach seiner Hand. »Das tut mir so leid. Das muss schrecklich gewesen sein.«

»War es.« Als er weiterspricht, ist seine Stimme kaum lauter als ein Flüstern. »Danach war ich so geschockt, dass ich mich bestimmt eine Stunde lang nicht von der Stelle rühren konnte. Ich wusste nicht, was ich tun sollte. Irgendwann bin ich nach Hause und habe meinen Eltern alles erzählt. Sie haben daraufhin mit Mr Solomon gesprochen, und der hat gesagt, dass es vielleicht das Sicherste wäre, wenn wir aus Sturgis wegziehen würden. Aber das zweite Mal wäre es so viel schwerer gewesen, verstehst du?«

»Dann hat Mr Solomon also gewusst, dass Mr Larkin dich bedroht hat?«, frage ich. Auf einmal ergeben die Worte unseres alten Hausmeisters – *Dieser Dreckskerl hat gekriegt, was er verdient hat* – einen Sinn. Wäre Mr Solomon klar im Kopf gewesen, hätte er sich mit so einer Äußerung vielleicht zurückgehalten, aber jetzt im Nachhinein kommt sie zumindest nicht mehr aus heiterem Himmel.

Mason nickt. »Er hat uns nach Florida begleitet, wo wir die Eltern von meinem Dad besucht haben. Ich weiß, dass ich euch damals erzählt habe, wir würden einen spontanen Kurztrip zu ihnen machen, aber in Wirklichkeit haben wir uns dort mit einem Familienanwalt getroffen, um uns über unsere rechtlichen Möglichkeiten zu informieren. Und während wir weg waren, ist Mr Larkin umgebracht worden.«

»Ohne vorher mit seinem Vater über dich gesprochen zu haben?«

»Ich schätze, dazu hatte er keine Gelegenheit mehr«, sagt Mason. »Wir waren noch eine Weile wahnsinnig nervös und haben darauf gewartet, dass er sich meldet, aber das hat er nie.« Als ich seine Hand drücke, fügt er hinzu: »Ich dachte, ich wäre darüber hinweg, und ich glaube, dass bin ich größtenteils auch, aber …« Er schaut sich in der Aula um. »In den Winterferien war ich mit den anderen Leuten aus der Schülerverwaltung hier, um Plakate für die Aufführung der Theater-AG zu malen, und irgendwann sind uns die roten Marker ausgegangen. Ich bin hinter die Bühne und habe geschaut, ob irgendwo noch einer rumliegt. Als ich gerade fündig geworden war, habe ich die Staffelei mit dem Porträt von Mr Larkin entdeckt. Es war verhüllt und ich war neugierig und habe den Stoff hochgehoben und … ich … Keine Ahnung … Ich stand ein paar Sekunden komplett neben mir und hab … getan, was ich getan habe.«

»Und danach hast du damit weitergemacht?«, frage ich und versuche so neutral wie möglich zu klingen. »Mit den Plakaten, die Ms Kelso aufgehängt hat?«

Mason senkt den Kopf und starrt auf die Innenfläche seiner Hand, als würde er nach den Rückständen des grünen Pulvers suchen, die wir in der Sporthalle gesehen haben. »Glaub mir, ich bin nicht stolz drauf. Das war echt mies, Ms Kelso so was anzutun und …« Er schluckt schwer. »Und Mr Larkin. Ich wollte nicht, dass er tot ist, und wünschte, es wäre anders gelaufen zwischen uns. Aber wenn man den Großteil seines Lebens damit verbracht hat, sich zu verstecken, da hat man ständig so eine Anspannung in sich, und die hat sich dann durch diesen Trigger … komplett entladen.« Er lässt die Hand in den Schoß zurückfallen und sieht mich an. »Und vor heute Abend hast du wirklich nichts davon geahnt?«

»Nichts«, sage ich. »Ich hatte mich sogar in die Theorie reingesteigert, dass Shane Delgado Michael Robbins ist.«

»Shane?« Obwohl Mason kurz zusammenzuckt, als er seinen alten Namen hört, bringt er ein Lachen zustande. »Das ist mit Sicherheit das erste und letzte Mal gewesen, dass ich mit Shane Delgado verwechselt worden bin.« Dann runzelt er nachdenklich die Stirn. »Aber jetzt, wo du es sagst … Shane war an dem Tag auch da.«

»Wo *da*?«, sage ich verwirrt. »Was meinst du?«

»Im Klassenzimmer, als Mr Larkin mir gesagt hat, wer er ist.« Mir bleibt der Mund offen stehen und Mason schiebt hinterher: »Nicht richtig im Zimmer, aber im Garderobenraum. Hat dort mal wieder ein Nickerchen gehalten. Kurz nachdem Mr Larkin weg war und ich noch völlig geschockt an meinem Platz saß, ist er auf einmal gähnend aus der Garderobe gekommen und an mir vorbei in den Flur gelaufen. Ich glaube, er hat mich noch nicht mal bemerkt.«

»Moment mal, dann …« Ich massiere mir meine plötzlich pochenden Schläfen. »Hat er euch gehört? Weiß Shane, dass Mr Larkin dein Bruder war?«

»Das hab ich mich immer gefragt«, sagt Mason. »Ich hatte deswegen einige schlaflose Nächte. Aber er hat nie irgendwas gesagt oder sich mir gegenüber anders als sonst verhalten.« Er schnaubt. »Soll heißen, er hat mich ignoriert, wie immer.«

Es fällt mir schwer, diese Information einzuordnen. Ausgerechnet in dem Moment, in dem ich kurz davor war, Shane von meiner Liste mit Verdächtigen zu streichen, stellt sich heraus, dass er vielleicht die ganze Zeit gewusst hat, wer Mr Larkin war. Andererseits … warum hätte ihn das interessieren sollen? Was hätte das für Shane verändert? Aber bevor ich diesen Gedanken weiterverfolgen kann, fragt Mason: »Was hast du jetzt vor?«

»Was meinst du?«

Er macht eine ausholende Geste. »Na, alles. Erzählst du es jemandem?« Seine Stimme klingt angespannt. »Ich werde bald achtzehn. Ich glaube nicht, dass ich Dexter Robbins treffen muss, wenn ich nicht will, aber meine Mom … Ich hab keine Ahnung, ob sie Schwierigkeiten bekommen könnte, weil sie mich damals ja quasi entführt hat und …«

»Nein, Mason«, sage ich schnell. »Ich werde kein Wort darüber verlieren. Das geht nur dich und deine Eltern was an.« Aber noch während ich das sage, muss ich daran denken, dass ich dem Mann im Pfandhaus, der vielleicht Dexter Robbins war, aus Versehen den *BILLY*-Anhänger gezeigt habe. Wahrscheinlich sollte ich Mason davon erzählen, aber die Erleichterung auf seinem Gesicht ist so groß, dass ich es nicht übers Herz bringe.

Männer wie Dexter sind wie ein Wespennest. Warum soll man darin rumstochern, wenn man es nicht muss, oder? Aber ich habe nicht auf Rose gehört.

»Was ist mit Ellie und Tripp?«, fragt Mason. »Glaubst du, sie werden darüber reden?«

»Nein. Ellie ist verschwiegen wie ein Grab und Tripp … der hat genügend eigene Dämonen, was die Geschichte um Mr Larkin angeht.« Trotz seines nach wie vor aufgewühlten Zustands, zieht Mason interessiert die Brauen hoch. Ich stupse ihn sanft mit der Schulter an. »Frag nicht. Es steht mir nicht zu, darüber zu reden.«

»Du hütest eine ganze Menge Geheimnisse, Brynn«, stellt Mason fest. »Pass auf dich auf. So was kann einen auf Dauer ganz schön fertigmachen. Ich weiß, wovon ich rede.« Ich lächle bloß angespannt und er fügt hinzu: »Und was jetzt?«

Ich versuche die Anspannung abzuschütteln. »Jetzt gehst du in die Sporthalle zurück und tanzt mit deinem Date.«

Mason lacht heiser. »Ja klar. Kein Problem. Ich tanze den Rest der Nacht einfach durch.«

»Hast du eine bessere Idee?«

Er steht seufzend auf. »Nicht wirklich.«

Ich stehe ebenfalls auf und frage: »Darf ich dich kurz in den Arm nehmen?«

»Ja, bitte«, stößt er leise aus, und wir umarmen uns und halten uns fest, bis er sich nach einer Weile von mir löst und über die Augen wischt. »Okay«, sagt er. »Dann geh ich mal nach Geoff suchen. Kommst du mit?«

»Ich komme gleich nach«, sage ich.

Ich schaue ihm noch einen Moment hinterher, dann checke ich mein Handy, in dem sich besorgte Nachrichten von Tripp und Ellie stapeln. Mein Kopf ist so voll und ich bin so ausgepowert, dass ich nur ein *Alles okay. Wir reden nachher* als Antwort tippen kann. Als ich das Handy wieder sinken lasse, höre ich plötzlich ein leises Rascheln hinter dem Bühnenvorhang und erstarre. Das Herz schlägt mir bis zum Hals, aber dann kratze ich meinen ganzen Mut zusammen, hechte auf den Vorhang zu und reiße ihn zur Seite.

Ich sehe etwas Weißes aufblitzen und um die Ecke verschwinden. »Charlotte!«, rufe ich, renne los und stolpere fast über einen leeren Karton. »Bleib stehen. Ich weiß, dass du es bist.«

Ich laufe noch ein paar Schritte, bis ich sehe, wie Charlotte, einen Fuß auf der untersten Stufe der Treppe zum Backstage-Bereich, innehält. Die mit Strass besetzten Klammern in ihren Haaren glitzern im gedämpften Licht. »Wie viel hast du mitbekommen?«, frage ich, was ich mir auch sparen könnte. Natürlich hat sie alles mitbekommen.

Oh Gott. Was habe ich Mason bloß angetan?

Charlotte dreht sich zu mir um. Ihre makellosen Züge sind

so starr, dass sie wie eine Statue wirkt. »*Mason* ist Mr Larkins Bruder?«, sagt sie.

»Du darfst ... du darfst mit niemandem darüber sprechen. Bitte, Charlotte. Das könnte schreckliche Konsequenzen für ihn haben.« Ich stolpere über meine eigenen Worte, während ich langsam auf sie zugehe, die Hände wie zum Gebet aneinandergelegt. »Sein echter Vater ist ein Monster und ...« Ich bleibe stehen, als ich die Tränenspur auf ihrem Gesicht sehe. »Hey«, sage ich. »Wieso bist du überhaupt hier? Was ist passiert?«

»Nichts. Ich wollte nur einen Moment allein sein.« Charlotte verschränkt fest die Arme vor der Brust, kann aber nichts dagegen tun, dass ihr noch eine Träne die Wange hinunterläuft. Dann verzieht sie gequält das Gesicht und presst hervor: »Shane hat mit mir Schluss gemacht.«

»Oh, Charlotte. Das tut mir leid.« Das ist die Wahrheit. Ich wünschte, wir würden uns besser verstehen, dann könnte ich sie jetzt umarmen, andererseits bin ich mir ziemlich sicher, dass sie das selbst dann nicht zulassen würde. »Vielleicht hat er es gar nicht so gemeint?«, sage ich. »Ich hatte das Gefühl, dass er schon ganz schön betrunken ist.«

»Das glaube ich nicht«, sagt sie unglücklich. »Ich würde alles für ihn tun – wirklich *alles* –, aber er sagt, dass er es satt hat, also dass er es satt hat, in einer Beziehung zu sein. Aber in Wirklichkeit meint er, dass er *mich* satt hat.«

»Kann ich irgendwas tun?«, frage ich hilflos. »Wir könnten irgendwo hin und uns einen Kaffee holen oder ...«

Sie schüttelt den Kopf, als würde sie schon die Vorstellung schrecklich finden, und ich bin froh, dass ich nicht versucht habe, sie zu umarmen. »Nein«, sagt sie. »Ich fahre nach Hause. Und das mit Mason werde ich für mich behalten, versprochen.« Ich bekomme vor Erleichterung weiche Knie und will mich gerade aus tiefstem Herzen bei ihr bedanken, als sie sagt: »Aber du solltest damit aufhören, Brynn.«

»Womit aufhören?«, frage ich.

»Mit dieser ganzen … Veronica-Mars-Nummer, die du hier abziehst.« Sie wedelt mit der Hand. »Das ist gefährlich. Wenn du so weitermachst, erfährst du vielleicht etwas, das du lieber nicht wissen möchtest.«

»Zum Beispiel?«, frage ich, als sie sich zum Gehen wendet. »Wie meinst du das, Charlotte?«

Die einzige Antwort, die ich bekomme, ist das Klackern ihrer Absätze und das Quietschen der Stahltür des Bühnenausgangs, als sie nach draußen tritt.

39

TRIPP

»Ganz schön viel auf einmal zu verdauen«, sagt Ellie, als Brynn mit ihrem Bericht fertig ist.

»Das kannst du laut sagen.« Ich schaue zu Mason, der sich mit Geoff auf der Tanzfläche langsam zur Musik wiegt und den Kopf an seine Schulter geschmiegt hat. Keine Spur mehr von der übermütigen Ausgelassenheit, die er zu Beginn des Abends ausgestrahlt hat. Es macht mir ein Scheißgefühl, dass ich derjenige war, der seine grün leuchtenden Handflächen bemerkt und das alles in Gang gesetzt hat.

Wobei ich in dem Moment nicht auf die Idee gekommen bin, er könnte Mr Larkins geheimnisvoller Bruder sein. Während Brynn mit ihm in der Aula war, habe ich die ganze Zeit nachgegrübelt, was wohl dahintersteckt, und mir eher vorgestellt, dass er ihn vielleicht aus irgendeinem Grund einfach nicht ausstehen konnte. Oder dass das Ganze eine Art Mutprobe für ihn war.

»Ihr dürft mit niemandem darüber reden«, sagt Brynn. »Ich habe versprochen, dass wir dichthalten.« Sie beißt sich auf die Unterlippe und wirft mir einen Blick zu. »Charlotte hat es auch versprochen. Ich hoffe nur, sie hält sich dran.«

»Bestimmt«, sage ich, und als Brynn skeptisch eine Braue

hochzieht, schiebe ich hinterher: »Charlotte ist nicht gerade eine Sympathieträgerin, ich weiß, aber auf ihr Wort ist Verlass. Sie hat mich noch nie hängen lassen. Und sie hat sich immer an den Pakt gehalten, den wir im Wald geschlossen haben, selbst, als ich ihr aus Versehen einen Diebstahl angehängt hab.«

»Hast du ihr eigentlich jemals gesagt, dass du das warst?«, fragt Ellie.

»Großer Gott, nein«, stoße ich so hastig hervor, dass sie prusten muss.

»Würde ich auch nicht machen«, sagt sie. »Sie kann einem ganz schön Angst einjagen.«

Brynn verschränkt die Arme vor der Brust. »Aber das heißt, wir sind mehr oder weniger genauso weit wie vorher und wissen immer noch nicht, wer Mr Larkin auf dem Gewissen hat. Mason war es nicht, Mr Solomon war es nicht und Shane wahrscheinlich auch nicht, weil er kein Motiv hat.« Sie sieht mich mit einem kleinen Lächeln an. »Du warst es nicht …«

»Danke fürs Vertrauen«, sage ich.

»Und dein Dad auch nicht. Wer bleibt dann noch übrig? Eigentlich nur noch Dexter Robbins, schätze ich, oder …«

»Vielleicht ist das ein Wink mit dem Zaunpfahl, dass du mal eine Pause einlegen solltest, Brynn«, unterbricht Ellie ihre Schwester. »Du bist auf einer Party. Nutz doch wenigstens den Rest des Abends dafür, ein bisschen Spaß zu haben und zu tanzen. Revolutionärer Gedanke, ich weiß, aber du könntest es versuchen.«

»Ich habe mit Geoff getanzt, und du hast ja gesehen, wohin uns das gebracht hat«, brummt Brynn.

»Dann schlage ich vor, dass du dich ab jetzt an mich hältst.« Ich strecke ihr die Hand hin, aber bevor Brynn danach greifen kann, schlingt mir jemand von hinten einen Arm um die

Schultern. »Hey, was …« Ich drehe mich um und sehe, dass es Shane ist.

»Hey, T.«, lallt er und zieht mich in Richtung der Lacrosse-Ecke. »Hab dich den ganzen Abend kaum zu Gesicht gekriegt. Bist du sauer auf mich? Ich wollte dir bei Charlotte neulich nicht auf die Eier gehen. Ich bin einfach gestresst, weißt du?«

»Ich weiß«, sage ich. »Kein Problem.« Ich lasse mich von ihm mitziehen, weil das vielleicht Shanes Art ist, mir zu sagen, dass er jemanden zum Reden braucht. »Alles okay?«, frage ich.

»Charlotte und ich haben Schluss gemacht.« Shane bleibt abrupt stehen, den Arm immer noch um meinen Hals geschlungen. »Sie ist nach Hause und ich fühle mich mies, aber … irgendwie auch erleichtert, verstehst du?«

»Verstehe ich«, sage ich. Ich kann es ihm nicht verdenken, dass er einmal in seinem jungen Leben ausprobieren will, wie es ist, Single zu sein. Oder vielleicht jemanden zu daten, mit dem er keine Leiche entdeckt hat. »Sie wird klarkommen.«

»Es musste sein. Neuanfang und so, du weißt schon.«

»Ihr könntet beide einen gebrauchen.«

»An dem … Tag im Wald ist alles so aus dem Ruder gelaufen. Und du hast gesagt, dass wir nicht darüber reden dürfen, weil das die Regel ist, richtig? Wie in *Fight Club*, nur dass wir nicht der Fight Club sind. Wir sind der Dead Body Club.« Shane atmet tief aus und mir steigt seine Whiskey-Fahne in die Nase. »Das ist ein Scheißname.«

»Es tut mir leid, Shane. Ich wollte nicht …« *Ich wollte dir keinen Maulkorb umhängen. Ich wollte nur nicht, dass mein Dad als Mörder entlarvt wird.* »Gibt es irgendwas, worüber du reden willst?«

»Vielleicht hätte ich von dem Streit erzählen sollen. Weil … ich meine … was, wenn das wichtig war? Ich hab nichts gesagt und jetzt macht Gunnar Fox, dieser Drecksack ...« Er gestikuliert wild mit seinem anderen Arm und wirft uns dabei fast um.

»Was für ein Streit?«, frage ich und ziehe ihn wieder in eine aufrechte Position.

»Na, der Streit, den ich im Wald gehört hab. Hab ich der Polizei nie erzählt.«

Hier ist sie: die perfekte Gelegenheit, Shane zu fragen, was er gehört hat. Brynn hat zwar gesagt, dass wir die Büchse der Pandora besser nicht öffnen sollten, aber jetzt hat Shane von sich aus davon angefangen und ich muss zugeben – ich will es wissen. »Hast du gehört, worum es dabei ging?«, frage ich.

»Ja«, sagt Shane. »Mr Larkin hat jemanden wegen dem Geld für den Klassenausflug angeschrien.«

Ich schaue ihn sprachlos an. *Das geklaute Geld.* Meine Angst vor vier Jahren war, dass Shane genau das sagen würde, weil ich dachte, Mr Larkin hätte mit meinem Vater gestritten. Mittlerweile weiß ich, dass er es nicht war – aber wer zum Teufel soll es denn sonst gewesen sein? Dexter Robbins ja wohl mit ziemlicher Sicherheit nicht. »Was hat er denn genau gesagt?«, frage ich.

»Ich hab nicht alles verstehen können«, sagt Shane. »Ich wollte nicht zu nah rangehen. Aber dann hat er aufgehört zu brüllen und ich hab jemanden weggehen sehen und ... das war nicht Mr Larkin.«

»Hast du gesehen, wer es war?«, frage ich.

»Ich glaub schon. Ich meine, ich stand ganz schön weit weg, aber ich bin mir ziemlich sicher, dass ich ihn erkannt hab.«

»Wen?«, frage ich.

Mir kommt der Gedanke, dass ich Brynn dazuholen sollte, weil sie das definitiv auch hören wollen wird, aber bevor ich Shane bitten kann, kurz zu warten, sagt er: »Nick Gallagher.«

Mir bleibt das Herz stehen. »*Was?*«, sage ich im selben Moment, in dem hinter mir jemand aufkeucht. Ich drehe mich um …

Ich muss Brynn nicht mehr dazuholen. Sie ist schon hier.

Alle Farbe ist aus ihrem Gesicht gewichen, und bevor ich etwas sagen kann, wirbelt sie herum und bahnt sich hektisch einen Weg durch die Menge. »Brynn, warte!«, rufe ich und will ihr hinterher. Aber Shane hängt immer noch an meinem Hals und hält mich zurück. Ich erwische einen Blick auf Ellie, die ein paar Meter entfernt steht. So verwundert, wie sie ihrer Schwester hinterherschaut, hat sie wahrscheinlich nichts mitbekommen.

»Oh Mann«, sagt Shane. »Scheint, als könnte ich heute Abend nichts richtig machen, was? Ich brauch was zu trinken. Du auch, komm.« Er versucht mich zur Lacrosse-Ecke zu ziehen.

»*Falscher* Zeitpunkt«, sage ich, aber als ich es endlich geschafft habe, mich von ihm zu lösen, kann ich Brynn nirgends mehr entdecken. Ellie schiebt sich durch die Menge auf der Tanzfläche und schaut sich ebenfalls suchend nach ihr um.

Ich checke irgendwie noch nicht so richtig, was Shane mir gerade erzählt hat. Als Brynn gefragt hat, wer auf der Liste von Verdächtigen in Mr Larkins Mordfall noch übrig ist, wäre mir im Traum nicht eingefallen, *dein Onkel* zu sagen – auch wenn ich in der Brightside Bakery an seinem Alibi herumgestichelt habe, aber doch nur, um deutlich zu machen, dass an dem Tag jeder Schüler oder Lehrer der Saint Ambrose im Wald hätte sein können. Ich habe nie wirklich geglaubt, dass Nick Gallagher dort gewesen sein oder einen Grund gehabt haben könnte, Mr Larkin etwas anzutun. Und warum sollten sie sich wegen des Gelds für den Klassenausflug gestritten haben? Nick hat es definitiv nicht geklaut; das war meine Mutter.

Nichts von all dem ergibt irgendeinen Sinn. Ich muss Brynn finden und Shane irgendwie ausnüchtern und dann … Keine Ahnung. Egal. Darüber mache ich mir Gedanken, wenn es so weit ist.

Ich arbeite mich bis zur Mitte der Sporthalle vor und sehe Ellie, die schon fast am Ausgang ist. Plötzlich taucht hinter ihr eine Gestalt auf, blockiert mir die Sicht, wirft einen Blick über die Schulter und …

»Nein!«, sage ich laut und bleibe abrupt stehen. Ich erkenne das Gesicht trotz der Entfernung und der dazugehörige Mensch hat hier absolut nichts zu suchen.

Wieso ist er hier? Was hat er vor?

Aber für Fragen ist keine Zeit. Ellie ist mittlerweile in der Eingangshalle. Sie läuft nach rechts, will wahrscheinlich nach draußen, um dort nach Brynn zu suchen. Ich renne los und remple immer wieder Leute zur Seite, um so schnell wie möglich zu ihr durchzukommen, weil die Person, die hier nichts zu suchen hat, ihr dicht auf den Fersen ist.

40

BRYNN

Ich laufe über den Parkplatz auf Onkel Nick zu, der gerade in seinen Wagen steigen will. »Hey, hiergeblieben!«, rufe ich und weiche im letzten Moment einer vereisten Pfütze aus. »Wo willst du hin?«

Mein scharfer Tonfall lässt ihn innehalten. Er sieht mich mit hochgezogenen Brauen an. »Nach Hause«, sagt er. »Wo ist dein Mantel? Es ist eisig hier draußen.«

Ich spüre die Kälte nicht. Ich spüre gar nichts. »Warum willst du nach Hause?«, frage ich. »Die Party ist noch nicht zu Ende.«

Onkel Nick nimmt die Hand von der Tür und rückt seine Brille zurecht. »Ich bin ziemlich durch. Bin eben nicht mehr der Jüngste.«

Er lächelt schief, aber meine Mundwinkel bleiben, wo sie sind. »Onkel Nick, ich muss ...«

Irgendwo hinter uns ertönt ein Lachen. Als ich mich umdrehe, sehe ich, dass es bloß ein Paar ist, das Hand in Hand auf das Gewächshaus zuläuft. Trotzdem macht mich der Gedanke, gehört zu werden, nervös, weshalb ich die Beifahrertür von Onkel Nicks Wagen öffne und einsteige.

»Ich muss mit dir reden«, sage ich.

»Okay«, sagt Onkel Nick widerstrebend. Er setzt sich hinters

Steuer, zieht die Tür zu und steckt den Schlüssel ins Zündschloss. »Ich will nur die Heizung anmachen, damit du dich ein bisschen aufwärmen kannst.«

»Die Sache ist die …« Es gibt keine elegante Art, es anzusprechen; ich muss mit der Tür ins Haus fallen. »Onkel Nick … hast du an dem Tag, an dem Mr Larkin gestorben ist, im Wald mit ihm gestritten?«

Mein Onkel erstarrt. »Wie bitte?«

Ich warte einen Moment, bevor ich antworte, will noch ein paar Herzschläge länger in der Zeitschleife verbringen, in der meine Welt noch in Ordnung ist. Während ich in der Sporthalle nach Onkel Nick gesucht habe, sind Erinnerungsfetzen durch meinen Kopf geflattert: Wie mein Onkel zu mir sagt, dass ich mich in Bezug auf die Recherchen zum Tod von Mr Larkin zurückhalten soll. Wie er mich anspornt, mich um andere True-Crime-Fälle zu kümmern statt um diesen. Wie er erzählt hat, dass Mr Larkin jemand war, der wusste, wie er andere *in Rage bringen konnte*. Das hat alles so unschuldig geklungen, so vernünftig – so typisch für Onkel Nick, der seinem älteren Bruder nacheifert, dass ich niemals auf die Idee gekommen wäre, er könnte selbst etwas zu verbergen haben.

Wenn er wirklich mit Mr Larkin aneinandergeraten ist – falls Shane ihn nicht mit jemand anderem verwechselt oder gelogen hat –, was hat er an dem Tag *noch* getan? Meine Stimme bebt, als ich weiterspreche. »Shane hat gesagt, er hätte dich damals im Wald gesehen. Er hat es gerade Tripp erzählt.«

»Oh.« Onkel Nick seufzt schwer. Er dreht sich mir zu und ich vergrabe das Gesicht in den Händen, als ich den Ausdruck auf seinem Gesicht sehe. »Brynn?«, sagt er stockend. »Was hast du … Kannst du bitte … Hör zu, lass es mich erklären, okay?«

»Ich … ich …«, keuche ich und bin unfähig, den Satz zu beenden, weil dieser eine Blick auf das Gesicht meines Onkels genügt hat, um Bescheid zu wissen. Um zu wissen, dass er Mr Larkin nichts angetan hat. Ich hyperventiliere vor Erleichterung.

»Shit, tut mir leid«, sagt Onkel Nick. »Ich wollte nicht … ich hätte es dir damals schon sagen sollen, aber es war alles so verworren. Ich habe Will damals um ein Treffen gebeten, weil ich an dem Tag, bevor er ermordet wurde, einen anonymen Brief bekommen hatte …« Etwas Weiches streift meine Hand und ich greife nach dem Taschentuch, das Onkel Nick mir hinhält.

Ich weine zwar nicht, wische mir aber trotzdem über die Augen. »Einen Brief? Von wem?«

»Anonym«, erinnert er mich sanft. »Und nicht für mich bestimmt. Er lag in meinem Fach im Lehrerzimmer, aber nur, weil jemand ihn falsch einsortiert hatte – Gallagher statt Griswell. Er war an Grizz adressiert, aber das habe ich erst bemerkt, als ich ihn schon aufgemacht hatte. Der Absender hat Mr Larkin beschuldigt, das Geld für den Klassenausflug gestohlen zu haben.«

»*Was?*« Ich drehe das Taschentuch zwischen den Fingern.

»Du hast richtig gehört. Der Verfasser des Briefs hat behauptet, er hätte gesehen, wie Mr Larkin das Geld eingesteckt hat, und hat verlangt, dass er entlassen wird. Ich wusste nicht, wie ich mich verhalten sollte – Will hat den Vorfall damals selbst untersucht, Herrgott noch mal. Ich war mir ziemlich sicher, dass er das Geld nicht genommen hatte …«

»Hatte er auch nicht«, unterbreche ich ihn. »Das war Tripps Mutter.« Onkel Nick blinzelt überrascht. »Ja«, sage ich. »Eine komplett andere Geschichte. Aber erzähl weiter.«

»Ich habe in der Nacht kaum ein Auge zugemacht. Am

nächsten Tag habe ich dann beschlossen, mit Will darüber zu reden, aber nicht in der Schule. Also habe ich ihn gefragt, ob er vielleicht Lust hätte, sich in der Nähe des Sheldon Parks auf einen Spaziergang mit mir zu treffen. Nachdem wir eine Weile gelaufen waren, habe ich ihm von dem Brief erzählt und er – Gott, es war, als hätte er sich plötzlich in einen anderen Menschen verwandelt. Er wurde sofort laut und hat mir unterstellt, ich hätte es auf seinen Job abgesehen und den Brief wahrscheinlich selbst geschrieben. Dass *ich* derjenige sei, der entlassen werden sollte. Er war außer sich vor Wut und hat mich nicht zu Wort kommen lassen, sodass ich irgendwann einfach … gegangen bin.«

»Du bist gegangen?«, wiederhole ich.

»Ja. Du weißt ja, dass Konfrontationen nicht so mein Ding sind«, sagt Onkel Nick, und das weiß ich tatsächlich. Er schafft es ja schon kaum, sich gegen meinen Dad zu behaupten; wie hätte er da einem plötzlich vor Wut schäumenden Mr Larkin die Stirn bieten sollen? »Ich dachte, dass ich ihm ein bisschen Zeit gebe, um sich zu beruhigen, und es später noch mal versuche, aber dann war das nächste, was ich gehört habe … dass er tot ist.« Onkel Nick schluckt schwer. »Ich wusste nicht, was ich tun sollte. Es hat ein paar Tage gedauert, bis die Polizei mich befragt hat, und als es so weit war, hatten sie das Geld schon gefunden. Der anonyme Brief war wohl nichts weiter als ein schlechter Scherz gewesen. Ich war wütend auf mich selbst, dass ich ihn Will gegenüber überhaupt erwähnt hatte, und hatte Angst, was passieren würde, wenn die Polizei von unserem Streit erfahren würde. Immerhin hat er mir kurz, bevor er gestorben ist, damit gedroht, dafür zu sorgen, dass ich entlassen werde …«

»Du hättest dich selbst belastet«, sage ich.

»Genau. Mein Verhalten war nicht besonders mutig, ich weiß. Aber so ist es gewesen.« Onkel Nick atmet geräuschvoll aus, als wäre er erleichtert, endlich offen darüber reden zu können. »Mir war nicht klar, dass jemand unseren Streit mitbekommen hatte. Warum hat Shane das damals nicht der Polizei erzählt?«

Ich bin emotional viel zu erschöpft, um ihm von Tripps Pakt mit Shane und Charlotte zu erzählen. »Hast du diesen anonymen Brief aufgehoben?«, frage ich stattdessen.

Bevor Onkel Nick antworten kann, reißt jemand die hintere Wagentür auf. »Hey, was ...?«, ruft Onkel Nick erschrocken, während ich in meinem Sitz herumfahre. Tripp wirft sich auf die Rückbank. Er ist völlig außer Atem und wirkt aufgewühlt. Mein erster Gedanke ist, dass er mir gefolgt ist und alles gehört hat. Aber warum wirkt er dann so alarmiert? Es ist doch gut, dass Onkel Nick alles erklären konnte ... es sei denn, er glaubt ihm nicht.

»Gott sei Dank«, keucht Tripp. Er schlägt mit der flachen Hand gegen Onkel Nicks Sitz. »Schnell! Gib Gas. Wir können sie noch einholen. Sie sind grade erst losgefahren.«

»Wen einholen?«, frage ich vollends verwirrt.

Statt zu antworten, schlägt Tripp noch mal gegen Onkel Nicks Sitz. »*Mach schon. Fahr los!*«

»Wohin denn?« Onkel Nick betrachtet Tripp besorgt. »Versuch bitte einen Moment runterzukommen und sag uns, was los ist.«

Tripp holt ein paarmal tief Luft. »Es geht um Ellie, okay? Wir müssen Ellie da rausholen. Fahr dort vorne vom Parkplatz und bieg dann nach links. Ich hab gesehen, dass sie nach links sind.«

Ich fange sofort an, am ganzen Körper zu zittern. »Ellie? Was ist mit Ellie?«, stoße ich hervor.

Zum ersten Mal sieht Tripp mich wirklich an und beim Anblick der Panik in seinen Augen dreht sich mir der Magen um. »Er ist hier, Brynn«, sagt er. »Ich weiß nicht, wieso oder warum, aber er ist hier und er hat sie mitgenommen. Hat sie in seinen Pick-up gestoßen und ist mit ihr weggefahren.«

Onkel Nick wacht aus seiner Erstarrung auf, legt den Gang ein und rammt den Fuß aufs Gaspedal. Während er vom Parkplatz rast, frage ich rau: »Wer hat sie mitgenommen?« Aber ich fürchte, ich kenne die Antwort schon.

Wie ein Wespennest.

Tripp mahlt mit dem Kiefer. »Der Typ aus dem Pfandhaus.«

41

TRIPP

»Was für ein Pfandhaus?«, fragt mich Brynns Onkel, während er vom Parkplatz der Saint Ambrose rast. »Und wohin soll ich fahren?«

»Ich wusste es. Ich *wusste*, dass er Dexter Robbins ist«, stöhnt Brynn und holt ihr Handy raus. »Das ist alles meine Schuld.«

»Was ist deine Schuld?«, fragt Nick. »Und wer ist Dexter Robbins?«

»Oh Gott.« Brynn stöhnt erneut und legt ihm kurz die Hand auf den Arm. »Bitte fahr einfach, okay?« Trotz allem scheint zwischen den beiden alles in Ordnung zu sein, anscheinend hatte Nick eine gute Erklärung dafür, warum er mit Mr Larkin im Wald war. Aber das ist im Moment unser kleinstes Problem, weshalb ich nicht nachfrage. Zumal ich Nick nicht unnötig ablenken will. Wir müssen Ellie finden, und zwar schnell, bevor ihr was zustößt und ich mich für den Rest meines Lebens dafür hassen werde, nicht rechtzeitig bei ihr gewesen zu sein.

Ich hätte keine einzige Sekunde zögern dürfen, als mir klar wurde, dass der Typ aus dem Last Chance Pfandhaus in unserer Sporthalle steht. Und als er sich an Ellies Fersen geheftet hat, hätte ich jeden tanzenden Mitschüler, der mir den Weg zu ihr versperrte, aus dem Weg stoßen sollen. Dann hätte ich es rechtzeitig auf den Parkplatz geschafft und nicht hilflos mit ansehen müssen, wie er sie in seinen Pick-up verfrachtet. So konnte ich nur noch ein paar Meter hinter ihnen herlaufen, bevor ich wieder umgedreht und zur Schule zurück bin, um Hilfe zu holen. Zum Glück habe ich auf dem Weg dorthin Brynn in Nicks Wagen entdeckt.

»Sie hat bei Snapchat die Standortfunktion aktiviert«, sagt Brynn atemlos. »Sieht aus, als wären sie auf der Binney Street unterwegs.«

»Kann mir endlich jemand sagen, was hier los ist?«, ruft Nick. »Was ist mit Ellie?«

Statt ihn aufzuklären, dreht Brynn sich zu mir und sagt verzweifelt: »Das ist alles meine Schuld. Ich hätte nie in dieses verfluchte Pfandhaus gehen dürfen. Er muss – er muss sich mein Nummernschild gemerkt und uns darüber aufgespürt haben. Oh mein Gott.« Sie presst sich die Hand auf den Mund. »Der Pick-up, der Mason vorhin den Parkplatz weggeschnappt hat, erinnerst du dich? Und ich hab noch nicht mal gecheckt, dass … Aber warum hat er *Ellie* mitgenommen?«

»Was. Ist. Hier. *Los*?«, wiederholt Nick aufgebracht, während er viel zu schnell durch die kleinen Seitenstraßen von Sturgis rast, auf der zum Glück um diese Zeit so gut wie keine anderen Fahrzeuge unterwegs sind.

Brynn dreht sich wieder nach vorn. »Dexter Robbins ist Mr Larkins Vater. Ein Arschloch und ein totaler Tyrann. Wahrscheinlich wusste er gar nicht, dass …« Ihr bricht kurz die Stimme. »Ich glaube nicht, dass er gewusst hat, dass sein Sohn tot ist, bis … vor Kurzem.«

»Wills Vater?«, sagt Nick verblüfft. »Das verstehe ich nicht.«

»Fahr einfach und …« Weiter kommt Brynn nicht, weil wir

genau in dem Moment auf die Binney Street biegen und ich ein beleuchtetes Nummernschild vor uns sehe, das mit einer Sechs beginnt – genau wie die erste Ziffer auf dem Nummernschild des Pick-ups, der eben auf dem Parkplatz an mir vorbeigerast ist.

»Das sind sie!«, schreie ich, als ich erkenne, dass es tatsächlich derselbe Wagen ist, und beuge mich zwischen den Vordersitzen vor.

»Oh, Gott sei Dank«, ruft Brynn. Durchs Beifahrerfenster sehen wir Ellie, die den Kopf so dicht an die Scheibe – und so weit weg von Robbins – drückt wie nur möglich.

»Und was jetzt?« Nick verlangsamt, um ein paar Wagenlängen zwischen uns und den roten Pick-up zu legen. »Was will dieser Kerl von Ellie?«

»Ich weiß es nicht.« Brynns Stimme zittert, als wäre sie den Tränen nahe. »Du musst ihn irgendwie zum Anhalten zwingen.«

»Wie soll ich das machen?«, fragt Nick. »Ich will diesen Typen lieber nicht provozieren, solange Ellie in seinem Wagen sitzt.«

Hektisch krame ich mein Handy raus. »Ich rufe die Polizei an.« Das hätte ich eigentlich als Allererstes machen sollen, nur dass ich in dem Moment leider meilenweit davon entfernt war, klar denken zu können.

»Gute Idee«, sagt Nick.

»Du darfst sie nicht verlieren«, warnt Brynn ihren Onkel, während ich 911 wähle.

»Er beschleunigt«, sagt Nick und folgt dem Pick-up in eine scharfe Kurve. »Ich glaub, er hat gemerkt, dass wir hinter ihm her sind.«

»9-1-1, um was für einen Notfall handelt es sich?«, sagt eine Stimme am anderen Ende der Leitung.

»Es geht um einen … die Schwester meiner Freundin wurde … entführt«, stammele ich drauflos. »Ein Mann hat sie in seinen Pick-up gestoßen und mitgenommen. Wir haben ihre Verfolgung aufgenommen und …« Nick fährt mit quietschenden Reifen hinter Robbins her, als der an einer Kreuzung nach rechts abbiegt, dabei werde ich so heftig zur Seite geschleudert, dass ich fast das Handy fallen lasse.

»Befinden Sie sich derzeit in einem sich fortbewegenden Fahrzeug?«, fragt die Stimme.

»Ja«, sage ich, ohne die die hin und her schlingernden Rücklichter vor uns aus den Augen zu lassen. Ich weiß leider nicht genau, wo wir sind. Besonders weit von der Saint Ambrose können wir noch nicht entfernt sein, aber auf der nur spärlich beleuchteten Straße, die wir gerade entlangrasen, ist es zu dunkel, um mehr als die dicht an dicht stehenden Bäume rechts und links zu sehen. »Wir sind in Sturgis, vielleicht auch schon in Stafford, ich bin nicht sicher, aber …«

»Sir, um dieses Gespräch weiterzuführen, muss ich Sie bitten, rechts ranzufahren«, sagt die Stimme aus der Notrufzentrale.

»Ich sitze nicht am Steuer«, sage ich. »Wir folgen einem roten Ford Pick-up. Das Nummernschild lautet sechs-drei-sieben …«

Wir rumpeln über ein riesiges Schlagloch und dieses Mal fliegt mir das Handy wirklich aus der Hand. »Shit«, zische ich und bücke mich, um danach zu tasten.

»Das wird mir langsam zu gefährlich«, sagt Nick. »Er ist viel zu schnell für die dunklen Straßenverhältnisse hier.«

»Fahr weiter!«, ruft Brynn verzweifelt, während ich mich wieder aufrichte, um mich abzuschnallen, weil der Gurt mich beim Suchen behindert. »Wir dürfen sie nicht verlieren. *Bitte,* Onkel Nick. Du darfst ihn nicht entkommen lassen. Du musst …«

Plötzlich schreit sie panisch auf.

Bremsen kreischen und Nick reißt so heftig das Steuer herum, dass ich hart in meinen immer noch eingerasteten Gurt geschleudert werde, bevor der Wagen sich dreht und abrupt gegen ein Hindernis prallt. Brynn schreit immer noch, und ich glaube, ich schreie auch, oder es ist Nick, aber …

Nein. Nick gibt keinen einzigen Laut von sich.

Der Wagen ist zum Stehen gekommen, der Motor läuft noch. Durch die intakt gebliebene Windschutzscheibe ist der knorrige, von den Frontscheinwerfern angestrahlte Baumstamm zu sehen, den wir gerade gerammt haben. Airbags wurden nicht ausgelöst. Vielleicht ist Nicks Wagen so alt, dass er keine hat. Ich bin unverletzt und als ich mich nach vorn beuge, um nach Brynn zu schauen, wirkt sie ebenfalls unversehrt. Nick dagegen …

Nick Gallagher ist über dem Lenkrad zusammengesackt.

»Brynn.« Ich löse mit zitternden Händen meinen Gurt. »Seid ihr okay?«

»Ich bin okay.« Ihre Stimme klingt verloren. »Aber ich weiß nicht, was mit …« Sie dreht sich zu mir um und lässt besorgt den Blick über mein Gesicht wandern, bevor sie sich zu ihrem Onkel dreht und ihm vorsichtig eine Hand auf den Arm legt. »Onkel Nick? Ist alles in Ordnung?«

Er gibt ein leises Stöhnen von sich, rührt sich aber nicht. Trotzdem durchströmt mich Erleichterung, und ich beuge mich wieder runter, um nach meinem Handy zu suchen. »Ich hatte die Notrufzentrale dran. Vielleicht …«

»Tripp«, unterbricht Brynn mich tonlos. »Schau.«

42

TRIPP

Als ich den Kopf hebe, sehe ich erst nur den Baumstamm, aber dann nehme ich eine Bewegung rechts der Scheinwerfer wahr. Der rote Pick-up steht am Straßenrand und davor zeichnen sich die Umrisse eines Mannes ab. Dexter Robbins steht vor unserem Wagen, starrt durch die Windschutzscheibe und macht eine Geste mit der Hand, in der er einen Revolver hält.

Er hat einen *Revolver.* Shit.

Aussteigen, sagt die Geste.

»Du bleibst hier«, sage ich zu Brynn. »Ich rede mit ihm.«

»Nein.« Sie öffnet die Wagentür, bevor ich protestieren kann. Dafür, dass wir einem bewaffneten Mann gegenübertreten werden, steigen wir viel zu schnell aus dem Wagen. Als ich an Brynns Seite angekommen bin, richtet Robbins die Taschenlampe seines Handys auf uns.

»Ach, euch gibt's im Doppelpack«, sagt er, und im ersten Moment denke ich, er meint mich und Brynn, bis er hinzufügt: »Seid ihr Zwillinge?«

»Schwestern«, antwortet Brynn, die in ihrem ärmellosen Kleid zittert. Am liebsten würde ich ihr einen Arm um die Schultern legen oder ihr mein Jackett geben, scheue aber, aus Angst, eine abrupte Bewegung zu machen, davor zurück.

Anders als bei Mr Solomon bin ich mir bei diesem Typen ziemlich sicher, dass er seine Waffe nicht bloß zur Einschüchterung benutzt. »Ist sie okay?«

Robbins antwortet nicht, sondern richtet das grelle Licht seiner Handy-Taschenlampen weiter auf uns, sodass ich nichts sehen kann außer ihm. »Du warst die, die im Pfandhaus war«, stellt er fest. »Nicht sie. Kein Wunder, dass sie mir nichts erzählen konnte.«

Ich kann nicht anders, als Ellie zu bewundern. Sie hätte ihm nämlich eine ganze Menge erzählen können. »Wir wollen mit ihr sprechen«, sage ich. Robbins senkt das Handy ein paar Zentimeter nach unten, und ich sehe, wie Ellie auf dem Beifahrersitz des Pick-ups hin und her rutscht. Ihre Bewegungen wirken irgendwie unnatürlich, so als wäre sie gefesselt.

»Ist mir scheißegal, was ihr wollt«, sagt er.

»Sie sind Dexter Robbins, oder?«, fragt Brynn.

»Ich stelle hier die Fragen. Du hast Billys Anhänger am Schlüsselbund. Warum?«

Damit hat er Brynns Frage beantwortet.

»Ich … oh Gott.« Brynn knetet ihre Hände und wirft einen verzweifelten Blick über die Schulter zu ihrem Onkel, der sich immer noch nicht rührt. »Er war mein Lehrer. Ich hab ihn als William Larkin gekannt. Womöglich wissen Sie das noch gar nicht, aber er … er ist vor vier Jahren … gestorben.«

»Weiß ich. Hab mir dein Kennzeichen notiert, nachdem du bei mir im Laden warst und ich den Anhänger gesehen hab. Ein Kumpel von mir arbeitet bei der Zulassungsbehörde und hat mir deinen Namen gegeben. Danach hab ich dich gegoogelt, um rauszufinden, was zum Henker du eigentlich bei mir wolltest, und bin auf der Webseite von der noblen kleinen Privatschule gelandet, auf die ihr geht. Tja, und da hab ich ihn entdeckt – den gottverdammten *William Larkin*. Der einen Scheißgarten als Andenken kriegen soll.« Ich bin erschüttert, wie abfällig sein Ton ist – von Trauer oder Reue keine Spur. »Dem Verräter heul ich keine Träne nach«, schiebt Dexter prompt hinterher. »Wer den Kontakt zu mir abbricht und seinen Namen ändert, ist nicht mehr mein Sohn. Aber die Sache ist die …«

In seiner Stimme liegt ein nachdenklicher Unterton, als er weiterspricht. »Ich hatte schon seit Ewigkeiten nicht mehr mit Billy geredet, da schickt er mir vor vier Jahren plötzlich eine Mail, spielt sich auf von wegen, er hätte an der Schule, an der er arbeitet, seinen kleinen Bruder gefunden und dass er ihn zu meinem Geburtstag nach Hause zurückbringt. Aber danach hab ich nie wieder was von ihm gehört. Dachte, er hätte mal wieder nur Müll verzapft, wie immer. Der und Lehrer, dass ich nicht lache. Aber dann stellt sich raus, dass er, was das angeht, doch nicht gelogen hat, und da kam mir der Gedanke, dass er vielleicht auch, was Mikey angeht, nicht gelogen hat.«

Mir fällt nichts ein, was ich darauf erwidern könnte, aber Dexter Robbins ist sowieso nicht an einer Antwort von mir interessiert, seine ganze Aufmerksamkeit gilt Brynn. »Mein jüngster Sohn müsste jetzt ungefähr in eurem Alter sein, und wenn ich was über seine Mutter weiß, dann dass sie gern Wurzeln schlägt. Wenn Mikey vor vier Jahren hier zur Schule gegangen ist, lebt er wahrscheinlich immer noch hier. Ich hab im Netz gesehen, dass eure Schule heute Abend eine große Party veranstaltet, also hab ich mich in meinen Truck gesetzt und bin hergefahren. Ich war mir sicher, dass ich Mikey sofort erkennen würde, aber in dem Gedränge hatte ich keine Chance.«

Seine Stimme wird bitter. »Oder es ist einfach zu lang her, seit ich ihn das letzte Mal gesehen hab. Dann hab ich *dich* gesehen – oder dachte, dass du's bist – und hab mir gesagt, *dieses Mädchen ist mir ein paar Antworten schuldig.*« Er schnaubt wieder. »Deine Schwester ist nicht gerade hilfsbereit gewesen, also hab ich sie in meinen Truck gepackt, damit sie kapiert, dass ich's ernst meine. Und jetzt sind wir hier und ich will von dir dasselbe wissen, was ich von ihr wissen wollte: Wo ist mein Junge?«

»Ich … ich weiß es nicht.« Brynn schluckt. »Ich hatte den Anhänger nur deswegen, weil ich für eine True-Crime-Show an einer Story über Mr Larkin gearbeitet habe. Ich wusste noch nicht mal, dass er einen Bruder hatte.«

Robbins sieht sie scharf an. »Du lügst.«

»Nein, ich lüge nicht«, sagt Brynn. Die beiden liefern sich ein Blickduell, bis Brynn das nervenaufreibende Schweigen bricht. »Darf ich jetzt bitte zu meiner Schwester? Und einen Krankenwagen rufen? Ich glaube …« Sie schaut wieder besorgt über die Schulter zu Nick. »Ich glaube, mein Onkel ist verletzt.«

»Hoffentlich«, sagt Robbins bloß. Dann legt er den Kopf schräg. »Du redest gern, was? Aber bloß über Sachen, die mich nicht interessieren.«

»Hören Sie, können wir nicht einfach …« Weiter komme ich nicht, weil er mir mit einem kurzen Wink mit seinem Revolver zu verstehen gibt, den Mund zu halten.

»Das geht mir hier alles ein bisschen zu langsam.« Sein Blick kehrt zu Brynn zurück. »Ich bin dafür, das Ganze zu beschleunigen. Was hältst du davon: Ich stelle eine Frage und wenn mir deine Antwort nicht gefällt, kriegt deine Schwester eine Kugel ab? Wir fangen klein an, vielleicht mit einer Hand, und arbeiten uns Stück für Stück nach oben weiter.«

»Nein!«, schreit Brynn, als Robbins beginnt, rückwärts auf seinen Pick-up zuzugehen. »Nicht! Ich sage Ihnen alles, was

Sie wissen wollen!« Mir dreht sich der Magen um. Sie hat keine andere Wahl – aber das bedeutet, dass sie Mason ans Messer liefern muss. Was auch immer danach passiert, wird sie ihr Leben lang verfolgen.

»Meine Geduld ist am Ende«, zischt Dexter, ohne stehen zu bleiben. »Du und deine Schwester, ihr werdet gleich lernen, was mit kleinen Mädchen passiert, die sich einbilden, sie könnten Spielchen mit mir spielen.«

Er geht zur Beifahrerseite des Pick-ups und senkt kurz den Revolver. Obwohl ich weiß, dass ich es niemals schaffen werde, schnell genug bei ihm zu sein, setze ich zu einem Sprung an, als hinter mir plötzlich ein lautes Röhren ertönt. Brynn schreit überrascht auf. Ich fahre herum und sehe, wie Nick Gallagher den Wagen vom Baum zurücksetzt, den Gang einlegt und Gas gibt. Obwohl wir ein Stück weiter links stehen, packe ich Brynn instinktiv am Arm und reiße sie genau in dem Augenblick mit mir zu Boden, als der Wagen an uns vorbeirast. Ein scheußliches, dumpfes Aufprallgeräusch wird laut, auf das absolute Stille folgt. Nur das leise Brummen des Motors ist noch zu hören.

»Oh mein Gott«, flüstert Brynn, das Gesicht an meiner Schulter vergraben. »Was hat er … Was ist passiert?«

Ich drücke sie sanft an mich, rapple mich langsam mit ihr auf und versuche zu begreifen, was sich gerade abgespielt hat. Nicks Wagen steht ein paar Meter von uns entfernt, Qualm wabert um die Reifen. Der Pick-up parkt immer noch am Straßenrand, in der Fahrerkabine wirft sich Ellie hin und her.

Dexter Robbins ist nirgends mehr zu sehen.

43

TRIPP

»Tripp, komm rein.« Ms Gallagher öffnet mit einem verhaltenen Lächeln die Tür. »Die sind aber schön«, fügt sie mit einem Blick auf die Blumen in meiner Hand hinzu. »Ich stelle sie gleich in eine Vase und bringe sie danach hoch. Brynn ist in ihrem Zimmer.« Sie senkt die Stimme. »Ich bin froh, dass sie damit einverstanden war, dich zu sehen. Sie schottet sich schon viel zu lange ab.«

Eigentlich wollte ich Brynn die Blumen selbst geben, aber Ms Gallagher scheint ein Ventil für ihre ganze nervöse Energie gebrauchen zu können, also reiche ich sie ihr. »Wie geht es Nick?«, erkundige ich mich, während ich meine Sneakers ausziehe und sie zu den anderen Schuhen im Flur stelle.

Ihre Augen beginnen feucht zu schimmern. »Die Ärzte sind optimistisch. Also versuchen wir, es auch zu sein.«

Es ist eine Woche her, dass wir Dexter Robbins von der Pre-Prom-Party bis zur Stadtgrenze zwischen Sturgis und Stafford hinterhergefahren sind, wo er beim Zusammenstoß mit Nicks Wagen umgekommen ist. Nick liegt seitdem bewusstlos im Krankenhaus. In dem ganzen Aufruhr hatte er offensichtlich nicht daran gedacht, sich anzuschnallen, bevor er die Verfolgung von Robbins Pick-up aufgenommen hat. Von dem Crash mit dem Baum hatte er sich gerade so weit erholt, dass er Robbins mit seinem Wagen ausschalten konnte, aber die Folgen der beiden heftigen Kollisionen verursachten ein so schweres Schädeltrauma, dass die Ärzte beschlossen haben, ihn ins künstliche Koma zu legen, bis die Schwellung in seinem Gehirn zurückgegangen ist.

Was wohl noch nicht der Fall ist.

Nachdem Nick Robbins gerammt hatte, habe ich Ellie aus dem Pick-up geholt und mit einem meiner Schlüssel das Klebeband zerschnitten, mit dem ihre Handgelenke gefesselt waren. »Ich bin okay«, hat sie mir mit erstaunlich fester Stimme versichert und dann sofort gefragt: »Was ist mit Brynn?« Als ich mich nach ihr umgedreht habe, stand sie mit kraftlos herunterhängenden Armen da und starrte ins Leere.

»Ich weiß es nicht«, habe ich geantwortet. Und ich weiß es bis heute nicht.

Kurz darauf kamen die Polizei und mehrere Krankenwagen, und wir wurden ins Krankenhaus gefahren, um untersucht zu werden. Brynn ging es wie mir, nachdem wir Mr Solomons Leiche gefunden hatten – sie war kaum ansprechbar. Ich hatte total Schiss, dass sie bei dem Sturz vielleicht innere Verletzungen davongetragen haben könnte, von denen mir niemand etwas sagen wollte, bis mich irgendwann eine der Krankenschwestern beiseitenahm. »Körperlich ist mit ihr alles in Ordnung«, hat sie erklärt. »Aber sie steht extrem unter Schock und sagt immer wieder, dass das alles ihre Schuld ist.«

Das war der Moment, in dem ich wusste, was mit ihr los ist. Wenn jemand dieses Gefühl nachvollziehen kann, dann ich.

Brynn setzt der Dominoeffekt zu, den sie ausgelöst hat, indem sie es Dexter Robbins, ohne es zu wollen, ermöglicht hat, ihre Spur bis zur Saint Ambrose zurückzuverfolgen. Sie gibt sich die Schuld an allem, was danach passiert ist, einschließlich Robbins Tod und Nicks schwerer Verletzung.

Das habe ich allerdings nicht von Brynn selbst gehört, sondern von Ellie. Brynn spricht nämlich nicht mit mir. Oder mit sonst jemandem.

Seit letzten Samstag vergräbt sie sich in ihrem Zimmer. Was vielleicht insoweit nicht das Schlechteste ist, als in Sturgis seit der Pre-Prom-Party eine Art Ausnahmezustand herrscht. Überall sieht man Presse- und TV-Übertragungswagen, Dutzende Reporter belagern den Campus der Saint Ambrose und das Stadtzentrum von Sturgis und analysieren atemlos jede Wendung der Ereignisse. *Motive* hat natürlich einen Vorsprung gehabt und Carly Diaz ist seitdem ständig auf Sendung. Ich habe mir nur eine Folge angeschaut – die, in der Rose von der Mad Dog Tavern beschreibt, was für eine Sorte Ehemann und Vater Dexter Robbins gewesen ist. Sobald Mason und seine Mutter von seinem Tod erfahren haben, haben sie sich freiwillig gemeldet und ihre wahre Identität offenbart. Rose scheint fest entschlossen, Ms Rafferty davor zu bewahren, dass ihr Verschwinden damals irgendwelche rechtlichen Konsequenzen nach sich zieht.

Wobei ich nicht glaube, dass sie da irgendwas zu befürchten hätte. Robbins ist tot, es gibt also niemanden mehr, der ein Interesse daran hat, sie dafür zur Rechenschaft zu ziehen.

Brynn hat Ellie davon erzählt, dass Nick und Mr Larkin kurz bevor er ermordet wurde, gestritten hatten, und Ellie hat die Information der Polizei weitergegeben. Was wahrscheinlich gut war, weil Shane, der es vermutlich leid war, länger zu schweigen, dasselbe ausgesagt hatte. Als Officer Patz mich noch mal befragt hat, bin ich so dicht an der Wahrheit geblieben, wie ich konnte, ohne erklären zu müssen, was ich all die Jahre von meinem Dad gedacht habe. Ich habe ihm gesagt, ich hätte den *Billy*-Anhänger im Wald gefunden, aber nicht gewusst, dass er Mr Larkin gehörte, und nur deswegen behauptet, ich wäre die ganze Zeit mit Shane und Charlotte zusammen gewesen, weil wir Angst gehabt hatten.

Im Grunde ist nichts davon wirklich gelogen, ich habe nur nicht die ganze Wahrheit gesagt. Zum Glück weiß Officer Patz im Gegensatz zu Brynn nicht, wie man mich beim Lügen ertappen kann, oder es ist ihm gar nicht so wichtig. »Ihr seid ja damals noch Kinder gewesen«, sagte er, als ich mit meinem Bericht fertig war, und mir kam zum ersten Mal der Gedanke, dass er das vielleicht schon immer so gesehen hat. Dass ich früher oft das Gefühl hatte, er würde mir nicht so ganz über den Weg trauen, hatte wahrscheinlich etwas mit meinen eigenen Schuldgefühlen zu tun.

Ich hatte fest vor, ihm zu erzählen, dass Lisa Marie das Geld für den Klassenausflug gestohlen hatte. Aber als der Moment dafür da gewesen wäre, habe ich es doch nicht geschafft. Dad hat mir angeboten, mich aufs Revier zu begleiten und das Reden zu übernehmen, sollte ich es mir anders überlegen, aber seitdem halte ich ihn jedes Mal hin, wenn er davon anfängt. Bevor ich mich mit irgendetwas anderem auseinandersetzen kann, muss ich erst einmal wissen, dass Nick – und Brynn – wieder in Ordnung kommen werden.

Sämtliche Medien versuchen an ein Interview mit Shane, Charlotte und mir zu kommen, aber wir halten uns bedeckt. In der Zwischenzeit schlachtet die Presse genüsslich alle Details zu der großzügigen Spende der Delgados nach dem Tod von Mr Larkin aus, obwohl das Unternehmen und die Sturgis Police Foundation beharrlich versichern, dass es dafür keine Gegenleistung gab. Ich glaube ihnen kein Wort; für mich besteht kein Zweifel daran, dass Mr und Ms Delgado damals Shane aus der Schusslinie ziehen wollten. Das tun sie schon sein ganzes Leben, warum hätten sie es diesmal, als er seine Fingerabdrücke auf einer Mordwaffe hinterlassen hatte, anders machen sollen?

Seine Eltern würden ihm einen Gefallen tun, wenn sie endlich anfangen würden, ihn auf eigenen Beinen stehen zu lassen. Ich glaube, er hat mehr drauf, als die meisten ihm zutrauen.

Eine Stimme reißt mich aus meinem Gedankenkarussell, als ich die letzte Stufe nehme und gerade auf Brynns Zimmer zusteuern will. »Tripp.« Ellies Tür steht offen und sie hockt im Schneidersitz vor ihrem Laptop auf dem Bett. »Hi«, sagt sie mit einem matten Lächeln. »Brynn ist gerade aufgewacht.«

Ich schaue zu Brynns Zimmertür, die geschlossen ist. »Soll ich lieber warten oder …«

»Nein, geh ruhig rein. Sie freut sich, dich zu sehen.« Ellie scheint sich eher zu wünschen, dass es so ist, als wirklich daran zu glauben, und mir wird ein bisschen schwer ums Herz.

»Okay«, sage ich, bleibe aber trotzdem stehen. »Wie geht's dir?«

»Ich bin …« Sie hält kurz inne und zuckt dann mit den Achseln. »Ungefähr noch die Alte.«

»Also zurückhaltend, aber wie immer hart im Nehmen«, sage ich, worauf sie schnaubt.

»Genau. So hart im Nehmen, dass ich vom Parkplatz der Saint Ambrose entführt wurde.« Ellie klappt den Laptop zu und schiebt ihn zur Seite. »Meine Eltern wollen, dass ich eine Therapie mache, heißt, einmal pro Woche darf ich das alles noch mal durchleben. Yay.«

»Ist vielleicht nicht das Schlechteste, mit jemandem zu reden.«

»Vielleicht.« Sie zeichnet mit dem Zeigefinger das Muster auf ihrer Tagesdecke nach. »Die Sache mit Dexter Robbins macht mir gar nicht so sehr zu schaffen. An den Teil kann ich mich kaum erinnern … es fühlt sich so an, als hätte ich mich komplett abgespalten, während ich in seinem Pick-up saß. Aber alles danach … dass Onkel Nick so schwer verletzt ist und …« Sie schluckt und zieht eine Grimasse. »Oh Mann. Sorry. *Du* bist ja nicht derjenige, der dafür bezahlt wird, sich diesen Mist anzuhören.«

»Wieso, ist doch okay«, sage ich.

Ellie wedelt mich weg. »Geh zu Brynn.«

»Hast du danach vielleicht Lust, mit in die Brightside Bakery zu kommen?«, frage ich aus einer spontanen Eingebung heraus. Sie zieht überrascht die Brauen hoch. »Meine Chefin hat das Café zurzeit mehr oder weniger geschlossen, um die Reporter fernzuhalten. Sie lässt nur Stammgäste rein. Es gibt also jede Menge Backwaren, die gegessen werden müssen. Außerdem hat sie einen megaflauschigen Hund, der sich sensationell gut kraulen lässt.«

»Verstehe.« Ellie nickt. »Ja. Das fände ich schön.«

»Cool. Ich hole dich ab, wenn ich mit Brynn gesprochen hab. Vielleicht hat sie ja auch Lust, mitzukommen.« Ich habe zwar keine große Hoffnung, aber wer weiß.

»Okay«, sagt Ellie und klingt schon ein bisschen fröhlicher. »Oh!«, ruft sie, bevor ich mich umdrehen kann. »Rate mal, wer mir die Blumen hier geschickt hat.«

Sie zeigt auf einen riesigen, farbenprächtigen Strauß, der auf ihrer Kommode steht. Wer auch immer es war, wollte definitiv Eindruck schinden. »Paige?«, frage ich.

»Nein. Mikhail Powers.«

»Wer?«

»Hallo?« Ellie legt den Kopf schräg. »*Mikhail Powers Investigates?* Die Bayview Four? Ich könnte die nächste Maeve Rojas werden.«

»Ich verstehe nur Bahnhof.«

Sie verdreht die Augen. »Du musst definitiv mehr True-Crime-Serien schauen, Tripp.«

»Ich werde drüber nachdenken«, sage ich, auch wenn mir nichts einfällt, worauf ich weniger Lust habe.

Ein paar Sekunden später klopfe ich an Brynns Tür. »Komm rein«, sagt sie so leise, dass es kaum zu hören ist. Sie liegt in einem Saint-Ambrose-T-Shirt an einen Berg Kissen gelehnt auf dem Bett. Ihre offenen Haare fallen ihr strähnig über die Schultern und ihr Gesicht ist völlig ausdruckslos.

»Hey«, sage ich und mache die Tür hinter mir zu. »Wie geht's dir?«

»Okay«, sagt sie. Ihre Augen sind nicht mehr so glasig wie an dem Abend, an dem Dexter Robbins starb, aber es liegt eine unendliche Traurigkeit darin.

»Darf ich?« Ich zeige auf die Bettkante. Sie nickt und ich setze mich zu ihr. Auf dem Weg hierher habe ich mir gesagt, dass mir schon die richtigen Worte einfallen werden, sobald ich hier bin. Hoffentlich habe ich mich nicht getäuscht.

»Geht es dir ein bisschen besser?«, frage ich. *Super Start, Tripp.* Sie zuckt bloß mit den Achseln. »Weißt du schon, wann du wieder in die Schule kommst?«

Sie kaut auf ihrer Unterlippe. »Irgendwann.«

Ich könnte mich selbst ohrfeigen. Als wüsste ich nicht, wie es ist, an einem solchen Tiefpunkt zu sein, dass einem nichts so egal ist wie die Frage, ob und wann man sich mal wieder in der Schule blicken lässt. Keine Ahnung, warum ich das gefragt habe. Vielleicht weil es sich plötzlich unmöglich anfühlt, so wie früher mit Brynn zu reden. Ich habe zu viel Angst, etwas Falsches zu sagen und schuld daran zu sein, dass sie sich noch mieser fühlt.

»Ich bin noch ziemlich müde«, sagt Brynn. »Ich weiß nicht, wie lange ich reden kann.«

»Hey, klar. Ich bleib auch nicht lange«, sage ich, als wäre ihr nächster Mittagsschlaf ein extrem wichtiger Termin, den sie auf keinen Fall verpassen darf. Dann starren wir beide auf ihre Bettdecke. Ich bin noch keine Minute hier und die Luft ist schon jetzt zum Schneiden. Ich weiß nicht, warum sie einverstanden war, mich zu sehen, wenn sie mich eindeutig nicht hier haben will. Vielleicht sollte ich wieder gehen.

Der Gedanke löst kurz Erleichterung in mir aus, bis eine Stimme in meinem Kopf sagt: *Feigling. Als du Hilfe gebraucht hast, ist sie auch nicht abgehauen.*

»Weißt du noch, was du in Charlottes Gästehaus zu mir gesagt hast?«, frage ich.

Brynn blinzelt. »Nein? Ich meine, da hab ich ganz schön viel gesagt. Was meinst du?«

»Du hast gesagt: ›Ich will, dass du weißt, dass du mir vertrauen kannst.‹ Direkt nachdem du dein Praktikum gekündigt hattest.« Ich warte kurz, aber sie erwidert nichts. Fängt noch nicht mal wieder an zu blinzeln. »Ich schätze, es hätte nicht unbedingt denselben Effekt, wenn ich in der Brightside Bakery kündigen würde, aber ich würde alles tun, damit du weißt, dass du mir vertrauen kannst. Du kannst mir alles sagen, was dir durch den Kopf geht, egal, wie düster und abgefuckt es ist, weil die Chancen ganz gut stehen, dass mir dasselbe durch den Kopf gegangen ist. Vor noch nicht allzu langer Zeit.«

Ihr treten Tränen in die Augen, aber sie schafft es, sie zurückzuhalten. Ein paar quälende Sekunden lang denke ich, dass sie nichts darauf sagen oder, noch schlimmer, sich abwenden wird. Dann rutscht sie ein Stück nach links und schiebt ihre Decke zur Seite. »Kannst du … ein bisschen näher kommen?«, fragt sie mit erstickter Stimme.

Ich rücke neben sie, strecke die Beine aus und lege behutsam einen Arm um ihre Schultern. Brynn krallt die Finger in mein T-Shirt und vergräbt das Gesicht an meiner Brust. Nachdem wir ein paar Minuten, ohne zu reden, so dagelegen haben, sagt sie dumpf in den Stoff meines Shirts: »Ich wünschte, ich wäre nie nach Sturgis zurückgekommen.«

»Kann ich nachvollziehen«, sage ich.

»Ich wünschte, ich hätte den Job bei *Motive* nicht angenommen. Oder wäre nie zu Mr Solomon gefahren oder in die Mad Dog Tavern oder auf die Pre-Prom-Party gegangen. Dann wäre nichts von all dem passiert.« Ihr Atem klingt abgehackt. »Manchmal wünsche ich mir sogar, ich wäre dir nie begegnet. Oder, nein, das ist Quatsch, ich kannte dich ja schon, aber … Ich wünschte, wir hätten nie angefangen, wieder miteinander zu reden.«

»Das verstehe ich«, sage ich und das ist die Wahrheit. Nach dem Tod von Mr Solomon habe ich aus meinen ganz eigenen Gründen dasselbe über Brynn gedacht.

»Ich habe so schreckliche Angst um Onkel Nick.« Brynn bricht die Stimme. »Und ich bin so traurig für ihn, weil er, wenn er wieder aufwacht … Er ist für den Tod von Dexter Robbins verantwortlich. Damit wird er leben müssen und dabei … Onkel Nick kann noch nicht mal einer Spinne was zuleide tun. Wenn er eine findet, fängt er sie ein und bringt sie nach draußen.«

»Er hat Ellie beschützt«, sage ich.

»Dass sie überhaupt in der Situation war, ist auch meine

Schuld. Meine Schwester wurde entführt, weil ich auf eine *Story* scharf war. Weil ich nicht loslassen konnte, obwohl mich alle dazu gedrängt haben.«

»Ich nicht«, erinnere ich sie.

»Als es um Dexter Robbins ging, hast du versucht, mich zu warnen.«

»Du hast nie gewollt, dass irgendwas von all dem passiert«, sage ich.

»Aber es ist passiert.« Jetzt lässt sie die Tränen fließen und weint so heftig, dass ihr ganzer Körper bebt. Ihre Schluchzer fühlen sich viel zu gewaltig für ihre zarte Gestalt an, und ich wünschte, es gäbe eine Möglichkeit, sie mit meinem eigenen Körper aufzufangen. Gefühlt halte ich sie eine Stunde lang fest, obwohl es wahrscheinlich nicht mal zehn Minuten sind. In der Zwischenzeit höre ich, wie jemand die Treppe hochkommt – vielleicht ihre Mutter mit den Blumen, die ich mitgebracht habe – und wieder umkehrt, ohne geklopft zu haben. Nach und nach ebben Brynns Schluchzer ab, bis nur noch ab und zu ein leises, zittriges Luftholen zu hören ist und sie ihre Hand, die in mein T-Shirt gekrallt war, flach auf mein Herz legt. Sie seufzt, als hätte sein gleichmäßiges Schlagen etwas Tröstliches.

»Darf ich was sagen?«, frage ich.

Ihr Kopf bewegt sich an meiner Brust. »Okay.«

»Ich hab die Weisheit nicht mit Löffeln gefressen«, sage ich, »aber es gibt ein paar Dinge, die ich weiß. Ich weiß, dass du nicht bloß hinter einer Story her warst, sondern Menschen helfen wolltest, denen es schwerfiel, Frieden zu finden. Ich weiß, dass Geheimnisse einen bei lebendigem Leib auffressen können und die Wahrheit einem das Herz brechen kann, und dass man manchmal nicht weiß, was schlimmer ist.« Brynn weint wieder, aber diesmal leise. »Ich weiß, dass selbst die besten

Absichten die schlimmsten Konsequenzen nach sich ziehen können. Und ich weiß …«, ich ziehe sie noch fester an mich und bette mein Kinn auf ihren Kopf, »dass du dich nicht immer so fühlen wirst, wie du dich jetzt fühlst.«

»Ich hab es verdient, mich so zu fühlen«, schnieft sie.

»Hast du nicht. Das schwöre ich dir.«

Brynn ist so lange still, dass ich fast glauben würde, sie wäre eingeschlafen, wenn sie nicht so angespannt und flach atmend in meinen Armen liegen würde. Und ich kann nicht verhindern, dass ich denke, dass nichts von dem, was ich gesagt habe, etwas geändert hat. Sie scheint weiterhin fest entschlossen, sich selbst zu bestrafen, und wer bin ich, ihr zu sagen, dass sie damit aufhören soll? Ich kenne diesen Zwang. Mir ist es die letzten vier Jahre nicht anders gegangen. Vielleicht sind wir in einer Art Teufelskreis gefangen, aus dem es einfach kein Entkommen gibt.

Irgendwann holt Brynn tief Luft und sagt: »Okay.« Dann ist sie wieder eine Weile still, bevor sie den Kopf hebt, sich über die Augen wischt und mich ansieht. »Was ich vorhin gesagt habe, stimmt nicht. Es tut mir nicht leid, dass wir angefangen haben, wieder miteinander zu reden.«

Unendliche Erleichterung durchströmt mich, aber ich versuche, sie mir nicht anmerken zu lassen. »Es ist okay, wenn du …«

»Ich versuche hier gerade eine Dankesrede zu halten, Tripp«, sagt Brynn.

Obwohl mich ihre Wortwahl sofort daran erinnert, wie ich in Charlottes Garten mit betrunkenem Kopf versucht habe, mich bei Brynn dafür zu bedanken, dass sie nicht lockergelassen hat, bis ich ihr die Wahrheit über den Tag, an dem Mr Larkin starb, erzählt habe, glaube ich erst, dass sie mit Absicht darauf anspielt, als der Anflug eines Grinsens auf ihrem Gesicht erscheint. Das ist der schönste Anblick seit einer Woche. »Es tut mir nicht leid«, wiederholt sie. »Ich bin dankbar dafür.«

»So dankbar, dass du mich am liebsten küssen würdest?«, frage ich und lächle dann schief, damit sie weiß, dass das bloß ein Witz ist und ich sie nicht dazu drängen will, nachdem sie sich gerade an meiner Schulter ausgeweint hat.

»Noch nicht.« Brynn schmiegt wieder den Kopf an meine Brust und lässt ihre Hand auf meinem Herzen liegen, das schneller schlägt, als sie hinterherschiebt: »Aber bald.«

44

BRYNN

»Okay, du kannst mich ja anrufen, wenn du das hier abgehört hast«, spreche ich Tripp auf die Mailbox.

Eigentlich will ich ihm nur erzählen, wie mein Besuch heute in der Redaktion von *Motive* gelaufen ist, und das könnte ich ihm natürlich auch schreiben, aber manchmal habe ich einfach das starke Bedürfnis, seine Stimme zu hören.

Es ist erst eine Woche her, seit er bei mir zu Hause war, aber mittlerweile sieht die Welt schon wieder ganz anders aus. Am selben Abend haben wir noch die Nachricht bekommen, dass Onkel Nicks Zustand sich so weit stabilisiert hat, dass die Ärzte beginnen würden, ihn langsam aus dem künstlichen Koma zu holen. Vor ein paar Tagen ist er dann aufgewacht. Obwohl er noch einen längeren Genesungsprozess vor sich hat, ist er wieder so sehr er selbst gewesen, als ich ihn besucht habe,dass ich vor lauter Erleichterung fast die ganze Zeit durchgeheult habe.

»Du machst mir noch meine ganze Decke nass, teure Nichte«, sagte er mit rauer Stimme.

»Es tut mir so leid«, schluchzte ich, worauf er kraftlos meine Hand tätschelte.

»Dir muss gar nichts leidtun. Ich bin okay. Du bist okay. Ellie ist okay. Alles andere …«

Er ist eingeschlafen, bevor er den Satz beenden konnte, aber um *alles andere* wird mein Dad sich kümmern. Er hat es sich zur Aufgabe gemacht, dafür zu sorgen, dass Onkel Nick den bestmöglichen juristischen Beistand bekommt, wenn es ihm wieder besser geht und die gerichtliche Untersuchung zum Tod von Dexter Robbins und Mr Larkin beginnt.

Das ist Dads Art, sich bei seinem Bruder dafür zu entschuldigen, ihn immer so unter Druck gesetzt zu haben. Mittlerweile haben wir wohl alle verstanden, warum Onkel Nick nach dem College im Leben nie so richtig seinen Weg gefunden hat. Er und Tripp sind in den letzten vier Jahren durch dieselbe Hölle gegangen – aus Angst, die Wahrheit zu sagen, und von der Frage verfolgt, ob sie Mr Larkin hätten retten können, wenn sie irgendetwas anders gemacht hätten.

Im Moment betreibe ich dank Nadia und Mason, die mir abwechselnd die Hausaufaufgaben vorbeibringen, noch so eine Art Home Schooling. Als ich Mason nach dem Abend der Pre-Prom-Party das erste Mal gesehen habe, konnte ich gar nicht aufhören, mich bei ihm zu entschuldigen, bis er mich irgendwann freundlich, aber bestimmt dazu aufgefordert hat, endlich die Klappe zu halten. »Du hast nie gewollt, dass das alles passiert«, sagte er, und obwohl Tripp mir immer und immer wieder dasselbe eintrichtert, war es trotzdem erleichternd, es aus Masons Mund zu hören. »Und du hättest nie rausgefunden, wer ich bin, wenn ich nicht zu so einem dämlichen Vandalen mutiert wäre, deswegen sage ich nur: Wer im Glashaus sitzt …«

Dann hat er mir »als Gesellschaft« seinen Mini-Me-Mason dagelassen, was mir die Tränen in die Augen getrieben hat wie so ziemlich alles in letzter Zeit.

Heute Nachmittag, als Mom mich zu dem Treffen mit Carly nach Back Bay gefahren hat, habe ich zum ersten Mal für längere Zeit das Haus verlassen, seit auf der Pre-Prom-Party alles in sich zusammengestürzt ist. Ich wusste nicht, was mich in der Redaktion von *Motive* erwarten würde, aber es war ein total schönes Wiedersehen. Carly hatte im Scarlett vom Caterer ein Mittagessen auffahren lassen und fast alle sind vorbeigekommen, um Hallo zu sagen. Auch Andy, der mir einen blühenden Kaktus geschenkt hat, woraufhin ich mich geschämt habe, ihn in Gedanken jemals »Millimeterficker« genannt zu haben.

Als ich danach noch allein mit Carly und Lindzi zusammensaß, habe ich mich für das Ausschnüffeln von Lindzis Laptop entschuldigt. »Ich kann das natürlich nicht gutheißen«, hat Carly gesagt. »Aber deine Hartnäckigkeit imponiert mir auch. Irgendeine Chance, dass du wieder bei uns einsteigst?«

»Nein«, habe ich so hastig gesagt, dass Lindzi vor Lachen geprustet hat.

»Schick mir eine Nachricht, wenn du deine Meinung änderst«, meinte Carly.

Was ich fast getan hätte, als ich ein paar Minuten später an der Aufzugstür stand. Es macht mich ziemlich fertig, dass wir nach allem, was geschehen ist – nach all den Lügen, Traumata, Verletzungen und Toten –, immer noch nicht wissen, was mit Mr Larkin passiert ist. Es gibt da etwas, das unaufhörlich an den Rändern meines Bewusstseins entlangstreift, ein loser Faden, der mich auffordert, nach ihm zu greifen, aber sobald ich es tun will, entzieht er sich mir.

Als ich wieder zu Hause bin und in meinem Zimmer Hausaufgaben mache, klingelt mein Handy. Beim Anblick von Tripps Namen auf dem Display, schlägt mein Herz schneller. »Hi.«

»Hey. Wie war dein Treffen mit Carly?«

»Gut. Sie hat mir angeboten, zurückzukommen.«

»Klar hat sie das.« Er hat keine Sekunde daran gezweifelt. »Und? Hast du das Angebot angenommen?«

»Was glaubst du?«

»Ich glaube, dass du es nicht getan hast, es aber tun solltest.«

»Genau«, sage ich, bevor er den Satz richtig beendet hat, und stutze dann. »Warte mal – was? Im Ernst? Warum?«

»Weil du die geborene Investigativjournalistin bist«, sagt er. »Und weil dir die Arbeit fehlt.«

Er hat recht, aber ich bin noch nicht so weit, das zuzugeben. »Was machst du gerade?«, frage ich stattdessen.

»Meine E-Mails löschen«, sagt er. »Ich hab das Kendrick-Stipendium nicht bekommen.«

»Oh nein«, rufe ich. »Das tut mir total leid.«

»Ach, schon okay.« Er klingt so, als würde er es wirklich so meinen. Vielleicht hat das etwas damit zu tun, dass er es nicht mehr annähernd so eilig hat, alle Verbindungen zu seinem Vater zu kappen, wie noch vor einem Monat. »Martina hat es mehr verdient als ich.«

»Hast du Lust, später was zusammen zu machen?«, frage ich. Es ist so lange still in der Leitung, dass ich meine Frage schon wiederholen will, als er sagt: »Vorher muss ich noch was erledigen. Wird keine leichte Angelegenheit.«

»Ah ja?« Ich richte mich in meinem Stuhl auf. Sein Tonfall ist ernst geworden. »Worum geht es?« Es entsteht wieder eine längere Pause, bis ich frage: »Wäre es vielleicht einfacher für dich, wenn du jemandem dabei hättest?«

Tripp seufzt tief. »Vielleicht?«

»Soll ich vorbeikommen?«

»Ich bin nicht zu Hause«, sagt er und schickt mir eine Adresse aufs Handy.

Als ich das kleine hellblaue Haus am Friedhof erreicht habe, kann ich ihn zuerst nirgends entdecken. Aber dann sehe ich ihn. Tripp steht – wieder mal ohne Jacke – am Rand des Friedhofs und winkt mir. Er hat immer noch seinen Saint-Ambrose-Blazer an, seine blonden Haare leuchten in der blassen Februarsonne und seine Wangen sind von der Kälte gerötet.

»Hey«, rufe ich über die niedrige Steinmauer, die den Friedhof von dem Grundstück trennt, auf dem das blaue Haus steht. »Machst du einen Spaziergang?«

»Ich bin gern hier«, ruft Tripp zurück. »Es ist so friedlich.« Als er an der Mauer angekommen ist, beugt er sich vor, nimmt mein Gesicht in beide Hände und küsst mich, bis ich vergesse, dass wir hier sind, um etwas zu erledigen, das nicht leicht wird.

»Es ist wirklich schön hier«, sage ich atemlos, als er mich wieder loslässt und grinsend über die Mauer springt. »Aber vielleicht sollte ich zuerst den Wagen woanders parken.« Ich deute auf die Einfahrt des blauen Hauses.

»Nicht nötig.« Tripp steuert auf die Eingangstür zu. »Lisa Marie wohnt hier immer, wenn sie in der Stadt ist. Das Haus gehört ihrer Freundin Valerie.«

Ich bleibe ruckartig stehen, bevor ich wieder zu ihm aufschließe. »Du willst deine Mom besuchen?«

»Nein.« Auf Tripps Gesicht liegt ein angespannter, aber entschlossener Ausdruck. »Sie und Valerie sind nicht zu Hause. Die beiden nutzen ein letztes Mal die Happy Hour im Shooters, bevor Lisa Marie morgen nach Las Vegas zurückfährt.« Er joggt die Stufen hoch und greift zu meiner Überraschung in den Briefkasten. »Aber Valerie hat mir einen Schlüssel dagelassen.«

Ich schaue stirnrunzelnd zu, wie Tripp die Tür aufschließt

und sie danach für mich aufhält. »Warum?«, frage ich, als ich an ihm vorbei ins Innere des Hauses trete.

Er folgt mir und schließt die Tür hinter uns. »Damit ich nach etwas suchen kann.«

Wir stehen in einem superschön eingerichteten Wohnzimmer, in dem alles harmonisch aufeinander abgestimmt ist. Die Farben des gerahmten Landschaftsdrucks mit dem blauen Himmel von Thomas Kinkade passen perfekt zum Teppich, und die Vorhänge und Kissen sind aus demselben Stoff genäht. Ich folge Tripps Beispiel, der seine Boots auszieht und sie auf eine schwarze Gummimatte neben der Tür stellt. »Valerie hat gesagt, dass Lisa Marie in dem Zimmer am Ende des Flurs schläft«, sagt Tripp und steuert darauf zu.

Obwohl es mir wahnsinnig schwerfällt, verkneife ich es mir, ihn zu fragen, wonach er sucht. Er wird mich bestimmt gleich von sich aus aufklären. Also folge ich ihm bloß stumm den Flur entlang, bis er vor der letzten Tür stehen bleibt und sie aufmacht. »Yep, hier sieht es eindeutig nach Lisa Marie aus«, sagt er, bevor er in den Raum tritt.

Im Gegensatz zum Rest des Hauses herrscht hier das pure Chaos – zerwühltes Bett, herumliegende Klamotten, benutzte Teller und Tassen, die sich auf dem Schreibtisch und der Kommode stapeln, und direkt vor uns ein großer Haufen feuchter Handtücher. Tripp steigt darüber hinweg und geht zu einem großen, aufgeklappten Koffer in der Ecke, aus dem noch mehr Klamotten herausquellen. Dort angekommen, hält er inne, greift in seine Tasche und zieht ein Paar Einmalhandschuhe raus.

Ich schaffe es nicht länger, ruhig zu bleiben. »Wofür hast du denn die mitgebracht?«

»Ich will keine Fingerabdrücke hinterlassen«, antwortet er.

Ein unbehagliches Gefühl steigt in mir hoch, als er neben dem Koffer in die Hocke geht. »Ich dachte, Valerie wäre okay damit, dass du hier bist.«

»Ist sie auch.« Er zieht den Reißverschluss eines Innenfachs auf, tastet darin herum und wiederholt das Ganze mit einem anderen Innenfach.

»Kann ich dir irgendwie helfen?«, frage ich verwirrt und komme mir gleichzeitig unnütz vor.

Er wirft mir über die Schulter ein Lächeln zu. »Du hilfst mir schon genug, glaub mir«, sagt er, bevor er sich wieder an dem Koffer zu schaffen macht. Nachdem er sämtliche Kleidungsstücke durchgegangen ist, klappt er den Koffer zu und öffnet den Reißverschluss am Außenfach. Diesmal zieht er ein Bündel zerknitterter Geldscheine heraus und starrt so lange darauf, dass ich mir sicher bin, dass sie das sind, wonach er gesucht hat, bis er sie in das Fach zurücksteckt, aufsteht und sich zum Bett dreht.

»Vielleicht hier«, murmelt er vor sich hin und hebt die Decke an.

Ich schaue ihm schweigend dabei zu, wie er systematisch den Rest von Lisa Maries Zimmer durchsucht – das Bett, die Kommode, den Klamottenberg –, bevor er sich dem Kleiderschrank zuwendet. Er beginnt mit dem obersten Regalfach und schiebt einen Stapel Wolldecken zur Seite. Als ich gerade kurz davor bin, mit all meinen mühsam zurückgehaltenen Fragen herauszuplatzen, erstarrt er plötzlich.

»Was ist?«

»Ich ...« Er schluckt schwer. »Ich hatte so sehr gehofft, das hier nicht zu finden.«

Er hebt etwas aus dem Regalfach, bevor er sich zu mir umdreht und ich keuchend die Luft einziehe.

Tripp hält eine Angelkiste aus verblasstem rotem Kunststoff in den Händen, deren verrostete Verschlüsse aufgebrochen sind und auf deren Vorderseite mit schwarzem Marker *R.S.* steht. »Ist das …?«

»Die Angelkiste von Mr Solomon?« Tripp hält sie so vorsichtig, als hätte er Angst, sie kaputt zu machen. »Genau die.«

»Woher hast du gewusst …« Ich verstumme, unsicher, wie ich die Frage beenden soll, aber das muss ich gar nicht.

»Ich habe Officer Patz immer noch nicht gesagt, dass es Lisa Marie war, die damals das Geld für den Klassenausflug gestohlen hat«, sagt Tripp mit nachdenklichem Unterton. »Dad liegt mir ständig damit in den Ohren, dass ich es endlich machen soll, nachdem jetzt auch schon alles andere rausgekommen ist. Mir ist immer wieder der Gedanke durch den Kopf gegangen, warum eigentlich immer Geld verschwindet, wenn Lisa Marie in der Stadt ist. Daraufhin bin ich bei Mo's Barber Shop vorbei, um mit Valerie zu reden – sie arbeitet dort und ist eigentlich ziemlich cool. Ihr geht der Scheiß, den meine Mutter ständig abzieht, schon eine ganze Weile gegen den Strich, und das verbindet uns.« Er lacht freudlos auf. »Ich hab sie gefragt, ob Lisa Marie gewusst hat, dass Mr Solomon seine Angelkiste als tragbaren Bankautomaten benutzt hat. Valerie meinte, sie hätte es Lisa Marie gegenüber irgendwann mal erwähnt, nachdem er mal wieder seinen Haarschnitt aus der Kiste bezahlt hatte.«

»Oh«, hauche ich. *Oh nein.*

»Genau«, sagt Tripp düster. »Valerie hat mir außerdem erzählt, dass sie sich schon gewundert hatte, warum Lisa Marie sie in letzter Zeit nicht um Geld angehauen hat. Wir waren uns beide einig, dass das merkwürdig ist, weil sie eigentlich dauerpleite ist. Um es kurz zu machen – sie hat mir angeboten, Lisa Maries Sachen durchzuschauen, aber ich hab sie gefragt, ob ich das selbst machen könnte, weil ich … keine Ahnung. Ich schätze, ich musste mich mit eigenen Augen davon überzeugen.« Er stellt die Kiste behutsam auf das ungemachte Bett. »Was haben die bei der Polizei noch mal gesagt? Dass Mr Solomon gestürzt oder … gestoßen worden sein könnte?«

Ich weiß nicht, was ich sagen soll, und greife deswegen einfach stumm nach seiner Hand.

»Meine Mutter könnte ihn getötet haben.« Tripp starrt auf die Kiste. »Vielleicht aus Versehen, vielleicht aber … auch nicht.« Er schweigt einen Moment, und seine Stimme klingt belegt, als er weiterspricht. »Ich frage mich … was, wenn sie auch Mr Larkin etwas angetan hat? Ich meine, sie hat das Geld für den Klassenausflug genommen. Sie ist damals in der Stadt gewesen, was sie aber erst zugegeben hat, als sie dachte, Gunnar Fox würde einen Star aus ihr machen. Und sie …«

»Tripp, stopp«, sage ich und drücke seine Hand. Der Journalistin in mir fallen sofort ein paar Gegenargumente ein – allen voran, dass Lisa Marie zu clever ist, bei einer True-Crime-Show mitzumachen, die einen Mord untersucht, den sie selbst begangen hat. Natürlich besteht die Möglichkeit, dass sie es gewesen ist. Aber dass Tripp noch mal jahrelang damit leben muss, dass sich ein Elternteil von ihm möglicherweise eines Mordes schuldig gemacht hat, ist das Letzte, was ich will und was Tripp braucht. Ich lege ihm eine Hand an die Wange, drehe sein Gesicht zu mir und zwinge ihn, den Blick von Mr Solomons Angelkiste abzuwenden. »Du weißt nicht, ob es so gewesen ist, und es ist nicht dein Job, es herauszufinden.«

»Ich weiß. An dem Punkt war ich schon mal.« Tripp holt sein Handy aus der Tasche. »Ich musste es nur einmal laut aussprechen. Mich selbst daran erinnern, dass ich keine andere Wahl habe.«

Er hält noch für einen Moment meinen Blick fest, dann holt er tief Luft und entsperrt das Telefon. Mir fließt das Herz über und die Worte *Ich liebe dich* schießen mir durch den Kopf. Aber ich möchte nicht, dass er sie ausgerechnet in diesem Moment zum ersten Mal von mir hört. Stattdessen bleibe ich ruhig neben ihm stehen, als er das Handy ans Ohr hebt und sagt: »Hallo, Officer Patz, hier ist Tripp Talbot. Ich möchte einen Diebstahl melden.«

EPILOG

BRYNN

Bin gleich da, steht in der Nachricht.

Endlich. Es ist Ende Februar, und ich stehe schon seit einer Viertelstunde neben dem Gewächshaus der Saint Ambrose in der Kälte und frage mich, ob ich versetzt werde. Nicht von Tripp, sondern von jemandem, den ich in den letzten Wochen kaum gesehen habe.

Ich ziehe mir meine Mütze tiefer über die Ohren, scrolle durch meine restlichen Nachrichten und halte bei einer von Tripp inne. Ein Foto von Al, wie er, alle viere von sich gestreckt, im Lagerraum der Brightside Bakery liegt und tief und fest schläft. Er sieht so unfassbar süß aus, dass ich jedes Mal lächeln muss, wenn ich es mir anschaue. Aber der eigentliche Grund, warum ich immer wieder an diese Stelle scrolle, ist die Nachricht, die er danach geschickt hat. *Liebe dich.*

Mittlerweile haben wir es uns von Angesicht zu Angesicht gesagt, aber das hier ist die erste Textversion, und ich schäme mich nicht, zuzugeben, dass ich einen Screenshot davon gemacht habe.

Danach öffne ich eine Nachricht mit einem Foto, das Onkel Nick von sich nach seiner Physiotherapie geschickt hat. Er hält darauf beide Daumen in die Höhe und ich antworte mit einem

Herz. Seine Anwältin ist gestern bei uns gewesen und hat uns darüber informiert, dass Dexters Robbins Tod nicht strafrechtlich verfolgt werden wird und es für die Sturgis Police im Mordfall von Mr Larkin keinerlei Verdachtsmomente gegen ihn gibt. »Vielleicht war es doch ein Ortsfremder«, hat sie bei der Verabschiedung gesagt.

Aber ich weiß es besser. Glaube ich zumindest.

Der Wind treibt mir Tränen in die Augen und lässt meine Sicht verschwimmen, als ich mit hochgezogenen Schultern Richtung Horizont blinzle. Ist das …? Ja. *Endlich.* Ich hebe die Hand und bekomme ein flüchtiges Winken zur Antwort.

»Tut mir leid, dass ich zu spät bin«, sagt Charlotte und bleibt in ihrem stylishen schwarzen Mantel ein paar Schritte von mir entfernt stehen. Sie trägt keine Mütze und schiebt ihre rotbraunen Haare nach hinten, während sie sich umschaut. »Was auch immer der Anlass für diese Zusammenkunft ist … Also: Warum sind wir hier?«

Darauf habe ich eigentlich keine Antwort, außer vielleicht, dass dies der Ort ist, an dem mehr oder weniger alles anfing – hier fand das Treffen für die Gedenkgarten-AG statt, bei dem Ms Kelso mich und Tripp in das Orga-Team gesteckt hat. »Ich bin ganz gern hier«, sage ich. »Und wollte unter vier Augen mit dir sprechen.« Vom Sportplatz am Ende des Geländes ertönt ein lauter Pfiff, als das Baseballteam zu dem optimistisch getauften »*Frühjahrs*«-Training aufläuft. »Aber eben auch nicht ganz ohne Zeugen.«

Charlotte zieht eine Braue hoch. »Interessanter Start.«

»Es ist nämlich so«, sage ich. »Ich muss ständig an Mr Larkin denken und …«

»Okay, das ist schon mal dein erster Fehler«, unterbricht Charlotte mich.

»Du hast auf der Pre-Prom-Party in der Aula zu mir gesagt, dass es gefährlich sein könnte, weiter in dem Fall herumzustochern, womit du recht hattest. Aber du hast auch gesagt, dass ich dadurch etwas erfahren könnte, das mir nicht gefällt, und seitdem frage ich mich … Warum hast du das gesagt?«

Charlottes Blick schweift einen Moment kühl über mich hinweg, bevor sie antwortet: »Wegen deinem Onkel natürlich. Ich bin ehrlich gesagt überrascht, dass die Polizei den Streit, den er mit Mr Larkin hatte, nicht ernster nimmt.«

»Aber den Streit hat nur Shane gehört«, gebe ich wieder, was er zuletzt bei der Polizei ausgesagt hat. Shane war ohne Tripp auf dem Weg zu seiner Verabredung mit Charlotte, als er zufällig auf Mr Larkins Leiche stieß. Er hat angegeben, dass Charlotte ein paar Minuten später zwischen den Bäumen aufgetaucht sei und angefangen hätte zu schreien. Ich gehe davon aus, dass die Polizei auch Charlotte noch mal befragt hat, aber wenn dem so war, hat sie sich offenbar bedeckt gehalten. »Du warst zu dem Zeitpunkt nicht bei ihm.«

Charlotte blinzelt kurz und lächelt dann verhalten. »Ich habe es auch gehört.«

»Genau so habe ich es mir auch erklärt«, sage ich und schiebe, als sie die Brauen zusammenzieht, hinterher: »Nur dass ich ständig das Gefühl hatte, irgendwas zu übersehen. Die ganzen tragischen Verwicklungen um Mr Larkin – der tyrannische Vater, der untergetauchte Bruder, das gestohlene Geld, der Streit mit meinem Onkel – mir wollte einfach nicht in den Kopf, dass *nichts* davon etwas mit seinem Tod zu tun haben sollte. Und dann kam mir der Gedanke: Was, wenn *alles* etwas damit zu tun hat?«

»Wie nett von dir, deine Theorien mit mir zu teilen.« Charlotte grinst spöttisch. »Aber was verschafft mir die Ehre, die

Rolle des Watson in deinem Sherlock-Holmes-Spiel einzunehmen?«

»Das, was du in der Aula gesagt hast.«

»Okay, hör zu, Brynn.« Zum ersten Mal liegt ein gereizter Unterton in Charlottes Stimme. »Ich war an dem Abend in keiner guten Verfassung und kann mich noch nicht mal mehr daran erinnern, gesagt zu haben, dass du lieber aufhören solltest, weiter in dem Fall herumzustochern, aber …«

»Das meine ich nicht«, unterbreche ich sie. »Du hast gesagt: ›*Mason* ist Mr Larkins Bruder?‹«

Sie zuckt mit den Achseln. »Und? Ich hatte ja kurz davor gehört, wie ihr beide euch darüber unterhalten habt.«

»Ja, aber es war nicht die Frage selbst, die mir keine Ruhe gelassen hat. Sondern die Art, wie du Masons Namen in dem Satz betont hast. ›*Mason* ist Mr Larkins Bruder?‹«, wiederhole ich. »Wäre dir die Information, dass Mr Larkin einen Bruder an der Saint Ambrose hatte, neu gewesen, hättest du ein anderes Wort betont. Du hättest gesagt: ›Mason ist Mr Larkins *Bruder?*‹«

Charlotte trägt keinen Schal, weshalb ich sehen kann, wie sie nervös schluckt. Mir läuft eine Gänsehaut über den Rücken, die nichts mit der Kälte zu tun hat. Doch ihre Stimme ist so gelassen wie immer, als sie sagt: »Tut mir leid, aber ich verstehe nicht, was daran wichtig sein soll. Wahrscheinlich hast du dich sowieso verhört. Du bist ziemlich durch den Wind gewesen.«

»Stimmt. Aber ich weiß, was ich gehört habe. Und ich glaube, dass du so reagiert hast, weil du zu dem Zeitpunkt schon wusstest, dass Mr Larkin einen Bruder an der Saint Ambrose hatte – nur dass du bis zu dem Moment in der Aula geglaubt hast, es wäre Shane.« Ein triumphierendes Gefühl durchzuckt mich, als Charlotte erneut schluckt. »Du bist Shane in der Achten auf Schritt und Tritt gefolgt, und sein Schließfach liegt direkt neben dem ehemaligen Klassenzimmer von Mr Larkin. Ich glaube, du hast an dem Tag, an dem Mr Larkin Mason gesagt hat, wer er ist, nach Shane gesucht und bist an dem Klassenraum vorbeigekommen, als sie miteinander gesprochen haben. Oder genauer gesagt, als Mr Larkin gesprochen hat, weil Mason die ganze Zeit kein einziges Wort von sich gegeben hat. Ich glaube, du bist stehen geblieben und hast gelauscht, bis irgendwann Mr Larkin herauskam. Ein paar Sekunden später hast du dann Shane aus dem Klassenraum kommen sehen. Er hatte mal wieder in der Garderobe eines seiner Nickerchen gehalten, was du aber nicht wissen konntest. Genauso wenig wie du wissen konntest, dass Mason immer noch völlig geschockt und stumm im Zimmer saß. Du hast lediglich Shane gesehen, was für dich nur einen Schluss zuließ – nämlich, dass er derjenige war, der gerade erfahren hat, dass er einen Halbbruder hat, der dafür sorgen will, dass er zu seinem tyrannischen, leiblichen Vater zurückkommt.«

Charlotte hat sich wieder im Griff und gibt ein leises, verächtliches Lachen von sich. »Du hast wirklich eine blühende Fantasie, Brynn. Vergiss das mit dem Journalismus. Das wäre eine Verschwendung deiner Talente. Du solltest lieber Romane schreiben.«

»Ich glaube, dass du Shane helfen wolltest«, spreche ich unbeirrt weiter. »Du hättest alles für ihn getan, oder? Also hast du als Erstes einen anonymen Brief an Mr Griswell geschrieben und Mr Larkin darin beschuldigt, das Geld für den Klassenausflug gestohlen zu haben. Wir waren damals noch Kinder und du hast dir eine kindgerechte Lösung ausgedacht: das Problem aus der Welt schaffen, indem man die Ursache loswird. Allerdings ist der Brief aus Versehen im Fach von meinem Onkel gelandet, woraufhin er sich mit Mr Larkin in der Nähe vom

Shelton Park im Wald verabredet hat, um mit ihm zu reden – und zwar genau zu dem Zeitpunkt, als du dort angekommen bist, um dich mit Shane zu treffen. Du hast den Streit also tatsächlich auch gehört.«

Ich gehe ein paar Schritte auf Charlotte zu, ohne den Blick von ihr zu lösen. »Danach wusstest du, mit wem du es zu tun hattest. Mr Larkin war nicht der Typ Mensch, der wegen eines anonymen Briefs den Kopf eingezogen oder sich von deiner Familie einschüchtern hätte lassen. Im Gegenteil, so was stachelte ihn nur noch mehr an. Was hast du in der Bibliothek gesagt?« Ich warte nicht auf ihre Antwort. »›Es gibt mehrere Möglichkeiten, sich wie ein mieses Schwein zu verhalten.‹ In dem Moment muss Mr Larkin wie ein besonders mieses Schwein auf dich gewirkt haben. Ich glaube, du hast rot gesehen, dich nach dem Stein gebückt und … zugeschlagen, bevor Mr Larkin auch nur registriert hat, dass du hinter ihm standst.« Ich senke den Blick auf ihre Hände, die in weichen Lederhandschuhen stecken. »Fingerabdrücke hast du keine hinterlassen, weil du Handschuhe anhattest. Genau wie heute.«

»Wow.« Der Wind zerzaust Charlottes Haare auf kunstvolle Weise, als wäre er extra dafür angeheuert worden. »Du gehst gleich aufs Ganze, was?«

»Ich glaube nicht, dass du ihn umbringen wolltest«, sage ich. Ich kann mir lebhaft vorstellen, wie die Charlotte aus der achten Klasse erstarrte und nicht fassen konnte, was sie getan hatte. Wahrscheinlich hat sie wie gelähmt neben Mr Larkins Leiche gestanden, bis sie Shane kommen hörte, und sich dann versteckt – vielleicht in der Hoffnung, Shane würde etwas abseits der Stelle vorbeigehen und Mr Larkin gar nicht bemerken. Aber er hatte ihn bemerkt und Charlotte musste eine Entscheidung treffen: in ihrem Versteck bleiben und später behaupten, sie hätte es doch nicht zu dem Treffen mit Shane im Wald geschafft, oder zu ihm stoßen und die Geschockte spielen.

Charlotte hat wie immer die Möglichkeit gewählt, die sie Shane näher bringen würde.

»Du hast im Affekt zugeschlagen und ihn unglücklich getroffen«, spreche ich weiter. »Aber du bist nicht bereit gewesen, die Schuld auf dich zu nehmen – und Tripp hat dir einen Ausweg geboten. Du hast nicht gewusst, warum er euch alle auf seine Version der Dinge eingeschworen hat, aber du hast die Chance bereitwillig angenommen. Und seit diesem Tag sorgst du dafür, dass er immer in deiner Sichtweite bleibt.«

»In letzter Zeit nicht mehr«, widerspricht Charlotte.

»Aber nicht freiwillig«, gebe ich zurück.

Als ich das erste Mal mit Tripp über diese Theorie gesprochen habe, hat er sich dagegen gewehrt, was ich ihm nicht verdenken kann. Aber je öfter wir darüber geredet haben, desto offener ist er dafür geworden – und auch wenn er das nie aussprechen würde, glaube ich, dass ein Teil von ihm erleichtert ist, dass Charlotte eher als Täterin infrage kommt als Lisa Marie. Er wollte mich zu diesem Treffen mit Charlotte begleiten, aber das habe ich für keine gute Idee gehalten. Ich war mir sicher, dass Charlotte komplett dichtmachen würde, wenn er dabei wäre.

Wir schauen uns schweigend an, bis Charlotte schließlich fragt: »Bist du fertig?«

»Ja.« Ich straffe die Schultern, um gegen das plötzlich fast übermächtige Bedürfnis anzukämpfen, in mich zusammenzusinken.

»Gut«, sagt sie. »Interessante These, die du da aufgestellt hast, wenn auch ziemlich wahnwitzig. Zumal du absolut nichts in der Hand hast, womit du sie beweisen kannst.« Sie fixiert mich mit ihren kristallblauen Augen. »Ich würde dir nicht empfehlen, damit hausieren zu gehen. Nicht alle sind so geduldig wie ich.«

Ich nicke, ohne mich von dieser höflichen Drohung aus der Fassung bringen zu lassen. Mich überrascht nur, dass sie so lange gebraucht hat, sie auszusprechen. »Bis dann, Charlotte«, sage ich, als sie sich zum Gehen wendet.

»Such dir Hilfe«, ruft sie, ohne sich umzudrehen.

Vielleicht hätte ich sie nicht so offen damit konfrontieren sollen, schließlich weiß ich, wozu Charlotte fähig sein kann. Ich werde sie also im Auge behalten müssen. Aber in einem Punkt hat sie sich geirrt; ich habe sehr wohl einen Beweis, auch wenn er nur sehr klein ist.

Gestern Abend bin ich mit der Kopie, die ich von dem anonymen Brief gemacht habe – Onkel Nick hat ihn tatsächlich all die Jahre aufgehoben und wiedergefunden –, auf den Dachboden gegangen und habe so lange in den Kartons mit meinen Unterlagen aus der Middleschool gewühlt, bis ich gefunden hatte, wonach ich suchte: den Ordner mit dem Biologieprojekt, an dem ich damals mit Charlotte zusammengearbeitet habe. Wegen der Aufregung um den Mord an Mr Larkin hatten wir es etwas später abgegeben, und die meiste Arbeit war an mir hängen geblieben. Um genau zu sein, bestand Charlottes einziger Beitrag darin, unsere Namen auf das Deckblatt zu schreiben.

Der anonyme Brief, in dem Mr Larkin beschuldigt wurde, ist mit der Maschine geschrieben worden, aber der Umschlag, in dem er steckte, von Hand – und die Schrift ist mit der auf dem Projekt-Deckblatt identisch. Besonders das G in *Griswell* stimmt exakt mit dem G in *Gallagher* überein – es sieht eher wie die Zahl sechs aus als wie ein Buchstabe.

Viel ist das nicht, ich weiß. Ehrlich gesagt bin ich noch nicht mal sicher, ob ich hoffen soll, dass Charlotte am Ende für das, was sie getan hat, bestraft wird. Ich glaube nämlich wirklich, dass sie nicht vorhatte, Mr Larkin zu töten. Aber es ist nun mal passiert, und eine Menge Leute haben gelitten, weil sie sich nicht dazu bekannt hat. Und mir widerstrebt der Gedanke, dass Charlotte ihr Leben einfach so weiterleben und machen können soll, was sie will, ohne jemals für das, was sie damit vielleicht anderen antut, geradestehen zu müssen. Weil es dann nämlich noch eine Lisa Marie mehr auf der Welt gibt.

Die identischen Gs sind kein Beweis dafür, dass Charlotte Mr Larkin getötet hat, aber sie sind ein Anfang. Der erste Schritt, wenn man so will. Ich schaue Charlotte hinterher, bis sie nur noch ein Punkt in der Ferne ist, dann entsperre ich mein Handy und suche die Nachricht heraus, die ich gestern von Carly bekommen habe.

Das Team von Motive *vermisst dich immer noch. Kann ich dich nicht doch überzeugen, zu uns zurückzukommen?*

Und hier kommt der zweite Schritt, denke ich, bevor ich zurückschreibe: *Hast du schon geschafft. Passt dir morgen?*

DANKSAGUNG

Nothing More to Tell ist während der Corona-Pandemie entstanden. Mir spukte schon seit Jahren die Idee zu einem Kriminalroman im Kopf herum, den ich im Frühjahr 2020 endlich zu schreiben begann. Nachdem ich monatelang damit gerungen hatte, ihn auf den Weg zu bringen, und dem Chaos in der Welt die Schuld daran gab, dass ich nicht vorankam, wurde mir irgendwann klar, dass ich die Geschichte um die falschen Figuren herum angeordnet hatte. Sobald ich meine beiden Protagonisten von Grund auf neu erdacht hatte, nahm der Text Fahrt auf, und von da an war es die pure Freude, dieses Buch zu schreiben.

Ich widme *Nothing More to Tell* meinen beiden Agentinnen Rosemary Stimola und Allison Remcheck. Nicht nur, weil ich ohne diese beiden unglaublichen Frauen heute nicht die Autorin wäre, die ich bin, sondern auch deswegen, weil sie von Anfang an unerschütterlich an dieses Buch geglaubt haben. Ich danke dem grandiosen Team des Stimola Literary Studio, besonders Allie Hellegers für ihre Arbeit auf internationaler Ebene und Pete Ryan und Nick Croce für die perfekte Koordination sämtlicher Arbeitsschritte.

Nothing More to Tell ist das sechste Buch von mir, das bei Delacorte Press erscheint, und dank meiner genialen Lektorin

Krista Marino kann ich mittlerweile von mir behaupten, dass ich eine bessere Autorin geworden bin, als ich es zu Beginn war. Es gelingt ihr jedes Mal auf Neue, meine Geschichten auf ein Niveau zu heben, das ich niemals zu erreichen geglaubt hätte. Ich danke meinen Verlegerinnen Beverly Horowitz, Judith Haut und Barbara Marcus für ihre unerschütterliche Unterstützung genauso wie dem fantastischen Team bei Delacorte Press und Random House Children's Books – Kathy Dunn, Lydia Gregovic, Dominique Cimina, Kate Keating, Elizabeth Ward, Jules Kelly, Kelly McGauley, Jenn Inzetta, Emma Benshoff, Adrienne Weintraub, Felicia Frazier, Becky Green, Enid Chaban, Kimberly Langus, Kerry Milliron, Coleen Fellingham, Alison Impey, Kenneth Crossland, Martha Rago, Tracy Heidweiller, Tamar Schwartz, Linda Palladino und Denise DeGennaro.

Ich danke meinen wunderbaren Mitstreitern bei der Intercontinental Literary Agency, der Agentur Thomas Schlück und bei Rights People, die für *Nothing More to Tell* auf der ganzen Welt ein Zuhause gefunden haben. Danke auch an meine internationalen Lektor:innen und Verleger:innen für das Herzblut, das sie in dieses Buch und alle seine Vorgänger investiert haben.

Ich danke Kit Frick für ihr unschätzbares Feedback zum Manuskript dieses Buches, Mom und Dad für ihre immerwährende Unterstützung und meiner Schwester Lynne, die meine Texte immer als Allererste liest (und Lynne und Luis Fernando, die mir erlaubt haben, ihren Hund Al für eine kleine, aber bedeutende Rolle in *Nothing More to Tell* zu casten). Ich danke meinem Sohn Jack, meinen Nichten Gabriela und Carolina und meinem Neffen Erik, die gefühlt über Nacht zu Beratern in Bezug auf meine Zielgruppe und ehrenamtlichen Social-

Media-Assistenten geworden sind. Besonders danke ich meiner Nichte Shalyn für die wunderschönen Illustrationen meiner Protagonisten. Meinen beiden Bücherclubs, den Leuten aus meiner Nachbarschaft in East Cambridge und der Holden-Crew, die mir dieses Jahr dabei geholfen haben, ein paar wichtige Ereignisse zu feiern. Zuletzt möchte ich mich von ganzem Herzen bei all den Menschen dort draußen bedanken, die nicht aufhören, meine Bücher zu lesen, und mir immer wieder in Erinnerung rufen, wie wichtig es ist, Geschichten zu erzählen.

Autorin

Karen M. McManus' Debütroman »One of Us Is Lying« stürmte auf Anhieb die Bestsellerlisten, so wie auch »Two Can Keep a Secret«, »One of Us Is Next«, »The Cousins«, »You Will Be the Death of Me«, »Nothing More to Tell« und »One of Us Is Back«. »One of Us Is Lying« wurde als Serie verfilmt. McManus' Romane wurden in über 40 Länder verkauft und sind internationale Bestseller.

Von der Autorin sind bei cbj erschienen:
One of Us Is Lying (Bd. 1, 31165)
One of Us Is Next (Bd. 2, 31457)
One of Us Is Back (Bd. 3, 16661)

Two Can Keep a Secret (31405)
The Cousins (31515)
You Will Be the Death of Me (31561)

Vier Bände im Taschenbuch-Schuber:
One of Us Is Lying, One of Us Is Next, Two Can Keep a Secret, The Cousins (31572)

Übersetzerin

Anja Galić lebt und arbeitet in der Kölner Südstadt, wohin es sie des Studiums wegen verschlug, und hat badische Wurzeln. Dass man beim Übersetzen Dinge recherchiert und erfährt, denen man sonst nie begegnet wäre, findet sie bei jedem Buch aufs Neue spannend.

Mehr zu unseren Büchern auch auf Instagram

Karen M. McManus

Such Charming Liars

432 Seiten, ISBN 978-3-570-16662-8

Kats Mom ist Juwelendiebin, ein Profi, wenn es darum geht, die Reichen und Schönen auszunehmen. Sie plant einen allerletzten genialen Coup auf dem glamourösen Anwesen der Milliardärsfamilie Sutherland. Danach ist endgültig Schluss, Kat soll niemals ins Geschäft einsteigen. Doch Kat gelingt es, sich mit einzuschmuggeln. Und unvermutet begegnen die beiden dort der Konkurrenz: Ausgerechnet Kats Ex-Stiefvater und dessen Sohn Liam haben dieselbe Familie ins Visier genommen. Als auf der Party ein Mord geschieht, geraten Liam und Kat in tödliche Gefahr und können plötzlich niemandem mehr trauen. Vielleicht nicht einmal einander. Denn eines beherrschen alle hier perfekt, nämlich das Lügen.

20358

cbj

www.cbj-verlag.de